K.

1. DER KÄLBERSTRICK

> Am rostigen Zimmermannsnagel über der Holzstiege hängen mehrere alte Kälberstricke. Sie sind nicht mehr so elastisch wie früher, aber immer noch stabil. Staubig und trocken werden die Finger, die sie berühren.

Maries Hand ist so ruhig wie ihr Herz, ihr Verstand scharf wie das Messer eines Schlachters. Sie verfolgt einen Plan, und sie wird ihn ausführen als brave Tochter ihrer Familie, mit aller Disziplin, die ihr seit früher Kindheit einen Platz am Mittagstisch gesichert hat. Sie tritt aus der Haustür, vier Stufen nach unten, sechzehn Schritte hin zur Scheune, die hölzerne Treppe nach oben Richtung Schopf, auf den ersten Tritt, wo man rechts am schiefen Zimmermannsnagel die Kälberstricke sammelt, und nimmt sich den besten davon. Marie hängt ihren schwarzen Schal an den Nagel, von dem sie den Strick genommen hat. Ein Schal für einen Kälberstrick, ein gerechter Tausch. Man soll sie beweinen oder ihren Tod mit Erleichterung aufnehmen, ganz wie man will. Aber man soll sie finden. Bald. Sie weiß, wie schnell eine Leiche zu stinken beginnt, jetzt, wo es wärmer wird. Sie wird die Sache sauber erledigen, ohne Sauerei.

Marie dreht sich nach links, geht die nächste Stiege nach oben, hebt die schwere Falltür mühelos. Jakob, ihr Onkel, hat sie vor Jahren mit einem Metallgewicht auf der anderen Seite korrekt ausbalanciert, ein Kind könnte die Klappe öffnen. Marie steigt hinauf, bindet einen guten Knoten und wirft den Kälberstrick zweimal über den Dachbalken. Sie schaut hinab in den Hof, noch einmal über die Dächer. Sie liebt diesen Platz, es ist ein friedlicher, ruhiger Ort, dem Lärm der Welt entrückt, und doch verbunden mit dem ganzen Dorf, das einmal ihre Heimat war und das sie jetzt nicht mehr haben will, das sie wie eine Fremde behandelt. Hier in der Stille des Hinterhofes ist sie zu Hause. Geborgen wie im Schoß einer Mutter.

Warum sie das Ende mit der Schlinge ein wenig zu lang lässt? Marie, würde man sie darauf aufmerksam machen, wüsste die Antwort nicht. Sie klettert auf den Schemel, legt sich die Schlinge um den Hals, zieht den Knoten ganz dicht bis an den Nacken und schlägt mit der Hacke ihrer Lederschuhe kräftig nach hinten. Der kleine Holzhocker purzelt über die Dielen. Marie spürt, wie sie durchsackt, und erwartet den Tod. Was mag dahinterliegen? Vielleicht ein Himmel, der ihr gnädiger ist als ihre irdische Familie. Vielleicht aber auch: die ewige Verdammnis, eine gerechte Strafe für all die Sünden, die sie begangen hat und jetzt gerade begeht. Eine Frau, die jetzt Hand an sich legt und sündigt gegen den Willen des Herrn. Nein. Marie weiß, dass auf sie nichts anderes wartet als die Hölle.

Der Strick ruckt an, zerrt an ihrem Halswirbel, als wollte er ihren Körper in zwei Stücke reißen.

So also stirbt man, denkt Marie.

Ihr Leib baumelt ein wenig nach vorn. Doch als er zurückschwingt, greifen die Fußspitzen – wie ist das möglich? – die staubigen Dielen. Marie will sterben. Aber ihr Körper will leben. Wie ein Reflex stoßen ihre Sprunggelenke sich ab. Es sind nur ein paar Millimeter, doch der Gegendruck genügt, um eine winzige Menge Sauerstoff in ihre Lungen dringen zu lassen. Sie baumelt jetzt rückwärts, wieder zieht der Strick, Marie spürt, wie ihre Blase sich entleert und der Urin warm an der Innenseite ihrer Oberschenkel entlang Richtung Boden tropft. Also gibt es doch eine Sauerei, denkt es in ihr. Sie stößt sich ab, röchelt, schwingt nach vorn, wieder zurück, stößt sich ab – pendelnd im Todeskampf wie der Eisenschwengel in der großen Glocke im Sandheimer Kirchturm.

2. DAS NOTENHEFT

> Im Bücherregal steht ein Notenheft, DIN A5 im Querformat, fadengebunden. An der Rückseite ist der vergilbte Einband mit einem Pflasterstreifen verstärkt.

Marie steht in der Stube vor dem Notenständer und dem schmalen Heft mit dem blaugrauen Umschlag. Zwei Seiten blättert sie um, nachdem sie den Daumen der linken Hand flüchtig mit der Zunge befeuchtet hat. Rechts hält sie die schwere Altflöte. Sie führt das Mundstück an die Lippen und spielt die Melodie auf der linken Seite. Die Noten hat sie selbst notiert mit einer verträumten und reinlichen Federschrift. Vom C, dem Ankerton des ersten Taktes, fällt die Linie hinab und hinab bis hinein ins wohlig-tiefe F.

In ihrem Kopf singt Marie die Worte mit, die sie schon als Kind auswendig wusste und die ihr direkt aus dem Herzen sprechen. *O dass ich tausend Zungen hätte und einen tausendfachen Mund.*

Marie atmet und spielt weiter.

So stimmt ich damit um die Wette vom allertiefsten Herzensgrund …

Sie schaut aus dem Fenster, während die Finger wie von selbst die Löcher bedecken und freigeben. Aus der Flöte klingt es weich und holzig, ernsthaft und voller Gefühl. *... ein Loblied nach dem andern an – von dem, was Gott an mir getan.*

Marie wiederholt die Melodie, singt dabei im Kopf die zweite Strophe, die dritte, die vierte – *Wer schützet mich auf meinen Wegen?* – und kommt nach *Im Himmel soll es besser werden, wenn ich bei deinen Engeln bin* zum Schluss. Den letzten Ton, Marie hat noch viel Luft in ihren Lungenflügeln, spielt sie ein wenig länger als notiert, sie genießt ihn, wiegt ihn im Mund, wie man ein Neugeborenes wiegt in festen Armen. Bis in die Wangen vibriert der Klang im tiefsten Ton der Flöte.

Wenn Lydia jetzt hier wäre, denkt Marie. Lydia hätte die Sopranstimme dazu gespielt, die Musik wäre dem Gesang der Engel ein wenig nähergekommen. Aber Lydia hat jetzt geheiratet, einen Bauern aus dem Nachbardorf, 17 Jahre älter. Sie sagt: Er ist ein guter Mann, ein wenig rau, aber gut. Seither spielt Marie ihre Flöte allein. Wenn der Krieg vorbei ist, will sie häufiger ins Nachbardorf fahren, um wieder zweistimmig zu sein. Sie setzt das Instrument ab, trennt Mundstück, Endstück und Rohr, reinigt alles sorgsam und etwas länger als nötig mit der Flötenbürste. Sie steckt das Holz ins dunkle Futteral und legt es mit Notenheft und Ständer wieder zurück in den klobigen Schrank.

Jetzt muss Marie einkaufen gehen. Jakob, der Onkel, bei dem sie wohnt, verlangt nach Kernseife, man braucht auch Zucker, Hefe und Ersatzkaffee. Die junge Frau, sie ist noch keine fünfundzwanzig, streicht das dunkelbraune Haar zurück, das sie in einen langen Zopf geflochten und zu einem Dutt hochgesteckt hat. Sie nimmt den Geldbeutel mit den Zuteilungsmarken, zieht sich die ledernen Straßenschuhe an und geht hinaus.

Vor dem Kolonialwarenladen in der Schlossgasse steht ein halbes Dutzend Frauen. Sie stecken die Köpfe zusammen und tuscheln. Etwas Ungewöhnliches muss geschehen sein. Dann erkennt Marie den Polizisten, den Dünnmann, der gestikulierend in der Tür steht.

«Der Laden wird geschlossen. Da steht's doch! Kannst nicht lesen, Julia? Du hast es lang genug gewusst, und deine Heulerei hilft jetzt auch nichts mehr.» Dann dreht er sich um mit zornrotem Kopf. «Und ihr Weibsleut, ihr geht jetzt alle heim. Euer Sach könnt ihr auch in den anderen Lädchen kaufen. Das hättet ihr sowieso schon die ganze Zeit machen gekonnt. Dann müsst ich jetzt nicht den Judenladen zumachen. Dann hätt sich das», der Dünnmann deutet mit dem Kopf nach hinten, «dann hätt sich das alles von selber erledigt.»

Und die Frauen trollen sich tatsächlich, manche zur Oberen Gasse, die anderen zur Juhe, es gibt ja wirklich noch andere Läden in Sandheim. Marie wartet, bis der Dünnmann den Anschlag an die Tür heftet und sich zurück in seine Wachstube verfügt. Dann geht sie durch den Hof nach hinten, zum Eingang ans Wohnhaus, niemand ist geblieben außer ihr. Sie klopft und ruft nach der Julia. Nach einer Weile öffnet sich die Tür, und sie schaut heraus, die großen, dunkelbraunen Augen noch immer gerötet, aber die Nase hat sie schon geputzt, sie beruhigt sich allmählich, und ihr Haar ist auch wieder ganz sauber zurückgesteckt.

Die Julia lässt die Marie in die Küche kommen und sie ist froh, dass eine da ist – eine Einzige zumindest –, die sich jetzt zu ihr setzt und bei der sie sich ausschütten kann. Und dann erzählt die Julia ihre Geschichte, die Marie kennt sie schon aus den Gärten, wo die Nachbarsleut halt so schwätzen, was geschwätzt werden muss. Die Julia, die Jüdin aus der Schlossgasse, hat ihren Laden noch immer betrieben, obwohl ihr Richard ja an der Front ist und sie's allein gar nicht darf. Man hat in der Stadt einen Cousin oder einen Schwager, die Marie verwechselt das immer, und der ist der Geschäftsführer, so steht's in allen Unterlagen. Und wenn einer was wollte, dann hat die Julia immer ihre Papiere gezeigt. Dann hat sie sagen können, dass sie den Laden ja gar nicht selber betreibt, dass sie nur angestellt ist. Aber jeder in Sandheim hat gewusst, dass sie's doch auf eigene Rechnung macht und dass der Kerl in der Stadt seinen Namen nur als Strohmann in die Urkunde hat schreiben lassen.

Außer der Julia gibt's keine Juden mehr in Sandheim. Zuletzt hat man ihre Schwester abgeholt vor ein paar Wochen, und auch die beiden Weiblein aus der Neuen Anlage sind jetzt fort, die hätten auch ohne das nicht mehr lange gelebt, so alt, wie sie waren.

Jetzt fängt die Julia wieder das Heulen an. Die Tür geht auf, und die Charlotte kommt in die Küche, fasst ihre Mutter am Arm und fragt, was sie hat und warum sie so weint, aber die Julia nimmt die Kleine nur in den Arm und erzählt ihr nichts. Die Charlotte ist im Sommer in die Sandheimer Volksschule gekommen. Ist das Mädchen jetzt eine Jüdin? Oder eine Sandheimerin? Die Marie weiß es nicht und würde auch niemals fragen.

Aber über den Dünnmann ärgert sie sich. Und über den Herbert ärgert sie sich auch. Der Herbert hat die Wohnung neben dem Lädchen, und er ist bei der SS, ein 150-Prozentiger, der hat der Julia das Leben immer sauer gemacht.

«Dass die so was machen!», sagt die Marie und schüttelt den Kopf.

Manche Gesetze gelten in Berlin, und manche Gesetze gelten auch in Karlsruhe. In Sandheim gibt es allerdings noch andere Regeln. Man verrät keinen, der zum Dorf gehört. Als Juri, der Russe, angefangen hat, die Hilde aus der Gartenstraße zu küssen, hat keiner was gesagt, obwohl's verboten war. Obwohl man ihn dafür an die Wand hätte stellen müssen, wenn's nach den Buchstaben gegangen wär. Und wie die Hilde dann das Kind bekommen hat, da hat sie keiner angezeigt, nicht einmal der Bürgermeister, obwohl natürlich auch der genau gewusst hat, woher das Kleine gekommen ist.

Und jetzt machen sie der Julia den Laden zu. Dabei ist sie so eine saubere Frau. Eine fleißige Frau, die nach Sandheim gehört wie die anderen auch. Wovon soll die Julia jetzt leben ohne ihren Laden? Und dann ruckelt die Marie unruhig auf dem Küchenstuhl und meint, dass sie in der Verwandtschaft fragen will, ob man nicht eine Arbeit hat für die Julia, wo sie sich was verdienen kann, weil's ja immer viel Geschäft gibt bei den Bauersleuten, grad jetzt, wo so viele Männer fort sind.

«Ist schon recht, Marie, ich dank dir schön», sagt die Julia.

Und als die Marie das Haus dann verlässt, um in einem der anderen Läden von Sandheim ihre Kernseife zu kaufen, ihren Zucker, ihre Hefe und ihren Ersatzkaffee, da denkt sie an die Zigarrenfabrik und die Schnapsfabrik, die auch den Juden gehört haben. Nach Amerika sind die gegangen, als noch Zeit dafür war. Alles ist verkauft, teuer kann's nicht gewesen sein. Die Männer sagen, dass hinten in der Brennerei noch viel Schnaps lagert, den keiner verkauft hat bisher. Geschenkter Schnaps. Und keiner trinkt ihn. Ist auch besser so. Die Männer werden so laut, wenn sie Schnaps bekommen. Und dann denkt Marie an den Richard. Wenn der nur hier wäre. Aber die Julia hat gesagt, dass es nicht mehr lange dauern kann. Er hat ein paar Splitter abbekommen und liegt im Lazarett. Und bald, hat die Julia gesagt, bald kommt er wieder nach Sandheim. Und wer weiß, was dann mit dem Laden wird.

3. DIE TABAKNADEL

> In einer Schrankschublade im Keller liegt – seit vielen Jahren unberührt, flach und länglich – ein rostiges, knapp dreißig Zentimeter langes Stück Metall. Vorne hat die Nadel eine seitlich versetzte Spitze, hinten zwei ovale Ösen.

Die Sonne hat gerade ihr erstes Licht über die Felder geworfen, als Richard das Dorf verlässt. Seit drei Tagen ist er zu Hause, entlassen aus dem Lazarett, er zieht das rechte Bein ein wenig nach, das Bein mit der Splitterverletzung, die nicht recht verheilen will. Ein Stück seiner Wade hat er verloren, aber eines Tages wird er nicht mehr humpeln. Jetzt geht Richard, der Invalide, Richard, der Heimkehrer, über die Felder von Sandheim, die schmale Ziehhacke und den Kartoffelsack über der Schulter. Kaum sichtbar dampft der Tau auf den Wiesen. Richard will Unkraut jäten, das hat er seiner Tochter erzählt und seiner Frau Julia, der Jüdin Julia, der sie den Laden dichtgemacht haben.

Sogar die Kleine weiß, dass es um diese Jahreszeit nicht viel zu jäten gibt. Und sie weiß auch, warum ihr Vater tatsächlich nach draußen geht. Es wurde ihr klar, als am Abend zuvor die Geräusche aus der kleinen Werkstatt unter der Scheune kamen. Er macht das Messer scharf, hat sie gedacht, vielleicht gibt's bald wieder Fleisch. Und dann hat die kleine Charlotte die ganze Nacht lang von einem guten Essen geträumt.

Richard blickt sich um. Jetzt darf er nicht trödeln, das Dorf wird bald erwachen. Und bei seiner Arbeit braucht er keine Zeugen. In Sandheim gelten andere Gesetze als in der Stadt. Aber der Polizist muss trotzdem nicht bei allem dabei sein. Richards Blick streift über das Gras, und mit einem Mal entspannen sich seine Gesichtszüge. Keine zwanzig Schritte neben dem Weg, nur für geübte Augen sichtbar, hängt der zarte Morgennebel ein wenig dichter über den grünen Halmen. Richard setzt behutsam einen Fuß vor den anderen, dann hebt er die Hacke und schlägt zu.

Ja, ja, denkt der Richard, als er etwas später zufrieden die Schlossgasse erreicht. Die Alten waren gar nicht blöd. «Das kleine Hasentor» haben sie den Hochwald getauft, der wie eine dunkle Hand zwischen die Felder greift. Es war schon immer eine gute Idee, dort in den Morgenstunden ein wenig Unkraut zu jäten. Richard öffnet das heimische Hoftor, pfeifend die unrasierten Lippen gespitzt, und spürt an der Wärme, die ihm entgegenschlägt, was für eine tüchtige und kluge Frau er doch hat. Denn unter dem Herd brennt schon das Feuer. Morgen gibt's einen feinen Hasenbraten für alle.

Am Tor zur Scheune hängt Richard die Hinterläufe des toten Tieres in zwei Schlingen, nimmt das frisch geschärfte Messer und durchtrennt den Hals bis aufs Nackenfell. Dann löst er, Schnitt für Schnitt, den Balg des Hasen vom sehnigen Fleisch. Und während er ruhig und zufrieden das Essen küchenfertig macht, verschwinden draußen auf dem Feld, wo der Hase gelegen hat, gerade die letzten Blutstropfen, teils versickernd, teils verdunstend, im sandigen Grund. Mag sein, dass auf Lehmböden eine Pfütze nach dem Regen noch für Tage stehen bleibt. Aber der Sand von Sandheim vergisst schnell und verzeiht alles. Er nimmt Blut auf wie Regenwasser, und ein Geheimnis behält er immer für sich.

Der Braten schmort bald auf dem Herd, und in der Scheune nebenan versammelt sich die Nachbarschaft, auch Richard und Julia sind dabei. Männer, Frauen und Kinder sitzen im Kreis auf Dielen und mit Stroh gefüllten Jutesäcken. Die Kinder freuen sich auf diesen Tag: Heute wird man ihnen für die Arbeit ein paar Pfennige geben. Auch Julia soll etwas Geld bekommen, darauf hat man sich geeinigt, man muss einander helfen.

Julia hat sich ein paar Tabakblätter auf den Schoß gelegt, hellgrün leuchtend und «groß wie Frauenärsche», wie der Pole sagt, der beim Bauern arbeitet. Julia hat ihre Locken mit einem Kopftuch nach hinten gebunden. Wenn die Sonne auf sie fällt, leuchtet etwas wie Bernstein in ihren dunkelbraunen Augen unter den gebogenen Brauen. Hier in der Runde hält sie den Blick gesenkt. Sie arbeitet fleißig wie alle Menschen, die nicht dazugehören, sondern nur geduldet sind, und die sich gezwungen sehen, jeden Tag tüchtig zu sein, damit das Bleiberecht sich fortschreibt.

Julia nimmt die Tabaknadel in die Hand, ein fast dreißig Zentimeter langes Stück Eisen, sie fädelt die Flachsschnur durch die beiden Ösen am stumpfen Ende, durchstößt mit der Spitze das erste Blatt am harten Strunk, dann das zweite, das dritte. Etwa fünfzehn Blätter zieht sie auf, macht eine Schlaufe und legt das schwere Bündel vor sich ab. Später werden es die Männer nehmen und unters Dach der Scheune hängen, wo man in die Sparren Nägel geschlagen hat in etwa zwei Ellen Abstand. Dort werden die Blätter trocknen, bis sie braun und dürr geworden sind. Man wird sie abnehmen und verkaufen. Ein Fabrikant wird sie fermentieren und in der Fabrik zu Zigarren rollen lassen.

Es riecht in der Scheune nach dem frischen Heu vom Sommer, auch nach Stroh, natürlich; da ist Ziegenduft, unverkennbar, manchmal begleitet von einem Meckern aus den niederen Stallungen. Man kann auch die Kühe riechen, die dann und wann an ihren Ketten rasseln. Das gute Pferd des Bauern ist fort. Der Krieg hat es geholt, es trabte Richtung Ostfront und ist inzwischen wohl tot oder zieht eine Russen-Kanone. Stattdessen steht jetzt der nervöse Franzosengaul im Stall, der manchmal umfällt mitten in der Arbeit und der durchgeht, wenn ein Zug in der Nähe Dampf ablässt oder wenn ein Jagdbomber das Rheintal hinaufgeflogen kommt.

Der Krieg, denkt Julia, hat die Männer kaputt gemacht und auch die Tiere. Wieder drückt sie die schwere Nadel durchs widerspenstige Fleisch eines Tabakblattes. Eine schöne Arbeit ist das, auch wenn die Finger dabei dunkel und speckig werden. Julia erledigt sie gern. Man sitzt zusammen mit den anderen Frauen, mit den Kindern und ein paar Männern. Man singt fromme Lieder oder redet über die Dinge im Dorf. Neuigkeiten von den Feldern oder von der Front. Ein Brief ist vielleicht angekommen, Nachricht von einem der Männer draußen, einem Mann, der folglich noch schreiben kann, noch lebt, der bald zurückkehren wird, denn der Krieg, das wissen alle in der Scheune, kann nicht mehr sehr lange dauern, ganz gleich, was der Volksempfänger sagt. Im Osten nehmen die Russen gerade das Baltikum. Im Westen hält sich nur noch das Elsass gegen die Truppen der Alliierten. Julia hofft so sehr auf die Amerikaner. Sie betet jeden Tag für sie. Die Amerikaner würden sie befreien, sie würden ihr Leben retten und, wichtiger noch, das der kleinen Charlotte. Seit fast zwölf Jahren hält sie durch, die letzte Jüdin von Sandheim, sie wird auch diese paar Monate hinter sich bringen.

Julia sticht ihre Nadel durch Tabakgrün. Beim Einfädeln ist sie einfach eine Frau des Dorfes. Eine wie die anderen.

Unten öffnet jemand die Scheunentür. Es ist der Briefträger, er ruft nach oben: «Kommst einmal runter, Richard? Ich hab da etwas, das muss ich dir persönlich geben.» Richard legt sein Tabakbündel zur Seite. Steht auf, ein bisschen schwerfällig, zögerlich und älter, als er mit seinen fünfunddreißig Jahren wirken sollte. Dann humpelt er die staubige Holzstiege hinab und nimmt den Brief.

Julia fädelt noch zwei Blätter auf, schnürt das volle Bündel, legt es zu den anderen. Dann wendet sie den Kopf und blickt ihren Richard an, der auf der Treppe stehen geblieben ist, den Umschlag in der Hand. Richard hat Angst, Julia kann es sehen. Dann steckt er den Brief ungeöffnet in die Tasche, setzt sich zurück an seinen Platz und sticht die Nadel in große, grüne Blätter. Julia schaut ihm zu, und dann sagt sie den Satz, den alle hier in der Scheune schon oft gehört haben: «Wenn sie uns fortnehmen wollen, Mann, dann darfst du's nicht zulassen. Dann musst du uns totschießen, die Kleine und mich. Hörst du? Du hast es versprochen.»

Als Antwort macht Richard nur eine knappe Bewegung mit der Hand. Die Bewegung sagt: «Red nicht so, Frau, nicht vor den Nachbarn!»

Auch die Bäuerin runzelt die Stirn. Sie mag es nicht, wenn die Julia damit anfängt. Die Bäuerin hat oft über den Scheunenkeller nachgedacht. Da könnte man für ein paar Tage bleiben, vielleicht sogar zwei, notfalls auch drei Wochen lang, wenn man sich mal verstecken müsste, vor wem auch immer. Julia ist eine gute Frau, eine gute Nachbarin. Aber der Herbert wohnt bei ihr im Haus, der ist bei der SS, und der würd's merken, wenn man sie versteckt. Er würd's mitbekommen über das Geschwätz in den Gärten. Und dann würd's ihr schlecht ergehen, und helfen tät's am Ende keinem. Sie hat ja für den Hof zu sorgen und für die Kinder und den Mann. Sie darf nicht so viel riskieren. Das wäre dumm. Und die Nachbarin würd's auch nicht retten. Man muss jetzt vernünftig sein.

Richard und Julia schauen sich an. Julia streckt die Hand aus. Wenn er den Brief nicht öffnet, sie wird es tun. Sie möchte wissen, was drinsteht. Er gibt ihr den Wisch, Julia sieht den Stempel mit dem Reichsadler, sie atmet schwer, dann fährt sie mit der Tabaknadel in den Umschlag, öffnet ihn mit einem schnellen Ruck, mit derselben schwungvollen Bewegung, mit der Richard am Morgen eine Hasenkehle durchtrennt hat. Schließlich zieht sie das Papier hervor und liest.

4. DER RING AUS EISEN

> Eine mannshohe Mauer verbirgt das Grundstück zwischen der alten Sandheimer Schule und dem Gärtnerhaus. Auf Bauchhöhe hängen die rostigen Eisenringe, die man dort in regelmäßigen Abständen in den Stein geschlagen hat.

Antonia geht in den Stall, nach hinten, wo es warm ist, nach Heu riecht und nach Pferd; sie geht zu Doris. Die Haflinger-Stute ist acht Jahre alt, sie kam in die Familie, als Antonia gerade anfing, mit einem Griffel unbeholfene Buchstaben auf eine Schiefertafel zu kritzeln. Heute gehört Antonia zu den Ältesten in der Schule, im nächsten Frühjahr wird sie konfirmiert. Sie ist das, was man eine Spätentwicklerin nennt: klein, jungenhaft trotz ihrer geflochtenen Zöpfe, Brüste wie

Wespenstiche. Antonia bewundert das kleine Pferd für seine Ausdauer, seine Geduld, seinen Fleiß. Sie liebt es, das Tier im Sommer zum Bach zu führen und baden zu lassen, es zu striegeln und zu bürsten, es am Zügel zu führen, wenn sie mit dem Vater aufs Feld zum Pflügen geht. Es ist nicht leicht, ein Pferd richtig zu führen, es so zu führen, dass die Furche ganz gerade wird. Aber Antonia kann es, sie hat Talent dafür, ein Talent für Tiere. Antonia wirft ihrer Doris ein bisschen Hafer ins Futter. Hafer wäre heute eigentlich nicht dran, aber Antonia weiß, dass vielleicht morgen schon keiner mehr im Stall stehen wird, der Hafer braucht.

Es stand in der Zeitung: Um 8 Uhr beginnt wieder eine Pferdemusterung in Sandheim an der Mauer neben der Schule. Spätestens zwanzig Minuten vorher soll die Doris dort stehen mit geputztem Fell und gewaschenen Hufen.

«Antonia, mach den Gaul fertig», sagt der Vater, der streng klingen möchte, aber er schafft es nicht.

«Ja», sagt Antonia.

Heute ist auch ihr großer Tag. Sie will nicht, dass sie die Doris wegnehmen, die Doris gehört zur Familie. Bei der Hanne musste der große Bruder an die Front, das war schlimm. Wenn der Hermann in den Krieg müsste, denkt Antonia, das wäre auch arg. Hermann geht in Antonias Klasse. Sie mag ihn. Sie hat sich schon vorgestellt, wie es wohl wäre, ihn zu heiraten, später, wenn sie erwachsen sind. Er ist ein bisschen kleiner als die anderen Jungen in der Klasse, ein Später wie Antonia selbst. Aber er kann schnell laufen, er ist mutig, sie mag seine Augen. Und ein Angeber ist er auch nicht. Außerdem ist seine Familie in Ordnung, sagt Antonias Vater.

Doris schnaubt und verjagt die Mücken mit ihrem Schweif. Jetzt wird es Zeit für eine Generalprobe, denkt Antonia. Sie hat geübt mit ihrem Pferd. Bei der vorletzten Musterung war die Doris den Soldaten noch zu jung. Und ein wenig zu klein war sie auch. Die Pferde in Sandheim sind viel größer als sie. Antonia weiß es nicht mehr aus eigener Erinnerung, aber das ist das, was ihre Eltern erzählen. Beim letzten Mal hat sich das Tier was in den Huf getreten, der Amtstierarzt hat eine Bestätigung geschrieben, und Doris blieb in Sandheim. Aber diesmal? Doris ist so gesund, so jung und kräftig. Sie werden sie mitnehmen, das ist klar. In Sandheim lassen sie nur die ganz Jungen, die ganz Alten, die ganz Kranken.

Aber auch die Nervenschwachen. Und seit Antonia das weiß, hat sie einen Plan. Die Arbeit mit dem Pferd, das Füttern, das Säubern, das Ausmisten, all das hat sie in den vergangenen Monaten übernommen. Da war viel Zeit, in der niemand bei Doris war außer Antonia. Und sie hat geübt. Und jetzt genügt ein winziges Kommando, eine Berührung mit dem Stock an der richtigen Stelle – und Doris legt sich einfach hin. Wenn das kein Zeichen für Nervenschwäche ist! Antonia weiß von einem Gaul in der Unteren Gasse, der genau wegen so einer Marotte als untauglich gemustert wurde. Antonia nimmt den Stock von der Wand und stößt Doris mit sanftem Druck unter die linke Schulter. Und das Pferd tut wie befohlen: Es legt sich hin, so schnell, als wäre es umgefallen. «Gute Doris!», lobt Antonia und gibt Hafer.

Gestern hat es geregnet. Zwar konnte die Morgensonne die Neue Anlage schon wieder trocknen, doch noch ist so viel Feuchtigkeit in der Erde, dass es nicht staubt, als Antonia auf die Straße tritt. Ihre rechte Hand hält den Strick, an dem sie ihre Doris zur Mauer neben der Schule führt, in der linken Hand trägt sie einen kurzen Haselstock. Der Vater geht nebenher, missmutig und sorgenvoll. Natürlich wird er eine Entschädigung bekommen, wenn sie das Tier mitnehmen. Dem Belle haben sie für seinen Gaul 1600 Reichsmark gezahlt. Und noch einmal zehn Reichsmark für das Zaumzeug. Aber selbst wenn es 2000 Reichsmark wären – mit Geld allein kann man kein Fuhrwerk ziehen, keine Mähmaschine, keinen Pflug. Der Vater wird versuchen, mit Kühen zu fahren. Mein Gott, mit Kühen, was für ein Abstieg! Es hat ihn schon gekränkt, dass er mit der kleinen Doris fahren muss und nicht mit einem Zweispänner wie die großen Bauern in Sandheim. Im ganzen Dorf gibt es zwei Bauern, die schon immer mit Ochsen fahren. Die können das, die haben Übung darin. Aber mit seinen dummen Kühen? Woher soll er ein neues Pferd bekommen, wenn sie ihm die Doris wegnehmen?

Von rechts kommt ein anderer Ackergaul angetrottet. Antonia lugt über den Rücken ihres Pferdes und schaut dann sofort wieder geradeaus. Da geht der Hermann! Er führt das alte, das uralte Zugtier seiner Familie, von dem ein paar Bauern in Sandheim behaupten, es habe schon während des letzten Krieges den Pflug geschleppt. Eigentlich hat sie Hermanns Familie immer für das alte Pferd bedauert, das keine rechte Ausdauer mehr hat, aber jetzt empfindet sie fast so etwas wie Neid. Hermann wird das Tier wieder mit nach Hause nehmen. Da droht keine Gefahr. Aber für sie steht an diesem Tag alles auf dem Spiel. Sie verliert vielleicht ein Familienmitglied.

«Hallo, Antonia», sagt der Hermann und lächelt verlegen.

«Hallo», sagt die Antonia und schaut zu Boden. Ihre hellen Zöpfe hat sie rechts und links an den Schläfen zu kleinen Schnecken eingedreht, ihre feinen Sommersprossen geben ihr einen kecken und manchmal sogar etwas vorwitzigen Ausdruck, ihre Augen sind braun mit etwas Grün darin.

Hermann schaut in ihre Richtung, bis auch er nach einigen Sekunden zu Boden blickt, dann mit der linken Hand

– die rechte liegt am Halfter – gedankenverloren den Hals seines alten, dunkelbraunen Kaltbluts streichelt.

Jetzt sind sie am Schulhaus vorbei und kommen an die Mauer, die bis ans Grundstück des Gärtners reicht. Die Soldaten stehen schon da. Sie sehen sehr ernst und pflichtbewusst aus in ihren Uniformen, ein Tierarzt steht dabei in einem langen Kittel, ein Offizier, ein Soldat mit einer Liste. In die Mauer hat man in regelmäßigen Abständen Metallringe eingelassen. Hermann muss seinen Gaul an dem Ring festbinden, der ganz auf der Seite des Gärtners liegt. Antonia bindet Doris an Ring Nummer drei. Jemand von der Gemeinde heftet eine Ziffer ans linke Backenstück des Halfters.

Nach und nach füllen sich die Ringe, erst die an der Mauer, dann auch jene im Hof. Bei der ersten Musterung vor fünf Jahren mussten die Pferde im Dorf in mehreren Schichten gemustert werden. Es gab einfach zu viele in Sandheim. Heute genügt ein einziger Durchgang. Was für ein trauriger Haufen!, denkt Antonia, als sie sich die Reihe neben Doris ansieht. Ihre Doris ist das schönste Pferd von allen. Kleiner als die anderen, aber so zäh und so gesund. Das Kunststück muss klappen, sonst ist die Doris fort.

Tierarzt, Offizier und Soldat gehen jetzt die Reihen ab. Bei Hermanns Pferd fangen sie an. Sie stellen Fragen, vermessen das Tier mit dem Bandmaß, vergleichen die Akte, sie untersuchen Zähne, betasten Muskeln, besehen Hufe, murmeln Bemerkungen, tauschen Blicke. Ein Kopfschütteln, ein Nicken, eine Notiz in der großen Liste, dann wird das Tier über dem Hinterlauf gezeichnet.

«Das ist wie beim Schaffner im Zug, weißt du?», sagt der Vater zu Antonia. «Nachher gehen sie vielleicht in die Ställe und gucken nach. Und dann musst du nachweisen, dass dein Gaul bei der Musterung gewesen ist.»

Antonia überlegt. «Und was passiert, wenn man seinen Gaul einfach versteckt?»

Der Vater kratzt sich am Kinn. «Hm.» Er kratzt sich am Hinterkopf. «Wenn sie's rausfinden, ist der Gaul fort, ohne Entschädigung. Und gestraft wird man auch. Dafür kommt man vielleicht ins Zuchthaus, ich weiß es auch nicht.» Er schaut Antonia an. «Außerdem macht man so etwas nicht, das weißt du doch!» Antonia senkt die Augen. Ja, das weiß sie.

«Antonia», hört sie wieder die Jungenstimme neben sich, die seit einigen Tagen ein bisschen heiser klingt. «Sie wollen unseren Gaul nicht, stell dir vor!» Antonia dreht sich um. Hermann steht vor ihr. Er grinst und sieht erleichtert aus.

«Das ist doch klar gewesen», sagt Antonia und zuckt mit den Schultern. Sie ist aufgeregt. Es passiert selten, dass sie mit einem Jungen redet, selbst wenn es ein Junge aus ihrer Klasse ist. Sie merkt, wie sie rot wird.

«Findest du?», fragt Hermann. «Ich meine, hast du dir mal angeguckt, was für Gäule hier an der Mauer stehen?» Der Junge lässt seinen Blick kritisch bis hinüber zum Schulhof gleiten. «Unser Pferd ist doch noch mit das beste im ganzen Dorf.» Dann zögert Hermann, bevor er mit gedämpfter Stimme weiterspricht: «Außer eurer Doris natürlich.»

«Ja», flüstert Antonia ein bisschen stolz. Aber dann fasst sie sich an den Kopf. Die Doris! Doch als sie sich umdreht, stehen die Männer schon bei ihrem Pferd. Der Vater beantwortet alle Fragen. «Sie ist manchmal nervös!», sagt Antonia und versucht, sich zwischen den Vater und den Soldaten mit der Liste zu stellen.

Tierarzt und Offizier legen die Stirn in Falten und bedenken das Mädchen mit einem ungeduldigen Blick. Dann beginnen sie mit der Untersuchung. Zähne, Muskeln, Hufe. Antonia spürt die Panik in sich aufsteigen. Können die Männer ihr Pferd nicht von der rechten Seite untersuchen? Sie muss ihrer Doris das Zeichen geben. Aber dort, wo der Haselstock den eingeübten Befehl geben sollte, steht jetzt ein fremder Mann in einem langen Kittel. Der Kittel nickt, der Offizier nickt, der Soldat notiert. Und die drei Männer gehen weiter zu Ring Nummer vier.

Die Mutter steht vor dem offenen, grünen Hoftor. Alt sieht sie aus und ist noch keine vierzig. Sorgen hat sie.

Antonia und der Vater kommen zurück. In der matten linken Hand des Mädchens baumelt ein kurzer Haselstock. Der Vater trägt einen Strick, und an dem Strick hängt kein Pferd.

Ich hätt nicht mit dem Hermann reden sollen, denkt Antonia, wenn ich nicht mit ihm geredet hätt, dann wär ich auf der linken Seite neben der Doris gestanden. Dann hätten die Männer auf die rechte Seite gemusst, und alles hätte geklappt. Antonia hasst diese Männer. Sie hasst all das Gerede von Pflicht. Sie will ihre Doris wiederhaben.

«Bald müssen wir lernen, wie man mit Kühen fährt», hört Antonia den Vater sagen. Sie schaut weg und geht ins Haus. Sie mag es nicht, wenn ihre Mutter weint. Und das tut sie jetzt. Antonia will ihre Doris wiederhaben – und später einmal auf keinen Fall so viel weinen wie die Mutter.

5. DER KIESELSTEIN

Auf dem Grund des Baches unterhalb der Neuen Mühle klemmt ein Kieselstein in einer Mauerritze. Eine dicke Moosschicht wächst auf ihm. Seit vielen Jahren steckt er hier, trotz der starken Strömung.

Unter den Kastanien, dort, wo die Neue Mühle steht, wird der Bach, der durch Sandheim fließt, weit über einen Meter tief. In diesem Gumpen haben die Kinder des Dorfes seit vielen Generationen schwimmen gelernt. Von der Straße aus führt eine Rampe hinunter bis ans Wasser, damit die schweren Gäule abends im Bach baden und saufen können. Schweiß und Staub wirbeln dann flussabwärts zur Alten Mühle und von dort aus durchs Tiefgestade Richtung Rhein.

Auf der Mauer, die den Bach auf der linken Seite begrenzt, sitzen Hermann, Max und Eugen in der herbstlichen Abendsonne. Sie reden über Bücher. Über ihre Helden.

«Winnetou», sagt Hermann. «Ich wäre Winnetou. Ich weiß auch nicht, warum. Früher hab ich eine Zeitlang geglaubt, ich wäre lieber Old Shatterhand, aber das stimmt nicht.» Hermann nimmt einen flachen, dunkelgrauen Kieselstein in die Hand und wirft ihn übers Wasser. «Winnetou ist nämlich schnell», sagt Hermann. «Und besser im Anschleichen.» Der Stein trifft auf die Wasseroberfläche und hüpft zwei-, drei-, viermal über die kleinen Wellen, ehe er zu den anderen Steinen auf den Grund des Baches sinkt.

«Old Shatterhand kann besser boxen», meint Eugen und verschränkt die Arme. Eugen ist der Stärkste in Hermanns Klasse, ein untersetzter, doggengesichtiger Junge, der das breite Bauernkreuz seines Vaters geerbt hat.

«Ja, Eugen, daher hat er doch seinen Namen. Mensch!», lacht Hermann. «Aber draufhauen können – das ist nicht das Wichtigste, finde ich.»

Max sitzt in der Mitte und reibt sich das Kinn. «Morgen muss ich mich mal wieder rasieren», sagt er, während er den Unterkiefer ein wenig nach vorn schiebt.

Hermann und Eugen sehen ihn an. Ja, der Max, der muss sich wirklich schon rasieren. Auch bei Eugen zeigt sich seit einigen Wochen ein blonder Flaum zwischen Nase und Oberlippe.

Hermann presst die Lippen aufeinander. Erst vor ein paar Tagen hat er am Hals, auf halbem Weg zwischen Adamsapfel und Kinn, ein schwarzes Haar entdeckt. Es sah ein bisschen lächerlich aus, dieses erste und noch sehr einsame Barthaar. Hermann hat die Schere aus der Küche genommen und es abgeschnitten. Aber stolz war er doch. Jetzt geht es also los, hat er gedacht, endlich! Er seufzt, nimmt einen zweiten Stein und wirft ihn Richtung Mühle. Der Stein fliegt und fliegt, bestimmt dreißig Meter weit und plumpst dann in die strudelnde Strömung, wo der Wasserfall herabgedonnert kommt.

«Bei dir ist noch gar nix los mit dem Bart, oder?», meint Max und dreht sich halb zu Hermann.

«Doooooch», sagt Hermann. «Ein bisschen was schon.» Er zupft an einem Grashalm links neben sich. Die Jungen schweigen. «Außerdem», meint Hermann, «hat der Winnetou ja auch keinen Bart.»

«Meinst du, der Winnetou rasiert sich?», fragt Max. «Ich glaub, ich hab in den Büchern nie was gelesen davon. Ist doch komisch, oder?»

«Ja», sagt Hermann. «Aber der Karl May schreibt ja auch nicht, wie der Winnetou und der Old Shatterhand pinkeln.

Das machen sie ja trotzdem. Das macht ja jeder, auch der Winnetou.»

Eugen nickt. Max nickt.

«Was hätte denn der Winnetou für einen Bart?», fragt Max.

«Hm», meint Eugen, «Vielleicht so einen wie der Hitler?»

«Der Winnetou hat gar keinen Bart, ihr Armleuchter!», sagt Hermann. «Und außerdem ist das ein Blödsinn. Genauso gut könntest du sagen, dass der Hitler sich die Haare lang wachsen lassen soll wie der Winnetou.»

Die Jungs prusten. «Das tät schon blöd aussehen», sagt der Max.

«Ha, ja!», meint der Hermann. «Außerdem, jetzt fällt's mir ein. Ich glaub, die Indianer reißen sich die Barthaare raus, wenn sie noch jung sind. Das tut wahrscheinlich ziemlich weh. Aber dafür spart man sich hinterher das ganze Rasieren.»

Max kratzt sich am Kinn. Es klingt, als würde man mit den Fingerkuppen über Schmirgelpapier reiben. «Ich find Rasieren gar nicht schlecht.»

Hermann und Eugen schauen aufs Wasser.

Max grinst. «Und ihr zwei Hitler-Büblein merkt das auch noch, wenn ihr erst mal so weit seid.»

Der Eugen versetzt dem Max einen kräftigen Knuff an die Schulter. Der Max fällt nach links auf den Hermann, der zurückknufft.

Da hören sie von hinten eine scharfe Stimme: «So! Ihr macht also Witze über den Führer?»

Die drei unterbrechen ihre Rangelei und sehen sich um. Hinter ihnen stehen der Paul, der Heinz und der Gustav. Heinz und Gustav gehen zu Hermann in die achte Klasse. Paul, der ein Stück vor den anderen steht und jetzt das Wort führt, der ist ein Jahr älter als Hermann und um einen ganzen Kopf größer. Früher hat der Hermann oft mit dem Paul gespielt; er hat sich ab und zu mit ihm geprügelt wie mit allen Buben aus dem Dorf. Aber das ist seit einiger Zeit vorbei. Pauls Papa ist was in der Partei, und deshalb ist der Paul auch etwas in der Partei. Und wie immer trägt er Uniform. Es fehlt nicht viel, und der Paul meldet sich freiwillig an die Front, denkt der Hermann.

Eugen unterbricht Hermanns Gedanken: «Wenn du irgendwas willst, Paul, dann komm einfach her!» So ist der Eugen, die Bulldogge. Er will alles mit seinen Oberarmen regeln.

Aber Paul weicht nicht einen Zentimeter zurück, im Gegenteil. Hermann glaubt, so etwas wie ein Lächeln im Gesicht des Älteren zu sehen. Paul strafft seinen Körper und sagt in einem Ton, den die Jungen sonst nur von Dünnmann, dem Dorfpolizisten, kennen: «Seht ihr nicht, dass wir Uniformen tragen? Uns darf keiner angreifen. Das wisst ihr genau!»

Eugen und Paul funkeln sich an.

Hermann presst die Lippen aufeinander, schüttelt den Kopf und fasst Eugen am Arm. «Komm, wir haben sowieso gerade heimgewollt.»

«Ist auch besser so», meint Paul. «Von deiner Familie, Hermann, hört man nicht viel Gutes. Tät mich nicht wundern, wenn ihr schon irgendwo auf der schwarzen Liste wärt. Du weißt schon!»

Hermann geht nach Hause und denkt nach. Er spürt etwas, ein Gefühl, das er gut kennt. Er kennt es von daheim, wenn ihm etwas misslungen ist. Er kennt es aus der Schule, wenn er seine Hausaufgaben nicht ordentlich gemacht hat und der Lehrer den Rohrstock aus der Ecke holt. Hermann hat Angst. Aber diesmal ist es kein Vater, vor dem er sich fürchtet, kein Lehrer. Sondern ein frühreifer Fünfzehnjähriger, der eine Uniform trägt.

Ich muss schnell größer werden, denkt Hermann, als er zu Bett geht, und stärker werden muss ich auch.

6. DIE STREICHHOLZSCHACHTEL

Oben auf dem blau-gelben Etikett steht das Wort «Welthölzer», darunter ein stilisierter Adler; feine Risse durchlaufen das Papier an den Rändern. Die Schachtel ist leer bis auf zwei flache, an den Schwefelköpfen abgebrannte Streichhölzer.

Liese geht in die Knie, packt den schweren Kornsack, den Zentnersack, mit beiden Händen, lässt ihren Körper leicht nach vorn kippen und wuchtet sich aus den Knien nach oben. Einen Moment lang trägt sie den Sack auf dem Rücken, dann macht sie eine Vierteldrehung und setzt ihre Last polternd in den Leiterwagen.

«Vater, Mutter», ruft sie. «Ich bring das Korn in die Mühle und hol unser Mehl!»

«Ist recht», hört sie die Antwort aus der Küche.

Liese nimmt den Leiterwagen bei der Deichsel, geht durch die Hofeinfahrt nach draußen auf die Kronenstraße. Ein wenig grob und breitbeinig scheint ihr Gang für eine Frau Mitte zwanzig. Ihre Augen liegen tief in den Höhlen, länglich ist ihr Kinn, länglich ihr Gesicht mit den starken Wangenknochen. Nichts an ihrem Äußeren, nichts an ihrem

Wesen weist darauf hin, dass sie die Zwillingsschwester von Marie ist. Was dort zu viel an Weichheit sein mag, so sagen die Sandheimer, das findet man bei Liese ein bisschen zu wenig. Wären da keine Frauenkleider, wäre da nicht das lange, zum Dutt geflochtene Haar, so könnte ein flüchtiger Blick glauben, einen hageren jungen Mann vor sich zu haben. Liese geht hinüber in die Neue Anlage bis hinunter zur Mühle. «Ich bring Korn zum Mahlen und will, wenn ich schon mal hier bin, gleich unser Mehl abholen», sagt die Liese, ohne lange zu grüßen. Unter der Mühle rauscht der Bach, treibt das Mühlrad an, die schweren Steine, man hört, wie sie mahlen. Jetzt nach der Ernte gibt es immer viel Arbeit für die Mühle.

Der Müller macht ein verwundertes Gesicht. «Das tut mir jetzt leid, Liese, aber du siehst ja, dass gerade noch mehr Leute was zum Mahlen gebracht haben.»

Die Liese versteht nicht. «Unser Korn hast du schon seit Wochen. Sonst hat's immer nur ein paar Tage gedauert, bis man sein Mehl gekriegt hat.»

Der Müller kratzt sich am Ohr. «Ja, das war in Friedenszeiten. Aber wir sind ja jetzt im Krieg, das weißt sogar du. Ich brauch noch zwei Wochen, dann kriegst du euer Mehl. Vorher kann ich's nicht machen.»

Liese spürt, wie der Zorn in ihr aufsteigt, wie das Blut in die harten Wangen schießt. Ihr rechter Daumen versteckt sich in ihrer Faust. Wäre sie ein Mann, sie hätte dem Müller eins geben können auf sein vorlautes Maul. «Weißt du, was die Leute sagen, wenn du nicht dabei bist? Weißt du, was sie schwätzen?» Eigentlich wollte sie das Gerede nicht weitertragen, das ist nicht ihre Art. Aber jetzt verliert sie die Beherrschung, und ihr hitziges Gemüt gewinnt die Oberhand. «Die Leute schwätzen über deine Verwandtschaft aus der Stadt, weißt du das?» Lieses Stimme ist jetzt laut geworden. Sie merkt es selbst. Sie muss ja lauter sein als der Bach, lauter als das Mühlrad, lauter als der Stein, der das Korn mahlt.

«Pass auf, Frau, was du sagst, pass bloß auf!», sagt der Müller, der sich jetzt aufrichtet und seinen Brustkorb aufbläht. Der Müller ist nicht so hager wie die meisten Bauern in Sandheim. Er ist nicht dick, das kann man nicht sagen, aber ganz dünn ist er auch nicht. Ein Müller hat immer mehr Brot, als er braucht.

Aber die Liese sieht nichts davon, nicht die starken, schwarz behaarten Arme, nicht die drohenden Augen. Die Wut trägt die Liese mit sich fort und dreht ihre Gedanken und ihre Worte, wie der Bach das Mühlrad dreht. «Die Leute sagen, dass deine Verwandtschaft mit leerem Wagen aus der Stadt kommt und mit vollem Wagen wieder abfährt. Hörst du, Müller? Sie sagen, dass du den Leuten ihr Mehl nicht mehr nach zwei Tagen geben kannst, weil du schon zu viel davon unter der Hand verschoben hast. Das sagen die Leute. Aber unser Mehl verkaufst du nicht. Das sag ich dir.» Die Liese, sie weiß nicht, was sie tut, sie steht jetzt vor dem großen, kräftigen Mann und schüttelt ihre Faust, in der sich der Daumen versteckt.

Da verfärbt sich auch das Gesicht des Müllers unter dem weißen Mehlschleier. «Du hältst dein Maul! Sonst kannst du dein Korn grad wieder mitnehmen. Kannst es selber mahlen, wenn du's fertigbringst. Verstehst du? Und wenn dein Vater etwas von mir will, dann soll er bloß kommen und mir nicht seine Tochter schicken, die kein Mann mit der Beißzange anfasst.»

Jetzt stehen die beiden da, keine Armlänge voneinander entfernt. Wäre ich ein Mann, denkt die Liese. Wäre ich ein

Mann, er würde eine kriegen, der freche Kerl! Dann dreht sie sich mit einer schnellen Bewegung auf den Hacken, packt den Kornsack, geht in die Knie, wuchtet ihn nach oben und stellt ihn an die Mauer. «Ich lass dir unser Korn da. Morgen bin ich wieder hier. Dann hol ich unser Mehl von der letzten Lieferung. Oder ich schick den Vater, und der sagt dir dasselbe. Morgen, hörst du, morgen krieg ich unser Mehl!»

Sie will keine Antwort haben von dem Müller, dem Dieb, dem Kerl, der sein Dorf verrät für seinen eigenen Vorteil. So etwas macht man nicht! Sie packt die Deichsel und geht grußlos mit dem Leiterwagen zurück, den Blick stier zu Boden gesenkt. Sie hört die Stimme des Müllers, der ihr etwas hinterherbrüllt, doch sie hört die Worte nicht, sie will sie nicht hören. Dieser Kerl! Jemand wird ihn strafen, denkt die Liese. Die Welt wird ihn strafen – oder Gott selbst. Für einen Moment überlegt sie, ob sie ihn anzeigen soll. Aber womit sollte sie das tun? Mit dem Gerede der Leute? Außerdem weiß sie, dass sich das nicht gehört. Man läuft nicht zur Polizei. Das macht man einfach nicht.

Liese nimmt einen anderen Weg nach Hause, diesmal geht sie durch die Totengasse. Sie will sich beruhigen, sie will am Friedhof vorbeigehen und an der großen Kirche, der mächtigen Sandheimer Kirche, aus Sandstein gebaut vom Geld, das man den Franzosen weggenommen hat nach dem 70er-Krieg. Liese ist stolz auf diese Kirche, auf den Kirchturm, der hoch in den Himmel ragt, der höchste Kirchturm in der ganzen Gegend. Sie will beten, während sie geht. Sie beschwert sich bei Gott, während sie den leeren Leiterwagen durch die Totengasse zieht. Sie will sich eine Strafe wünschen für den Müller. *Herr, ...* Doch sie findet keine Worte. Sie weiß, dass es nicht recht wäre. Der Herr wird alles richten, denkt sie, er braucht mich nicht, um zu sehen, was in der Mühle geschieht. Der Herr wird Gerechtigkeit bringen. So denkt die Liese und murmelt ein Vaterunser.

Bei *Unser täglich Brot gib uns heute* wallt die Wut wieder in ihr hoch. Dieser Müller! Liese hätte heute gerne ihr täglich Brot gebacken. Bei *Wie auch wir vergeben unsern Schuldigern* folgt dem Zorn die Reue. Nein. Sie will vergeben. So ist es recht, so steht's geschrieben. Der Herr wird es richten. Nur der Herr allein.

Die Liese hat gerade den halben Weg nach Hause hinter sich, als ein Geräusch sie aus den Gedanken reißt. Es ist die Sandheimer Sirene. Ein Fliegerangriff! Liese schaut sich um. Wen kennt sie hier? Sie lässt den Wagen auf der Straße stehen und rennt mit zwei, drei schnellen Schritten die nächste Treppe nach oben und auf die Tür zu. Hier war sie noch nie, aber sie hat gehört, dass es hier einen guten Keller gibt. Die Zeit würde nicht reichen, um heimzukommen, so viel hat sie gelernt bei den letzten Angriffen. So schnell sind die Flieger.

Sie klopft und reißt dabei schon die Tür auf. Sie ruft: «Ich komm zu euch, ich komm zu euch in den Keller.» Sie stürzt in den Flur. Hinter welcher Tür geht es nach unten?

Gegenüber fliegt die Stubentür auf. Da kommt die Elli, die Fremde. Elli, von der manche glauben, sie stamme aus Berlin, andere behaupten, sie komme aus dem Rheinland. Aber wie ist diese Frau nur angezogen? Liese, obwohl in Eile wegen der Bomber, erstarrt mitten in der Bewegung: Elli trägt nicht den strengen, grauen Bauernrock der Sandheimer. Sie trägt ein Kleid wie die Frauen in der Stadt. Und eigentlich trägt sie es auch gar nicht. Die Knöpfe an der Rückseite sind offen, Liese sieht im Ausschnitt des weiten Unterhemds den großen Busen der fremden Frau. Hinter Elli – Jesus! – steht der polnische Arbeiter aus dem Zickzack-Weg und macht sich gerade die Hose zu. Herr im Himmel!, denkt die Liese. Mitten am Werktag. Und die Elli ist doch verheiratet. Dass es mit der Ehe nicht zum Besten steht, das hat die Liese schon reden hören. Die Frau wohnt auch nicht mehr im Haus ihres Mannes. Aber so was. Und mit einem Polen!

«Glotz nicht!», hört die Liese jetzt Ellis Stimme. «Runter in den Keller, los!» Elli reißt die Tür auf der linken Seite auf und springt die Stiegen hinab, der Pole und die Liese hinterher.

Von draußen hören sie, wie sich in das Heulen der Sirene das Brummen eines Bombers mischt.

«Sie kommen die Bahnlinie entlang», sagt Elli, die lauschend den Kopf zur Seite dreht, während sie dem Polen ein Zeichen gibt, ihr das Kleid wieder zuzuknöpfen. Sie dreht den Kopf weiter nach hinten, lächelnd, die Augen halb geschlossen, und der Pole, wahrhaftig, küsst sie, küsst sie anders, als Liese das von ihren Eltern kennt. Lange und mit halb offenem Mund.

Draußen bellt von weit her ein Maschinengewehr, dann mehrere dumpfe Detonationen von den Feldern.

Elli, die den Kuss inzwischen beendet hat, wiegt den Kopf hin und her, dann schaut sie die Liese an und sagt mit einer lachenden, kehligen Stimme: «Ich find's ja schön, dass auch mal eine von den ganz frommen Frauen mich besuchen kommt. Richtig schön find ich das.» Sie greift nach hinten, um den Mann zu fassen, der seine Hände um ihren Bauch gelegt hat. «Liese heißt du, nicht wahr?» Liese nickt. «Dann hör mal, Liese. Du kannst immer gerne bei mir vorbeikommen. Aber das da oben», Elli macht eine Kopfbewegung Richtung Kellerfenster, «das war falscher Alarm. Die wollen heute nix von unserem kleinen Dorf. Sie haben's auf die Bahn abgesehen.»

Liese möchte etwas sagen. Aber was sie da sieht, die Hände des Polen, die jetzt nicht mehr nur den Bauch der fremden Frau streicheln, nein, das ist zu viel für sie. Im nächsten Moment hören sie ein Krachen, ein Dröhnen, ein Zittern, das durch die ganze Erde geht.

«Das ist vom Bahnhof gekommen», sagt die Elli. Die sich jetzt der Umarmung des Mannes entwindet und ein paar Schritte nach vorne geht, wo die Kellerdecke am stabilsten ist. Sie zählen die Sekunden, halten die Luft an, lauschen nach draußen. Aber alles, was sie hören, ist das Brummen des Flugzeugs, das sich mehr und mehr entfernt.

Liese will raus aus diesem Keller, weg von dieser auswärtigen Frau, weg von diesem Polen. «Ich muss jetzt heim», sagt sie und wartet nicht ab, ob sie eine Antwort bekommt, sondern nimmt an der Treppe zwei Stufen auf einmal.

Elli küsst ihren Polen. «Die Kleine muss noch viel lernen, mein Braunbär. Oder sie lernt es nie.»

Als Liese ihren Leiterwagen erreicht, schaut sie hinüber zum Bahnhof. Ein Stück weiter rechts steigt Rauch auf. Es muss irgendwo brennen. Eigentlich wollte sie nur nach Hause. Aber eine Mischung aus Hilfsbereitschaft, Neugier und Vorahnung lässt sie die andere Richtung einschlagen. Sie geht zurück zur Mühle. Denn genau von dort steigt die schwarze Rauchsäule hinauf in den Sandheimer Himmel. Sie geht erst langsam, dann schneller, bis sie schließlich läuft, so gut es mit dem Leiterwagen geht. Und dann sieht sie, dass es wahr ist: Die Mühle brennt.

«Vorn am Bahnübergang hat's Tote gegeben», hört sie eine Frau aus dem Fenster rufen. «Sie haben den Zug bombardiert. Lauf hin, Liese, mit deinem Leiterwagen. Du kannst sicher helfen mit den Verletzten.»

Liese schaut auf die brennende Mühle, dann auf die Frau

im Fenster, die ihr winkt, dass sie weitergehen soll. Dann sieht sie, dass von links aus der Unteren Gasse noch andere junge Frauen mit Leiterwagen zu den Bahngleisen laufen. Ihre Schwester ist mit dabei, die Marie. Seltsam, denkt Liese. Der Zug ist getroffen, die Mühle brennt, aber da war doch nur eine einzige Bombe.

«Wieso brennt die Mühle?», fragt Liese die Frau im Fenster.

«Ja, die Mühle», sagt die Nachbarin und schaut auf das Feuer mit einem Blick, in dem mehr Genugtuung als Mitgefühl zu liegen scheint. «Hast du's nicht krachen hören vorhin?»

Liese nickt. Doch, doch. Sie hat's krachen hören. Sie läuft weiter zu den Bahngleisen, dort wird man sie brauchen. Was sie im Laufen nicht bemerkt, ist eine kleine Papierschachtel, die nah der brennenden Mühle in den Büschen liegt. Eine Schachtel mit gelb-blauem Etikett, auf dem oben das Wort «Welthölzer» steht. Darunter das Bild eines stilisierten Adlers.

7. DER LEITERWAGEN

> Der Leiterwagen steht unter einem Pultdach zwischen Hof und Garten. Die Metallbeschläge an den Holzrädern sind bereits beschädigt. Er quietscht in den Achsen. Etwas Öl sollte genügen, um ihn wieder flottzukriegen.

So schnell ist noch nie ein Flugzeug über Sandheim gekommen. Die Sirenen heulen los wie ein mondsüchtiger Hirtenhund, da hört Marie schon den Motor. Sie müsste jetzt in den Keller laufen, aber etwas hält sie draußen an der Sonne. Sie steht im Garten, und kein Onkel ruft nach ihr. Unter dem alten Walnussbaum verharrt sie, und mit einem Mal – eigenartig, wie die Zeit sich dehnt und die Nase empfindsam wird von einem Moment auf den nächsten – fühlt Marie sich völlig eingehüllt vom süßlich-faulen Duft der herbstlichen Walnussblätter, über denen ein feindlicher Bomber das Verderben auf die Erde speit.

Marie sieht die Maschine, einen Jagdbomber mit rotem Schwanz, wie eine Eule im Tiefflug über den Bahnhof gleiten, und dann hört sie das Maschinengewehr, sein Ziel scheint etwas weiter südlich zu liegen, irgendwo beim Hestlichweg. Herr, hilf, denkt Marie, die haben einen Zug am Wickel. Der Pilot dreht eine Kurve draußen über dem Feld, zieht seine Maschine knapp über die Bäume des Sandheimer Waldes, kehrt zurück, gewinnt etwas an Höhe. Und dann sieht Marie, wie der Pilot seine Ladung ausklinkt, wie zwei Bomben fallen in einer unsagbar langsamen Kurve, wie sie wie anhängliche Kinder mit dem Mutterflugzeug mitfliegen wollen – und sich dann, erst widerstrebend, dann fügsamer, Meter für Meter und immer schneller der Schwerkraft hingeben und aus Maries Blickfeld entschwinden. Die Detonationen schicken ein leichtes Zittern durch die Erde unter Maries Füßen. Er hat sie über dem Feld abgeworfen, wundert sich Marie, warum tut er das? Will er Ballast loswerden?

In einem Bogen kommt die Maschine jetzt wieder über den Bahnhof, noch tiefer scheint sie zu gehen als beim ersten Angriff, damit die Kugeln noch mehr Wirkung haben, wenn sie den Zug zersieben. Erneut hört Marie das Maschinengewehr, dann die Explosion einer Bombe. Sie sieht auf einmal Rauch aufsteigen, etwas versetzt links hinter der Kirche.

Die haben etwas getroffen, denkt Marie, und dann merkt sie, dass etwas nicht stimmt. Die Geräusche haben sich verändert, etwas scheint zu fehlen. Der Bomber. Marie hört ihn nicht mehr. Eben noch zog er im Tiefflug übers Feld. Ob sie ihn abgeschossen haben? Doch wie sollte das gehen, wenn kein Geschütz einen Laut von sich gegeben hat? Und so steht Marie unter dem Walnussbaum im Garten ihres Onkels und weiß nicht, ob die Welt an diesem Tag in Unordnung geraten ist oder doch nur ihr Gehör.

Eine halbe Stunde später steht Marie mit dem Leiterwagen am Hestlichweg. Hierher hat man sie beordert. Einen Zug in Stücke schießen – das ist Männerarbeit. Die Toten und Verletzten aus den Trümmern ziehen – das machen die Weiber. Marie hilft einer jungen Frau, sie kann nicht viel älter als zwanzig sein, aus dem zerstörten Waggon. Die Frau blutet an der Schulter, und ihr linker Arm baumelt wie leblos in der Luft. Erst jetzt bemerkt Marie den Bauch der Fremden. «Schwanger?»

Die Fremde nickt blass. Marie bringt sie zu einem Leiterwagen. Die Frau soll sich setzen. Aber sie will nicht, sie möchte zu Fuß gehen. Als Marie sich umdreht, haben andere Frauen aus dem Dorf bereits einen stöhnenden Schwerverletzten in ihren Leiterwagen gepackt, er blutet aus mehreren Wunden an den Beinen. Marie schnappt sich die Deichsel und zieht den Wagen zur Markthalle, wo man eine Art Notlazarett eingerichtet hat. Fast stolpert sie im Gehen über die Füße eines Toten, der links bei den Büschen liegt. Die Leichen – Marie zählt sie nicht –, man schafft sie aufs Grundstück des Tierarztes, dessen Haus gleich neben der Bahnlinie steht. Sie liegen da ganz ordentlich in Reih und Glied. Und manche liegen nicht mehr in einem Stück.

Der Pilot muss geglaubt haben, dass er auf einen Zug voller Soldaten feuert. Doch jetzt holen die Frauen des Dorfes so viele Zivilisten aus den Kadavern der Waggons.

Und dann verschwimmen ihr die Bilder des Tages. In der Markthalle wird sonst Tabak gewogen, Tabak eingeschätzt, acht Prozent mehr Geld pro Pfund für gute Qualität, acht Prozent weniger für schlechte. Die Spargel werden gewogen im Mai. Wenn sie gerade gewachsen sind, dick und tadellos weiß, dann bekommt man viel mehr Geld für das Pfund. Aber heute liegt hier Verletzung an Verletzung, man blutet, man überlebt, man stirbt, ein Wimmern und Weinen und dazwischen Marie, die den Leiterwagen zieht, Verwundete tröstet, Verbände anlegt.

«Um ein Körperteil, zum Beispiel den Oberarm, mit einer Binde zu umwickeln, umkreist man denselben zunächst einmal vollständig kreisförmig, sodass die zweite Windung der Binde die erste vollständig deckt. Damit gibt man dem Anfange der Binde einen Halt. Dann geht man in engen Spiralwindungen um das Glied herum, sodass jede Windung ungefähr mit einem Drittel die vorausgehende deckt.» So steht es im *Dienstboten-Hausschatz*, dem mehr als 400 Seiten starken Kompendium, das all jenes Wissen versammelt, das man braucht, wenn man einen Haushalt führen will, so wie Marie es tut bei ihrem Onkel Jakob. Jetzt hat sie ausreichend Gelegenheit zu tun, wie es geschrieben steht. Sie legt Verband um Verband an, umwickelt Oberarme und Unterschenkel, verbindet Köpfe, Schultern, Handrücken.

Irgendwann schickt man sie nach Hause. Und dort sitzt sie in ihrer Kammer und betet zu Gott um gütige Aufnahme für die Seelen der Getöteten, bittet um Genesung für die Verwundeten, bittet für die schwangere Frau, die ihr Kind im Krieg gebären wird. Möge sie gesund bleiben, möge das Kind in einer friedlicheren Zeit aufwachsen. Sie dankt auch für die Kraft, mit der sie hat helfen dürfen. Für die Ruhe ihres Geistes zwischen all den Verlorenen und Verwirrten, die eben noch in einem Zug nach Karlsruhe saßen und dann mit einem Mal nicht mehr wussten, wie ihnen geschah. Sie spricht auch ein Gebet für Sandheim. Möge der Herr seine Hand schützend über das Dorf halten.

Ja, denkt Marie, nachdem sie ihr Gebet beendet hat, der Herr hat Sandheim gesegnet. Was für ein Glück, hier aufzuwachsen und zu leben – direkt im Mittelpunkt einer ruhigen Welt, die jetzt in Unruhe gerät.

8. DIE ESSGABEL

> Sie stammt aus einem Bauernbesteck und sieht aus wie ein Sonntag. Einige Stellen an den vier spitzen Zinken haben Rost angesetzt. Als Griff wurde vorne und hinten je ein schmales, abgerundetes, schwarzes Holzplättchen auf das Eisen genietet.

Den Rauchgeruch verkohlender Balken bemerkt Antonia zuerst in ihren Träumen. Er führt sie wie ein Fährmann hinüber in das Land des Erwachens, sie schlägt die Augen auf. Nach dem Frühstück steckt sie sich – den Auftrag bekam sie am Vorabend – eine Essgabel aus der Küchenschublade in die Tasche und geht hinaus auf die Straße, vorbei an den qualmenden Trümmern der Mühle, vorbei auch an den zerschossenen Zugwaggons, vorbei an den Toten, die noch immer im Garten des Tierarztes liegen.

Die gesamte 8. Klasse versammelt sich mit dem Lehrer am östlichen Ortsrand. Der Franz, der Sohn des Schreiners, hat folgsam wie immer den Handwagen seines Vaters mitgebracht, den Wagen mit der großen Holzkiste. Man gruppiert sich in Zweierreihen. Manche gehen im Gleichschritt, als die Klasse sich in Bewegung setzt, Antonia an dritter Stelle, neben ihr die dicke Kattel. Man trägt die grobe Sandheimer Werktagskleidung, man wird arbeiten. Droben im Wald ist er abgestürzt, der feindliche Flieger.

«Der hat eine Kurve fliegen gewollt überm kleinen Hasentor», sagt der Eugen, der alles gesehen hat. «Und dann ist er immer tiefer und tiefer gekommen, und dann ist er hinten irgendwo beim Sportplatz – bumm! – in die Bäume hineingerauscht!» Eugens Arme wirbeln wild durch die Luft. Ja, er hat ein Abenteuer erlebt, vielleicht ist er der einzige Zeuge des Unfalls.

Ob der Mann im Flugzeug das überlebt hat?, fragt die dicke Kattel. Die Jungen lachen sehr.

«Kattel, du weißt gar nichts über Flugzeuge, oder?», sagt der Max.

Wie gemein, denkt Antonia. Aber eigentlich ist ihr klar, dass der Max nur das ausspricht, was außer der Kattel ohnehin alle denken: Keiner kann so einen Absturz überstehen.

Der Lehrer, ein pensionierter Veteran, der die Klasse mehr mit dem Rohrstock führt als mit pädagogischem Geschick, weist die Buben zurecht. Sie sollen die Kattel nicht auslachen. Trotzdem war die Frage natürlich sehr, sehr dumm. Jetzt gabelt sich die Straße, links führt der Weg über Felder und Wald hinüber nach Speckheim. Nach rechts geht es Richtung Süden, wo am Waldrand der Sandheimer Fußballplatz liegt. Dorthin marschiert die 8. Klasse. Die Kinder sollen ein bisschen aufräumen. Wer weiß, was es dort alles zu holen gibt?

Und dann, ein paar hundert Meter weit im Wald, sehen sie die Schneise. Antonia steht da mit offenem Mund. Wenn so ein Bomber in den Hochwald rauscht, dann geht alles kaputt: Die hohen Kiefern krachen, die Fichten knicken, die Tragflächen brechen. Der Wald sieht aus, als wäre eine riesige Klinge durch die Stämme gefahren wie eine Sichel durch den Futterklee für die Stallhasen. Blechteile liegen neben zerfetzten Baumleichen, und dann sieht Antonia das erste Stück Menschenfleisch, einen Armstumpf in grünlichem Uniformrest.

«So, Kinder», kommandiert der Lehrer. «Unsere Aufmerksamkeit gilt nicht dem feindlichen Kampfgerät, sondern dem Feinde selbst.» Der alte Mann räuspert sich. Er redet in der Sprache des Volksempfängers, er vertritt im Moment den Führer persönlich, die Autorität des gesamten Deutschen Reiches. Er lässt seine offiziellen Worte noch ein wenig nachwirken. Die Klasse schaut ihn an aus ratlosen Augen. Der Lehrer spürt den Zorn in sich aufsteigen. Diese ungebildeten, faulen und saudummen Bauernkinder! Er muss es ihnen mal wieder auf die einfachste und blödeste Art sagen, die man sich überhaupt nur denken kann.

Er seufzt. «Na gut, Kinder. Ihr nehmt jetzt eure Gabeln. Und wenn ihr Teile der, äh», jetzt kratzt sich der Lehrer am grauen Haarkranz, «also, wenn ihr Stücke von dem toten Piloten findet, dann spießt ihr sie auf und werft sie in die Holzkiste auf dem Wagen. Habt ihr das verstanden?» Diesmal hat er offenbar die richtige Sprache gefunden. Die Kinder nicken, einige der Jungen sogar mit einem gewissen Eifer. «Also gut. Und denkt daran: Ihr fasst die Leichenteile nicht an. Dafür habt ihr eure Gabeln dabei. Und wenn ihr Gegenstände findet, zum Beispiel in den Taschen, dann gebt ihr die bei mir ab. Auf geht's!»

Jetzt verteilen sich die Kinder rechts und links der Schneise und suchen nach Menschenresten. Antonia schielt auf das

Armstück. Sie wird es natürlich aufspießen und einsammeln, wenn kein anderer es sieht, aber sie wartet lieber ein bisschen. Und dann, tatsächlich, haben zwei der Buben das abgerissene Stück entdeckt und balgen sich fast darum, wer es auf die Gabel stecken und wegräumen darf.

«Hier, hier, guckt mal alle», ruft der Gustav, Antonia mag ihn nicht. «Guckt doch mal!» Und Gustav hält die Gabel nach oben mit dem kurzen Armstück, er hält sie hoch wie eine Siegestrophäe, mit einer Freude im Gesicht, mit der man beim Pilzesuchen auf den Stammansatz einer Föhre zeigt, wenn man die erste Krause Glucke des Sommers entdeckt hat, die vielleicht so groß ist, dass man aus ihr ein Essen machen kann, das für eine ganze Familie reicht.

Antonia schaut hinüber auf die andere Seite der Schneise, wo Hermann steht. Er lehnt an einer kräftigen Buche, die den Absturz unbeschadet überstanden hat, er beobachtet Gustav mit finsterem Blick. Er kann es nicht leiden, was der Gustav da macht, denkt Antonia. Er kann es so wenig leiden wie ich. Einigen in der Klasse geht es aber gar nicht so wie Antonia und Hermann. Sie jubeln, als sie den Gustav sehen, der den Fleischfetzen in die Luft hält, den Arm des amerikanischen Piloten, der gestern um diese Zeit noch seine Thunderbolt über das Rheintal gesteuert hat wie einen störrischen Gaul. Gustav geht hinüber zum Sohn des Tischlers und wirft seine Beute in den Holzkasten. Der Tischlersohn hat auf Anraten des Vaters etwas Sägemehl in die Kiste gestreut. Das Mehl bindet die Sauerei, die aus dem Toten herausschmoddert. Man möchte die Kiste auch wieder sauber kriegen. Morgen will man ja wieder Holz damit transportieren, da kann man den ganzen Dreck nicht gebrauchen und den Geruch auch nicht.

Antonia schlendert lustlos am Rand der Schneise entlang, immer wieder erklingen Triumphrufe vor und hinter ihr, Jubellaute von der anderen Seite der Schneise. Nach und nach füllt sich die Kiste. Da, auf einmal hört sie einen anderen Laut: Sie schaut nach oben, wo ein Eichelhäher-Paar krächzend durch die Krone einer Eiche hüpft. Antonia mag diese Vögel, Herrenvögel, wie man in Sandheim sagt; sie mag die kleine blaue Stelle in ihrem Gefieder. Sie geht zwei, drei Schritte, um die Vögel besser sehen zu können, und dann spürt sie unter ihrem Fuß etwas, ein bisschen hart, ein bisschen weich, etwas, das sich ganz anders anfühlt als Moos und Waldboden. Antonia steht und schaut, worauf sie da getreten sein mag, und stutzt und bückt sich, um nicht nur zu sehen, sondern auch zu begreifen, was da unter ihrer Sohle knirscht. Und dann sieht sie die Zähne, den Kieferknochen, das Zahnfleisch, noch immer ein wenig rosa.

Antonia schaudert. Unter ihrem Fuß liegt der halbe Unterkiefer eines Menschen, ein Hautlappen hängt daran, der früher einmal die Wange gewesen sein muss. Antonia will diese Zähne nicht sehen, sie nimmt ihre Gabel und legt vorsichtig den Hautlappen darüber, und dann sieht sie die Bartstoppeln. Der Mann, so denkt Antonia, die erstaunt ist über die Kälte und Präzision ihrer eigenen Gedanken, der Mann scheint sich vor seinem Einsatz nicht rasiert zu haben. Sein Bart ist weniger dicht als bei Antonias Vater. Und seltsam, die einzelnen Stoppeln haben eine ganz unterschiedliche Färbung. Einige scheinen tiefschwarz zu sein, andere sind braun, einige wieder von einem fast kupferfarbenen Rot und dazwischen auch ein paar Haare in reinem Blond.

Sie hat noch nie den Bart eines Mannes so genau besehen. Wie mag wohl Hermanns Bart aussehen, später, wenn die Haare anfangen, um sein Kinn zu wachsen? Sie freut sich auf den Bart von Hermann. Sie schaut auf die Stoppeln um den zerschmetterten Unterkiefer vor ihren Füßen, und etwas wallt in ihr auf, fast wie Zärtlichkeit. Diese Farben, wie kann ein Mensch so viele Haarfarben gleichzeitig haben? Wie kann einer schwarz sein und braun und rot und blond zugleich? Vielleicht wären dem Amerikaner, wäre er so alt geworden wie Antonias Vater, auch schon ein paar weiße oder graue Haare gewachsen. Fünf Haarfarben an nur einer Wange. Wie unglaublich das war. Und genau als Antonia diesen Gedanken denkt, wuchten von rechts vier Gabelzinken in das Wangenfleisch auf dem Waldboden.

«Guckt mal her, was ich da hab!», ruft der Gustav und lässt den Unterkiefer in der Luft kreisen.

Antonias Faust ballt sich um den schwarzen Holzgriff ihrer Essgabel. Am liebsten würde sie dem Gustav jetzt jeden ihrer spitzen Zinken direkt in den dicken Hintern rammen.

Aber der Gustav läuft schon johlend hinüber zu seinen Kameraden, um ihnen seinen Fund zu zeigen. «Guckt euch mal die Zähne an, das sind richtige Zähne.»

Am Abend liegt Antonia im Bett, und wenn sie die Augen schließt, dann träumt sie, dass sie neben Hermann durch den Wald spaziert, und Hermann sieht ein bisschen älter aus als heute, wohl auch ein wenig größer und kräftiger, und um sein Kinn wächst ein zarter Bart mit schwarzen, braunen, roten und blonden Stoppeln. Und Antonia merkt, dass sie sich ein ganz klein wenig verliebt hat. So sehr, wie man das eben kann, wenn man aus Sandheim kommt und 14 ist und der Krieg noch immer andauert. Es ist die erste Nacht, in der Antonia nicht von ihrer Doris träumt, nicht mehr träumen muss von dem Pferd, das sie ihr weggenommen haben, das jetzt wahrscheinlich schon totgeschossen irgendwo im Osten auf einem Acker liegt und gefressen wird von den Vögeln.

9. DAS GEWEHR

> Draußen im Schrank unterm Holzlager steht das kleine Gewehr. So einen «Flobert» besaß früher fast jeder in Sandheim. Heute braucht man dafür einen Waffenschein.

Warum hat er ihr sein Wort gegeben? Richard weiß es selbst nicht mehr. Wahrscheinlich, um sie zu beruhigen; er mag seine Julia nicht traurig sehen. Das Gewehr steht im Schrank. Es ist keine Jagdflinte, sondern nur ein Kleinkaliber, 6 Millimeter. Aber ein Schuss in die Schläfe wird trotzdem töten, schnell und sicher.

Richard hat nie geglaubt, dass der Tag jemals kommen würde. Und nun ist er da. Der kleinen Charlotte haben sie nichts gesagt. Man lässt ja auch ein Tier nicht leiden, man füttert es wie jeden Tag, auch wenn man weiß, dass am nächsten Morgen der Metzger im Stall steht. Charlotte schläft also, sie liegt in ihrem Bett und träumt. Sie wird nie wieder aufwachen. Sie wird aus dem Leben gehen, ohne eine Sekunde der Angst, ohne einen Augenblick des Misstrauens.

Es sind die Sekunden danach, die Richard fürchtet. Er wird nachladen müssen, mit ruhiger Hand. Die Waffe gegen seine Frau erheben, die wach ist, die weiß, was kommt, ohne Vertrauen in die Güte des Lebens und der Welt. Er wird sie töten müssen. Er wird die beiden Menschen töten, die am wichtigsten sind in seinem Leben.

Richard holt den Schnaps aus dem Schrank, füllt zwei Wassergläser bis an den Rand und leert das erste, ohne abzusetzen. Das Zeug brennt durch seine Kehle. Es schmerzt noch lange im Magen. Richard leert auch das zweite Glas. Drei Patronen hat er auf den Tisch gelegt und daneben das kleine Gewehr. Er hat es immer gut gepflegt, es wird seinen

Dienst nicht verweigern – solange nur er, Richard, nicht versagt. Solange seine Hand die Hand eines Mannes bleibt.

Die Tür geht auf, Julia tritt herein. Die Augen nicht gerötet von Tränen, sondern ganz gefasst. Sie hat fast zwölf Jahre gehabt, um sich auf diese Nacht vorzubereiten. Schon so oft ist sie gestorben. So viele Male lag Post im Briefkasten. Jeder Amtsbrief, ungeöffnet, ein Todesurteil. Richard hat sich immer Vorwürfe gemacht, sie nicht fortgenommen zu haben, als noch Zeit dafür war. Jetzt trägt er die Schuld an all dem, was kommt. Er steht auf und breitet die Arme aus, er will sie noch einmal halten, bevor sie gehen müssen. Aber Julia schüttelt den Kopf. Richard kennt dieses Gesicht. Bei Julia ist ein Nein ein Nein, sie verhandelt nicht. Etwas Unbedingtes liegt dann in ihrem Blick, wie bei einem General, der beschlossen hat, in der nächsten Schlacht keine Gefangenen zu machen.

Der Schnaps hat jetzt Richards Gehirn erreicht. Er ist betrunken. Er redet sich gut zu. Er muss sich konzentrieren. Ein letztes Mal in diesem Leben noch.

«Mann, es ist Zeit», sagt Julia.

Richard nimmt das Gewehr, legt den Kammerstängel um, öffnet den Verschluss, legt die erste Patrone ein, zieht langsam und gründlich durch. Die Mechanik klackt sauber und vertraut, der Hebel geht wie von selbst zurück in die Ausgangsstellung. Richard atmet, schwer und tief, um die aufkommende Übelkeit zu bekämpfen. Er öffnet die Tür ins Schlafzimmer und tritt ans Bett seiner Tochter. Er blickt noch einmal zurück. Julia nickt. Sie hat längst Abschied genommen.

Der Vater hebt die Flinte, die Mündung direkt an die Schläfe seiner schlafenden Tochter, ganz nah, doch ohne sie zu berühren; er darf sie nicht wecken. Er fühlt den Abzug am rechten Zeigefinger, und mit dem nächsten Ausatmen zieht er durch. Er hört den Knall nicht, seltsam, seine Ohren sind wie verschlossen, doch das Blut quillt aus der Wunde am Schädel in einem Strahl, so dick wie ein kleiner Finger. Der Körper des Kindes hat nicht einmal gezuckt. Richard übergibt sich. Er wischt sich mit dem Ärmel seiner Jacke über den Mund und wankt zurück zum Tisch. Er muss jeden Schuss einzeln laden. Jetzt also die Kugel für sein Weib! Seine Finger zittern. Zweimal verfehlt er das offene Schloss seines Gewehrs. Vor dem dritten Versuch ist er nicht schnell genug. Statt der Patrone fühlt er auf dem Tisch die Hand seiner Frau, deren Haut ihm kalt vorkommt wie Metall.

Sie nimmt ihm das Gewehr aus der Hand, lädt die Waffe, ruhig und gefasst. Sie reicht sie ihrem Mann, hält sich den Lauf an die Stirn und schaut ihm gerade in die Augen. «Jetzt, Mann, tu es!»

Richard macht die Augen zu. Atmend, weinend, zitternd. Und dann, mit einem Ruck, einem Schütteln aus seinem ganzen Körper, betätigt er den Abzug.

Diesmal hört Richard den Schuss, das platschende Geräusch, mit dem der Blutstrahl auf den Dielenboden trifft, den dumpfen Aufprall ihres leblosen Leibes. Richard steht wie tot. Für Sekunden, für eine Minute, für noch eine. Dann atmet er wieder, japsend, ein Ertrinkender, der kurz vor der Besinnungslosigkeit doch noch die Wasseroberfläche durchstoßen hat, schluchzend, einmal, zweimal. Dann öffnet er die Augen und blickt in ein leeres, verlassenes Zimmer. Etwas Warmes und Feuchtes dringt durch seine Strümpfe auf die Haut an seinem Fußrücken und sickert zwischen seinen Zehen hindurch Richtung Fußsohlen. Er darf jetzt nicht länger warten. Er muss es zu Ende bringen.

Er geht zum Tisch, nimmt den Schnaps und trinkt in gierigen Zügen direkt aus der hellen Flasche. Das Brennen im Schlund gibt ihm die Entschlusskraft zurück. Er lädt auch die letzte Patrone. Dann hält er sich die Waffe an die rechte Schläfe. Er kann den Abzug noch erreichen, es geht, er hat es ausprobiert. Sein Atem rast. Er hat Angst. Er will nicht sterben, er will nicht leben. Er spürt noch, wie nass die Mündung der Flinte ist, getränkt in einer Mischung aus Hirnmasse und Blut. Dann presst er mit dem Daumen der rechten Hand den Abzug nach hinten.

Als die Nachbarn die Schüsse hören, stürmen sie auf die Straße und leuchten mit ein paar Lampen in die totenstumme Wohnung. Sie haben einen Schlüssel für die Tür, für Notfälle, wie es unter Nachbarn in Sandheim üblich ist. Sie finden die drei Leiber in kleinen Teichen aus Blut und Erbrochenem. Das Mädchen ist tot. Die Frau ist tot. Aber Richard lebt.

«Die Flinte muss ihm abgerutscht sein», sagt Dorfpolizist Dünnmann zu einem der Nachbarn am nächsten Tag. «Frag mich nicht, Schorsch, wie er das geschafft hat.» Und in diesem Moment verfällt er in ein Kichern. «Aber der Richard, der hat sich einfach nicht richtig getroffen.» Dünnmann biegt sich jetzt vor Lachen. «Er hat sich nicht getroffen, hahahaha.» Er wischt sich die Tränen aus den Augenwinkeln. «Ganz im Ernst. Die Kugel ist ihm in die Schläfe gegangen, und dann ist das Gewehr abgerutscht oder was weiß ich. Der Richard, der blöde Hund, hat sich von hinten selber das Auge rausgeschossen.»

Schorsch, der Nachbar, nickt. «Und, kommt er davon?»

Dünnmann zuckt mit den Achseln. «Die in Heidelberg

flicken ihn schon wieder zusammen. Die haben ja jetzt Erfahrung mit so Sachen.»

Man schweigt.

«Jedenfalls», sagt Dünnmann, «sind die Kerle aus Karlsruhe jetzt umsonst gekommen. Die fahren jetzt leer zurück in die Stadt und ohne die Judenweiber.» Pause. Dünnmann winkt ab. «Die Totenfrau kommt gleich und nimmt die beiden mit.»

Er steckt sich eine Zigarette an. So eine Schweinerei da oben. Irgendwer wird putzen müssen. Aber zwei tote Juden. Das bedeutet weniger Papierkram. Glück im Unglück, denkt Dünnmann und geht langsam zurück in seine Amtsstube.

Ein paar Tage später wird man Julia und Charlotte begraben. Auf dem Sandheimer Friedhof, immerhin. Die beiden Leichen liegen zwar nicht in Särgen, wie es üblich ist, sondern nur in Holzkisten. Aber es sind saubere Holzkisten, das muss man sagen. Mitbekommen werden sie es so oder so nicht mehr. Und von der Verwandtschaft ist ja praktisch keiner mehr da.

10. DAS PFERDEGESCHIRR

In der Scheune hängt das ovale Kummet aus Leder. An den Ösen flattern die Haare einer Pferdemähne. Sie gehören einem Tier, das schon lange nicht mehr lebt.

«Hermann!» Der Filp ruft, laut und zackig, er betont die erste Silbe und spricht sie so kurz, als wäre da kein E zwischen dem H und dem R.

«Hermann!» Noch einmal der Vater. Hermann liegt noch im Bett. Jetzt schnell antworten, denkt er. Denn nach dem dritten Ruf ohne eine Rückmeldung wird der Alte – eigentlich ist er ein guter Kerl – fast immer wütend. Und dann kann es sein, dass Hermann trotz seiner 14 Jahre noch was mit dem Gürtel kriegt. «Ja, hier!», ruft Hermann zurück, er springt auf, geht in den Flur und zur Küche. Jetzt steht er in der Tür.

Der Vater sitzt am Tisch. «Ich brauch dich heute, Bub. Wir fahren rüber nach Bruchsal. Nach dem Frühstück geht's los.»

Es ist Anfang Oktober. Die Blätter im Wald haben sich längst verfärbt. Noch ein kräftiger Sturm, und die Bäume werden kahl sein und keine Deckung mehr bieten vor den feindlichen Jagdbombern, die jetzt immer häufiger und immer freier über die Sandheimer Felder fliegen. An der großen Straße nach Süden hat man bereits erste Splittergräben ausgehoben, alle hundert Meter einen. Wenn man auf dem Feld arbeitet und dann die Flieger hört, dann läuft man hin und springt hinein und hofft das Beste.

Bruchsal ist die Stadt im Osten von Sandheim. Das ist nicht unbedingt die Flugrichtung der Jabos. Doch gefährlich ist es jetzt überall. Warum nach Bruchsal? Hermann weiß es nicht, und er fragt auch nicht. Das wäre vorlaut. Hermann wartet also und schaut seinen Vater an. Der Vater weiß, was der Blick bedeutet. Er erklärt. Er macht das, findet Hermann, fast immer besser als die Lehrer in der Schule. Man kann ihm gut zuhören, man weiß hinterher mehr als vorher. Der Gärtner, so sagt der Vater, will etwas bauen, und drüben in der Stadt gibt es Bruchsteine. Aber der Gärtner hat kein Pferd mehr. Also muss jemand hinüberfahren und die Steine holen. Da hat der Gärtner einfach seinen Cousin gefragt, und das ist der Vater von Hermann. Die Familie von Hermann hat im Moment sogar zwei Pferde, weil Hermanns Vater gerade ein ganz junges Tier bekommen hat, kein Mensch weiß, wie das ging. Und dann haben sie noch den alten Gaul, der schon zu müde ist für den Krieg.

«Mit unseren Gäulen ist es wie mit uns», hat der Vater gesagt. Der Filp hat dem Jungen kräftig auf die Schultern gehauen. Ja. Um Soldat zu sein, ist der Hermann noch zu jung und der Vater schon zu alt. Der taugt nur noch für den Volkssturm.

«Danket dem Herrn, denn er ist freundlich, und seine Güte währet ewiglich. Amen!» Hermanns Mutter hat vom Tisch gebetet.

«Amen», sagt der Filp.

«Amen», sagt der junge Hermann.

Er steht auf, geht hinaus in den Hof, um die Pferde vor die Rolle zu spannen, den flachen, neuen Wagen. Den jungen Gaul links, den alten Gaul rechts. Der Hermann setzt sich auf die Bank neben den Vater, und dann fahren sie los zur Speckheimer Straße und zum Kammerforst nach Bruchsal.

Man fährt durch die Ebene, vorbei an Wiesen und Feldern, an Wäldern und Kanälen. Man lässt rechts und links ein paar Bauerndörfer liegen. Der Filp macht gelegentlich einen Umweg und schaut immer wieder misstrauisch nach rückwärts oder nach links in den Himmel. Er hält sich, wo er kann, im Wald oder am Waldrand. Man weiß nie, wann wieder ein Flugzeug kommt.

Auf dem Hinweg geht alles glatt. Hermann und sein Vater laden die Steine auf. Eine schwere Arbeit ist das. Einmal klemmt sich Hermann den linken Ringfinger. Er hält sich die Hand, versteckt sie aber gleich hinter dem Rücken, ehe der Alte sich umdrehen und ihn sehen kann. Hermann ist schon fast ein Mann, und Männer zeigen es nicht, wenn es irgendwo weh tut. Er spürt, wie der Bluterguss pochend in seiner Fingerkuppe wächst. Er beißt die Zähne zusammen, und dann arbeitet er weiter, als wäre nichts geschehen. Und irgendwann lässt der Schmerz tatsächlich nach. Sie laden den Wagen nicht besonders voll. Hermann hätte noch mehr Steine auf die Ladefläche gepackt, aber der Vater winkt ab.

«Das wird zu schwer für die Achsen. Und auch für die Pferde, weißt du?»

Hermann ärgert sich ein bisschen, dass er das nicht selbst hat sehen können, dass er kein Auge dafür hat. Denn natürlich sind Steine schwer. Stroh und Heu wiegen fast nichts. Da kann man laden und laden, und die Pferde ziehen es trotzdem. Aber bei Steinen muss man vorsichtig sein. Hermann kommt sich jetzt ganz dumm vor.

Der Rückweg geht viel langsamer. Die Hinterachse macht Geräusche. Der Wagen poltert über die Feld- und Waldwege, die Pferde schwitzen in ihrem Geschirr, und wie sie schnaubend in den Hochwald fahren, werfen die Baumkronen ein Echo zurück, als würde man mit Wagen und Gäulen direkt in die Kirche fahren. Hermann lächelt bei der Vorstellung. Wie das wohl wäre? Mit einer Rolle voller Bruchsteine in die Kirche rein? Sie haben schon gut die halbe Strecke hinter sich, als sie von vorne Stimmen und Pferde hören.

«Eine Militärkolonne», sagt der Filp. «Denen müssen wir Platz machen.»

Sie fahren seitlich an den Waldrand, um die Soldaten vorbeizulassen, der Vater legt die Wagenbremse ein, da hört Hermann von Westen her ein Brummen. Alles ruft jetzt durcheinander, die Soldaten ziehen ihre Pferde unter die Bäume, Hermann springt von der Sitzbank, sein Vater landet nur eine Sekunde später neben ihm im Gras und knickt mit dem rechten Knöchel ein wenig zur Seite.

«Den Gaul, nimm den Gaul», brüllt der Vater.

Hermann springt auf. Er will das Pferd losmachen, das alte Pferd, das auf der dem Wald zugewandten Seite des Wagens steht. Hermann kann das, er hat die Handgriffe ja geübt, immer und immer wieder, er würde das mit verbundenen Augen fertigbekommen. Er greift nach dem Lederzeug – im selben Moment reißt ihn jemand am Oberarm.

«Rein in den Wald und runter, Junge, runter, sonst bist du tot.» Der Soldat zieht ihn in den Wald und hinter eine kräftige Buche. «Den Kopf an den Stamm und die Nase in die Erde, Junge!»

Hermann drückt sein Gesicht in die faulen Blätter vom Vorjahr, in den Humus an der Buchenwurzel, er atmet ein, pilzige Erdluft, er atmet aus – und dann hört er schon das Knattern der Maschinengewehre. Überall um ihn her prasseln die Einschüsse, der Baum vibriert, rechts und links neben Hermanns Beinen wirbeln Erd- und Blattfetzen durch die Luft, Rauch steigt auf. Phosphormunition!, denkt Hermann. Er schließt die Augen. Er hört Männer fluchen, Pferde wiehern, Pferde trappeln, gerufene Befehle, das Brummen der Flugzeuge, das Feuer ihrer Maschinengewehre, die Einschläge der Kugeln.

Dann werden die Motoren leiser. Hermann rappelt sich hoch. Er will die Pferde holen. Er macht den alten Gaul los, zieht ihn in den Wald, gibt ihm einen kräftigen Klaps auf den Hintern. Als er wieder zurückwill, merkt er, dass er zu langsam war. Die Flugzeuge fliegen einen zweiten Angriff. Wieder wirft Hermann sich hinter einen Baum, den Kopf direkt an den Stamm. Wieder husten die Maschinengewehre, raucht die Phosphormunition. Dann wird das Brummen schwächer und schwächer und schwächer.

«Is' vorbei, Junge, is' vorbei», sagt ein Soldat hinter ihm.

Hermann steht bei den Männern. Jemand verletzt? Jemand getötet? Aber kein Uniformierter liegt im Blut. Alle sind auf den Beinen, einige haben sich schon eine Zigarette angezündet. Sie wirken so ruhig, so abgeklärt, als kämen sie gerade aus einer Militärübung in Friedenszeiten, als hätten die Jagdbomber dahinten mit Platzpatronen geschossen. Hermann sieht das alte Pferd zwischen zwei Birken stehen, ein bisschen ängstlich, wie es scheint, aber am Leben und ohne einen Tropfen Blut auf dem Fell. Hermann dreht sich um und sieht seinen Vater, der auf den Wagen zugeht. Auch der Vater hat nichts abbekommen, er humpelt nur etwas mit dem übertretenen Bein.

Aber dann liegt da auf dem Boden vor dem Wagen das junge Pferd. Hermann läuft hin und starrt auf die linke Flanke des Tieres, die zerrissen ist von mindestens fünf oder sechs Kugeln. Das Tier atmet schon nicht mehr. Das gute junge Tier, das noch zwanzig Jahre hätte arbeiten können! Hermann weiß nicht, was sein Vater dafür bezahlt hat, aber billig war es nicht, das ist klar. Und jetzt steht Hermann vor dem Pferd, das vielleicht einmal sein Pferd hätte werden können, und für einen Moment steckt er selbst im Körper dieses Tieres, er fühlt seine Panik, seine Todesangst, er will weglaufen, aber er kann nicht, ein Fluchttier, gefesselt von Kummet und Wagenbremse. Ein Tier, das warten muss ohne jede Deckung am Waldrand, während ringsum der Tod vom Himmel fällt.

Das Pferd war zu jung, um in den Krieg zu gehen. Und jetzt ist es tot, weil der Krieg zu ihm gekommen ist. Und zum ersten Mal seit vielen Jahren muss Hermann weinen. Er kann die Tränen nicht mehr halten, und er schämt sich und schämt sich dafür. Sein Vater wendet sich ab.

Ein Soldat klopft Hermann auf den Rücken. «Kopf hoch, Junge. Hauptsache, dir ist nix passiert.»

Einer der Soldaten kommt aus dem Wald gewankt. Seine Augen scheinen größer zu sein als die der anderen, aufgerissen, schreckgeweitet, und als er die brennende Zigarette aus dem Mundwinkel nimmt, bemerkt Hermann, der sich die Tränen mit dem Ärmel wegwischt, wie stark die Hand des Soldaten zittert. Ein erwachsener Mann, der Angst hat!

«Ich war gut hundert Meter weit dadrin», sagt der Soldat zu einem seiner Kameraden und deutet in den Wald. «Ich hab vier Gäule bei mir gehabt, vier Gäule.» Der Soldat nimmt einen tiefen Zug aus der Zigarette, hält den Rauch in seiner Lunge fest und stößt ihn dann durch die Nase wieder aus. Er blickt seinen Kameraden an. «Die sind alle tot, alle vier, stell dir das mal vor.» Dann blickt der Soldat auf seine Hände. «Und ich hab nicht mal einen Kratzer abgekriegt. Stell dir das mal vor!» Der Soldat schüttelt den Kopf. «Stell dir das mal vor!»

Später am Tag kommt Hermann mit einigen Männern aus dem Dorf zurück an den Ort des Überfalls. Sie holen die Pferdeleichen aus dem Wald – vierzehn tote Pferde – und laden sie auf ihre Rollen. Die Pferde waren ja nicht krank, sie wurden getötet, wie Rehe oder Wildschweine, die der Jäger schießt. Als Hermann sein junges Pferd berührt, ist der Tierkörper noch ein bisschen warm. Dann fahren sie in die Metzgerei beim Schwanenwirt am Schlossplatz.

Im nächsten Winter wird Hermann oft Fleisch bekommen, viel mehr Fleisch als sonst. Das Fleisch des jungen Pferdes. Es wird Hermann stark machen, er wird weiterwachsen. Und schneller werden. Vielleicht wird er noch Soldat, bevor der Krieg vorbei ist, man weiß es nicht. Hermann wäre gerne

Soldat. Er würde irgendwann zurückkommen und genauso hart und stark sein wie die Soldaten, die gerade mit ihm hinter den Buchen gelegen und danach Witze gemacht und geraucht haben, ohne eine Spur von Aufregung. Dann wäre er ein richtiger Mann.

Vielleicht würde er dann Antonia fragen, ob sie mit ihm gehen will, die schmale Antonia mit den geflochtenen Zöpfen. Und sie würde ihn nicht ablehnen oder auslachen. Sie würde nicht den Eugen nehmen und nicht den Max, sondern nur ihn. Sie würde ihn bewundern. Vielleicht wäre ein Orden nicht schlecht. Das denkt Hermann immer wieder, während er im Winter seine Suppe löffelt mit den dicken Fleischbrocken darin. Fleisch ist so viel besser als kein Fleisch. Und so ein Stück Pferd von einem jungen Tier, denkt Hermann, ja, das muss man zugeben, das schmeckt gar nicht mal so schlecht.

II. DAS FUHRWERK

> Sogar seine Räder sind aus Holz. Das Fuhrwerk steht hinten in der Scheune. Aber die Scheune verfällt, und mit dem Fuhrwerk wird nie wieder ein Bauer seine Ernte nach Hause bringen.

Lieses Vater wirkt missmutig, als er vom Rathaus zurückkommt. «Was ist, Vater? Was haben sie denn von dir gewollt?»

Der August ist ein energischer Mann, einer der wenigen seiner Generation, der eine Körpergröße von einem Meter achtzig erreicht hat. Neben seiner Frau Anna sieht er aus wie ein Riese. Sie ist so klein, dass ihr die Alten im Dorf, als sie ein Kind war, einen frühen Tod prophezeit haben. So rau war man in Sandheim zur Kaiserzeit. Nun steht der August in der Küche und macht eine ungeduldige Handbewegung.

«Was die immer von einem wollen.» Der August setzt sich auf seinen Stuhl an der Stirnseite des Küchentischs.

Liese bleibt im Türrahmen stehen und verschränkt die Arme.

Der Vater blickt auf. Oh, diese Tochter! Dieser Sturkopf von einer Tochter! Warum hat er nicht die sanfte Marie hierbehalten und die Liese zum Onkel geschickt, als dessen Frau ihn zum Witwer gemacht hat! Die Marie hätte gar nicht gefragt. Aber die Liese, die wird nicht weggehen, bis er ihr alles erzählt hat. Der Vater seufzt. «Also, ich sag dir's. Ich soll in der Nacht mit dem Fuhrwerk nach Germersheim fahren und für die Soldaten ein Geschütz holen.»

Germersheim ist die Garnisonsstadt auf der anderen Rheinseite. Irgendwo dahinter liegt der Feind. Warum holt man ein Geschütz von der Front, anstatt neue Waffen dorthin zu bringen? So denkt es jetzt in der Liese, und der Vater sagt:

«Es wär doch besser gewesen, wenn sie unseren Gaul fortgeholt hätten. Dann hätt jetzt ein anderer das Geschäft.»

Der Vater ist kein Feigling, das kann man nicht behaupten. Aber er hat schon einmal einen Krieg mitgemacht und keine Lust mehr, ein Kämpfer zu sein. Die jungen Leute sollen die Arbeit erledigen, so wie er damals die Arbeit erledigt hat.

«Wenn dir's zu viel ist, kann ich's ja machen,» sagt die Liese, die ihre Arme noch immer verschränkt hat.

«Du bist doch eine Frau», sagt der August.

«Ich kann's machen», wiederholt die Liese. «Ich nehm den Gerhard mit, warum soll denn das nicht gehen?»

Ach ja, die Liese hat wohl recht, denkt der Alte. Er muss auf seinen Magen aufpassen. Er regt sich schnell auf, und dann kriegt er das Magenweh. Der Gerhard. Ja, der Gerhard. Der ist jetzt zwanzig und wäre eigentlich im Krieg. Aber er hat einen Herzfehler und ist deshalb untauglich. Von seinem Herzfehler abgesehen, ist er ein tüchtiger Kerl. Die Liese müsste nicht alleine fahren. Der Vater überlegt. Er denkt an ein Argument, das seine Tochter widerlegen könnte. Aber ihm fällt nichts ein. Und er kennt sie zu gut. Sie hat ihren Dickkopf und setzt sich durch, wenn sie sich etwas vorgenommen hat. Also nickt er und sieht dabei noch ein wenig missmutiger aus. «Gut, dann gehst du rüber und sagst ihm, dass es abends um acht losgeht. Dann ist es dunkel, und die feindliche Aufklärung kriegt nichts mit von der Sache.»

Um acht Uhr sitzt die Liese also auf der Sitzbank, neben ihr der Gerhard, ein schweigsamer Kerl, der noch ein bisschen schweigsamer geworden ist, seit sie ihn bei den Soldaten nicht haben wollten. Er hat das als Niederlage erlebt, als eine Schande. Er wäre gerne dabei gewesen, er hätte gerne seinen Mann gestanden. Als wär's leichter, in Sandheim auf dem Feld zu ackern, als an der Front zu kämpfen! Nein, nein. Leichter ist das hier nicht. Alles, was er davon hat, sind die mitleidigen Blicke der alten Männer und der Frauen.

Liese gibt das Kommando, und der Gaul trottet schwerfällig los. Es geht schon auf Ostern zu, aber die Nächte sind noch immer kalt. Keine zwei Wochen ist es her, da lag der Raureif über den Gärten, wenn man morgens aus der Scheune kam. Gerhard und Liese fahren ins Tiefgestade nach Westen, wo immer noch ein kleiner Rest Taglicht glimmt. Hinter ihnen ist der zu drei Vierteln volle Mond aufgegangen, ein

Käsekuchen, bei dem der Teig nicht gereicht hat, um die ganze Form zu füllen. Sie sehen den Schatten des Wagens vor sich im silbergrauen Licht, dann erscheinen die Umrisse des Erlenwaldes, sie fahren durch Rauchheim und schließlich über den Altrhein Richtung Rheinbrücke. Ein gleichmäßiges, tiefes Brummen dringt ihnen durch die sumpfige Landschaft entgegen.

«Hörst? Das ist der Fluss!», sagt die Liese.

«Das ist nicht der Fluss», sagt der Gerhard.

Dann sind sie am Ziel. Sie stehen jetzt am Rhein, am Ostufer, dort wo die Brücke von der Pfalz herüber nach Baden führt. An der Böschung warten vor ihnen schon mehrere Bauernfuhrwerke aus den Nachbardörfern. Oben auf dem Damm jedoch rollt von Westen her über die Brücke ein unendlicher Verkehr. Nie in all den Kriegsjahren ist Liese und Gerhard auch nur annähernd so viel Militär auf einmal begegnet.

«Die sehen ja aus wie auf der Flucht», sagt die Liese. Bisher hat sie immer geglaubt, was der Volksempfänger erzählt. Die Geschichten von Gegenoffensiven und der großen Wende. Aber was hier vor ihr tausendfach über die Rheinbrücke strömt, verrät etwas anderes als die Stimme im Radio. Der Krieg ist verloren. Die Wehrmacht gibt das linke Rheinufer auf, kampflos. Sie bleiben auch nicht am Fluss, um die Offensive des Gegners abzuwarten. Sie fliehen einfach ins Hinterland. Schon bald werden die Feinde nach Sandheim kommen.

Der Gerhard stupst die Liese in die Seite. «Guck, da vorne. Da winkt einer. Wir sollen anfahren.»

Liese gibt dem Pferd ein Zeichen, und dann stehen sie schon vorn. Fünf halbwüchsige Buben in Uniform – sie können nicht älter als sechzehn sein – hängen ein Flakgeschütz an Lieses Pferdefuhrwerk. Dann stemmen sie ihr Material nach oben: Marschgepäck, Munitionskisten, Verpflegung, und schon gibt der Offizier das Zeichen zum Aufbruch nach Sandheim.

«Und was ist mit den Buben?», fragt die Liese.

Der Offizier lacht nur trocken. «Mach, dass du fortkommst, die Kerle laufen dir hinterher.»

Und Liese ruckt an, und sie fahren den Weg zurück durch die Rheinaue nach Sandheim. Und wie Liese nach Hause fährt – Mitternacht ist gerade vorbei –, da sieht sie, wenn sie sich umdreht, die Schatten dieser jungen Männer durchs Mondlicht wandern. Man kann sehen, wie müde sie sind. Sie müssen schon lange unterwegs sein. Aber der Offizier hat gesagt, dass die Buben laufen müssen. Und Befehl ist Befehl. Also treibt Liese ihren alten Gaul an, der auch nicht mehr der Frischeste ist. Und noch in der Nacht erreichen sie Sandheim, das sich innerhalb weniger Stunden von einem friedlichen Bauerndorf in ein Militärlager verwandelt hat. Überall stehen Panzer und Lastwagen. In jedem Haus wohnen jetzt Soldaten.

«Hoffentlich bleiben die nicht lang», hört Liese ihren Vater sagen, als sie abgespannt und das Pferd versorgt hat. «Hoffentlich bleiben die nicht lang.»

Liese runzelt die Stirn. «Meinst du nicht, dass es recht ist, wenn wir Soldaten dahaben?»

Aber der Vater schnaubt nur durch die Nase. «Wenn die mit ihren Panzern dableiben, dann fallen bald die Bomben, das sag ich dir. Die Aufklärung sieht das doch gleich, dass wir Militär im Dorf haben. Und dann geht's uns schlecht.»

12. DIE WASSERPUMPE

Früher muss der gusseiserne Aufsatz der Pumpe einmal grün gewesen sein. Heute blättert nur noch der Rost in Lagen von seiner Zylinderwand. Der Gartenbrunnen ist längst stillgelegt.

Ein paar Stunden südwestlich von Sandheim wird es Morgen über einem kleinen Dorf im Elsass. Ahmad geht in den Garten, vorbei an zwei anderen Soldaten, sie kommen aus Marokko wie er, sie grüßen ihn mit einer Mischung aus Freundlichkeit und Achtung wie einen Offizier, sie grüßen ihn wie einen Helden.

Jetzt steht er am Brunnen, er kippt Wasser aus einem Eimer von oben in den schmalen Schacht, dann fasst er mit der rechten Hand den eisernen Klöppel und pumpt mit kraftvollen Stößen, der Ton im Steigrohr gluckst höher und höher, bis sich ein kristallheller Wasserstrahl ins Brunnenbecken ergießt. Ahmad drückt den Schwengel noch einmal ganz durch, dann wäscht er sich die Hände im eisigen Wasser, er wäscht sie gründlich zwischen den Fingern, an den Innenflächen, auch die Handrücken, die ein lichter Pelz aus schwarzem Haar überzieht. Er pumpt einen neuen Schwall aus dem Wasserspeier, spült sich die Nacht aus der Mundhöhle, wischt mit dem Zeigefinger den Belag von den Zahnreihen, speit aus, schnäuzt, wirft sich eine Handvoll Wasser ins Gesicht, eine junge Narbe läuft über die linke Wange. Er pumpt erneut, reinigt die sehnigen Unterarme, hält sein stoppelkurzes Schwarzhaar unter den nächsten Strahl, wäscht sich die Füße ohne Hast, selbst zwischen die Zehen spült er das Wasser.

Jetzt geht er hinüber zu den anderen, die Schritte leicht und federnd wie bei allen guten Läufern. Eine kleine Schar von Kameraden trifft sich zum Gebet. Ahmad verneigt sich nach Südosten, während schräg vor ihm die Sonne neugierig durch die Kleingärten lugt und zwei Mädchen mit geflochtenen Zöpfen aus dem Nachbarfenster schauen auf die fremden Männer mit der dunklen Haut, die sich zu Boden werfen vor einem unsichtbaren Herrn.

Preis sei Dir, o Gott, und Lob sei Dir, und gesegnet ist Dein Name, und hoch erhaben ist Deine Herrschaft, und es gibt keinen Gott außer Dir.

Da schlendert über den Hof ein Mann, und die zwei Mädchen drehen die Köpfe, und die eine schlägt die Hand vor den Mund. Der Fremde würde selbst den größten Mann unter den Einheimischen um Haupteslänge überragen. Der Riese lächelt kurz über die Betenden, ein dunkler Bart umrahmt sein Gesicht. Wo sein rechtes Auge sein sollte, verdeckt eine Filzklappe die leere Höhle. Ob er sein Auge im Krieg gegen die Deutschen verloren hat, wie die Frischlinge glauben? Ob es zu Hause in der Heimat der Stein einer Hirtenschleuder war? Keiner der Kameraden hat Ali je danach gefragt. Denn Ali ist groß, und er neigt zum Jähzorn. Besser, man reizt ihn nicht. Manche im Regiment behaupten, er sei nur mit einem Auge geboren worden. Dieses eine Auge schaut jetzt nach oben, wo am Fahnenmast die Trikolore weht. Die Männer aus der Kolonie, die Soldaten vom Vierten Marokkanischen Schützenregiment, kämpfen für Frankreich mit demselben Patriotismus, wie es die Männer aus Lyon tun und die Männer aus Paris.

Im Namen des barmherzigen und gnädigen Gottes, Lob sei Gott, dem Herrn der Welten, dem Barmherzigen und Gnädigen, der am Tag des Gerichts regiert.

An der Seite von Ali hält sich ein kleiner, dünner Soldat mit der Nase einer Drossel. Sein Blick verliert sich irgendwo in der Ferne. Ein Mann wie ein verträumter Schuljunge, der wie zufällig neben einem Riesen geht.

Dir dienen wir, und Dich bitten wir um Hilfe. Führe uns den geraden Weg, den Weg derer, denen Du Gnade erwiesen hast, nicht derer, die Deinem Zorn verfallen sind und irregehen.

Nach einer letzten Verneigung zieht Ahmad sich die Stiefel über die Füße, dann wickelt er seine Gamaschen über Schaft und Hosenbein – bei den marokkanischen Goumiers gehören sie zur Uniform. Ohne sie würde bei einem Marsch durch die Wüste zu viel Sand in die Stiefel wehen. Der Sand scheuert die Füße wund, und niemand marschiert gut, wenn die Füße bluten. Hier im Rheintal liegt kein Wüstensand. Und so tragen die Männer ihre Wickelgamaschen nur noch als Ehrenzeichen, wie ein Band übers Meer zurück nach Hause.

Nach dem Frühstück kommen die Lastwagen. Sie bringen neue Waffen. Ahmad bekommt einen Helm, er ist ein wenig zu groß, aber ein Helm ist ein Helm. Im Winter hat er einen Kameraden verloren, der nur ein Tuch um die Stirn gewickelt hatte. Die deutsche Kugel hat ihm den Schädelknochen oben längs der Fontanelle gespalten. Mit einem Stahlhelm hätte er nur Kopfschmerzen bekommen, so lag er im Schnee, und das Blut pumpte wie eine Oasenquelle aus der zuckenden Hirnmasse.

Jetzt hält Ahmad auch sein neues Gewehr in den Händen. Er befühlt den Lauf, den Schaft, den Abzug. Eine gute Waffe ist das, so leicht liegt sie in der Hand, Ahmad zählt nach: Fünfzehn Patronen passen in ein Magazin. Er kann einzelne Schüsse daraus abgeben und sogar kurze Feuerstöße. Was für ein Gewehr! Nur an Ali wirkt es mit seinem kurzen Lauf wie ein Spielzeug.

«Die Amerikaner sind Dummköpfe», knurrt der Einäugige. Er hat seinen Karton mit Munition bekommen. Fünfzig Patronen in einer Schachtel. «Am Ende», sagt Ali, «sind fünf Schuss übrig. Die kann ich in den Fluss werfen.»

Auch Ahmad schüttelt den Kopf. Vielleicht wird er sich die fünf Patronen in die Tasche stecken? Aber Ali hat recht. Sie sind seltsam, diese Amerikaner. Sie können nicht rechnen.

Am Nachmittag gehen sie hinaus auf die Felder am Wald, sie üben mit den neuen Waffen, damit sie lernen, wie man schießt und trifft mit den guten Gewehren. Ahmads alter Karabiner hat gebellt wie ein grauer Hirtenhund. Jetzt bellt es heller und wütender an seiner Wange. Auch die Patronen sind kleiner. Ahmad hat schon drei saubere Schüsse abgefeuert, als Messaoud noch immer am Schloss seines Kurzgewehrs nestelt. Messaoud, wo bist du mit deinen Gedanken? Gut zielen kann man mit der neuen Waffe, das steht fest. Die Hand zittert nicht, so leicht ist sie, man wird auch besser damit laufen können, ja, man kann schnell sein mit diesem Sturmgewehr. Ob ein einziger Schuss einen Mann dort drüben am Waldrand fällen könnte? Ahmad schaut zu Ali.

«Du musst sein Gesicht treffen. Oder sein Herz», brummt der Riese.

«Ruhe, meine Herren, wir wollen schießen und keine Ziegen hüten!»

Ahmad, Ali und Messaoud drehen die Köpfe. Da steht der Neue. Er kann nicht älter als Ahmad sein, keine fünfundzwanzig, seine Züge sind scharfgeschnitten, die dunklen Haare sorgsam gescheitelt. Er war in der Résistance, heißt es, er hat an der Sorbonne studiert, Medizin vielleicht oder Jura, und er redet wie ein Mann, der schon als Kind Befehle ausgesprochen hat. Ein Herr und ein Krieger, ohne Zweifel.

Doch wenn dieser neue Offizier kommandiert, dann spricht er zu seinen Soldaten, wie man mit Eseln redet, die nicht laufen wollen und wenig verstehen. Manche der Goumiers hassen ihn schon vor dem ersten Gefecht.

«Ich glaube, er hat Mut», sagt Ahmad, als Sorbonne weitergegangen ist.

«Die Mädchen im Dorf schauen ihm hinterher», brummt Ali.

Messaoud blickt zu Boden.

Am Abend gibt es langen Ausgang für alle. Ein Zeichen, dass die ruhigen Zeiten bald zu Ende sein werden. Und so ziehen sie in die Dorfwirtschaften, die Soldaten des Regiments, die Männer aus Marokko, die Pieds-Noirs, die Spanier, die Italiener, die Franzosen, die ganze bunte Truppe, um noch einmal Wein zu trinken. Andere gehen danach noch in das große Haus an der Hauptstraße, wo man seit einigen Tagen die Frauen besuchen kann.

Ahmad bleibt in der Scheune, er wäre jetzt gerne zu Hause. Aber er kann nicht zu Hause sein. Also will er früh schlafen. Er wird seine Kraft brauchen. Auch Messaoud ist in der Scheune geblieben. Er liegt auf seinem Lager und riecht an dem rosafarbenen Damenhandschuh, der tags in seiner Brusttasche steckt.

«Hast dein Herz verloren, mein Freund?», fragt Ahmad.

Messaoud nickt. Ali behauptet zwar, die junge Frau in Straßburg hätte jeder haben können für ein wenig Geld oder eine goldene Uhr. Aber Messaoud will nichts hören davon. «Wir werden Kinder haben, wenn alles vorbei ist, weißt du?», sagt Messaoud und vergräbt seine Drosselnase in der Seide.

Ahmad wölbt die Unterlippe nach vorne und wiegt den Kopf. «Wenn Gott will, mein Freund, wenn Gott will.»

Wie lange hat Ahmad geschlafen? Es kann noch nicht Mitternacht sein, da wecken ihn die zankenden Stimmen, die aus dem Hof in die Scheune dringen. Sorbonne, der neue Offizier, brüllt einen Kameraden an. Ahmad hört die kurzen, zackigen Befehle. Und dann geschieht das, was Ahmad schon hat kommen sehen. Der Kamerad ist betrunken, und wer hat seinen Zorn noch im Griff, wenn er getrunken hat? Ahamd steht auf und geht an die Luke an der Wand, um zu sehen, was geschieht. Der Soldat nähert sich gerade dem Offizier. Er schwankt, tatsächlich, er redet auch nicht mehr, er brüllt seine Worte, er brüllt seinen Vorgesetzten an, der doch kaum einen Arm weit vor ihm steht. Warum hält ihn niemand fest? Weshalb beruhigt ihn keiner? Ahmad will hinunter. Es sind ja nur ein paar Schritte bis in den Hof, wenn er schnell ist, kann er den Kameraden noch einfangen und dazwischengehen. Da hört man den Goumier noch lauter schreien, Ahmad sieht, wie der Betrunkene die rechte Faust erhebt, o allmächtiger Gott, die Faust gegen einen Offizier! Da macht Sorbonne, der bisher ohne Regung geblieben ist, einen Schritt zurück, er greift in den Gürtel, jetzt hält er die Waffe in der Hand, Ahmad hört den Knall der Pistole, und dann fällt der Kamerad der Länge nach zurück, sein Kopf klatscht auf die Erde wie reifes Obst. Das Echo des Schusses hallt durch den Hof, dann wird es still.

«Noch jemand?», hört Ahmad die Stimme von unten und danach keine Antwort.

Als wäre aller Rausch aus ihren Köpfen gewichen, kommen jetzt die Kameraden herbei, um die Leiche fortzuschaffen. Ahmad erschaudert. Was für einen Menschen haben sie da in ihre Kompanie bekommen? Sorbonne wird tapfer sein im Kampf, ein Raubtier, so kalt ist sein Blut. Doch er,

Ahmad, wird ihn fürchten, wie man ein Maschinengewehr fürchtet, wenn ein Deutscher dahinterliegt.

Später in der Nacht, als Ahmad die Augen wieder zufallen, kommen die vertrauten Träume, sie verfolgen ihn seit der großen Schlacht in Italien im vergangenen Mai. Ahmad läuft durchs Feuer wie damals, und erneut sieht er die Kameraden im Blut liegen zwischen den Bergen. Und er träumt von Ali. Nie hat er einen Menschen so wüten sehen wie Ali in den Tagen nach dieser Schlacht und nach dem Sieg über die Deutschen. All die Frauen, all die Männer, wie hat er sie zugerichtet. Wenn Ali nicht dabei ist, dann nennen sie ihn «den Menschenfresser» seit jenen Tagen. Ali, der Menschenfresser, er hat gewütet, als wollte er sie alle fressen, sogar die Kinder.

Doch dann ist der Krieg zu Ende in Ahmads Traum. Da sitzt er mit Ali auf einem Berg, und der Riese zeigt ihm seine Herde. «Mehr als zweihundert Schafe, ich habe sie gezählt», sagt Ali, und seine Hand deutet über die Weiden in der Ebene. Und er lüftet die schwarze Augenklappe, damit Ahmad sie sehen kann, die fleischige Höhle, das Loch im Gesicht wie von einer großen Gewehrkugel.

Ahmad erwacht noch vor dem Tag, wie so oft seit dem letzten Mai. Warum kämpft er für Frankreich? Weil er es wollte. Weil er nicht bei den Frauen bleiben konnte, als die anderen Männer gingen. Weil er schnell ist und stark und ein guter Krieger. Vielleicht, weil es der Weg ist, den Gott für ihn vorgesehen hat. Er wird nach Hause kommen, wenn es Gott gefällt, mit einem Orden und einer Belohnung. Dann wird er heiraten. Sie wartet auf ihn. Er wird ein guter Vater sein. Wenn Gott will.

13. DER FELDSTECHER

«Carl Zeiss Jena» steht neben dem einen, «Telexem» neben dem anderen Okular. Um den Feldstecher zu benutzen, muss man wohl ein Auge schließen. Denn das linke Glas fokussiert in die Ferne, das rechte in die Nähe.

Liese kniet auf den kalten Dielen der Küche und greift mit der rechten Hand in die Kiste mit dem Altpapier. Sie nimmt die ersten Seiten des Völkischen Beobachters, ohne die Überschriften zu lesen, zerknüllt die Blätter und wirft sie in die geöffnete, weiße Ofenklappe, ein paar Seiten der Badischen Hardt folgen. Liese riffelt das Streichholz über die Reibfläche. Noch einmal. Und ein drittes Mal, dann erst zischt es auf. Liese hält das Hölzchen nach unten, wartet, bis das Feuer heller scheint, und schickt es dann dem Papier hinterher in die Dunkelheit. Ein gelber Flackerschein erleuchtet ihre Wangen. Sie gibt Kienholz dazu, das sie selbst draußen auf dem Hackklotz feingespalten hat. Höher geht die Flamme, sie legt ein paar große Holzstücke nach und schließt die Klappe mit mehr Schwung, als nötig wäre. Bald wird es warm sein in der Küche.

Liese kocht Kathreiner-Kaffee und schneidet Brot für sich, für die Eltern, für die fünf Soldaten, die seit gestern hier wohnen. Gleich wird der Vater mit frischer Milch aus dem Stall kommen, es gibt Salz und ein wenig Leberwurst aus der letzten Schlachtung. In ganz Sandheim ist jetzt die Wehrmacht einquartiert. Ein Panzerregiment. Ein paar Geschütze, Männer mit Maschinengewehren. Vorne an der Mittelgasse beim Löwenwirt wohnt sogar ein General, wie man hört. Der hohe Herr soll für den nächsten Tag ein heißes Bad in der Wanne bestellt haben.

Liese hat die Nacht im Keller geschlafen, niemand musste ihr sagen, dass sie ihre Kammer zu räumen hat, wenn die Soldaten kommen. Sie kennt den Schlafplatz dort unten aus den letzten Bombennächten, der Vater hat ein Fasslager für alle gebaut: ein Drahtgeflecht über den alten Mostfässern, man schläft dort gar nicht schlecht.

Liese drückt sich den runden Brotlaib an die Brust und schneidet mit dem langen Messer kräftige Scheiben ab, sie riecht den Kümmel, den sie wie ihre Mutter in jeden Sauerteig mischt. Sie zählt und rechnet, schüttelt unmerklich den Kopf. Da wird sie schon am Montag wieder backen müssen, wenn die Männer bis dahin bleiben.

Jetzt sitzen die Soldaten auf der Eckbank hinterm Tisch, schweigsam und blass, mit schmalen Schultern. Jesus, was für Gesichter! Das sind ja noch Schulbuben, denkt die Liese, als sie den Kaffee einschenkt. Sie hat eine Vorstellung davon, was man in den Augen echter Männer lesen kann: Entschlossenheit, Mut, Tapferkeit. Aber nichts davon sieht sie bei den Buben hinterm Tisch. Diese Buben stecken in der grauen Uniform der Wehrmacht, aber sie werden niemanden verteidigen können, nicht einmal sich selbst. Vielleicht, denkt Liese, kommen sie mit dem Leben davon. Gefangenschaft. Das ist das Beste, was ihnen passieren kann. Aber wenn sie kämpfen, werden sie sterben. Liese beißt die Zähne aufeinander, und die starken Wangenmuskeln treten hervor. Wäre sie doch ein Mann! Sie könnte besser kämpfen als diese Milchbärte.

In der Küche spricht keiner ein Wort. Man isst und weiß, dass es bald vorbei sein wird. Und Liese begreift, während sie sich ein Stück Leberwurst auf die Brotkruste schmiert, dass sie und die anderen Sandheimer allein sind, wenn der Feind kommt. Nackt und ohne Schutz.

Sie muss den Vater fragen, später, wenn die Soldaten aus dem Haus sind, wo er den alten Italiener-Karabiner versteckt hat, den sie ihm beim Volkssturm gegeben haben. Vielleicht kann er ihr zeigen, wie man damit schießt? Sie könnte das wohl noch besser als er. Sie schaut hinüber zum Vater, der mit dunklem Blick auf seinem Stuhl sitzt. Ja, auch der Vater weiß, dass mit diesen Soldaten hier alles zu Ende geht. Er lag vierzehn/achtzehn ja selbst im Schützengraben, lag im Schlamm und im Dreck bei den Franzosen. Bis er magenkrank geworden ist und sie ihn an die Schweizer Grenze versetzt haben. Dort ging's dann besser mit dem Magen. Er weiß jedenfalls, was Krieg bedeutet. Aber jetzt ist er viel zu alt, um zu kämpfen. Manchmal lässt er die schweren Arbeiten liegen. Er hat noch nie gesagt: «Liese, mach du das.» Er lässt sie einfach liegen, und Liese sieht es und macht die Arbeit oder fragt einen der Männer in der Nachbarschaft. Den alten Krautner oder einen seiner Söhne. Sie muss das Gewehr finden und üben, wie man schießt!

Es ist neun Uhr vorbei, die Liese geht in den Stall, um nach den Ziegen zu sehen und die Hasen zu füttern. Als sie zurück auf den Hof tritt in ihren klobigen Holzschuhen, an denen noch der warme Ziegenmist klebt, sieht sie den Vater durch die Hofeinfahrt auf der Straße stehen, wie er mit dem kleinen Feldstecher den Himmel absucht. Und da hört sie es auch, das tiefe Brummen von Norden her aus dem blauen Frühlingshimmel. Im selben Moment geht die Sirene los. Und Liese läuft, ohne nach rechts oder links zu sehen, sie stürzt zur Tür, die fünf Steinstufen nach oben, durch den Flur zur Kellertür und dann die schmale Holztreppe nach unten zu ihrem Platz auf dem Fasslager. Die Mutter kommt, der Vater kommt, die jungen Soldatenbuben. Acht Menschen im niederen Keller. Ob jemand die Schlafzimmerfenster zugemacht hat?, denkt Liese. Sie will schon nach oben gehen, um nachzusehen, aber der Vater hält sie am Arm. «Du bleibst, Liese.»

Dann, es geht alles in Sekunden, hört sie die Maschinengewehre durch das Motorbrummen, ein paar hundert Meter weg muss es sein, nicht weiter. Kurz darauf fallen die Bomben, eine, zwei, drei. Und dann schlägt sie ein. Die Faust eines Riesen, die Faust eines zornigen Gottes, Himmel hilf, so laut, Liese hat nie etwas gehört, das so laut sein kann und die Erde so zittern lässt, und durch das Kellerloch sieht sie den Staub stieben und die Ziegel fallen, Steine und Glassplitter fliegen, dann – wie kann das sein? – Federn, Hühnerdaunen, weiß und leicht, die wie Schnee den Schmutzwolken folgen, sanft und verwirbelt sinken sie im Hof zur Erde. Liese sieht, dass ihr Vater etwas sagt, aber sie hört seine Stimme kaum durch das hohe Fiepen in ihrem rechten Ohr, links – Liese bohrt mit dem Zeigefinger nach, als könnte sie damit einen unsichtbaren Pfropfen lösen – ist sie wie ertaubt. Dann sieht sie den Soldaten vor ihr, den blassen Buben mit den hellblauen Augen und dem dünnem Blondhaar, und sieht, wie er weint in seiner Todesangst, sieht, wie sein Mund sich bewegt. Wahrhaftig. Er schreit nach seiner Mama. Und seine Hose tropft unten um einen dunklen Fleck im Schritt.

Liese sollte Angst haben, aber sie fühlt nichts. Ihr Blut ist kühl, und ihr Puls geht ganz ruhig. Sie schaut nach oben, wo die Eichenbalken die Decke noch immer tragen. Jetzt wär sie lieber nebenan beim Krautner, der den besten Keller in der Straße hat, einen gemauerten Gewölbekeller, der, so sagt es der Vater, fast alles aushält, was vom Himmel fallen kann. Aber da sind so viele andere Leute, die dort schon ihren festen Platz haben, dass Liese und ihre Familie zu Hause bleiben müssen. Nicht jeder hat so viel Glück wie der andere, denkt Liese.

Langsam kehrt ihr Gehör zurück. Und als die Sirene verstummt, als das Brummen sich entfernt und nicht wiederkehrt, bleiben sie noch im Keller. Fünf Minuten, zehn Minuten, eine Viertelstunde.

«Jetzt ist es vorbei», sagt der Vater.

Und sie gehen nach oben. Doch wo der Eingang war und die saubere Treppe, da stapelt sich jetzt der Schutt, kniehoch, hüfthoch Staub und Steine, überzuckert mit weißen Daunen wie die Verzierung auf einer Hochzeitstorte. Liese folgt dem Blick der Mutter nach oben, wo das halbe Dach auf einmal fehlt und nur noch die Balken zu sehen sind wie die Rippen einer dünnen, frisch gehäuteten Kuh beim Metzger. Am Schlafzimmer gibt es keine Scheiben mehr, nur noch ein Loch, wo beim Frühstück noch ein gutes Fenster war. Und erst das Nachbarhaus!

«Die Bombe ist mitten rein gegangen», sagt der Vater und kratzt sich das unrasierte Kinn mit den grauen Stoppeln. Fast die ganze Seitenwand hat's in den Hof geschmissen, halb auf das Haus von Liese, in der Hofeinfahrt türmt sich der Schutt. «Wir müssen zu denen in den Keller», sagt er und krempelt sich die Ärmel hoch. Er winkt den Soldaten, er winkt seiner Frau, er winkt auch der Liese, sie sollen helfen.

Ein paar Leute aus der Nachbarschaft sind schon da und versuchen, den Weg zum Kellereingang freizuräumen. Liese nimmt Steine und räumt sie zur Seite mit der bloßen Hand, bis die Finger rauer werden und an der einen oder anderen Stelle schon ein bisschen bluten. Sie stößt gegen einen Mann, der neben ihr arbeitet, und als sie aufschaut, traut sie ihren Augen nicht.

«Was machst du denn hier?», sagt sie.

«Ich hab's nicht mehr runtergeschafft», sagt er.

Der alte Krautner, dessen Haus getroffen wurde, er war nicht unten. Aber wer dann? Es dauert eine Stunde, bis sie den Weg freihaben. Und die Tür öffnen. Und die Leichen sehen. Sieben Tote. Dem jüngsten Sohn vom Krautner – die beiden älteren sind an der Front – haben die Steine den Kopf zerschlagen, wie man einen faulen Kürbis zerschlägt mit dem Spaten auf dem Feld, bevor man ihn unterpflügt. All die anderen – die junge Mutter aus dem kleinen Laden gegenüber, die Nachbarin, die alte Frau vom Krautner, die drei Gäste, die zufällig im Haus waren –, sie sitzen noch immer auf ihren Stühlen, als wäre nichts gewesen, manche haben die Augen aufgerissen, andere wirken, als würden sie schlafen.

«Der Luftdruck», sagt Lieses Vater neben ihr. «Denen hat's die Lungen zerrissen.»

Und die Liese packt an, und ihr Vater packt an, und sie greifen den Stuhl an der Seite und tragen ihn nach oben mit der jungen Frau, die noch immer darauf sitzt, erstarrt, eine Salzsäule wie Lots Frau vor den Toren von Sodom.

Der alte Krautner, er räumt mit und hilft mit, und kein Laut kommt über seine Lippen. Doch als sie die halbe Schädelplatte des Jungen unter den Steinen auf dem Kellerboden finden, da schreit er wie ein angeschossenes Tier und kann nicht mehr damit aufhören. Ein Mann auf den Knien in den Trümmern seines Kellers.

Und die Liese schüttelt den Kopf. Sie mag es nicht, wenn Männer weinen. Wie kann man sich nur so gehenlassen?, denkt sie. Dann geht sie nach oben, klopft sich den Staub von der blauen Kittelschürze und sucht ihren Vater. Sie muss ihn nach dem Karabiner fragen. Und nach der Munition.

Vielleicht können sie später in den Wald gehen, wenn die größte Sauerei hier weggeräumt ist. Dann will sie lernen, wie man schießt. Und sie macht sich Vorwürfe: Warum hab ich das eigentlich nicht schon früher getan?

14. DAS SCHILFROHR

Hellgrünes Schilf wächst am Altrhein-Ufer. Vom Hauptstrom hört man die Dieselmotoren der Binnenschiffe. Manche von ihnen fahren bis hinunter nach Holland.

Am Karfreitag steigt Ahmad auf die Ladefläche. Neben ihm sitzt Ali, ein Berg aus Fleisch und Muskeln, seine Schultern oberhalb von Ahmads Augen. Vor dem Aufbruch hat der Riese seinen Dolch geschärft, ruhig und mit großer Sorgfalt. Auf Lastwagen rollen sie im Rheintal Richtung Norden durch frischgrüne Wälder, die Vögel feiern allerorten. Jenseits der Pfälzer Grenze verändert sich die Landschaft, kein Frühling ist hierhergekommen, das Fahrzeug ruckelt über eine zerwühlte, zerkraterte Erde. Links des Weges stöhnt ein gesprengter Westwallbunker, ein verendetes Tier, Eisenträger wie Knochen zwischen geborstenem Stahlbeton, Panzersperren, von schwerem Gerät zur Seite geschoben, eine Landschaft wie auf dem Mond.

Ein Unteroffizier pfeift eine Melodie, Ahmad hat sie noch nie gehört. «Ist ein Schlager», sagt er, als Ahmads Blick ihm begegnet. Und dann singt der Unteroffizier den Refrain, er singt, dass er seine frischgewaschene Wäsche über deutschem Boden auf die Leine hängen will, damit sie trocknen kann. Die Marokkaner nicken, und einige lachen. «Wir waschen sie im Rhein und trocknen sie auf der anderen Seite», sagt der Unteroffizier, «morgen schon, ihr werdet es sehen!»

Die Soldaten schauen einander an. Morgen also. Und der Unteroffizier verrät noch mehr. Sie werden über den Fluss fahren an einer Stelle, wo man gut übersetzen kann und die Verteidigung nicht sehr stark ist. Man bekommt Boote von den Amerikanern.

Ahmad war schon einmal in einem amerikanischen Boot, vor sechzehn Monaten, als er bei Neapel nach Europa kam. So wie damals werden die Boote aussehen, mit einer Bordwand aus Stahl, denkt Ahmad. Damit kommt man gut über den Fluss. Keine Kugel wird ihn treffen. Doch dann die Landung, die Landung, sie wird schwer. Ahmad weiß es. Kein Mann im ersten Boot kann überleben. Die Klappe wird sich öffnen. Dann schießen die Deutschen, alle Gewehre auf ein Boot. Wer im ersten Boot sitzt, wird sterben. Wer im zweiten Boot sitzt, wird auch sterben. Aber dann, wenn noch ein drittes kommt? Und ein viertes? Die Deutschen können nicht überall sein. Vielleicht kann man sich festsetzen, vielleicht findet man genug Deckung, man tötet ein paar Feinde, man reißt ein Loch in die Verteidigung. Und dann, mit Gottes Hilfe, wird man siegen. Und der Kommandant soll gesagt haben: Wer den ersten Stiefel auf deutschen Boden setzt, bekommt einen Orden.

Der Lastwagen fährt durch ein Schlagloch, Ahmads Kopf prallt gegen die Schulter von Ali – was für Schultern das sind! Ali ist kein Mensch. Ali tötet Menschen und zählt seine Schafe. Aber im Kampf rettet er dir das Leben, er gewinnt deine Schlacht. Ahmad ist froh, ihn bei sich zu haben.

Es ist nach vier Uhr nachts, als Ahmad mit seinen Kameraden die Stelle erreicht, an der sie angreifen wollen. Ein Pionier holt die Männer ab. Im Gänsemarsch schleichen die Soldaten durch den Auenwald. Keiner spricht ein Wort. Früher muss der große Fluss hier eine Kurve gemacht haben, eine breite Schleife nach Westen hinüber, eine schwarze Schlange im Sternenlicht, die sich in die Wiesen frisst, um dann im Norden wieder zurück in ihr Bett zu kriechen. Nur träge strömt das Wasser durch den Seitenarm, an dessen Ufer das Schilf so dicht wuchert wie drüben auf der Insel zwischen Altrhein und Hauptstrom. Ahmad steht an der Böschung und starrt auf das, was da als dunkler Schatten mit dem Heck im Wasser schaukelt. Er blickt hinauf zu Ali, doch nichts ist zu lesen in der Miene des Riesen. Dort im Wasser, das begreifen die Männer, liegen keine Schiffe aus Stahl. Dort liegen Boote aus leichtem Holz mit einem Außenborder am Heck.

«Wo sind die Sturmboote?», fragt Ahmad einen der Pioniere, einen jungen Kerl mit rotblondem Flaum an Wangen und Oberlippe.

«Das sind die Sturmboote», flüstert der Pionier, der sich räuspert und dann mit heiserer Stimme einen Vortrag hält. Zehn Minuten, so sagt er, braucht ein Boot, um auf die andere Seite zu kommen. Man steigt ein, lässt den Motor an und fährt hinüber. Zwölf Mann passen in ein Boot, immer zwölf Boote fahren gleichzeitig.

«Das sind 144 Mann in zehn Minuten», wispert der Pionier. Er hat die hellblauen Augen aufgerissen, und seine Hände fahren wild durch die Luft, wenn er redet.

Dieser Mann hat jetzt schon Angst, denkt Ahmad. Man kann keinen ängstlichen Mann bei sich brauchen, wenn gekämpft wird. Er soll nicht in meinem Boot sein, denkt er. Dann schaut er wieder zur Seite. Im milchfeinen Licht, das von Osten her aufscheint, sieht er, wie Ali die Faust ballt. Und auch Ahmad spürt eine seltene Wut in sich aufsteigen.

Was macht ein Boot aus so dünnem Holz, wenn man darauf schießt? Sind dort drüben keine Feinde mit Maschinengewehren? Mit Panzerfäusten? Vielleicht mit Artillerie? Der Pionier redet, als wäre Frieden. Als hätte er noch nie gekämpft in seinem Leben.

Genau dasselbe scheinen alle zu denken. Man schaut verstohlen nach Sorbonne, dem gescheitelten Offizier. Nestelt seine Hand schon wieder an der Waffe, um einen Meuterer zu erschießen? Und so mahlen nur die Kieferknochen, und man schweigt.

Jetzt redet Sorbonne, und Ahmad merkt, wie einige seiner Kameraden aufatmen. Sie sollen hier am Ufer bleiben, während die Männer vom ersten Bataillon den Angriff beginnen. Erst mit der zweiten Welle werden sie in die Boote müssen.

Ahmad sieht sich um. Die Männer vom ersten Bataillon sind nirgendwo zu sehen.

«Sie werden bald da sein», sagt Sorbonne.

Doch dann hört Ahmad hinter sich schon die eigene Artillerie. Sekunden später schlagen die Granaten aufs andere Ufer. Einige Schüsse gehen zu kurz und fahren klatschend ins flache Wasser vor den Kiesbänken. Drüben ziehen sie wohl die Köpfe ein. Aber das erste Bataillon ist noch immer nicht aufgetaucht. Und dann kommt der Befehl, auf den Ahmad schon gewartet hat: Er und seine Leute sollen in die Boote, sofort. 250 Meter Wasser, 250 Meter ohne Deckung, 250 Meter in einem leichten Holzboot vor einem Feind, der seine Heimat verteidigt. Eine Fahrt für Männer, die längst gestorben sind.

Und jetzt sieht Ahmad am Altrhein im Schilf den milchbärtigen Pionier am Außenborder sitzen, mit einem Paddel in der Hand. Messaoud steigt ein, ein wenig blass vielleicht um seine Drosselnase, ein paar Kameraden klettern hinterher, auch Ahmad quetscht sich an das dünne Holz. Noch zwei Plätze im Boot, als Ali seinen Stiefel über die Bordwand heben will, wedelt der Pionier die Planke durch die Luft. «Nicht du! Du bist zu groß, wenn du mitfährst, sind wir voll. Lieber noch zwei normale Männer.»

Ali reagiert nicht und klettert hinein. «Ich bin mehr wert als zwei normale Männer.» Und schon stößt der Riese das Boot ab und lässt es hinüber zur sumpfigen Insel gleiten.

Dort wird man sich verbergen im Uferschilf und dann Schlag fünf Uhr hervorbrechen, so lautet der Plan. Dann wird die Artillerie ihren Beschuss beenden. Und wenn die Deutschen ihre Köpfe aus der Deckung heben, dann ist man mit dem Boot aus der Morgendämmerung gefahren und schon mindestens in der Mitte des Flusses.

Und während die französischen Kanonen Feuer regnen lassen auf die deutsche Seite, sitzen die Männer zusammengekauert im trüben Morgenlicht zwischen den Vögeln im Schilf und warten. Ahmad murmelt ein Gebet. Und ein junger Mann mit rotem Flaum an Wangen und Oberlippe schaut immer wieder auf seine Taschenuhr und wischt sich die schweißnassen Hände trocken an der Uniform. Dann, nach einer Ewigkeit aus Warten und Gedonner, ruckt der lange Zeiger auf die Zwölf. Ein letztes Krachen vom Hinterdeich, der Pionier zieht den Anlasser, der Außenborder knurrt kurz auf und verstummt. Er zieht erneut, beim dritten Versuch rutschen die Finger vom Griff. Er macht das zum ersten Mal in seinem Leben, denkt Ahmad, er hat es nie geübt, er kann es nicht. Ahmad sieht, wie die Wangen über dem Milchbart sich röten, wie die zitternden Hände vergeblich nach dem Anlasser fingern.

Längst schießt keine Kanone mehr. Und nicht ein Boot fährt auf den Rhein, aus keinem der Verstecke. Ahmad vernimmt Flüche von der Insel, geschriene Befehle von der anderen Seite, wo die Offiziere stehen. Wo einer jetzt seine Waffe zieht und auf die Männer in einem der Boote richtet.

«Alle aufrücken», hört Ahmad ein Brummen von vorn. Im nächsten Moment lässt Ali sich ins Wasser gleiten, der Bug des Bootes hebt sich, Ali hält sich mit der Pranke von außen an der Bordwand fest und stapft durch braunes Wasser und Uferschlamm zum Heck. «Platz», knurrt er, der Pionier rutscht verhuscht nach vorn, und der Riese hievt sich an Bord. Und dann zieht er am Anlasser, als wäre es nichts.

Ahmad schaut hinaus aufs Wasser, dort löst sich ein erstes Boot vom Rheinufer, dann ein zweites. Als Ali das Holzboot wenig später in den Hauptstrom lenkt, kommt links vor ihnen ein drittes Boot gefahren. Jetzt also geht es los, denkt Ahmad. Aber die Überraschung des Angriffs ist dahin. Die Deutschen sitzen längst wieder hinter den Maschinengewehren. Sie werden zielen, ganz in Ruhe und mit leichtem Puls. Und wenn so ein Boot getroffen wird – Ahmad schaut sich um unter seinen Kameraden –, dann schlägt die Kugel ein sauberes Loch, und nichts mehr liegt zwischen ihnen und dem Wasser des Flusses. Der Milchbart wird wohl schwimmen können. Zwei andere sind am Meer aufgewachsen, soviel Ahmad weiß. Aber die anderen kommen aus der Wüste. Niemand lernt dort, wie man in kaltem Wasser oben bleibt, mit einer Uniform am Leib und einem Gewehr um die Schultern und Gamaschen über den Stiefelschäften. Und da, mitten auf dem großen Fluss, ohne jede Deckung, mit einem Feind, der in Ruhe zielen kann, und all dem Wasser unter sich, denkt Ahmad: Heute ist der Tag, an dem ich sterbe.

Und dann sieht er drüben auf der deutschen Seite eine

Bewegung. Drei Mann an einem Maschinengewehr, Ahmad sieht das Mündungsfeuer, hört das Knattern der Schüsse. Schon liegt das vorderste Boot tiefer in den braunen Wellen, und nur ein paar Atemzüge später schwappt der Fluss hinein über die hölzerne Bugwand.

15. DER GEDENKSTEIN

Der «Franzosenstein» liegt bei Flusskilometer 387. An der Südseite des Denkmals hat man die Namen der Einheiten geschrieben, die hier gekämpft haben. Die meisten davon kamen aus den Kolonien.

Das erste Boot verschwindet im Fluss, doch die Männer versinken nicht, sie können stehen im bauchtiefen Wasser diesseits der Fahrrinne. Sie waten zurück, aber es geht so langsam, wenn der Kies unter den Stiefeln nachgibt und die Kälte in die Beine fährt und der Fluss die Knie zur Seite drückt. Und die Deutschen, sie zielen auf die Oberkörper, sie zielen auf den Nacken unter dem Stahlhelm. Manche der Männer schaffen es zurück, andere fallen und treiben in einer roten Lache nach Norden.

Das zweite Boot, es fährt ein Stück weiter oben, hat inzwischen die volle Strömung erreicht, die tiefe Kerbe des Flusses, für einen Augenblick driften sie stärker nach links, eine Panzerfaust verfehlt das Fahrzeug. Aus dem Bunker auf der anderen Seite feuert ein Maschinengewehr, seine Kugeln werfen das Wasser auf in einer Kette aus kleinen Fontänen, und die Kette kommt näher, und jetzt erreicht sie das Boot, vier Männer taumeln ins Wasser, doch der Pionier am Motor lebt und duckt sich und hält mit voller Fahrt aufs andere Ufer zu. Für einen Moment schaut Ahmad zurück, wo jetzt drei, vier, sogar fünf Boote abgelegt haben, ein sechstes bricht aus dem Altrheinarm hervor. Er blickt wieder nach vorne. Doch das zweite Boot, eben lief es noch in voller Fahrt, es ist verschwunden, drei Köpfe treiben durch Ahmads Blickfeld, dann versinkt der eine, dann der zweite, und jetzt sieht Ahmad vor sich nur noch die Wellen. Sie haben die Männer alle geschluckt.

Die dritte Mannschaft hat die Hauptrinne mittlerweile fast durchquert und nähert sich der Kiesbank vor der feindlichen Böschung. Ein Schlag erschüttert das Fahrzeug, als wäre es gegen einen großen Felsen gefahren. Die Männer stürzen ins Wasser, bekommen aber festen Grund unter die Sohlen, und einer von ihnen, ein langer Kerl, dem der schwarze Bart bis auf die Brust reicht, springt bis zur Kiesbank, wo der Rhein über Nacht einen halben Baumstamm angespült hat. Er stürzt, er kriecht, und dann liegt er hinter dem Stamm, er drängt sich ans Holz wie eine Maus, wenn der Habicht kommt, er liegt da reglos und wie tot, doch dann winkt er mit der rechten Hand und greift sein Gewehr, bei Gott, er lebt!

Im nächsten Augenblick wirft etwas die Männer in Ahmads Boot von der rechten Bordwand zu ihm herüber, ein Bogen aus Blut sprüht in seine Augen und nimmt ihm einen Moment lang jede Sicht, einer der Getroffenen brüllt, und seine Beine zucken ohne Kontrolle im engen Gefährt, das jetzt ins Schlingern gerät, bis drei der Männer zurück gegen die rechte Bordwand sacken und leblos hinaus ins Wasser kippen. Ahmad drückt sich zu Boden, in den frei gewordenen Platz, endlich bekommt er etwas Deckung, und im selben Moment spürt er einen Schmerz an seinem Hinterkopf, und er hört ein hohes Metallgeräusch, wie wenn ein feiner Hammer gegen eine Glocke aus Messing schlägt. Sein Helm, Gott sei gepriesen, er hält der Kugel stand, die im flachen Winkel über seinen Schädel geglitten sein muss wie ein glatter Kieselstein, der übers Wasser hüpft, wenn man ihn richtig wirft.

Dann vernimmt Ahmad direkt unter seinem Ohr ein Geräusch, es kommt aus dem Boot, es ist getroffen irgendwo unter der Wasserlinie, wo das Wasser jetzt glucksend und sprudelnd zu ihnen dringt und die Fahrt verlangsamt. Wie weit noch zum Ufer? Ahmad blinzelt unter dem Helm hervor, Ali hält den Motor noch immer in seiner Pranke, unverletzt, aber voller Blut um die schwarze Augenklappe, der Milchbart vor ihm hat den Kopf in den Armen vergraben, hat sich zusammengerollt und schreit in Todesangst. Neben ihm liegt Messaoud wie erstarrt, aber atmend und mit offenen Augen. Ahmad greift nach seinem Gewehr, er schaut nach vorn, so nah ist die Kiesbank, darüber an der Böschung sieht er ein MG-Nest vor den Bäumen, und Ahmad, er weiß nicht, was er tut, reißt sein Gewehr hoch und schießt wie blind dorthin, wo die Deutschen liegen, einen langen Feuerstoß, sein ganzes Magazin.

Da sackt das Boot schon unter ihm fort, und das kalte Wasser spült von oben auf ihn herab, auf seinen linken Arm und die Schulter. Nur hinaus! Ahmad glaubt zu versinken, das Wasser wird ihn einhüllen, und alles wird kalt sein und vorbei. Aber dann fühlt er die Steine unter sich, er bekommt Luft, und die rechte Hand mit dem Gewehr, dem guten und leichten Gewehr, bleibt oben, wo der Fluss es nicht erreichen kann. Nur ein paar Meter noch zur Kiesbank, das Wasser ist nicht tief, und er läuft, der schnellste Mann seiner Kompanie, er hechtet neben den Bärtigen hinter den Baumstamm, und die Schüsse schlagen ins Holz von der anderen Seite, wütend und hämmernd. Doch sie kommen aus dem Bunker weiter rechts, nicht mehr vom MG-Nest über ihm. Ahmad muss getroffen haben, sonst wäre er jetzt tot.

Für eine Sekunde hebt Ahmad den Kopf. Wenn er die Böschung erreicht, dann sieht ihn keiner aus dem Bunker da oben, ein toter Winkel. Hier am Baumstamm kann er nicht bleiben. Und als eine Garbe das Holz vor ihm zertrommelt, springt er auf und rennt nach vorn, die Knie zieht er hoch, so weit er kann, den Kies in die Erde stampfend mit all seiner Kraft. Er hört Schüsse von hinten, wo immer mehr Kameraden das Ufer erreichen, und der Kies zersplittert vor und neben ihm, wo die Kugeln der Feinde in den Boden fahren. Wer hat sie abgewehrt, dass sie Ahmad nicht treffen? Noch ein Schritt und ein Sprung, dann liegt er unten am grasigen Hang, wo kein Gewehr ihn erreichen kann. Keuchend schaut Ahmad zurück, sieht Boote sinken und Boote landen, leblose Körper nach Norden treiben, Verwundete nach Deckung suchen, unverletzte Soldaten Feuerstöße aus ihren Sturmgewehren abgeben in einem Getöse aus Schüssen und den Einschlägen der Mörsergranaten, manche verschanzen sich hinter den Leibern ihrer toten Kameraden.

Jetzt legt ein erstes Boot wieder ab, um neue Soldaten herüberzuholen von der westlichen Seite. Und zum ersten Mal glaubt Ahmad daran, dass sie es vielleicht schaffen, dass sie den Tag überstehen können und ihre Wäsche wirklich noch einmal sauber wird und trocknen kann in diesem Land, in dem nur Feinde leben.

Jetzt müssen ihn die Deutschen gesehen haben. Die Kugeln streichen nur knapp über seinen Kopf hinweg und zerwühlen den Kies hinter ihm. Eine einzige Handgranate würde ihn töten, sobald sie über die Böschung rollt. Ahmad kann nur liegen und warten, bis vom Fluss her Verstärkung kommt. Er sieht den Bärtigen hinter dem Baumstamm, neben ihm Messaoud, klein und hager, der immer wieder hinter dem Holz verschwindet, dann wieder auftaucht für wenige Sekunden, um einen Schuss abzugeben hinauf zur Böschung. Ahmad sieht auch Ali, der seinen massigen Leib in den Kies gewühlt hat, quer vor ihm liegen zwei Tote in Uniform, der obere der beiden ist kaum mehr als ein Fetzen aus Fleisch und aus Blut, an seiner Wange, wo noch Reste des Gesichts zu sehen sind, wächst ein roter Flaum über die blasse Haut.

Dann landen zwei Boote zugleich. Ahmad sieht einen Panzer am Ufer gegenüber durch die Bäume brechen, ein Urtier, das Feuer speit, und er spürt, wie die Erde über ihm erzittert, hört das Krachen von brechendem Beton und die Schreie der Verwundeten. Sie haben den Bunker getroffen.

Aus dem vordersten Boot springt ein Offizier, es ist Sorbonne, er sucht keine Deckung wie die anderen, läuft mit erhobener Waffe auf die Böschung zu, brüllt einen Befehl, und seine Männer folgen ihm, zehn, zwanzig Soldaten, und auch wenn einige von ihnen fallen, so erreichen die anderen doch den Hang. Ahmad läuft hinterher und schießt und rennt, und als er oben zwischen den Bäumen ankommt, da wird es ein Töten ohne Pause und Gedanken.

War es eine Stunde? Waren es viele? Als der Kampf bereits entschieden scheint, da steht mit einem Mal der Deutsche direkt neben Ahmad im Auenwald, wie aus der Erde gewachsen. Zugleich löst sich jedoch der Schatten eines Riesen vom Stamm einer Pappel, und Ali zieht dem Deutschen seinen Dolch, den frisch geschärften Dolch, einmal quer durch das Fleisch zwischen Kragen und Kinn. Und dann liegt der Gegner vor ihm in den Buschwindrosen im Auenwald, eine sprudelnde Quelle, aus der das Leben strömt und die Seele entweicht und zum Himmel steigt oder hinabfließt Richtung Verdammnis. Nicht einen Schuss hat der Deutsche abgegeben. Und Ahmad steht und schaut auf den Leib mit dem halb abgetrennten Schädel, während Ali seinen Dolch sauber wischt an der Uniform des Toten.

Lange nach Mittag sind die Deutschen geschlagen, die Franzosen halten jetzt das Ufer und die Böschung bis zum Deich, da kommt nach und nach der Rest des Regiments über den Fluss gefahren. Ahmad sitzt am Eingang des zerschossenen Bunkers, er raucht eine Zigarette, Ali hat sie ihm gegeben. Messaoud sitzt bei ihm und starrt auf den Fluss; er zittert noch ein wenig, und statt einer Zigarette hat er den rosafarbenen Damenhandschuh zwischen den Fingern, riecht von Zeit zu Zeit daran. «Jetzt sind wir Helden», sagt er. Und Ahmad lächelt zum ersten Mal seit Tagen, bis ein Rufen vom Fluss ihn aus den Gedanken holt. Eines der Boote liegt mit einem Mal viel tiefer im Wasser. Hat ein Loch, einen Riss vielleicht von einer Kugel, eine Wunde aus dem Gefecht, die jetzt aufbricht? Das Fahrzeug sinkt, und ein Mann nach dem anderen nimmt der Rhein mit sich – nur zwei kann man retten in eines der anderen Boote.

Und Ahmad sitzt am Beton des deutschen Rheinbunkers und weiß nicht mehr, warum er noch atmen und rauchen kann und die Kameraden da unten ihr Leben verlieren.

«Ich sollte tot sein an diesem Tag», sagt er zu Messaoud. Dann gibt der Kommandant den Befehl zum Aufbruch.

16. DIE PANZERSPERRE

So gerade wie eine frisch gespannte Maurerschnur verläuft die Straße über den Bruchwiesen. Fast vier Meter hoch ist der Damm. An der Böschung hinunter zum Erlenwald wachsen Gras, Klatschmohn, Disteln und Brennnesseln. Wer hindurchgeht, dem kleben Klettenkugeln am Hosenbein.

Hermanns Vater erwacht am Ostersamstag gegen vier, er friert am ganzen Körper, er hat geschwitzt unter dem dicken Federbett. Er murmelt ein Kraftwort, richtet sich auf, sein Rücken schmerzt schon wieder, als hätte ihm jemand einen rostigen Zimmermannsnagel ins Kreuz gehämmert. Der Filp zieht das nasse Hemd vom Leib – soll er aufstehen und sich etwas anderes holen? Aber er ist so müde, er dreht die klamme Federdecke auf die andere Seite und legt sich im Bett etwas weiter nach rechts, da ist alles trocken. Bald lässt das Frösteln nach, er fühlt sich wie zerschlagen. Es ist wohl das Alter. Und die Furcht vor dem, was bald kommt. Er ruckt seinen Körper noch etwas tiefer ins weiche Bett und will schon wieder wegdämmern, da hört er das Geräusch. Vielleicht war es das, was ihn hat aufwachen lassen? Es klingt von weit her, aber er kennt es gut aus dem Krieg, in dem er gekämpft hat als sehr junger Mann. Irgendwo im Westen hat die Artillerie ihre Arbeit aufgenommen.

Als der Filp beim Frühstück sitzt, steht auf einmal der Otto vor der Tür, er gehört zur Verwandtschaft, die Väter waren Cousins. Heute führt der Otto den Sandheimer Volkssturm, er zwirbelt seinen Schnurrbart, den er trägt wie früher der Kaiser. Der Otto war immer deutschnational, und an diesem Morgen redet er noch schneidiger als sonst. Der Volkssturm muss antreten, sagt er, und dass die Zeit gekommen ist, noch einmal Stärke zu zeigen. Denn der Feind ist bald da, und jetzt muss man die große Eisenstange unten im Bruch quer über den Weg legen und wenn nötig bewachen – diese Panzersperre wird helfen, Sandheim zu verteidigen und damit das Vaterland. Und wie der Filp aufsteht, um sein Gewehr zu holen, da hängt seine Frau sich an ihn und weint, dass man denkt, sie stirbt, und sie sagt, dass er dableiben soll und nicht gehen und sich totschießen lassen.

Der Otto steht noch immer in der Tür, er reckt die Brust nach vorn und sagt: «Minna, ich sag dir eins. Ich zieh gern in den Kampf, mit allem Stolz fürs Vaterland.» Und als sie nicht aufhört mit der Weinerei, da lacht er und schlägt ihr mit der Hand auf die Schulter wie einem Gaul, der nicht laufen will, und meint: «Beruhig dich doch, brauchst keine Angst zu haben. Wenn dein Alter einen kalten Arsch kriegt, dann bekommst du eine schöne Rente.» Und dann lacht er noch einmal und verschwindet.

Eine Stunde später treffen sich die Männer am Ortsausgang. Der Filp hat den Karabiner aus dem Schrank geholt, das Gewehr aus Italien; er hat nie damit geschossen. Siebenundzwanzig Schuss Munition hat er bekommen. Die anderen Männer warten schon. Der Otto hat sich seine alte Uniform von vierzehn/achtzehn angezogen. Sein Kopf ist ganz rot, weil er den dicken Bauch einziehen muss, er war damals so schlank. Die anderen Männer kommen in Zivil. Alles, was sie als Truppe kennzeichnet, ist die Volkssturm-Armbinde mit dem Hakenkreuz. Der Filp hat sie nachlässig über den Ellenbogen gezogen, sie muss ihm ein wenig verrutscht sein dabei, sodass jetzt die Innenseite mit den Nähten nach außen zeigt. Auf der Schnalle an seinem Koppel steht noch das «Gott mit uns» aus dem ersten Krieg.

«Dann sind wir also vollzählig», sagt der Otto, und seine Stimme klingt zackig wie früher auf dem Kasernenhof.

Was für ein trauriger Haufen, denkt der Filp, zwanzig alte Männer, die schon lange nicht mehr taugen für einen Krieg. Sogar der August ist dabei, der Vater von Marie und Liese, er ist schon über sechzig. Jetzt ziehen sie hinaus, die Straße führt an der Abbruchkante entlang durchs Tiefgestade. Der Otto will, dass sie im Gleichschritt marschieren. Aber als die Straße ein wenig nach rechts abknickt und die letzten Häuser aus dem Blickfeld verschwinden, da bleibt der Tischler-Rudi auf einmal stehen, fingert sein Nasentuch aus dem Hosensack und wischt sich den Schweiß von der Stirn.

«Die Truppe im Gleichschritt!», kommandiert der Otto und rollt dabei das R nach alter Feldwebelart.

«Jetzt hör auf damit, Otto, wir sind doch unter uns», murrt der Rudi. «Merkst du nicht, wie warm es schon ist?»

Der Otto stellt sich breitbeinig auf und stemmt die Fäuste in die Seite. «Willst du vielleicht meutern, Rudi?» Da steckt der Rudi das Tuch wieder zurück in die Tasche.

«Es ist wirklich ganz schön warm», meint der Bohnen-Schorsch.

Der Otto schaut ihn an, lässt sein Auge über die Männer schweifen, und dann blickt er sich um, ob ihnen nicht zufällig einer aus dem Dorf gefolgt ist oder schon auf dem Feld arbeitet. Als er merkt, dass sie allein sind und keiner zusieht, da winkt er ab, öffnet zwei Knöpfe seiner Uniform über dem dicken Bauch und stellt auch seine Gürtelschnalle mit dem Reichsadler um ein Loch weiter. Er seufzt und setzt seinen Weg fort. Der Milchkännchens-Belle verschwindet in einen Busch, um sein Wasser abzuschlagen, die Zweierreihen lösen sich auf, und die Männer gehen jetzt ein wenig langsamer, fast wie ein Sonntagsausflug auf dem Weg zum Schützenfest. Doch vom Rhein kann man es trotzdem hören, dort wird gekämpft, ein Grollen ist das und ein Poltern wie von einem Gewitter in der Ferne.

Dann kommen sie an die Stelle. Die Straße macht einen Bogen, und eine schwere, eiserne Stange liegt dort wie eine offene Schranke neben dem Weg. Die Männer heben sie an und legen sie auf die Halterung auf der anderen Straßenseite. Der Schlosser-Lui verschweißt die Sperre, und danach stehen die Männer hinter der Panzersperre und halten Wache.

Die Sonne steigt höher, und dann irgendwann hebt der Otto den Finger. «Hört ihr das?» Und die Männer lauschen. Sie hören die Vögel aus dem nahen Wald. Die Sandheimer Turmuhr schlägt zur halben Stunde. Sonst ist alles still. Das Grollen im Westen hat aufgehört. Der Kampf scheint vorbei zu sein. Die Männer starren angestrengt die Straße hinunter. Der Otto hat einen Feldstecher dabei und beobachtet immer wieder den Saum der Pappelwälder vor ihnen. Aber nichts geschieht.

Der Tischler-Rudi nestelt sich einen Stumpen aus der Brusttasche und raucht. Der August setzt sich auf die Erde und lehnt seinen alten Rücken an die Stütze der Straßensperre, der Schlosser-Lui kramt aus seinem Beutel eine grüne Flasche hervor, er zieht den Korken und nimmt einen Schluck.

«Ahhhh», macht er, als er die Flasche absetzt. Er wischt sich mit dem Handrücken über die Lippen und reicht die Flasche weiter.

«Kein Alkohol im Dienst», schnarrt der Otto und versucht, streng zu klingen.

«Auf, Otto, nimm auch einen», sagt der Filp und reicht ihm die Flasche.

Der Otto schüttelt den Kopf. Was waren das für tapfere Kerle, als sie noch jung waren! Er nimmt den Feldstecher und sucht noch einmal den Waldrand ab. Aber nichts ist zu sehen, und nichts ist zu hören. Also greift er die Flasche und genehmigt sich auch einen Schluck. Und dann stehen sie da und rauchen und trinken.

Der Bohnen-Schorsch betrachtet seinen italienischen Karabiner. «Was meinst du, Otto, ob die Dinger hier überhaupt richtig schießen?»

Der Otto kratzt sich seinen Haarkranz. «Ja, Schorsch, da fragst du was», sagt er.

«Vielleicht schießen die ja gar nicht, wenn's drauf ankommt. Das italienische Gelumpe, das taugt doch nichts», sagt der Schorsch. Er überprüft das Schloss des Gewehrs, er hält den Karabiner an die Wange und zielt auf die Spitze einer Erle. Er setzt das Gewehr wieder ab und schüttelt den Kopf. «Vielleicht schießen die gar nicht richtig.»

«Der Schorsch hat recht. Wir müssen das ausprobieren», meint der Tischler-Rudi, der an der Panzerschranke lehnt und sich wieder und wieder den Schweiß von der Stirn wischt.

«Bist du verrückt, du Dackel?», sagt der Otto. «Wir haben doch fast keine Munition. Und der Feind kann jeden Moment hier sein. Willst du unsere Stellung verraten mit dem Geknalle?»

Aber der August, der noch immer am Pfosten sitzt, winkt ab. «Wenn der Feind da wäre, dann hätten wir das schon gemerkt. Da ist keiner, und heute kommt auch keiner mehr.»

Der Bohnen-Schorsch fuchtelt jetzt aufgeregt mit der Hand durch die Luft. «Wir sollten eine Schießübung machen», sagt er. «Nur zwei oder drei Schuss jeder, damit wir auch treffen, wenn der Feind kommt.»

«Ja, ein kleines Wettschießen», sagt der Belle. «Wir müssen doch unsere Waffe kennen. Wenn wir nicht wissen, wie das Gewehr schießt, können wir das Dorf auch nicht gut verteidigen!»

«Kein Wettschießen, ihr Säckel!», bruddelt der Otto.

«Wir schießen aus dreißig Schritt Entfernung!», sagt der Bohnen-Schorsch. Und schon geht er los, um die Strecke abzumessen, nach dreißig Schritten wirft er als Markierung einen dürren Ast quer auf die Straße. «Los, Rudi, leg einen Stein auf die Schranke, da schießen wir drauf. Jeder hat drei Schuss. Das wollen wir doch mal sehen, wer von uns noch eine gute Hand hat.»

Jetzt kommt Bewegung in die Truppe. Der Rudi packt einen faustgroßen Stein auf die Panzersperre. Der Otto hat wieder den Feldstecher vor die Augen gehoben.

«Los, Otto!», ruft der Schorsch. «Oder hast du vielleicht zittrige Finger gekriegt auf deine alten Tage?»

«Ha!», sagt der Otto. «Besser als ihr Simpel schieß ich noch in hundert Jahren.»

«Das werden wir ja sehen», feixt der Schorsch.

Und dann seufzt der Otto und trottet zu den anderen, die sich schon hinter dem dürren Ast auf der Straße versammelt haben. «Gut, ich mach mit. Aber einer muss Wache halten», sagt er und steigt über den Ast. «August, das machst du.» Er will August den Feldstecher reichen.

«Wieso ich?», fragt der August.

«Du bist der Älteste», sagt der Otto.

«Meine Augen sind nicht mehr so gut», sagt der August.

«Es ist ein Befehl», sagt der Otto.

«Dackel», sagt der August und nimmt das Glas.

«Gut», sagt der Otto und dreht sich zu den anderen. «Wir machen es so: Jeder hat drei Schuss. Man schießt dreimal hintereinander. Hat einer was zu schreiben dabei? Wir müssen natürlich Buch führen.» Doch an Papier und Bleistift hat keiner gedacht.

«Wir können die Patronenhülsen sammeln», sagt der Rudi. «Man darf eine Patronenhülse nur behalten, wenn man getroffen hat.» Die anderen murmeln Zustimmung.

Der Schorsch beginnt. Er legt den Karabiner an die Wange, er zielt, er drückt ab. Nichts geschieht. «Ja, so ein Scheißdreck», flucht der Schorsch. «Ich hab nicht mal gesehen, wohin der Schuss gegangen ist. Zu hoch, zu flach, zu weit rechts oder links, das Gewehr taugt gar nichts.»

«Du hast zu viel Schnaps gesoffen», sagt der Otto. «Nächster Schuss.»

Diesmal zielt der Schorsch ein bisschen tiefer. Er zielt auf die Eisenstange. Die sollte er treffen. Und dann sieht er ja, ob der Prügel nach links zieht oder nach rechts. Mit einem hohen Glockenton trifft die Kugel auf die Stange.

«Eine Handbreit zu weit links, drei Finger zu tief», sagt der August, der den Feldstecher vor den Augen hat, um die Delle in der Schranke besser sehen zu können.

«Du musst den Wald beobachten», murrt der Otto. «Falls der Feind uns überrascht.»

«Jawohl, Herr General», sagt der August.

Der Schorsch macht seinen dritten Schuss. Man sieht eine kleine Wolke aufsteigen, nicht einen Finger rechts des Steines.

«Nicht schlecht für einen alten Kerl wie dich. Trotzdem: drei Fahrkarten», sagt der Otto und streicht mit seinem Stiefel die Patronenhülsen ins Gras neben der Straße. «Jetzt du, Rudi.»

Und so schießen sie, einer nach dem anderen. Der Filp ist der Erste, der den Stein von der Stange bekommt – mit seinem dritten Schuss. Danach ist der Stein kaputt, und die Männer laufen durch die Wiesen, und es dauert fast eine Viertelstunde, bis sie ein vergleichbares Exemplar gefunden haben. Ansonsten schießen die Männer nur Fahrkarten.

«Mit den Gewehren ist kein Krieg zu gewinnen», sagt der Otto, als auch sein dritter Schuss wirkungslos über die Schranke geht.

August gibt ihm den Feldstecher zurück. «Darf ich vielleicht auch noch schießen?», fragt er. Dann nimmt er sein Gewehr, er zielt kurz, zieht den Abzug durch, streift den Stein, der sich dreht wie ein Kreisel und dann von der Stange tanzt. Der Rudi läuft zur Panzersperre und legt den Stein zurück an seinen Platz. Augusts nächster Schuss trifft so gut, dass der Stein in zwei Teile zerbricht und in weitem Bogen davonfliegt.

«Es reicht, wenn du nur die eine Hälfte aufstellst», sagt der Alte trocken. Bei seinem dritten Schuss splittert der Stein in tausend Stücke. «Die Italiener verstehen was von Gewehren», sagt der August, schiebt anerkennend die Unterlippe nach vorn und steckt sich seine drei Patronenhülsen in die Tasche.

Danach sitzen die Männer noch an der Schranke, rauchen und leeren die grüne Flasche. Als es von der Sandheimer Kirche sechs Uhr schlägt und noch immer nichts zu sehen ist von den Feinden, legt der Otto noch einmal seine Hand auf die eiserne Schranke. Sie wird nicht lange halten, wenn die Panzer kommen. Dann gibt er den Befehl zum Aufbruch. Man sollte zum Abendbrot wieder zu Hause sein. Wem nützt es schließlich, wenn man hier draußen steht und immer hungriger wird? Und ehe sie an der Biegung der

Straße in Sichtweite der Wohnhäuser kommen, bilden die Männer wieder saubere Zweierreihen, der Otto schließt die Knöpfe seiner Uniform und zieht den Gürtel ein wenig enger. Sie marschieren jetzt zackig und im Gleichschritt. Sie haben einen Tag lang ihr Dorf verteidigt. Immerhin. Und jetzt machen sie auch noch eine gute Figur. Es hat noch immer geholfen, seine Pflicht zu tun und dabei ordentlich zu sein.

Als der Filp nach Hause kommt, geht er nachdenklich in den Stall, wo sein Sohn gerade die Kühe füttert. Er lehnt an der Tür und sieht ihm zu. Einen tüchtigen Jungen hat er, daran zweifelt keiner.

«Hermann», sagt der Vater. «Wenn du fertig bist, dann nimmst du den Spaten und gräbst ein Loch hinten im Hühnerhof. Mach es so groß und so tief, dass man ein Gewehr für immer darin verstecken kann.»

«Ist recht», sagt der Hermann.

Eine halbe Stunde später hat der Alte seinen Karabiner in ein paar Lumpen eingeschlagen und in die Erde gelegt. Die Feinde werden bald kommen, und es werden viele sein. Der Filp wird sie nicht aufhalten. Aber wer weiß, was geschieht, wenn sie die Waffe bei ihm finden? Besser ist es, sie finden sie nicht. Dann nimmt er das Braunhemd seines Sohnes und das gelbe Hemd seiner älteren Tochter und seine Armbinde mit dem Hakenkreuz und wirft alles auf die Stelle, an der er das Gewehr vergraben hat, und dann gibt es ein kleines Feuer im Garten vor dem Hühnerhaus. Der Filp hat es immer mehr mit der Kirche gehalten als mit den Nazis. Und wenn die Nazis jetzt für alles bezahlen müssen, dann will er auf keinen Fall für einen von ihnen gehalten werden.

17. DER GRANATSPLITTER

Der Granatsplitter ist schwarz und so lang wie der Unterarm eines erwachsenen Mannes. Ein geschickter Schmied könnte einen ledernen Griff an seinem Ende befestigen, schon hätte man eine Waffe. Ihre scharf gezackte Kante würde hässliche Wunden schlagen.

Die ersten Granaten fliegen nach Mitternacht. Hermann liegt im Keller auf Strohsäcken. Die dumpfen Schläge haben ihn geweckt, sie klangen noch nie so nah wie jetzt.

«Woher kommt das?», fragt er seinen Vater. In zwei Wochen wird Hermann fünfzehn. Aber sein Vater ist noch immer ein Riese für ihn.

Der Filp zuckt mit den Schultern. «Ich weiß nicht.»

Hermanns kleine Schwester liegt bei ihrer Mutter und schläft, sie hat so einen tiefen Schlaf, die Kleine. Die mittlere liegt wach mit offenen Augen. Wieder das dumpfe Wummern, das mehr aus der Erde zu kommen scheint als aus der Luft.

Und dann erwacht der Udolf, der kleine Junge aus dem Nachbarhaus. Hermann weiß, dass die Nachbarin allein ist und dass sie keinen guten Keller hat und dass der Luftschutzwart sie bei ihnen eingeteilt hat. Aber der Udolf ist ein bisschen behindert, und wenn er Angst bekommt, dann ist er für Hermanns Nerven schlimmer als jeder Bombenangriff. Der Filp erhebt sich von seinem Lager, er geht zur hölzernen Kellertreppe, steigt nach oben und verschwindet im Flur. Hermann hört, wie die Haustür sich öffnet.

«Sie schießen vom Bruch her», sagt der Alte, als er zurückkommt. «Sie sind vielleicht schon bei der Panzersperre oder unten im Erlichwald.»

Hermann spürt, wie sein Herz ein bisschen schneller schlägt. «Wohin schießen sie?»

Wieder zuckt der Vater mit den Schultern. «Ins Dorf, glaub ich, aber nicht bis zu uns.»

Doch als hätte irgendjemand die Worte des Alten gehört, kommt jetzt ein Pfeifen durch die Luft, immer näher, und Hermann hört die Explosion und ein Klirren von der anderen Seite, wahrscheinlich aus der Nachbarstraße. Und dann geschieht das, was Hermann die ganze Zeit befürchtet hat: Der Udolf fängt an, zu weinen und zu zetern, keiner kann ihn mehr beruhigen. Eine Granate nach der anderen detoniert jetzt in der benachbarten Straße, und dann krachen die ersten Treffer hinten in den Hof. Im Keller fängt es auf einmal furchtbar an zu stinken. Wenn der Udolf Angst bekommt, dann scheißt er sich die Hosen voll. Und als Hermann die volle Hose riecht, da wünscht er sich für einen Moment, dass die Eltern keine Kirchenleute wären, die Nachbarn bei sich im Keller aufnehmen. Er wünscht sich für einen Moment, dass die Eltern die Nachbarin in einen anderen Keller geschickt hätten, zu anderen Leuten, die vielleicht noch frommer sind und noch gütiger. Dann wäre der Udolf nicht hier, und keiner würde in die Hose machen und stinken, und keiner würde schreien, alle würden sich zusammenreißen und tapfer sein.

Und dann wird es leise für ein paar Minuten. Hermann klettert auf einen Schemel, die Luft steht im Keller, er bekommt keinen Atem. Jetzt öffnet er die Kellerklappe, und die kühle Nachtluft strömt herein, und Hermann zieht sie tief durch die Nase. Noch schwebt der Qualm der Explosionen darin, aber alles riecht besser als die dicke Luft dort unten im Loch.

Doch da pfeift es mit einem Mal wieder von oben, ein

langgezogenes Pfeifen von den Granaten, die über das Haus hinweggehen. Hermann springt vom Schemel und verkriecht sich auf seinem Lager. Er liegt da und atmet mit angespannten Schultern, und dann kracht es, dass der ganze Keller bebt, als ein Geschoss explodiert im Straßengraben direkt vor dem Haus. Und das Feuer flammt durchs offene Loch wie aus der Nase eines Drachen.

Gegen Morgen wird es still, und als Hermann einen Blick aus der Kellerluke wagt, da sieht er, wie vorne am Hirschhof die letzten deutschen Soldaten Richtung Friedheim fliehen, ohne Formation und Ordnung, jeder so, als wäre er ganz für sich allein. Ein paar von ihnen scheinen die Orientierung verloren zu haben und wollen zu Hermann in die Obere Gasse einbiegen, da steht im Haus gegenüber die Frau in der Eingangstür und zischt «Soldaten, schnell, hier entlang», und die verwirrten jungen Kerle in ihren zu groß geschnittenen Uniformen folgen den Worten einer fremden Bauersfrau, als wäre sie ein Offizier. Sie stürzen in den Hof, und die Frau schickt sie durch die Gärten hinaus aus dem Dorf Richtung Süden und fort von den Feinden.

Und als es dann völlig leise wird, da hält Hermann es nicht länger aus, er geht zur Treppe, ein kurzer Blick zum Vater, der ihm knapp zunickt, und dann schleicht er nach draußen, und als er auf der Treppe steht, da erkennt er den Hof seiner Eltern kaum wieder. Im Kirschbaum vor seinem Schlafzimmerfenster fehlt die halbe Krone, weil eine Granate dort hineingefahren ist. Unten liegen die Brocken herabgefallener, zerbrochener Ziegel, die Einschläge haben drei, vier, fünf Löcher in die Einfahrt gerissen, auch der Stall muss etwas abbekommen haben. Und von dort hört Hermann jetzt das Pferd, den alten Gaul, den sie dort angebunden haben wie jede Nacht. Hermann stakst durch das Trümmerfeld wie ein Storch über eine feuchte Wiese, er geht in den Stall, und da sieht er das alte Tier liegen. Eine Granate muss das Dach zerschlagen haben, einer der glühend heißen Splitter hat dem Gaul die Flanke geöffnet, und jetzt liegt das Tier auf der Seite mit verdrehten Augen und geöffnetem Maul, aus dem die Zunge hängt, und das Gedärm quillt ihm aus der langen Wunde. Der Atem des Pferdes kommt röchelnd und wie ein wieherndes Jammern, eine Klage über den Schmerz, den nahen Tod und ein Betteln um Erlösung. Schon will Hermann zum Hühnerhof laufen und den Karabiner holen, er darf das gute Tier nicht leiden lassen. Aber dann besinnt er sich. Es ist jetzt keine Zeit, sich darum zu kümmern, und so streichelt er dem Gaul nur über den Scheitel und redet ihm gut zu, ehe er wieder nach draußen tritt.

Durchs offene Schlafzimmerfenster sieht er, dass eine Granate den Schrank an der hinteren Wand in einen Haufen aus Holzsplittern verwandelt hat. Wie leicht hätte alles brennen können! Auf der Treppe liegt ein Granatsplitter, der bei den wilden Buben in Sandheim bestimmt einen hohen Tauschwert hätte. So einen Splitter hat er selten gesehen, er sieht aus wie die Klinge eines urzeitlichen Schwertes mit seiner langen Form und den vielen Spitzen und Scharten. Hermann bückt sich, um den Splitter anzuheben, er ist noch nicht ganz erkaltet, und am Rand meint Hermann, einen Reichsadler mit Hakenkreuz erkennen zu können, aber bestimmt ist das eine Täuschung. Auf keinen Fall würde die eigene Artillerie das Dorf beschießen, das würde sie niemals tun – noch gestern haben diese Männer hier gewohnt, in den Sandheimer Betten gelegen und Butter auf frisches Brot geschmiert.

Hermann legt den Splitter zur Seite, geht zurück und späht ums Hauseck, und da sieht er sie kommen: Männer mit dunkler Haut und Wickelgamaschen über den Stiefeln, sie kommen auf beiden Seiten der Straße, einer hinter dem andern, gebückt und in Eile. Hermann fährt zurück, sein Herz schlägt gegen die Rippen, rasend schnell. Er muss in den Keller und die anderen warnen. So oft hat er sich diesen Moment vorgestellt: Wie wird es sein, wenn die Feinde kommen? Und jetzt geschieht es wirklich. Er kneift sich in den Unterarm. Jetzt muss er ganz wach sein und aufmerksam. Keiner soll sehen, dass er Angst hat. Er wird allen zeigen, dass er kein Kind mehr ist, sondern schon ein Mann.

Und wie er die Stufen hinabrennt, da schlägt ihm der Kotgestank entgegen und der Schweiß vieler Menschen, denen es zu warm war in der Nacht und die zu wenig Platz haben und die um ihr Leben fürchten. Er hat den Kellergrund noch nicht erreicht, da wissen die Eltern schon an Hermanns geweiteten Augen, dass etwas passiert sein muss, sie kennen ihren Jungen so gut, auch wenn er sich verändert hat im vergangenen Jahr. «Sie sind da», sagt der Hermann knapp, und der Udolf fängt wieder an zu weinen. Seine Mutter redet auf ihn ein, um ihn zu beruhigen, sogar Hermann kann hören, wie ihre Stimme zittert, und es ist vergeblich wie fast immer.

Hermanns Mutter ist aufgestanden, und jetzt drängt sie sich an ihren Mann, klammert sich an ihn. «Sie nehmen dich fort, o lieber Gott, lass nicht zu, dass sie dich fortnehmen, Mann!» Er hält sie, und jetzt sieht Hermann, dass auch der Alte fürchtet, sie könnten ihn fortnehmen.

Seltsam, denkt er, seltsam, dass auch mein Vater Angst haben kann. Und auf einmal kommt ihm der Filp kleiner und älter vor, als er einmal war. Als müsste er, der Hermann, jetzt für die Familie sorgen, weil alle anderen fast sterben vor Furcht.

«Die Gertrud kommt zu mir», sagt da der Filp und winkt

seine Tochter zu sich her. Sie reibt sich die Nacht aus den müden Augen und trottet mit einem Schmollmund auf den Vater zu, und dann hält sie seine Hand und lehnt den kleinen Kopf an seine Seite.

Und dann sind sie im Haus und holen sie aus dem Keller, alle müssen in die Küche gehen, wo man sie in Schach hält mit kurzen Gewehren. Der Filp hat die Gertrud auf dem Arm, er trägt sie wie ein Kleinkind. Es sieht aus, als würde er sie beschützen. Doch es ist die Tochter, die den Vater beschützt. Die Fremden sollen sehen, dass er gebraucht wird, dass er nicht gefährlich ist. Er hat kein Gewehr in der Hand, sondern nur ein kleines Mädchen auf dem Arm. Und Hermann steht stramm und kneift seine Pobacken zusammen und drückt das Kreuz durch, er steht da wie ein Soldat und presst die Backenzähne aufeinander. Aber in seinem Inneren schlägt das Herz voller Angst. Diese Schwarzen können jetzt mit ihnen machen, was sie wollen. Man ist ihnen ausgeliefert, und man kann sich nicht wehren. Es sind so viele, und sie haben Gewehre. Warum sind die Männer so schwarz? Hermann würde gerne verstehen, was sie reden, wenn sie zurück in die Küche kommen von ihren Erkundungsgängen durchs Haus. Was reden sie? Was haben sie vor?

Draußen vor dem Fenster geht jetzt einer der Fremden mit einem Minensucher in den Hof. Und als er zurückkommt und seinen Leuten ein Zeichen gibt, da rücken sie wieder ab, einer nach dem anderen, ohne ein Wort zu sagen oder einen Blick zurückzuwerfen auf die Leute in der Küche.

Als sie gegangen sind und alle sich setzen und durchatmen vor Erleichterung, da berührt der Hermann seinen Vater an der Schulter.

«Vater, komm mal mit in den Stall. Wir haben dort was zu erledigen.»

18. DER DAMENHANDSCHUH

Früher hat er die linke Hand einer Dame bedeckt. Das verblichene Rosa des Handschuhs muss einmal viel kräftiger gewesen sein. Keine Bäuerin hätte je so etwas angezogen.

Einen Tag lang ist Ahmad durchs Land der Feinde marschiert. Er hat ein Dorf erreicht, Häuser mit weißen Fahnen und Leuten ohne Uniform. Es ging alles so leicht. Jetzt liegt er in Deckung zwischen Ali und Messaoud, bald wird es Tag. Vor ihm erstreckt sich die flache Landschaft der Rheinebene. Rechts vor ihm liegt das nächste Bauerndorf: die Häuser von Sandheim. Ein Kirchturm aus rotbraunem Stein überragt sie wie ein Hirte eine Herde von Zwergschafen. Geradeaus nichts als Felder, durchschnitten von einer Bahnlinie, dahinter eine Straße, die leicht erhöht nach Süden führt, dann ein Bachlauf, an dem Obstbäume wachsen. Ein Hochwald ragt in die Felder hinein wie eine dunkle Hand.

Sorbonne steht hinter seinen Männern, er hält den Feldstecher an die Augen und sucht den Waldrand ab im ersten Dämmerschein. «Ein Maschinengewehr!», sagt er tonlos. Er fährt mit dem Glas weiter nach rechts. «Noch eins. Und da noch eins.» Weiter hinten, dort, wo der Bach unter den Bäumen ans Licht tritt, liegt vermutlich noch Artillerie.

«Wir warten auf unsere Panzer, und dann hauen wir die Kerle aus ihren Löchern», brummt Ali.

Doch der Offizier schüttelt den Kopf. «Wir haben keine Zeit und brauchen keine Panzer. Wir nehmen den Wald im Sturm, jetzt sofort.»

Ein paar Minuten später spurtet Ahmad durch feindliches Feuer, er spurtet über die Äcker, nichts schützt ihn als die Schnelligkeit seiner Beine. Vor ihm an den Schienen steht ein einsames Gebäude bei der Bahnschranke, Ahmad muss es erreichen, die Mauern können ihn retten. Und wie er läuft, da trommeln die Maschinengewehre vom Wald her. Doch Ahmad kommt unverletzt ans Haus, er erreicht es als Erster, keiner kann laufen wie er.

Keuchend wirft er sich an die Mauer, und die Kugeln fliegen vorbei, und dann hört er das Geräusch, auf das er schon gewartet hat: das hohe Pfeifen der Granaten aus der Luft. Ahmad schaut hinüber zu den nahen Häusern jenseits des Baches. Im Dorf selbst können unmöglich noch deutsche Truppen liegen. Gäbe es dort noch Soldaten, Ahmad hätte den Lauf über die Felder nicht überlebt, es wäre so leicht gewesen, ihn zu treffen. Ahmad sieht jetzt, wie einige hundert seiner Kameraden von der Seite her ins Dorf vorrücken, sie gehen durch die Straßen, und es fällt kein Schuss dort drüben.

Dann kracht etwas ins Dachgebälk über ihm, dass die Ziegelsplitter durch die Luft fliegen und Ahmad der Staub in den Kragen weht. Drei seiner Kameraden sind inzwischen bei ihm. Neben Ahmad gehen ein paar Stufen nach unten, dort führt ein Notausgang aus dem gemauerten Keller. Ahmad nimmt sein Gewehr und springt hinab, er öffnet die Tür, sie ist nicht verschlossen. Im Raum sitzt ein älterer Mann auf einem Stuhl, sein Kopf fährt herum, als er das Türschloss hört, und Ahmad hebt die Waffe, der Mann trägt eine Uniform. Doch dann sieht Ahmad die Krücken und das Holzbein, das aus der Hose ragt, und er begreift, dass dieser Mann kein Soldat ist, sondern zur Eisenbahn gehört. Seine Frau steht dabei und ein Bub daneben und ein Mädchen, es kann noch keine sechzehn sein.

Schon will Ahmad wieder nach oben klettern und seinen Leuten Entwarnung geben – «Kein Militär im Haus!» –, da dringt etwas in seine Nase, der Geruch von Rauch und Feuer. Ahmad schaut nach oben und sieht den Qualm aus dem Dachstuhl schlagen. Er macht eine Bewegung mit der rechten Hand hinunter zu den Menschen im Keller, sie sollen rauskommen, schnell, er brüllt ihnen zu, dass sie fliehen sollen, dass ihr Dach brennt, doch sie verstehen ihn nicht. Und Ahmad winkt und winkt und schreit, dass sie nach draußen müssen, wenn sie nicht sterben wollen. Endlich begreifen sie, klettern nach oben aus ihrem Kaninchenloch, ein Krüppel, seine Frau und zwei Kinder. Und als sie oben ankommen, da sehen die Kinder das Feuer im Dach, und sie hören die Schüsse und das Heulen der Granaten, und sie laufen, so schnell sie können, hinüber zum Dorf, und der Vater humpelt hinterher mit seiner Frau durch den Lärm. Sie erreichen die Brücke am Bach, ohne Schaden zu nehmen, und retten sich ins Dorf wie in die Arme einer Mutter.

Bald fliegen die Granaten der Deutschen nicht mehr zur Bahnlinie, sondern direkt nach Sandheim hinein. Dort muss etwas passiert sein. Ahmad nickt. Das dritte Bataillon, das von Westen her kommt, scheint das Dorf also ebenfalls erreicht zu haben. Sandheim ist erobert, aber der Kampf noch nicht gewonnen. Wieder lugt Ahmad um die Ecke und überlegt. Man müsste die Maschinengewehre an der Seite umgehen.

«Hinter die Straße», schreit Sorbonne, der denselben Gedanken hat und mit dreißig Mann bei Ahmad am Bahnhaus liegt. «Wenn wir kriechen, dann sehen sie uns nicht.»

Und dann robbt Ahmad bald im sandigen Boden jenseits der flachen Straßenböschung, hinter ihm Ali, daneben Messaoud, aus dessen Brusttasche der rosafarbene Damenhandschuh leuchtet. Wie weit muss Ahmad noch nach vorne kommen? Nach einer Weile hebt er den Kopf, er hat die

Ecke des Waldes jetzt hinter sich gelassen. Nur ein einziges Maschinengewehr könnte ihn hier noch erreichen. Dort vor den Bäumen kann er sie sehen, vier Männer in einem Loch, sie zielen noch immer nach Norden hin zu den Häusern im Dorf, wo Ahmads Kameraden jetzt selbst ihre Maschinengewehre platziert haben. Auf Ahmad achtet niemand. Wie weit mag es sein bis zum Waldrand? Ahmad schätzt die Entfernung auf zweihundert Meter. Er rechnet: Wenn er jetzt aufspringt und losläuft, dann hat er ein paar Sekunden, bis die Deutschen ihn bemerken, noch ein paar Sekunden, bis sie reagieren, bis sie das Gewehr drehen können, bis sie zielen, bis sie schießen. Er beißt sich auf die Unterlippe. Der Weg ist zu weit. Er kann es nicht schaffen.

Einen Moment lang liegt er ratlos und wie in einer Lähmung hinter der Straßenböschung. Und dann hört er mit einem Mal über sich einen Vogel singen. Er muss schon die ganze Zeit dort gewesen sein. Ahmad schaut in die Luft und sieht, wie die Lerche sich wieder und wieder in die Höhe schwingt und dabei plappert und trällert, sie singt ein Lied von der Schönheit des Lebens, sie singt ohne Pause, wie eine Quelle, die aus einem Felsen sprudelt.

«Nicht trödeln, Männer!», hört Ahmad jetzt die Stimme von Sorbonne. «Wir nehmen die Kerle im Sturm. Die ersten zehn Mann fertig machen.» Ahmad hält sich bereit. «Los!», ruft Sorbonne.

Jetzt geht es sicher in den Tod, denkt Ahmad. Er springt auf und weiß, dass der letzte Spurt seines Lebens beginnt. Er dankt seinem Gott für alles, was er hat sehen dürfen auf dieser Erde. Für die Kraft und die Schnelligkeit, die er ihm geschenkt hat. Er hält das Gewehr, das leichte Sturmgewehr, schräg vor seiner Brust, wieder zieht er die Knie so hoch er nur kann, er rennt in der Furche auf den Wald zu, jeder Tritt in den Sand bringt ihn weiter in gewaltigen Sätzen. Schon hat er Ali und Messaoud hinter sich gelassen. Er hört den Warnruf aus dem Erdloch unter den Bäumen, einer der Deutschen hat ihn gesehen, und jetzt richten sich vier Augenpaare auf ihn, und das Maschinengewehr, das eben noch zum Dorf hin zielte, nun schwenkt es herum.

Ahmad läuft ganz allein in den Tod, und als das Gewehr in seine Richtung zeigt, da wirft er sich in einem letzten, verzweifelten Satz in die Ackerfurche. Im selben Augenblick brüllt das MG vom Waldrand, und die Kugeln der Deutschen fahren quer übers Feld, wie das frisch gewetzte Blatt einer Sense durchs Korn fährt in der Erntezeit. Ahmad drückt sein Gesicht in den Sand, er atmet stoßweise und erwartet den Schmerz, wo wird er sich melden an seinem Körper? Er hört Schreie hinter sich, doch er selbst spürt nur das Brennen in den Oberschenkeln, das Brennen in der Lunge, nirgendwo rinnt warmes Blut aus seinem Körper. Die Kugeln müssen über ihn hinweggeflogen sein. Gott ist groß!

Zwei Männer laufen an Ahmad vorbei, Ahmad schaut auf, es sind Ali und Messaoud, die immer noch auf den Beinen sind. Ahmad springt auf und verliert das Gewehr dabei, er überholt die beiden Freunde, noch fünfzig Meter, er greift die Handgranate, zieht sie vom Koppel, noch vierzig Meter, stürzt nach vorn, die letzten drei Sprünge, und dann schleudert er die Granate mit aller Kraft. Er wirft sie, so hoch und so weit er nur kann, und wieder stürzt er hinein in die weiche Furche.

Als die Granate vor ihm explodiert, da wird es auf einmal still. Kein Hund bellt mehr im Hochwald. Und dann packt ihn die Pranke von Ali an den Schultern.

«Ahmad, mein Liebling, du Gottessohn!», brüllt der Riese. «Du hast sie erwischt! Du hast sie alle erwischt.»

19. DIE KELLERKLAPPE

Das eiserne Rechteck hängt an zwei Scharnieren. Achtzehn Nieten halten die Kellerklappe im Rahmen aus Metall. Bei Bedarf öffnet man den Schlag. Auf einer hölzernen Rutsche lässt man dann Kartoffeln oder Kohlen vom Wagen rollen, sie fallen hinab in die kühlen Lagerräume.

Ein dünner Lichtschein dringt durch die Ritzen der Kellerlöcher auf den gestampften Lehmboden. Marie sitzt auf dem Schemel an der Wand, die zur Straße zeigt, daneben Jakob, ihr Onkel, dessen Schnurrbartspitzen gelegentlich zu zittern scheinen. An der hinteren Wand die beiden Nachbarsmädchen, die achtzehnjährige Helen und die dicke Kattel, ihre zwei Jahre jüngere Schwester. Der Vater der beiden sitzt in der Mitte des Raumes auf einem Stuhl und schnarcht. Sein Nacken wirkt noch ein wenig gebeugter, seit seine Frau gestorben ist im vorigen Herbst. Der Arzt sagt, an einem Schlaganfall. Die Leute sagen, an gebrochenem Herzen. Im Sommer hieß es, ihr Sohn komme nie mehr aus Russland heim. Danach hat sie keiner mehr lachen sehen.

Vor zwei Stunden hat das Artilleriefeuer aufgehört, das tiefe Brummen aus dem Tiefgestade. Jetzt liegt eine fast klägliche Stille über Sandheim, nur aus den Gärten jenseits der Gasse lockt manchmal ein einsamer Amselmann. Marie liebt die Gottesdienste an den Ostertagen. Und sie weiß, dass heute niemand in die Kirche geht. Das Gotteslob will sie sich an diesem Tag nicht nehmen lassen. Zwei oder drei in seinem Namen – und hier unten sind es sogar fünf. Sie will den Herrn loben und den Gottesdienst hierher in den Keller holen.

«Christ ist ersta-han-den», fängt sie an zu singen. In Gedanken greift sie mit den Fingern die Löcher ihrer Altflöte und genießt den Kitzel der Töne an Lippen, Gaumen und Zunge. Wie auf ein geheimes und tausendfach geübtes Kommando stimmen auch die anderen im Keller in Maries Gesang ein: «Von der Marter a-hal-le.» Marie lächelt die beiden Mädchen gütig an. «Des soll'n wir alle fro-ho sein. Christ will unser Tro-host sein. Kyrieleis.»

Schon spürt Marie die Kraft des Geistes durch den Keller wehen. Ein Gottesdienst braucht keinen Pfarrer und kein Altarbild, wenn der Glaube stark ist in den Herzen. Marie formt den letzten Ton, als vibrierte das Mundstück der Flöte an ihren Lippen, sie hält ihn länger, als ihn das Evangelische Kirchengesangbuch notiert. Andacht und Feierlichkeit kennen keine Notenwerte. Marie hat es während der vielen Gottesdienste immer wieder beobachtet: Wenn der Pfarrer die Gemeinde dazu bringt, den letzten Klang einer Strophe länger auszusingen, dann ist es, als löschte man eine Kerzenflamme zwischen Daumen und Zeigefinger. Der Docht braucht neues Feuer, um weiterzubrennen. Und auch jetzt stockt die kleine Gemeinde im Keller an der Unteren Gasse. Marie holt tief Luft und stimmt die zweite Strophe an. «Wär er nicht ersta-han-den.» Doch diesmal singt niemand mit. Der Nachbar hat sich im Stuhl aufgerichtet, der Onkel legt eine Hand ans rechte Ohr. Und jetzt hört es auch die Marie. Da trappelt es draußen auf der Straße.

«Sie kommen», sagt der Nachbar.

Schon ist Marie auf ihren Schemel geklettert. Sie schiebt die Kellerklappe nach vorne und lugt auf die Straße. Im selben Moment, Millimeter für Millimeter, lässt sie die Klappe – lieber Gott, hilf! – wieder zurückgleiten. Und kein Quietschen jammert aus den rostigen Scharnieren. «Danke, Herr!», murmelt Marie, denn am Öl, das denkt sie mit einem scheelen Seitenblick auf den Nachbarn, kann es kaum gelegen haben, dass die Klappe sich so geräuschlos hat schließen lassen. Marie steigt wie eine Katze vom Schemel und schaut den Onkel an. «Da steht ein Soldat, genau vor dem Haus», flüstert sie.

«Wie sieht er aus? Was für eine Uniform hat er an? Ist das ein Ami?», fragt der Nachbar und packt Marie dabei am Oberarm.

«Ich hab nur seine Stiefel gesehen. Er hat sich Gamaschen über die Hosenbeine gewickelt.»

Jetzt steigt der Nachbar auf den Schemel und schielt hinaus. Er lässt die Klappe zurücksinken, und als er sich umdreht, sieht Marie den Schrecken in seinem Blick. «Ihr Mädchen müsst schnell weg», sagt er. «Ihr geht in den Scheunenkeller, bevor sie euch sehen.» Der Nachbar hat es in der Zeitung gelesen. Wenn die Franzosen ihre wilden Horden vorschicken, ihre Neger und ihre Araber, dann hilft den Weibern nur noch der liebe Gott. «Schnell! Und leise müsst ihr sein», sagt der Nachbar.

Er schleicht die Holztreppe nach oben und zur Haustür, die – jetzt ist es ein Glück – zum Innenhof führt, den man sich teilt mit dem Jakob. Er gibt den anderen ein Zeichen, dass sie warten sollen, und öffnet die Tür um einen Spalt. Niemand ist zu sehen, er lauscht und hört Rufe und Schritte von der Straße. Er schleicht ans Eck und späht durch die Einfahrt nach draußen. Hat er dem Jakob nicht vor Jahren vorgeschlagen, dass man zusammenlegt für ein Hoftor? Jetzt werden sie vielleicht büßen für den Geiz. Draußen drängen die Soldaten durch die Gasse, lauter Dunkle sind es, Herrgott, jetzt muss es schnell gehen. Aber zum Glück kommen die Feinde noch nicht in die Häuser.

«Auf geht's», kommandiert er, und er eilt am Zaun entlang, im toten Winkel der schmalen Einfahrt bis zum Ziegenstall, schiebt den Riegel zurück, so vorsichtig er kann, und dann winkt er den Mädchen, die an ihm vorbei in den mistwarmen Stall schlupfen, der Jakob hinterher. Jetzt nach hinten zum Scheunenkeller, die grobe Tür geöffnet, die Mädchen klettern hinunter ins gewölbte Loch, wo noch die Futterrüben vom Vorjahr lagern.

«Vater, was machen wir denn hier?», fragt die dicke Kattel.

«Du folgst und fragst nicht!», zischt der Vater sie an. «Ihr bleibt da, dann geht alles gut aus. Ihr kommt nicht raus, egal was passiert, habt ihr gehört? Wenn ihr Hunger habt, dann müsst ihr Rüben fressen. Ihr kommt nicht raus, bevor wir's euch sagen!»

Und die Helen und die Kattel nicken ihren Vater an. Marie schweigt und schaut zum Onkel.

«Erst wenn wir's euch sagen», wiederholt er.

Und jetzt nickt auch die Marie, und die drei gehen nach unten und setzen sich auf die Rüben und schweigen.

Der Nachbar verriegelt die Tür. «Jakob, guck einmal nach, ob sie schon kommen», kommandiert er. Das Leben ist erwacht in seinem alten Körper.

Jakob linst durch die Bretter des Scheunentores. «Noch keiner im Hof», flüstert er.

Der Nachbar ist schon die Leiter nach oben geklettert und wirft jetzt drei Strohballen herunter. Er klopft an der Tür. «Ich bin's noch mal, Mädchen.» Dann wirft er zwei Strohballen nach unten, auf denen sie sitzen können. Er verriegelt die Tür erneut und legt den dritten Ballen davor. Getarnt muss die Tür aussehen, wie ein vergessener Verschlag, den keiner benutzt und hinter dem es nichts zu holen gibt. Und dann hören sie das Schießen von draußen. Es kommt vom

Sportplatz her. Ein Maschinengewehr. Und noch eins. Und dann wieder Artillerie.

«Wir müssen wieder in die Häuser», sagt der Onkel. «Wenn die Schwarzen kommen und wir sind nicht da, dann räumen die uns alles aus.»

Und so gehen die Männer zurück, um ihre Häuser zu bewachen, zwei Veteranen, die den ersten Krieg mitgemacht haben und wissen, dass es jetzt wichtig ist, ein Mann zu sein und sein Heim zu verteidigen.

Und im Scheunenkeller setzt sich die Marie zwischen die beiden Mädchen, denen sie wie eine große Schwester war in den vergangenen Monaten, denen sie auch ein bisschen Mutter war seit dem Tod der Alten.

«Es wird schon gut sein», sagt sie und versucht, mit fester Stimme zu sprechen. «Wir beten jetzt zusammen. Es ist immer noch Ostermontag. Der Herrgott ist sicher bei uns.»

Und dann falten die drei ihre Hände und murmeln gemeinsam ein Vaterunser und ein Glaubensbekenntnis und dann wieder ein Vaterunser. Und dann meint die Marie, dass man jetzt auch leise weiterbeten kann, jeder für sich in seinen eigenen Worten oder auch in frommen Strophen aus dem Gesangbuch. Und dass der Herr es schon hören wird, wenn man's nur recht in seinem Herzen spricht. Und eine Schulter rechts und eine Schulter links legen sich näher an Marie heran. Und so sitzen sie und warten und lauschen auf die Geräusche des Krieges, die von fern und gedämpft zu ihnen herunterdringen. Sie werden erst gehen, wenn man sie holt. Die Gebete werden sie schützen.

Das ist so sicher wie die Auferstehung.

20. DER PUTZLAPPEN

Im Keller liegt ein grauer Lappen aus grobem Stoff. Er gehörte früher zu einem weiten Arbeitsrock, wie ihn die Bäuerinnen im Dorf üblicherweise getragen haben.

Antonia streift sich die Trainingshose über und verlässt das Haus. Sie ist jetzt vierzehn Jahre alt, erst vor zwei Wochen hat man sie konfirmiert. Eine lausige Konfirmation war das – oder eine sehr besondere, ganz wie man will. Sonst gehen die Konfirmanden stets in einer Art Festumzug durchs Dorf zur Sandheimer Kirche. Doch zwischen Fliegeralarmen und Jagdbombern, die tags – es scheint, aus Übermut – einzelne Fußgänger mit ihren Maschinengewehren übers Feld jagen, keimt der Zweifel im Pfarrer an diesem hergebrachten Ritual. Was hilft göttlicher Beistand gegen einen Feind, der selbst an Sonntagen seine Angriffe fliegt? So wird Antonias Konfirmation zu einer Art Geländespiel. Einzeln oder in kleinen Grüppchen stehlen sich Jungen und Mädchen mit ihren Familien zur Kirche. Keine lange Menschenkette, keine winkenden Nachbarn auf der Mittleren Gasse. Wie gesagt: eine lausige Konfirmation – oder eine ganz besondere.

Jetzt geht Antonia mit der großen Schwester, dem Vater und der ängstlichen Mutter auf die andere Straßenseite ins Schulgebäude. Ein wuchtiger Bau ist das, erstellt in der Kaiserzeit, als noch genügend Geld da war, mit einem festen, gemauerten Keller. Die Nachbarschaft verbringt hier seit Wochen die unruhigen Nächte. «Neue Anlage» heißt dieser Teil des Dorfes, aber er heißt nur so. Denn was früher einmal neu war, ist heute alt. Einen Keller in dieser Straße schützt nicht mehr als eine Balkendecke. Würde eines der Häuser unter einem

Bombentreffer oder durch den Druck einer Luftmine einstürzen, wäre alles tot und verloren, was sich unter der Erde befindet. In der Schule fühlt man sich sicher auf schwarz und weiß gefliestem Boden. Und so drängen sich viele Familien in den großen Raum, an dessen Rückseite eine Tür ins alte Bad führt, in dem man Armaturen und Badewannen jedoch längst abgebaut hat. Geblieben ist ein nackter, gekachelter Raum. Man könnte hier wunderbar Schweine schlachten.

Immer wieder hört man in dieser Nacht das Feuer der Artillerie vom Bruch her. Das Donnern begleitet Antonia bis in ihre Träume. Auch das Gewisper und das Raunen der anderen im verdunkelten Raum. Kommt jetzt der Amerikaner? Oder vielleicht doch der Franzose?

Antonia fühlt keine wirkliche Angst in dieser Nacht; das hat sie im Krieg eigentlich nie getan. Sie schläft ruhig, zwar nur für ein paar Stunden, aber immerhin.

Am frühen Morgen weckt sie eine Berührung an der Schulter. Sie schlägt die Augen auf, die Mutter legt den Finger an die Lippen. Antonia soll leise sein, nicht sprechen, keine Fragen stellen. Von draußen hört sie das Getrappel vieler Stiefel. Die Feinde sind da. Mitten in Sandheim. Geschrei auf dem Flur, Rufe in einer fremden Sprache. «Franzosen», zischt der Vater.

Die Tür fliegt auf, krachend, und Antonia stockt der Atem. Nicht wegen der fremden, olivgrünen Uniformen, nicht wegen der seltsamen Gamaschen, die über Stiefelschäfte und Hosenaufschläge gewickelt sind. Sie erschrickt wegen der Gesichter. Das sind Gesichter, wie Antonia sie noch nie gesehen hat. Die wilden, dunklen Augen, die dunkelbraune Haut. Das sind ja Schwarze, schießt es ihr durch den Kopf. Der erste der Fremden hält sein kurzes Sturmgewehr im Anschlag. Als er sieht, dass keine Soldaten im Raum sind, lässt er die Waffe sinken und lächelt. Er greift in die Tasche und holt Süßigkeiten heraus, die er den Kindern gibt. Ein weißer Offizier betritt den Raum. Er spricht deutsch, einen Dialekt, der dem der Sandheimer nicht unähnlich ist. «Ein Wackes, ein Elsässer», flüstert die Mutter.

Der Offizier sagt: «Sie bleiben alle hier, dann geschieht Ihnen nichts.»

Stummes Nicken. Alle werden bleiben. Einer der Schwarzen bietet Antonia ein Bonbon an. Sie schüttelt nur trotzig den Kopf. Nein, sie mag von diesen Männern keine Bonbons nehmen. Sie traut ihnen nicht. Die Dunklen entdecken die Tür zum alten Bad, stoßen sie auf, die Gewehre schussbereit. Der Raum ist leer. Einer der beiden sagt etwas auf Französisch. Dann verlassen die Fremden den Keller.

Als die Tür hinter ihnen zufällt, geht das Aufatmen durch die Gruppe wie durch ein großes, verängstigtes Tier.

«Die kommen wieder», sagt die Frau des Maurers, eine dicke Bäuerin mit weitem Rock. «Die kommen wieder», sagt sie noch einmal und nickt ernst. Schon bald dringen neue Geräusche in den Keller. Maschinengewehre, Artillerie, das Pfeifen der Granaten, Einschläge, höchstens hundert, vielleicht zweihundert Schritte entfernt.

«Jetzt kämpfen sie», sagt der Vater, als ob das nicht alle wüssten. Das Schießen dauert an. Eine Viertelstunde, eine halbe Stunde, eine ganze Stunde.

Als das Donnern endet und die Schritte sich nähern, die Tür auffliegt, haben die Gesichter der fremden Soldaten sich verändert. Kein Offizier ist diesmal dabei, während sie in den Keller stürmen. Die verschwitzten Körper der Soldaten gehen direkt auf eine der jungen Frauen zu, einer packt sie am Handgelenk, zieht sie hoch, sie stößt einen Schrei aus.

Der Vater will aufstehen, doch sofort sieht er drei Sturmgewehre auf sich gerichtet und sinkt zurück.

Auf einmal spürt auch Antonia eine Hand an ihrem Arm. Sie fühlt sie wie durch eine Ohnmacht, fährt herum, die Augen aufgerissen. Doch die Hand ist keine dunkle Männerhand, sondern die der dicken Maurersfrau.

«Schnell, Mädchen, unter den Rock», zischt sie. Und Antonia krabbelt unter den groben, grauen Stoff, wie ein Kaninchen in seinen Bau kriecht, wenn die Hunde kommen. Sie will aufhören zu atmen, o lieber Gott, mein Atem, sie hören ihn, sie hören ihn. Sie liegt zusammengekrümmt dicht am breiten Hintern der Nachbarin, die sich jetzt zurücklehnt und auf die Arme stützt, damit ihr Rock wie ein Zelt über dem Mädchen liegt. Und wie Antonia da zum Nichts wird im Dunkel ihrer Höhle, den Körper riecht der schützenden Frau, hört sie auf einmal einen Laut, den sie so noch nie gehört hat.

Eine Frau schreit wie ein klagendes Tier. Langgezogen, ängstlich, schmerzvoll. Sie hört Befehle, rau und drohend in der fremden Sprache, im Widerhall kahler Kachelwände. Ein Männerkeuchen, das lauter wird, die Frau, deren Schluchzen jetzt stoßweise kommt, ein rhythmisches Klatschen wie am Schlachttag, wenn die Kinder in ihrem Übermut mit der flachen Hand auf die noch warmen Schweinehälften schlagen. Anfeuernde Rufe in tiefen Stimmlagen. Der Rhythmus ebbt ab, wieder Männermurmeln, dann erneut dieselben Laute, anschwellend, abebbend, eine seltsame, fremde und bedrohliche Musik.

Antonia hält sich die Ohren zu. Sie will nicht hören, was sie hört. Sie will in diesem Moment nicht mehr leben. Sie liegt unterm Rock und denkt: Sie schlagen sie tot, sie schlagen sie tot. Sie weiß, wie Schweine gemacht werden, und war dabei, wenn der Bock seine Geißen besucht. Aber noch nie in ihrem Leben hat sie einen nackten Mann gesehen. Sie hat keine Vorstellung von dem, was im Raum nebenan vor sich geht. Aber sie hat Angst. Sie weiß, dass etwas Schlimmes mit der Frau da drüben geschieht. Und sie möchte auf keinen Fall dasselbe erleben.

21. DAS BETT

> Wenn man am Fußende steht, ist es die rechte Hälfte eines Ehebetts. An die Innenseite der hohen Kopfplatte hat man blassgelbe Sterne und Schäfchenwolken geklebt, ein Kind muss zuletzt darin geschlafen haben. Zwischen das helle Furnier passt eine Matratze von einem Meter Breite.

Mehr und mehr Goumiers laufen jetzt an Ahmad vorbei, der immer noch wie benommen in der Ackerfurche sitzt, der ungläubig an seinem Körper hinabsieht, nicht eine Schramme hat er abbekommen. Wie ist es möglich, dass er nach diesem Sturmlauf noch atmen kann? Er schaut nach rechts, dort liegt keine vier Schritte entfernt Messaoud, der kleine Messaoud auf dem Rücken, mehrere Kugeln haben seinen Unterkiefer und seinen Hals getroffen, das Blut quillt nur noch müde aus den Wunden, es versickert schnell in der leichten, trockenen Erde. Ali hat inzwischen die Hochwald-Bäume erreicht, er steht am Erdloch, das sich die vier Deutschen gegraben haben. Er steigt hinein, einer von ihnen scheint noch zu leben. Der Riese setzt ihm den Stiefel auf den Kopf und entlädt sein Magazin in den zuckenden Leib. Der Einäugige verschwindet im Wald, um ihn von den übrigen Deutschen zu säubern, man hört ihre Maschinengewehre, die noch immer die Felder im Norden bestreichen. Bald mischt sich in ihr Knattern das hohe Kläffen leichter Sturmgewehre, und dann wird es mit einem Male still.

Ein weißer Offizier steht jetzt hinter Ahmad, er legt ihm die Hand auf die Schulter. «Gut», sagt der Offizier. Dann gibt er Befehl, die Gefallenen unter die Erde zu bringen. Nur so tief, dass die Tiere sie nicht holen, wenn es Nacht wird. Nur so, dass man sie später findet, um sie richtig begraben zu können. Man soll die Stiefelspitzen noch sehen können.

Ahmad erwacht wie aus einem Traum, er blickt sich zum ersten Mal um. Da liegen die Toten überall, ein ganzer Acker voller Leichen. So viele Tote für ein kleines Waldstück. Und er rafft sich auf, schleppt sich hinüber zu Messaoud. Ahmad weint nicht, als er das Loch gräbt, es geht ganz leicht. Und dann bettet er den Freund in den Sand, der zerschossene Kopf liegt keine zwei Fuß tief, und dann bedeckt er den Leichnam und lässt die Stiefelspitzen ein wenig herauslugen, zwei Füße wie die Reste frisch geschlagener Jung-Erlen. Ein paar Meter weiter hinten liegt ein Offizier, es ist Sorbonne, der wilde Sorbonne, die rechte Hand hat er um seine Pistole geklammert, Mund und Augen aufgerissen, vier Kugeln haben ihm die Brust zerfetzt mitten im Sprung, mitten in einem seiner Befehle. Ahmad verscharrt auch ihn, den Kopf schräg nach unten. So viele Tote.

Kein Schuss fällt mehr auf den Feldern vor dem kleinen Hasentor, und als die Toten verscharrt sind, überquert Ahmad wieder die Straße, deren Böschung ihn verborgen hat vor den Augen der Feinde. Er sieht die Spuren, die er und seine Leute hinterlassen haben, eine breite Spur von vielen kriechenden Männern. Ein rosa Damenhandschuh liegt inmitten der Spur, Ahmad sieht ihn, doch er hebt ihn nicht auf. Messaoud ist tot, und kein Mädchen wird ihn wiedersehen.

Auf dem Marsch zurück ins Dorf findet Ahmad sich wieder in einer Gruppe mit vier Kameraden, Ali hat er nicht mehr gesehen, seit der Riese unter den Bäumen verschwunden ist. Sie erreichen die ersten Häuser, der Offizier deutet auf eines davon, und Ahmad geht hinein; er folgt den anderen, er geht mit hängendem Kopf – warum ist er nicht stolz auf seinen Sieg? Sie öffnen das Tor, dahinter ruht ein Hof wie eine Burg, ein schmaler Streifen zwischen den Häusern, links schließt eine gut mannshohe Mauer an das Nachbarhaus, rechts stehen Wirtschaftsräume, Ställe, eine Scheune, dahinter ein Garten. Granatsplitter liegen auf der Erde, Ahmad sieht das Blut an den Uniformen seiner Kameraden, er merkt zum ersten Mal, wie ihre Körper dampfen in der warmen Sonne, die jetzt hoch am blauen Himmel steht. Im Garten singen die Vögel.

«Sie sollen zahlen», sagt einer der Kameraden, der eine Schramme abbekommen hat an seiner linken Hand. «Sie sollen zahlen für unser Blut.»

Jetzt nehmen sie die Steinstufen hinauf zum Eingang: Die Tür ist nicht verschlossen, ein dunkler Flur, rechts eine Tür, sie führt in den Keller, doch der Keller ist leer. Ahmad öffnet die Tür gegenüber, und da sitzen sie an einem Tisch, ein hagerer Mann, vielleicht Mitte dreißig, ein altes Weib in der Ecke, ein alter Mann neben ihr, zwei Buben, die ihn unverhohlen anstarren, der eine zeigt auf ihn, sagt etwas, der andere Junge antwortet. Ahmad spricht kein Deutsch, aber er hat ein Wort wiedererkannt, das er im Elsass oft gehört hat. Das Wort heißt «schwarz», und Ahmad weiß, dass er damit gemeint ist.

Ganz vorne am Tisch sitzt eine junge Frau, sie hat ihr Haar hochgeflochten und einen kleinen Jungen auf dem Schoß, er kann kaum zwei Jahre alt sein. Alle sehen ihn an, und ihre Blicke sind voller Angst und seltsam erstarrt wie von Kaninchen, die man zum Schlachten aus ihren Ställen holt. Die Kameraden durchsuchen das Haus, und als sie wiederkommen, weiß Ahmad, dass sie nichts gefunden haben, kein Militär versteckt sich mehr im Dorf.

Da drückt ihn der Soldat mit der verletzten Hand zur Seite. Er macht einen Schritt nach vorn, stößt den Jungen fort von seiner Mutter, dann packt er die Frau am Arm. «Sie soll zahlen», sagt er und zerrt sie hoch, er braucht nicht viel Kraft dafür, sie wehrt sich kaum. Ein zweiter Kamerad hat jetzt sein Gewehr erhoben, der hagere Bauer bleibt sitzen und schaut verloren auf seine Frau und das Gewehr und seine Söhne und die dunklen Soldaten in seiner Küche. Und jetzt zieht der Kamerad die Frau zur Treppe, erst auf der zweiten Stufe fängt sie an zu zappeln, doch er schlägt ihr den verletzten Handrücken ins Gesicht, Schlieren von Blut auf ihren Wangen, zieht sie weiter ins obere Stockwerk, dann geradeaus durch die Tür ins Schlafzimmer. Er wirft sie auf ihr Ehebett.

«Lasst sie», sagt Ahmad, der jetzt oben an der Ecke steht. Aber seine Stimme hat kaum noch Kraft, und keiner der Kameraden will ihn hören. Sie werden die Frau nicht töten. Wer Zivilisten tötet, wird erschossen. Der Kommandant hat es gesagt. Von allem anderen hat er geschwiegen. Ahmad kennt die Offiziere. Sie haben Respekt vor den Männern aus den Kolonien, vielleicht haben sie sogar Angst. Ein weißer Mann mit einem bösen schwarzen Hund, der abgerichtet wurde, um alle zu beißen, die im Wege stehen. Der weiße Mann füttert den schwarzen Hund, er füttert ihn gut mit frischem Fleisch, damit er nicht selbst gebissen wird.

Jetzt sieht Ahmad einen Gewehrlauf an der Schläfe der fremden Frau und wie sich eine blutige Hand die Hose öffnet. Ahmad wendet sich ab und geht zurück, er geht nach unten in die Küche. Schon auf der Treppe hört er die Geräusche. Als Ahmad die Küche betritt, fühlt er sich müde bis fast an den Tod, er will so gerne schlafen. Der Kamerad grinst ihn an, drückt sich zur Tür hinaus und geht zur Treppe, drei Stufen nimmt er mit einem Schritt, und so steht Ahmad bei ratlosen Kinderaugen und den beiden Alten, die zu Boden blicken, und bei dem Mann, der in sich zusammengesunken am Tisch sitzt wie ein Besiegter, während von oben die Stöße klingen und die Frau bezahlt für das Blut vieler Männer.

Nach einer Weile kommt die blutige Hand nach unten, der Mann schließt sein Koppel noch in der Küchentür. «Magst du keine Frauen, Ahmad?», fragt er. Ahmad schweigt. Der andere winkt ab und zieht seinen Dolch. «Ich hol uns Essen», sagt er und verschwindet im Hof. Als er wiederkommt, hat das Stoßen im Schlafzimmer aufgehört. In der rechten Hand hält der Blutige ein Mutterkaninchen aus dem Stall, er hat es ausgenommen und ihm das Fell abgezogen, nacktes, sehniges Fleisch über einem kahlen Schädel. Er wirft es auf den Tisch, und keine Minute später schieben die anderen die Frau in die Küche, sie sieht aus wie ein Fetzen.

«Essen», sagt Bluthand, führt die Finger zum Mund und zeigt auf den Hasen.

Und die junge Frau sinkt auf den Stuhl, jetzt weint sie, sie klagt wie ein Tier. Und keiner kommt, um sie zu trösten. Da erhebt sich die Alte, ihr Blick ist hart und kalt, und sie bindet sich die Schürze um, dann nimmt sie den Hasen und zerteilt ihn mit einem Küchenmesser, um ihn zuzubereiten für die schwarzen Männer mit den Gewehren. Und als die junge Frau nicht aufhören will mit dem Weinen, da wird sie geschüttelt von der Bluthand. Er schreit sie an, und dann reißt er sie wieder hoch und führt sie zur Tür, die in den Keller führt, und er zeigt hinab ins dunkle Loch. Einer nach dem anderen geht jetzt hinunter, der Vater, der Großvater, die junge Frau und die drei Söhne. Und sie schließen die Tür hinter ihnen, und das Weinen dringt nur noch gedämpft nach oben.

«Wir gehen in die Sonne, solange die Alte kocht», sagt Bluthand. «Es ist so ein schöner Tag.» Und sie gehen hinaus ins Warme.

In der Küche riecht es schon nach einem sehr guten Essen.

22. DIE KITTELSCHÜRZE

> Die Träger sind schmal wie zwei Frauenfinger, hellblaue und weiße Streifen ziehen sich der Länge nach durchs Gewebe. Die Schürze endet über den Waden. Wer sie anzieht, dessen Kleid bleibt sauber, auch wenn die Arbeit schmutzig ist, die man zu verrichten hat.

Jakob, der Onkel, hört zuerst die Stimmen vom Hof, dann die Schüsse und ein Johlen, und als er nach oben kommt, steht ein Kerl vor ihm, der so groß ist, dass Jakob ihm nicht bis ans Schlüsselbein reicht. Er trägt eine Augenklappe auf der dunklen Haut, Sandreste kleben an seiner Uniform, in der Hand hält er drei Hühner an den Beinen. Hinter ihm stehen drei weitere Soldaten. Dieser Riese, bei Gott, Jakob hat so etwas noch nicht gesehen.

Der Goliath schiebt den Alten beiseite, geht in die Küche,

legt die Hühner auf den Tisch. Er zeigt mit dem blutigen Zeigefinger auf Jakob. «Kochen!», befiehlt die Bassstimme des Einäugigen. Jakob nickt, verbeugt sich und sagt «jawohl». Erst jetzt nimmt er die Arme nach unten, die er in die Luft gestreckt hat, um zu zeigen, dass er keine Waffe trägt und keine Gefahr darstellt. Aber er ist ein alter Mann, und wenn er in die fremden Gesichter blickt, dann versteht er, dass ihn ohnehin niemand für eine Gefahr gehalten hat.

Jakob macht Feuer unterm Herd. Er holt Wasser aus dem Brunnen im Hof und setzt den großen Topf auf, und als das Wasser heiß ist – von überall hört man die Soldaten durchs Haus wühlen, durch die Schränke und die Schubladen –, da hält er die Tiere hinein in den dampfenden Sud. Dann rupft er die Vögel, Federbusch um Federbusch. Er beeilt sich. Sie sollen bald essen und satt sein, diese Kerle. Hungrige Soldaten sind gefährlich.

Und wie die nackten Hühner auf dem Tisch liegen, da kommt der Einäugige, zieht seinen Dolch, und dann fährt die scharfe Klinge mit einem sanften Geräusch in die Kloake des ersten Vogels, der Riese schiebt seine Hand in den noch warmen Körper und holt mit einer einzigen kräftigen Drehung des Unterarms das Gekröse aus dem geöffneten Bauchraum. Er wirft die Innereien achtlos zu Boden und legt den Vogel zur Seite. Zwei weitere Schnitte, zwei Griffe, zweimal noch das schmatzende Geräusch der sich lösenden Organe, dann liegen die ausgenommenen, nackten Hühner auf dem Tisch, und das Wasser kocht, derweil Jakob sich den Kopf zermartert. Er hat noch nie in seinem Leben ein Huhn zubereitet. Was braucht man dafür? Salz? Ganz sicher! Eine Zwiebel vermutlich. Was noch? Und während er nach dem Salz kramt, da steht der Riese vor ihm und lächelt ihn an mit seinem gefährlichen Auge.

«Wo Frau?», brummt er.

Jakob spürt die Hitze durch seinen Kragen steigen. Er zieht die Schultern hoch und dreht die geöffneten Handflächen nach oben. «Nix Frau», sagt er und schüttelt dabei den Kopf.

Der Riese lächelt jetzt noch breiter und kommt dabei einen Schritt auf Jakob zu. «Wo? Frau?» Diesmal stellt er die Frage ein wenig lauter.

Jakob schüttelt den Kopf und weicht einen Schritt zurück. Jetzt steht er direkt mit dem Rücken am Herd. Und der Riese beugt sich nach vorn, bis sein Gesicht fast Jakobs Nase berührt. Er atmet zweimal tief, dann richtet er sich auf und lächelt wieder. Seine linke Hand geht zum Haken an der Wand. Er greift etwas und riecht daran, dann hält er es Jakob vor die Augen. Es ist Maries Kittelschürze, hellblau und weiß gestreift, keine Kittelschürze für einen Mann, das kann jeder sehen. Ali, der Menschenfresser, lacht leise. Dann legt er den Kopf ein wenig zur Seite und schaut Jakob direkt in die Augen. «Wo Frau?»

Jakob stolpert durch die Scheune in den Garten zur Stiege, wo Zwiebeln und Gemüse lagern. Hinter ihm ist ein Loch in der Wand knapp über der Gartenerde – das Fenster zum Scheunenkeller. Jakob weiß, dass es nicht anders geht. Wenn er die Marie nicht holt, dann werden die Schwarzen suchen. Und dann finden sie die Marie und die beiden anderen Mädchen, und dann geht es allen an den Kragen. Vielleicht töten sie auch ihn, wenn er nicht sagt, wo die Frau ist, die kochen kann. Und jetzt steht er im Garten und spricht, als spräche er zur Scheune. «Ich brauche jemanden, der kocht. Keine junge Frau, eine alte Frau brauch ich. Sie hat dreckige Haare und ein schmutziges Gesicht. Sie geht gebeugt, aber sie wird bald da sein. Und sie kocht für die Soldaten.» Und dann geht er wieder und hat die Zwiebeln aus dem Erdlager geholt und gelbe Rüben, eine Sellerieknolle und etwas alten Lauch, und er trägt alles durch die Scheune zurück in den Hof. Die Marie muss sich opfern, denkt er. Und vielleicht geschieht ihr ja nichts.

Unten im Keller sitzt die Angst auf zwei Strohballen. Mit einem Ruck erhebt sich die Marie. Es sind fremde Männer da. Sie soll für sie kochen. Sie soll alt aussehen. Das hat sie verstanden. Sie löst sich ein paar Strähnen aus dem wie immer sauber gesteckten Dutt, sie greift in den Staub auf dem Boden und wischt sich damit ins Gesicht, wischt sich über ihr Kleid, das gekaufte Kleid aus der Stadt. Sie reibt sich den Schmutz der Scheune in ihr Haar und auf ihre Kopfhaut.

«Wie schlimm du aussiehst», sagt die dicke Kattel. «Ich erkenn dich ja nicht mehr.»

Und Marie geht die Stufen nach oben, entriegelt die Tür von innen und schiebt den Strohballen zur Seite. «Ihr müsst jetzt für mich beten», sagt sie, ehe sie die Tür verschließt und den Strohballen wieder davorschiebt. Und dann geht sie, gebeugt wie ihre eigene Mutter manchmal geht, schlurfend wie früher die Tante durch den Ziegenstall nach draußen in den Hof. Und sie sieht die Kerle mit einem Schrecken, weil die Haut der Fremden so dunkel ist. Und sie kocht eine Suppe aus den Hühnern und dem Gemüse und aus allem, was sie noch dahaben im Haus, eine gute Suppe muss es werden, das weiß sie. Wenn selbst der Onkel so wütend werden kann, wenn das Essen nicht gut schmeckt, wie wütend wären dann erst die Dunklen hier mit ihren Gewehren und Messern?

Dann steht der Riese neben dem Topf und sticht mit seinem Dolch in eines der Hühner, und als sein Messer glatt und leicht durch das helle Fleisch fährt, ruft er seine Kameraden, und er winkt auch Jakob und Marie und sagt: «Du und du essen.»

Wenig später stehen sechs Teller auf dem Küchentisch mit sechs Löffeln daneben, und erst als Jakob und Marie etwas von der Suppe nehmen, nicken sich die Soldaten zu, das Essen ist nicht vergiftet. Sie essen laut und gierig und mit Genuss, ein Mahl für Sieger und Eroberer. Eine gute Hühnersuppe am Ostertag. Aber Marie bringt kaum etwas davon hinunter. Etwas steckt schon in ihrem Hals, es drückt von innen dagegen, als hätte jemand einen Stein dort hineingeschoben. Die Luft, die sie zum Atmen braucht, und selbst die reine Brühe, die sie schlucken möchte – alles muss an diesem Stein vorbei und kann doch nicht, weil da kein Platz mehr ist in ihrem schmalen Schlund.

Als der Einäugige den Teller zum dritten Mal geleert hat, lehnt er sich zurück und streicht sich den Bauch. Er stößt auf, seine Kameraden lachen. Dann erhebt er sich und summt dabei eine Melodie, ein unbekanntes Stück Musik, und es sind Töne dabei, die Maries Flöte nicht spielen könnte. Der Riese tritt hinter Jakob und legt ihm die Hand auf die Schulter, sagt etwas auf Französisch mit sanfter Stimme, und wieder lachen seine Kameraden. Er tritt hinter Marie und streicht über ihren Hinterkopf, löst ihr die Haarklammer, bis der Zopf ihr lang auf den Rücken fällt, und er fährt mit den Fingern ins Geflochtene, öffnet ihr Haar, und dann beugt er sich über sie und saugt den Duft ihrer Kopfhaut ein. Und dann legt er ihr die rechte Hand schwer auf die Schulter, und als sie nicht weiteratmet, da fährt er von oben in ihr Kleid, und jetzt liegt seine Pranke auf ihrer Brust, die noch nie von einem Menschen berührt worden ist, und er summt weiter seine Melodie und lacht ein wenig dabei. Die Muskeln krampfen in Maries Körper, und Hitze strömt durch ihr Kleid, dabei fühlt sie die Kälte in ihren Fingern, und sie will aufstehen, sich lösen von diesem Wesen, das da summend an ihr knetet. Und die Pranke packt sie am Schopf, ihr Schrei quiekt durch die Küche, als er sie wortlos an den Haaren zur Tür schleift und die Treppe hinunter in den Hof. Während einer der Soldaten sein Gewehr hält und beim Onkel bleibt, der sitzen muss, folgen die beiden anderen dem Riesen.

«Diese Bauersfrauen sind wie Schafe», sagt er durch seine mächtigen Zähne auf Französisch. «Und wie Schafe wollen wir sie nehmen.» Er winkt ihnen und zieht das Frauenbündel zum Hackklotz vor dem Holzlager, er zieht das Beil mühelos heraus, und Marie stößt einen Schrei aus in Todesangst, als sie das Beil sieht in seiner Hand, doch er wirft es einfach fort, und dann stößt er sie bäuchlings über den Klotz und rafft den Rock nach oben über ihren Kopf. Und Marie presst die Schenkel aneinander, als er sich zu ihr drängen will. Einer der Männer hält ihre Arme fest mit einem Griff wie aus Eisen, dann fühlt sie zwei weitere Hände am linken Knöchel, und jemand zieht das Bein zur Seite. Der Riese schiebt seine Hüfte hinter die ihre, und dann ist er an ihr, Haut auf Haut. Sein Pflock drückt sie an das Holz des Hackklotzes, hart und warm, dann zerreißt er ihre Mitte, und Marie schreit in ihrem Schmerz, bis seine Pranke ihr auf Mund und Nase fährt und presst, dass es ihr den Atem nimmt, und jetzt steigt das Reißen höher, als wollte man sie pfählen. Der Riese ist auf ihr, sein Atem essigsauer an ihrem Gesicht, für einen Moment lässt der Schmerz nach, dann kommt der Pflock wieder und wieder in Stößen wie von einem Bullen in der Hitze. Und dann, mit einem Mal, merkt Marie, wie die Schmerzen weniger werden und wie alles leichter geht, und ein Teufel tobt ihr im Leib, ein Röcheln entströmt ihrer Kehle, und sie hört ein Grunzen aus dem Körper des Riesen mit jedem seiner Stöße, die jetzt schneller werden und heftiger, bis es nass wird und der Mann schwer und keuchend auf ihr liegen bleibt und nicht mehr weiter dringt.

Ein paar Atemzüge lang liegen sie da. Dann löst sich der Riese von ihr, und Marie hängt wie ein Sack auf dem Klotz. Nach dem Riesen kommt der Zweite und nach dem Zweiten der Dritte und nach dem Dritten der Vierte, und als der Vierte zu lange auf ihr liegen bleibt, da zieht ihn der Riese fort und packt sie noch einmal, dreht ihr verheultes Gesicht zu sich, hebt sie hoch wie eine Puppe und stellt sie auf die Füße, die sie kaum tragen wollen, und er hält sie fest, bis sie steht, ohne zu Boden zu sinken. Dann schaut er sie an mit dem Auge, das ihm geblieben ist.

«Du Haus», sagt er. Und er schiebt sie zurück zur Eingangstür.

23. DAS HANDTUCH

> Unten an die Ecke des länglichen Leinentuchs hat die Besitzerin mit blauem Garn ihre Initialen gestickt. Es war eine Arbeit an der Aussteuer für lange Abende im Winter.

Liese hält die Stille nicht mehr aus. Sie steht auf vom Küchentisch und holt das Nähzeug. Den festen Zwirn, sie befeuchtet das Ende mit ihren Lippen und kneift das Auge zusammen, sie hält die Nadel ins Licht und fährt mit dem speichelfeuchten Faden durchs Öhr. Und jetzt flickt sie das weiße Geschirrtuch, es hat ein Loch bekommen, Liese weiß nicht, woher. Bald will sie damit fertig sein, das Handtuch wird wie neu. Ihr Neffe steht neben ihr und schaut ihr zu mit seinen verträumten Augen. Der kleine Fritz ist der Sohn von Lieses großer Schwester Lene. Die Lene ist jetzt bei sich daheim und wohl im Stall, um das Vieh zu versorgen. Den Fritz hat sie schon gestern hiergelassen. Er bleibt bei Liese, er muss ja bei jemandem bleiben, wenn geschossen wird. Er kann nicht gut allein sein mit seinen sieben Jahren. Hinten auf der Eckbank sitzt Lieses Mutter, die Anna, das kleine Weiblein, das schon keinen Zahn mehr im Mund hat.

Liese hat nur noch wenige Stiche zu nähen, als sie Schritte hört und Stimmen von der Straße. Jetzt kommen die Schwarzen zurück. Die Stiefel trappeln über die Treppenstufen, jemand öffnet den Eingang. Der Vater ist aufgestanden, er wölbt die Brust und drückt die Schultern zurück wie ein Soldat, als die Dunkelhäutigen durch den engen Flur drängen. Er steht in der Küchentür, er versperrt ihnen den Weg. Die Liese hat noch das Handtuch in der Hand und die Nadel mit dem eingefädelten Zwirn.

Einer der Schwarzen sagt etwas, er sagt es laut, fast ist es geschrien. Er zeigt auf Liese. Aber keiner versteht ihn.

«Raus! Frau raus!», sagt er.

Der Vater macht seine Schultern breiter, so leicht sollen es die Kerle nicht haben. Aber der Soldat lacht nur und stößt ihm den Kolben seines Gewehrs vors Brustbein, dass der August nach hinten taumelt, und wie er das Gleichgewicht verliert, da verliert er es wie ein alter Mann.

«Raus!», sagt der zweite Soldat wieder und zeigt auf die Liese.

«Vater, was wollen die denn von mir?», fragt die Liese,

die jetzt zögernd aufsteht, und ihre Stimme klingt nicht ängstlich, sondern eher verwundert, als sie den ersten Schritt auf die dunklen Männer zumacht, den rechten Daumen versteckt in einer harten Faust.

«Das wirst du schon merken», sagt der August, und er sagt es wie ein alter Mann.

Der Neffe, der kleine Fritz, dem man befohlen hat, brav bei der Tante zu bleiben, er trottet hinterher, als die Männer mit ihr nach draußen gehen. Er hat versprochen, brav zu sein. Er bleibt bei der Tante. Sie nehmen sie mit in den Hof, wo der Schutt aus der Bombennacht noch in Haufen an der Seite sich stapelt. Einer hält Lieses Arm, wohl mit einem festen Griff, aber nicht so, dass die Tante weint. Fritz hat Angst vor diesen Männern, er hat sie schon einmal gesehen in seiner Bibel mit den bunten Bildern. Als der Herr Jesus in der Wüste steht und der Teufel kommt, da sieht der Teufel so aus wie die Männer, die jetzt bei der Tante sind. Ist die Tante stärker als der Teufel? Der Fritz glaubt es ganz fest. Die Tante hat ihm einmal mit dem Stock gegeben, als er ein Glas kaputt gemacht hat. Keiner schlägt so hart wie die Tante. Wenn sie einen Stock hätte, dann würde sie es denen geben, wie sie es ihm gegeben hat.

Aber jetzt hat einer der Teufel sich hinter sie gestellt und drückt ihr die Arme auf den Rücken, und sie wehrt sich kaum und dreht nur den Kopf zur Seite, verwundert und mit großen Augen. Warum zeigt die Tante nicht, wie stark sie ist? Jetzt packt einer der Männer den Rock der Tante unten am Saum und zieht ihn nach oben, und zum ersten Mal sieht der Fritz, dass die Tante eine Unterhose anhat. Jetzt nehmen sie ihr die Unterhose weg, und die Tante hat Haare in der Hose, einen Bart hat sie da, und der Fritz denkt, vielleicht ist die Tante ja krank. Sie strampelt mit den Beinen, und die

Teufel lachen und rufen sich Sachen zu, die der Fritz nicht verstehen kann, weil man in der Hölle ja anders redet als in Sandheim. Man versteht die Teufel nicht.

Jetzt packt einer ein Tantenbein und drückt es hoch, dann hat sich ein anderer Teufel eine Hand an den Gürtel gelegt, und er zieht sich selbst die Hose aus, mitten im Hof, was macht der Mann da? Und dann sieht der Fritz die Schlange, lieber Gott, die dunkle Schlange. Der Teufel hat sie in seiner Hose versteckt, und jetzt kommt sie nach draußen, und sie schaut nach oben mit ihrem Auge, und die Schlange kommt zur Tante und beißt in ihren Bart, und es tut ihr weh, und sie schreit und reißt die Augen auf. Warum schlägt sie die Teufel nicht so hart, wie sie ihn geschlagen hat? Die Schlange zuckt und frisst sich in ihrer Gier immer tiefer in die Tante hinein, sie will die Tante fressen von innen, und wenn sie die Tante gefressen hat, dann kommt sie zu ihm, dem Fritz. Und dann wird sie auch ihn fressen, und dann kommt er in die Hölle. Aber die anderen, der Vater und die Mutter und der Opa und die Oma, die kommen alle in den Himmel, und er wird für immer und immer ganz allein sein bei den Teufeln mit der dunklen Haut, deren Sprache er nicht versteht.

Und da kann der Fritz nur noch schreien, er schreit, so laut er kann, und hört nicht damit auf, er hält sich die Ohren zu, weil er nicht mehr hören will, was aus dem Mund der Tante kommt und aus dem Mund des Teufels mit der Schlange. Und er möchte weglaufen, aber seine Füße bewegen sich nicht.

Und wie der Fritz so schreit und nicht aufhören kann, auf die Männer und die Tante zu starren, da geschieht etwas mit der schwarzen Schlange. Sie zuckt nicht mehr, sie frisst nicht mehr, sie stirbt und schrumpft, und jetzt dreht sich der Teufel zu ihm um. Wo das Weiße in seinen Augen sein sollte, da ist alles mit roten Adern durchzogen. Der Teufel zieht seinen Dolch und hebt ihn wie zum Stoß, er steht wie Abraham am Steinaltar, um Isaak zu opfern, und die schwarze Schlange hängt ihm tot zwischen den Schenkeln.

Einer der anderen Teufel ruft etwas, es klingt wie eine Warnung. Da hört der Fritz auf zu schreien und hält sich die Hände schützend vor die Augen. Der Fremde steht vor ihm und atmet schwer. Doch er stößt nicht zu mit seinem Dolch. Er knirscht nur mit den Zähnen, er lässt seine Waffe sinken und dreht sich um und zieht sich die Hose nach oben. Dann packt er die Tante bei den Schultern und dreht sie um, und ihr Rock gleitet wieder nach unten, der Teufel gibt ihr einen Tritt in den Hintern und ruft dabei etwas in der Sprache der Hölle. Die Tante fällt zu Boden, und wie sie auf der Erde liegt, da will der Teufel sie noch einmal treten, aber einer der anderen packt ihn am Arm und hält ihn fest, sodass er der Tante nichts mehr tun kann. Dafür schreit er jetzt, er brüllt zur Tante hin und schaut sie böse an mit seinen roten Teufelsaugen.

Die Tante rafft sich auf und klopft sich mit flachen Händen den Hofstaub vom Rock, und wie sie dann zum Fritz herüberschaut, da ist ihr Haar zerzaust, wie er es noch nie bei ihr gesehen hat, und ihr Blick ist ganz durcheinander.

«Komm, Fritz, komm mit!», hört er die Tante sagen. Und er geht zu ihr und greift ihre Hand, und dann zieht sie ihn eilig fort von den Fremden, zur Treppe, die Stufen nach oben und dann in die Stube und zum Großvater hinein. «Hast mich gerettet, mein Fritzchen», sagt die Tante, als sie die Tür hinter sich schließt. «Du hast mich gerettet und vor allem bewahrt mit deinem Geschrei.»

Und Fritz schaut verwirrt und ohne Verständnis zu ihr hoch, er zittert an den Händen und an den Armen und am ganzen Leib. Und dann gehen sie in die Küche, wo die Alten auf sie warten auf der Eckbank hinter dem Küchentisch. Der Vater schaut seine Tochter an, den Dreck, der auf ihrem Rock klebt, ihr zerzaustes Haar und ihren wilden Blick.

«Und, Liese, weißt du jetzt, was die Männer von dir wollten?»

24. DIE SCHERE

Sie hat einen schwarzen Griff mit einem ovalen Auge unten und einem runden Auge oben, das mit verspieltem Schwung in die schwere Klinge übergeht. Die Schere liegt gut und schwer in der Hand und schneidet ganz ausgezeichnet.

Wie lange es gedauert hat, bis die Nachbarin ihr ein Zeichen gab? Antonia weiß es nicht. «Du kannst rauskommen, sie sind alle weg», sagt sie irgendwann.

Antonia krabbelt aus ihrer Höhle. Sie will jetzt nach Hause und bei ihrer Mutter sein. Sie schleicht sich an die Tür. Die ist nicht verschlossen. Antonia späht ums Eck und sieht keinen auf den Bürgersteigen. Sie überquert die staubige Straße, über der noch die Sonne scheint von einem makellos blauen Himmel. Jenseits des Hoftors sieht Antonia den Apfelbaum, dessen Äste jetzt üppig mit weißen Blüten besetzt sind, sie hört eine Amsel singen und neben sich das Brummen einer Hummel. Merkwürdig. Sie kommt direkt aus der Finsternis, und dabei war der Frühling vielleicht noch nie so rein und schön wie an diesem Tag.

Die elterliche Haustür steht weit offen, Stiefeltritte knarren auf den Dielenböden. Das Haus muss voller Franzosen sein.

«Mademoiselle», sagt einer der Männer, ein Weißer, er spricht deutsch, auch ein Elsässer. «Mademoiselle», wiederholt er, und er meint nicht Antonia, sondern ihre ältere Schwester. «Ich habe im Keller Eier gesehen und Schinken. Sie gehen jetzt und kochen für uns. Wir sind sieben Mann in diesem Haus.»

Antonia hilft der Schwester, sie machen Feuer unterm Herd, Antonia schneidet den Schinken in dicke Streifen. Merkwürdig, wie ruhig man wird, wenn man eine gewohnte Arbeit verrichten kann. Sie reibt durch die Pfanne mit einem Stück von der glänzenden Schwarte. Die Schwester lässt den Schinken aus, das Fett zerläuft im schwarzen Gusseisen, es duftet wie Samstag nach der Ernte. Dann schlägt sie die Eier in die Pfanne und rührt kräftig mit dem hölzernen Löffel. Noch ein Ei, noch ein Ei und noch ein Ei. Sieben Soldaten, die gerade getötet haben. Sie sollen satt werden und zufrieden sein. Antonias Mutter schneidet Brot, das sie nebenan beim Bäcker haben backen lassen aus ihrem eigenen Mehl.

Und die Männer kommen, und sie essen.

Und essen.

Und essen.

Antonia will ihnen nicht in die Augen sehen. Der junge Offizier, der das Wort führt, geht nach hinten in die Schlafstube und ruft auf einmal wieder nach der Schwester. «Mademoiselle, zwei Minuten, bitte!» Die Schwester geht, und bald darauf hört Antonia ihren Schrei und ein lautes «Nein, nein!». Dann stürzt die Schwester an ihr vorbei, hinaus in den Hof und auf die Straße. Der Offizier schaut hinter ihr her, ein wenig verlegen sein Lächeln, die Weste der

Schwester hält er ratlos in der Hand. Dann zuckt er mit den Schultern und kommt zurück in die Küche, um die Reste aus der Pfanne zu kratzen.

Antonias Mutter zieht ihre jüngere Tochter in die Vorratskammer und drückt ihr ein kariertes Hemd in die Hand, das Hemd ihres Vaters. «Zieh das an, sofort», befiehlt sie. «Hier bleiben wir nicht. Das geht nicht, wir müssen weg. Wir gehen zu Onkel Friedrich in die Gartenstraße.» Antonia kennt den Weg gut. Sie passt gerne auf die Vettern auf, die dort wohnen. «Wir gehen raus auf die Straße, und dann laufen wir», sagt die Mutter.

Und sie gehen, Antonia, der Vater und die Mutter – aber die große Schwester? Man kann nicht auf sie warten. Sie wird irgendwo untergekommen sein. Sie gehen zu dritt, erst langsam, bis sie an der Ecke die Gärtnerei erreichen, dann rechts ab in die Gartenstraße – und dann laufen sie, so schnell sie können. Die Mutter stolpert auf der Höhe des dritten Hauses. Der Vater hilft ihr auf. Sie müssen runter von der Straße und sich in Sicherheit bringen. Dann sind sie da, endlich! Doch das schwere Hoftor ihres Onkels ist verschlossen, sie hämmern an die Kellerklappe und rufen hinunter in die Dunkelheit.

Wenig später öffnet sich das Tor einen Spaltbreit, ein Blick nach links, ein Blick nach rechts. «Kommt rein, beeilt euch!» Der Vater und die Mutter verschwinden im Keller. Aber Antonia darf nicht nach unten. «Sie waren vorhin hier. Wir haben gesehen, was sie mit den Frauen machen. Du kannst so nicht mit reinkommen», sagt der Onkel. Erst jetzt bemerkt Antonia, wie grau er geworden ist. Wie alt. Es muss etwas Schreckliches passiert sein, denkt sie. Die Tante hat eine Schere zur Hand und schneidet Antonia, ohne zu fragen, die Zöpfe ab. «Ich weiß, was wir machen», sagt der

Onkel. «Die Kerle haben vorhin meine alte Häsin geholt. Die Jungen werden die nächsten Tage sowieso nicht überleben. Warte!»

Er verschwindet im Stall. Als er herauskommt, hält er in der linken Hand ein zappelndes kleines Stallkaninchen am Genick, in der rechten Hand das scharfe Messer, das immer in der Innenseite der Stalltür steckt. Der Onkel öffnet die Kehle des Tierchens mit einem schnellen Schnitt und hält Antonia das im Todeskampf zappelnde Fellknäuel über den Kopf. Das Blut strömt ihr warm durchs geschorene Haar, läuft ihr über die Wangen und in den Kragen des geborgten Karohemdes. Antonia hört, wie hinter ihr Stoff reißt, dann verbindet ihr die Tante mit den Fetzen den blutroten Schädel.

«So», sagt der Onkel. «Jetzt bist du ein Junge. Du hast bei den Kämpfen was abgekriegt, einen Splitter. Du hast Glück gehabt, dass du davongekommen bist. Und du heißt ab heute Anton.»

Antonia, die jetzt Anton heißt, schaut ihn an. Sie versteht. Ein Junge sein – das ist gut, selbst wenn man eigentlich ein Mädchen ist. Ein Mädchen sein – das ist nicht so gut.

«Und jetzt geh in den Keller, Anton. Leg dich zu den anderen. Neben unserem Manfred muss noch ein Platz sein.»

Antonia steigt die alte, abgetretene Holztreppe nach unten, in einen Keller voller Menschen. Sie streckt sich aus auf den beiden Strohsäcken neben ihrem kleinen Cousin. Sie schließt die Augen. Sie hört, wie ihr Herz schlägt. Aber sie fühlt sich auch unendlich müde. Ein paar Atemzüge später ist sie eingeschlafen.

25. DIE FLASCHE

Grün und trüb ist ihr Glas. Einen Liter Schnaps kann sie fassen. Der Bauer bekam die Flasche als Lohn für das eingeschlagene Obst, das er zur Brennerei gebracht hat. Es war ein gerechter Tausch ganz ohne Geld.

Ahmad spürt seine Beine nicht mehr, als er die große Scheune erreicht. Sein Körper möchte schlafen, und so nimmt er die Stiegen hinauf ins Stroh, wo schon dreißig Kameraden liegen, erschlagen vom Kampf und von der Nähe des Todes im Land voller Feinde. Im Hof hat Ahmad jene gesehen, deren Herzen noch immer zu schnell schlagen, als dass sie ruhen könnten. Sie saßen da und putzten ihre Gewehre. Als Ahmad an ihnen vorüberkam, sahen sie ihn alle an, manche erhoben sich. Er ging durch sie hindurch wie ein Wunder. Keiner kann glauben, dass er noch lebt, Ahmad, der Mann, der den Sieg gebracht hat.

Und als er sich legt und die Augen schließt und es still wird, da hört er das Leben, das durch seine Adern strömt. Gott ist groß und unbegreiflich. Warum nahm er nicht ihn, sondern Messaoud, der nichts wollte als weiterleben und zurückkehren zu der blonden Frau mit den zarten Händen? Und Ahmad sieht, wenn er die Augen schließt, den Freund, der auf dem Rücken liegt und die sprudelnde Kehle zum Himmel reckt, sein Blut versickert im Sand.

Er öffnet die Augen. Noch mehr Kameraden haben sich in die Scheune gesellt, sie haben Schmuck dabei und Taschenuhren, man drückt auf einen Knopf, und ein Deckel schnappt auf, eine Erinnerung, ein Souvenir an das erste große Gefecht bei den Deutschen; manche sammeln einen Schatz, den man später wird verkaufen können. Man bekommt Schafe oder Ziegen dafür, wenn man zu Hause ist, wer weiß? Es ist die gerechte Beute für tapfere Krieger. Und dann reden sie über die Frauen. Einer sagt: «Diese Frauen haben noch nie richtige Männer gesehen.»

«Sie hat geschrien», meint ein anderer. «Jede Frau wünscht sich einen Sieger auf ihrem Lager.» Die Frauen hier sind wie die Frauen überall.

Am Abend kniet der Riese bei Ahmad und rüttelt ihn wach. Sie sollen Patrouille laufen im eroberten Dorf.

«Nirgends verletzt?», fragt Ahmad, als die beiden auf den Hof treten.

«Nichts», sagt Ali und schüttelt den Kopf. «Aber gut gegessen hab ich. Und mir dann mein Recht genommen.»

Die beiden biegen in die Straße ein und machen ihre Runde. Kein Dörfler lässt sich blicken. Die sitzen in ihren Kellern und fürchten sich. Und wer eine deutsche Uniform getragen hat, der ist geflohen oder liegt unter der Erde draußen vor dem Wald. Jetzt kommen sie an der Kirche vorbei, eine große Kirche ist das für so ein kleines Dorf. Diese Menschen müssen ihren Gott lieben, denkt Ahmad.

Dann kommen sie an ein Haus, vor dem ein goldener Hirsch hängt an einem schmiedeeisernen Arm. Sie folgen der Straße in einer Linkskurve, an einem Abzugsgraben entlang, dann biegt der Weg wieder nach rechts, vorbei an einem hohen, langen Gebäude, es ist wohl das Schulhaus. Die Deutschen können alle lesen und schreiben.

Und dann, als Ahmad und Ali sich dem Ortsausgang nähern, hören sie von links aus einem der Hinterhöfe einen Tumult mit lautem Geschrei, schließlich einen Schuss, wieder Rufen und das Klirren von Glas.

Ahmad hält sein Gewehr schussbereit und stürmt in den Hof. Der Lärm kommt aus einem der hinteren Gebäude.

Als Ahmad und Ali den Raum betreten, sehen sie hohe Regale rings an den Wänden, hier lagern Flaschen, große und kleine, grüne und klare, dazwischen Fässer aus Holz. Mehr als ein Dutzend Kameraden stehen schon dort, und alle sind aufgeregt. Einer von ihnen hat ein Loch in eines der Fässer geschossen, eine Flüssigkeit läuft in einem fingerdicken Strahl auf den gestampften Fußboden. Der Soldat legt sich auf die Erde und lässt die Flüssigkeit direkt in seinen Mund rinnen. Dann schreit er und schüttelt sich und wischt sich den Mund ab.

«Das brennt!», ruft er und zeigt beim Grinsen seine Zähne. Er lässt den Strahl erneut in sein Gesicht und in seinen Mund spritzen, das Klare strömt noch immer kräftig aus dem Loch in der hölzernen Fasswand.

«Ich auch, ich auch», ruft einer der Kameraden und drängt den ersten zur Seite, und bald schon rangeln und balgen sie sich um den Platz an der Quelle. Doch es fließt genug Wermut für alle.

Der Erste von ihnen, seine Augen leuchten wie Glas, reißt jetzt eine Flasche aus dem Regal und wankt nach draußen zur Straße. «Was ich gefunden habe, was ich gefunden habe!», ruft er, und bald kommen mehr und mehr Soldaten gelaufen.

Und wie sie sich an die Flaschen und Fässer legen, um zu trinken, da schmelzen sie mit jedem Schluck etwas mehr ineinander, wie Späne aus Eisen in einer glühenden Esse. Und alles, was sie kleingehalten hat und folgsam, vergeht und löst sich auf: die Furcht vor den Gesetzen ihrer Heimat, vor dem nahen Tod, vor der Macht der weißen Offiziere. Als einzelne Männer haben sie das Schnapslager betreten. Doch nach draußen drängen sie als großes Feuer, als Tanz und als ein einziges wildes Lied im Abendrot.

Ahmad sieht, wie die Kameraden durch die Straßen ziehen, eine Schar nach links, eine Schar nach rechts. Er läuft einer der Gruppen hinterher, folgt dem Geräusch der leeren Flaschen, die zerklirren auf der gepflasterten Straße.

«Freunde, kein Blut mehr, kein Blut!»

Doch sie singen und lachen weiter und hören ihn nicht. Ahmad fasst den Letzten von ihnen, er kennt ihn gut, an der Schulter, er ruft ihn an bei seinem Namen. Der Blick des Kameraden geht jedoch ins Leere, er schüttelt die Hand ab, die ihn hält. Er hat seinen eigenen Namen vergessen, wie die anderen Männer, die bei ihm sind.

Und jetzt suchen sie nach Frauen und Mädchen, mit denen sie tanzen können. Sie kommen an eines der Häuser, und zwei der Männer gehen die Stufen nach oben mit unsteten Schritten, die Hand des einen verfehlt die Türklinke, erst mit dem zweiten Griff kann er sie öffnen. Und als sich ihre Augen ans Halbdunkel im Hausflur gewöhnen, da sehen sie einen Jungen vor sich stehen, einen Halbwüchsigen, er mag vierzehn sein oder fünfzehn, ein schmales Kerlchen, nicht größer als sie selbst. Doch er steht vor einer der Türen, die vom Flur abgehen, breitbeinig, er wölbt seine Jungenbrust und reckt das Kinn nach vorn. Er steht vor ihnen wie ein Mann. Jetzt gibt es Blut, denkt Ahmad, als er hinter seinen Kameraden die Treppen nach oben stürmt. Aber er irrt sich. Die Kameraden mögen betrunken sein und vergessen haben, wie sie heißen. Doch sie sind müde vom Kampf. Ein Junge, der kämpfen will, das ist nicht das, was sie suchen. Man will ein Siegesfest und einen warmen Körper auf der Haut. Und so brummen sie nur und machen kehrt ohne ein Wort.

Als die Fremden gegangen sind, steht Hermann noch da und spürt sein Herz, es klopft so wild. Und er löst die Fäuste, die er geballt hat, ohne es recht zu merken. Und jetzt riecht er den Schnaps, eine Wolke aus Alkohol liegt im Hausflur, und Hermann hört, wie es weiter klirrt auf der Straße. Die Haustür steht noch immer offen, und draußen klingt Geschrei von Männern und Frauen, und man singt in einer Sprache, die Hermann nicht versteht. Und er will hinausgehen. Er hat seine Familie beschützt – wer wird Antonia beschützen? Doch dann auf der Treppe jenseits der Tür besinnt er sich. Wohin sollte er gehen? Ist sie zu Hause? Sitzt sie im Schulkeller wie sonst in den Bombennächten? Hat sie nicht einen Vater, der auf sie aufpasst?

«Hermann!» Aus dem Hausflur ruft eine Frauenstimme nach ihm, sie betont die erste Silbe und spricht sie so kurz, als wäre da kein E zwischen dem H und dem R. Hermann dreht den Kopf und sieht seine Mutter in der Kellertür stehen. Sie schaut ihn an aus müden Augen.

«Komm, Junge!», sagt sie.

Und der Hermann kommt, und er schließt die Haustür hinter sich, und die Geräusche von der Straße werden leiser. Fast klingt es, als wären da nur eine paar Sandheimer Bauern unterwegs, die spät aus der Wirtschaft nach Hause ziehen. Hermann nimmt einen Stuhl aus der Küche und setzt sich vor die Kellertür.

«Ich bleib hier oben», sagt er, und die Mutter nickt und geht nach unten ins Loch zu den anderen.

Zwei Häuser weiter öffnen die Soldaten die Haustür und sehen einen älteren Mann. Ein frommer Mann muss das sein, er steht da und hat die Hände gefaltet, sein Rücken ist gebeugt, und sein Kopf nickt mit jedem seiner Worte.

«Frau raus!», sagt der erste der Soldaten.

«Ja», sagt der fromme Mann. Und er dreht sich um und

befiehlt seinen Töchtern, nach draußen zu gehen. «Die fremden Männer wollen es so, also müssen wir folgen», sagt er.

Und die Mädchen kommen nach draußen ohne Widerspruch, fromme Mädchen, die gelernt haben, dass die Worte eines Vaters gelten wie die Worte Gottes. Die Männer nehmen die Mädchen im Hof, einer nach dem anderen, bis sie nicht mehr können. Und keiner kommt aus den Häusern, um zu helfen. Alle wissen, dass einem nichts geschieht, wenn man den Männern dort unten nur gibt, wonach sie verlangen.

Und so ziehen die Fremden durch die Straßen die halbe Nacht lang, und wer an Gott glaubt und die bunten Gemälde gesehen hat, mit denen man Kindern die Geschichten der Bibel erklärt, der sieht jetzt ein Dorf voller Teufel vor sich und den Tag des Jüngsten Gerichts. Und man duckt sich in seinem Keller und betet, dass der Engel des Todes vorbeiziehen möge.

Als die Soldaten fertig sind mit den Töchtern des frommen Mannes, da sagt einer, dass er jetzt noch etwas Gutes essen könnte, und die anderen finden das auch, und da gehen sie in einen anderen Hof und in den Stall und finden ein Schaf, ein Milchschaf, das dort bei den Ziegen steht.

«Das könnte man essen», meint einer der Männer, und seine Zunge klingt schon schwer vom vielen Schnaps.

Doch als sie das Schaf holen wollen und durch den Hof zerren, da schreit plötzlich jemand ein paar deutsche Worte aus einem der Fenster, und da kommen sie aus dem Haus gelaufen, alte Leute, mittelalte Leute und Kinder, und sie rufen laut nach dem Kommandanten und ziehen an den Beinen des Tieres, wahrlich, sie verteidigen ihr Schaf wie ihr Leben. Da lassen die Soldaten los, weil sie den Kommandanten an diesem Abend nicht dabeihaben wollen. Es ist besser, wenn die Offiziere schlafen und keiner fragt, was gewesen ist, und nichts davon in den Berichten steht, die der Kommandant an den großen General zu schreiben hat.

«Das Schaf hätte auch zu lange gebraucht, um gar zu werden», meint einer der Männer, als sie bei ihrer Scheune angelangt sind, und die anderen nicken. Morgen geht es weiter. Und sie legen sich ins Stroh.

Ahmad liegt hart daneben, mit offenen Augen, und hört die Kameraden bald schnarchen. Doch er findet keinen Schlaf, trotz aller Gebete.

26. DIE KÜCHENUHR

Es war Nacht oder früher Nachmittag, als die Küchenuhr zum letzten Mal ihre Messingzeiger bewegte. Man dreht den Flügelschlüssel im offenen Nabel an der Vorderseite – dann läuft sie wieder. Erst nach Wochen wird man merken, dass ihr Werk ein klein wenig zu langsam tickt.

Tick
Tick
Tick
Tick

«Die Saukerle, die Schwarzen!» Die Nachbarin hat sich breithüftig und schwer vor Jakob aufgebaut und die Fäuste in die Seiten gestemmt. «Stell dir das mal vor, Jakob. Die haben uns vier Hühner weggenommen!» Feine rote Adern durchziehen ihre Wangen, sie schnaubt und stampft mit dem Holzschuh vor Zorn.

Marie sitzt auf der Eckbank hinterm Küchentisch, bewegungslos und dumpf wie ein Huhn in der Nacht. Die Gedanken taumeln betrunken durch ihren Kopf ohne Anfang und Richtung. Sie hört nicht, was die Nachbarin erzählt. Sie trägt noch immer das Kleid vom Vortag. Sie spürt die wunden Schenkel unterm Rock und den geschundenen Unterleib. Sie würde gerne beten, doch nicht ein Wort will sich formen in ihrem Innern. Dort unten ist nur das Ziehen, wie am Tag, wenn das Monatsblut kommt, aber schlimmer und mit stärkeren Schmerzen. Das Einzige, was jetzt in Klarheit aus der Welt zu ihr dringt, ist die Küchenuhr hinter ihr an der Wand.

Tick
Tick
Tick
Tick

Wie laut sie tickt. Wie hart ihre Sekunden klingen, Metall auf Metall im Räderwerk.

«Ja», sagt der Onkel. «Deine Hühner sind jetzt weg. Das heißt: vier davon. Aber du hattest ja wohl noch ein paar mehr, nicht wahr, Nachbarin?»

«Elf sind's gewesen bis gestern. Und jetzt sind's nur noch sieben. Die anderen haben sie uns weggefressen, die Saukerle. Und gesungen haben sie, hast's nicht gehört in der Nacht? Und Schnaps gesoffen und die Flaschen in den Hof geschmissen. Das waren keine Menschen, die hatten keine Zivilisation, hörst du, Jakob?»

Und der Onkel schaut sie an und nickt nur stumm. Am frühen Morgen sind die Schwarzen abgezogen. Es sind schon wieder neue Soldaten im Dorf, aber die haben sich die größeren und neueren Häuser ausgesucht. Hier, bei ihnen, ist gerade keiner und bei den Nachbarn auch nicht.

«Aber weißt du, was? Das machen die mir nicht noch mal, das sag ich dir!», keift die Nachbarin weiter. «Die haben die Federn von den Hühnern bei uns in den Brunnen geschmissen. Ich mach die Sauerei nicht weg. Sollen ihre Brüder ruhig sehen, wie's zugegangen ist bei uns, das sollen die ruhig sehen.»

Der Jakob schweigt.

«Ich lass meinen Heiner einen Verschlag bauen hinten im Garten. Da kommen die Hühner rein, wenn keins rumläuft, dann kommt auch keins fort, verstehst du? Und wenn einer fragt, dann zeig ich ihm bloß die Federn im Brunnen. Dann wissen die schon, dass bei uns nichts mehr zu holen ist.»

Tick
Tick
Tick
Tick

Die Uhr wird immer lauter und ihr Klang immer härter. Über Marie schlägt ein eiserner Hammer die Zeit in die Wand. Fast muss man sich die Ohren zuhalten.

«Und was erzählst du mir das alles, Nachbarin?», fragt der Jakob jetzt und er klingt müde und wie einer, der nicht mehr zuhören will.

«Ja, das ist gut, dass du endlich mal selber was denkst und mich was fragst», sagt die Nachbarin und schwingt ihren massigen Körper nach vorn. «Weißt, mein Heiner ist ja auch nicht mehr so stark, wie er mal war. Und du bist der Nachbar, deswegen musst du gleich kommen und dem Heiner helfen. Da ist ein Balken, den hebt er nicht mehr alleine hoch. Du musst kommen und helfen, dann haben wir den Verschlag für die Hühner bald fertig.»

«Ist recht», sagt der Jakob. «Geh ruhig, ich komm gleich rüber.»

Die Nachbarin verlässt die Küche und Jakob dreht den Kopf zu seiner Nichte, die noch immer in der Ecke sitzt und ins Leere starrt.

Tick
Tick
Tick
Tick

«Marie, hör zu», sagt der Onkel. Marie sitzt und starrt und schaukelt leicht im Sekundentakt der Küchenuhr.

«Marie!» Der Onkel redet jetzt laut und mahnend, wie man mit einem ungezogenen Mädchen redet. Und die Marie fährt zusammen und schaut ihn an mit den Augen eines Kindes, das Schläge erwartet.

«Marie, du musst dich jetzt waschen und dir was anderes anziehen», sagt der Onkel streng. Marie nickt mechanisch. «Dann nimmst du dir Brot und Wasser und gehst in den Scheunenkeller zu den Mädchen, und da bleibst du, bis ich dich hol, hörst du?» Ohne ein Wort erhebt sich die Marie. Sie geht in den Hof, pumpt Wasser aus dem Brunnen, lässt den ersten Strahl ins Becken laufen und hält dann die Waschkanne darunter. Dann geht sie in ihre Schlafstube an den Waschtisch, kippt das Wasser in die Schüssel, nimmt etwas Seife, und dann hebt sie ihren Rock und scheuert den schaumigen Lappen über das getrocknete Blut in ihrer Mitte und an der Innenseite ihrer Schenkel bis hinunter zu den Knien. Sie spült den Lappen aus, und das Wasser färbt sich rosa, und sie wischt noch einmal, die Haut brennt, und es zieht ihr durch den ganzen Leib. Dann steigt sie in den grauen, groben Rock für den Werktag. Sie nimmt das Brot und das Wasser und geht in den Scheunenkeller, und der Onkel schließt die Tür hinter ihr und stellt den Strohballen davor. Und die Marie setzt sich wortlos neben die beiden Mädchen, die sie anschauen. Sie wollen hören, was passiert ist am Tag und in der Nacht davor. Doch die Marie hört nur das Ticken der Uhr, als säße sie noch immer in der Küche.

Tick
Tick
Tick
Tick

Die Marie schließt die Augen. Und dann formen ihre Lippen die ersten Worte des Tages. «Lieber Gott», sagt sie. Dann bricht sie ab. Und die beiden Mädchen denken, dass die Marie mit ihnen beten will, und so falten sie die Hände. Die dicke Kattel fängt an mit «Vater unser im Himmel», und wie ein Schlitten, der einen Schubs bekommt oben an der Böschung und dann den verschneiten Hang hinabgleitet zu einer wilden Fahrt, die keiner bremsen kann, schnurrt Marie jetzt das «geheiligt werde dein Name», Wörter wie aus einem aufgezogenen Uhrwerk. Und sie sprechen das Gebet noch einmal und noch einmal. Und beim vierten Mal merkt Marie, wie sie wieder zurückkommt in die Welt der Lebenden, und sie empfindet eine Liebe für diese beiden Mädchen und eine Dankbarkeit dem Himmel gegenüber, wie sie es lange nicht mehr fühlen konnte.

«Danke, Herr», murmelt sie und presst die gefalteten Hände noch enger zusammen.

Derweil wuchtet der Onkel im Garten der Nachbarn den Balken hoch, er hält Bretter an, und so baut er mit dem

Heiner einen Verschlag, während die Alte danebensteht und dirigiert. Als die schweren Arbeiten gemacht sind, legt der Jakob dem Heiner die Hand auf die Schulter und sagt: «Heiner, ich hab gern geholfen. Aber ich hab auch was, um was ich dich bitten will. Der Marie geht's nicht gut heute. Kann deine Frau» – Jakob zeigt mit dem Kinn auf die Nachbarin – «nicht einen großen Topf Suppe kochen für die nächsten Tage? Die Sachen haben wir da, es wär nur arg recht, wenn sie's kochen könnt.»

Und die Nachbarn schauen verwundert, aber dann sind sie doch einverstanden, und so kommt die Alte und kocht dem Jakob die Suppe für die nächsten Tage, während sie weiter auf die Schwarzen schimpft, die ihre Hühner gefressen haben, ohne um Erlaubnis zu fragen.

Und wie sie so rührt, da wackeln die Scheiben in der Wohnstube, und dann sieht der Jakob draußen einen Panzer über die Untere Gasse rollen, und ein weißer Soldat in französischer Uniform schlägt ein Plakat an den Laternenpfahl mit den Worten des großen Generals, dass jeder französische Soldat mit dem Tode bestraft wird, der plündert und vergewaltigt. Aber der Jakob versteht kein Französisch. Er schaut die Straße hinunter und die Straße hinauf und wartet auf die nächsten Schwarzen, die «Wo Frau?» fragen.

Jetzt ist die Suppe fertig, und die Nachbarin eilt zurück zu ihrem Mann, sie will zu Hause sein, wenn die Fremden kommen.

Keine Stunde später stehen sechs Uniformierte in Jakobs Küche. Er macht Verbeugungen, und die Soldaten essen Suppe, sie schauen noch einmal in den Keller und in die Stuben. Zwei marschieren in den Hof, und dann, Jakob hat nicht geglaubt, dass sie es wagen würden, gehen sie durch den Stall mit den meckernden Ziegen und in die Scheune.

Und als die beiden den Strohballen sehen vor der Holztür und die Spuren im Staub, da grinsen sie, und einer der beiden hält sein Gewehr schussbereit, während der andere den Schlag aufreißt. Doch da unten sitzen keine bewaffneten Feinde, sondern nur drei junge Weiber, die zittern und beten. Man könnte seine Freude mit ihnen haben, doch der General hat es verboten. Und so schließen die beiden die Tür wieder und gehen zurück ins Haus, um ihre Meldung zu machen.

Die Marie und die Helen und die dicke Kattel sitzen unten auf ihren Strohballen, und dann sagt die Helen, wie sie sich zur Marie dreht: «Deine Gebete sind so stark, Marie, ich möchte so sein wie du, wenn ich größer bin.» Und als die Marie nicht versteht, da sagt die Helen: «Hast du nicht gesehen, was grad passiert ist? Die Männer haben uns gesucht, aber sie haben uns nicht gefunden. Der Heilige Geist muss sie geblendet haben.» Und sie nickt eifrig erst zur Marie und dann zur dicken Kattel. «So stark sind deine Gebete, Marie, so stark sind deine Gebete.»

27. DAS HOLZSCHEIT

Man hat die Föhre geschlagen, bevor der Krieg begann. Man hat sie zersägt und in Stücke gespalten. Seither trocknet sie oben im Lager. Das Holz ist grau geworden mit den Jahren, fast schwarz an den erhabenen Stellen der faltigen Maserung.

Die Liese liegt im Heu. Vor ihr eine Wand aus Brennholz. Der Vater hat sie gebaut am frühen Morgen, Scheit um Scheit bis oben an die Decke. Wer jetzt als Fremder in die Scheune kommt und die Stiegen nimmt hinauf zur oberen Ebene, der sieht nur ein Holzlager hinten an der Wand. Wie soll er etwas wissen vom geheimen kleinen Raum dahinter, in dem jetzt die Frauen wohnen? Liese liegt auf dem Rücken und schaut nach oben zu den Dielen, wo durch die Ritzen ein kleiner Rest Tageslicht fällt. Liese sollte arbeiten, es gibt so viel Arbeit auf dem Feld und im Haus und bei den Tieren. Aber sie kann nicht draußen sein, wo alles voller Soldaten ist, voller schwarzer Soldaten, die nach den Frauen suchen. Der Liese kommt es vor wie eine Sünde, an einem Werktag im Heu zu liegen. Sie stiehlt dem Herrgott einen ganzen Tag.

«Wie bist du hergekommen?», fragt sie die Lene, die große Schwester, die neben ihr liegt. Die Liese flüstert ihre Worte, sie will nicht laut reden. Vielleicht streichen die Männer ja unten durch die Scheune. Wenn sie laut redet, kann man sie vielleicht hören, und alles wäre verraten.

Die Lene räuspert sich. «Ich war doch bei den Viechern», wispert sie. Dann entsteht eine Pause. Liese schaut hinüber, wo die Schwester liegt und wartet. Es ist zu dunkel, um zu sehen, was sich abspielt in ihrem Gesicht. «Dann sind die

Schwarzen gekommen, und ich hab mich versteckt. Ich wollt nicht, dass sie mich finden, weißt du?»

Die Liese nickt. Ja, jetzt weiß sie das auch. Man lässt sich besser nicht finden von fremden Soldaten.

«Und dann bin ich hinten durch die Gärten geschlichen. Ich bin zum Heinrich und hab ihm gesagt, dass er mit mir gehen soll. Dass er mich herbringen muss. Hab gesagt: Heinrich, du bist ein Mann, wenn du bei mir bist, dann tun sie mir nichts.» Wieder Schweigen. «Aber der Heinrich hat gesagt, er kann nicht. Er wollt's nicht machen. Der Heinrich redet immer groß, aber als ich gesagt hab, dass er mich bringen soll, da hat er Angst gehabt, ich hab's gesehen. Er hat gesagt: Die schießen mich tot, wenn ich jetzt auf die Straße geh, und dann geht's dir auch schlecht, das weißt du wohl. Aber ich hab ihm gesagt: Heinrich, du musst mich bringen, ich muss doch zu meinen Leuten und zu meinem Fritz.»

Es raschelt hinter Lene. Der kleine Fritz liegt neben ihr, er hat sich ganz eng an seine Mutter gedrängt, hat sich eingerollt wie ein junger Hund. Er hat kein Wort mehr gesagt, seit er so laut hat schreien müssen unten im Hof.

«Und dann hat er irgendwann nicht mehr anders gekonnt, der Heinrich. Ich hab ihm gesagt: Wenn du ein Mann bist, dann bringst du mich. Und dann hat er mir seinen Arm gegeben, damit sie denken, wir sind verheiratet, und dann sind wir rausgegangen und durch die Gärten, und jetzt bin ich hier.»

Liese überlegt. «Haben sie dir nichts getan, die Schwarzen?» Sie schaut hinüber, wo die Schwester liegt, und sie sieht eine Bewegung, vielleicht ist es ein Kopfschütteln.

«Ich hab sie gesehen, die Kerle. Aber sie haben uns nichts getan, sie haben uns gehen lassen, und sie waren ja auch ein Stück von uns weg. Sie haben mir nichts getan.»

Wieder wird es still hinter der Wand aus Brennholz.

«Und was ist mit dir, Liese?», fragt die Lene.

Und die Liese schaut an die Decke. Ja. Was ist mit ihr? Sie weiß jetzt, was die Männer von ihr wollten. Aber der Fritz war ja dabei und hat so laut geschrien. Und dann haben die Fremden von ihr abgelassen, so war es doch.

«Sie haben von mir abgelassen», sagt die Liese. Und sie faltet die Hände dabei, und da merkt sie, dass Gott bei ihr ist, dass er ihr beigestanden hat und dass es ganz wahr ist, was sie da der Schwester sagt. «Sie haben von mir abgelassen, und so bin ich davongekommen», sagt sie noch einmal.

Da hört die Liese auf einmal ein Wimmern aus dem Heu hinter ihrer Schwester, der kleine Fritz, er fängt an zu weinen. Der Bub soll nicht weinen. Er ist doch kein Mädchen. Und wenn er wieder schreit, wie er gestern geschrien hat, dann verrät er noch das Versteck, und alles war umsonst. «Nicht weinen, mein Fritzchen», hört sie die Lene sagen, sie flüstert es ganz ruhig, wie man ein Pferd beruhigt, wenn die Flugzeuge über die Felder fliegen. Das Wimmern hört nicht auf, aber es wird auch nicht lauter, der Bub weiß, dass er leise sein muss.

«Fritzchen», sagt die Liese. «Was bist du denn hier bei uns Frauen? Kannst doch nach unten gehen zu den Männern. Du bist doch auch ein kleiner Mann, oder? Kannst doch nach unten gehen. Von dir wollen die Schwarzen ja nichts, das weißt du doch!»

Und jetzt hört das Wimmern auf, und die Liese hört, wie der Bub sich die Nase hochzieht, und dann ein Geräusch, wie wenn ein Ärmel sich den Rotz wischt aus dem verheulten Gesicht. «Ich geh nicht runter», flüstert der Junge. «Ich bleib bei der Mutter. Ich geh nicht runter.»

Wie viel Angst der Bub hat, denkt die Liese. Sie hört es an

der Stimme, die ist zittrig wie bei einem ganz kleinen Kind, das gerade in die Kinderschule kommt.

«Fritzchen», sagt jetzt auch die Lene. «Du bist doch ein richtiger Bub, oder nicht?»

Aber der Fritz antwortet nicht.

«Oder bist du kein richtiger Bub, dass du lieber bei den Frauen bleiben willst?»

Es raschelt im Stroh hinter der Lene. «Ich geh nicht runter», sagt der Fritz, und die Stimme klingt fester und bestimmter. «Die fressen mich, wenn ich runtergehe.»

Und dann liegen alle drei im Heu, und keiner sagt mehr etwas.

«Du gehst runter zu den Männern», sagt die Lene, und ihre Stimme klingt jetzt strenger.

Die Liese kennt alle Stimmlagen ihrer großen Schwester, zehn Jahre älter ist sie, und so oft hat die Liese früher Schläge bekommen von ihr. Sie weiß, wie es klingt, wenn bei Lene die Ungeduld aufsteigt. Noch zwei Sätze, denkt die Liese, noch zwei Sätze, und dann gibt es was. Und der Fritz, auch er versteht die Stimme seiner Mutter, fängt wieder an zu wimmern. Und dann denkt die Liese, wenn es jetzt weitergeht, dann schreit der Bub bald, und dann sind wir verraten und haben keinen Platz mehr, an dem wir uns verstecken können. Also streckt sie den Arm aus, greift hinüber und fasst die große Schwester am Arm. Sie gibt ihr ein Zeichen. Und dann sagt sie, mehr zu dem Jungen als zur Lene: «Wenn wir hier oben sein dürfen und nicht arbeiten, wie wir sollten, dann darf vielleicht auch der Bub mal bei uns sein. Nur heute. Als Ausnahme.» Dann schweigt sie und lauscht, und sie hofft, dass die Schwester versteht, dass sie nicht böse wird und den Jungen nicht schlägt und der Junge nicht schreit und alles verrät.

Und dann hört sie, wie die Lene ausatmet, lange ausatmet und mit sich ringt. Schließlich das Flüstern der Schwester: «Also gut. Nur heute, Fritzchen, hörst du? Nur heute.»

Da wimmert es noch ein bisschen von hinten aus dem Heu, und dann raschelt es, und der Junge rollt sich wieder ein, ein junger Hund, der bei seiner Mutter liegt, und dann wird es ganz still, und bald hört sie, wie der Atem des Jungen langsam wird und gleichmäßig.

Erst jetzt atmet die Liese auf, weil sie weiß, dass der Bub endlich eingeschlafen ist und niemanden mehr verraten kann mit seinem Geschrei. Und wieder schaut sie an die Decke. Und durch die Stille hört sie in sich den Widerhall einer Frage: *Und was ist mit dir, Liese?* Und sie merkt, dass sie schon wieder die Hände gefaltet hat, als stünde sie vor Gott am Tag des Jüngsten Gerichts. Und Gott sitzt auf seinem Thron, und er schaut streng auf sie herab, er fragt dasselbe wie die Schwester: «Und was ist mit dir, Liese?»

Und die Liese erinnert sich. Was ist geschehen dort unten im Hof? Haben die Männer ihr was angetan? Sie wollten, sie wollten, das schon, das steht fest. Aber dann, als sie schon dachte, jetzt wär alles zu spät, da hat ein Engel dem Jungen befohlen, so laut zu schreien, wie er kann. Und der Bub hat gefolgt und geschrien wie am Spieß, als würde er für immer den Verstand verlieren. Und dann haben die Männer von ihr abgelassen, all die schwarzen Männer.

«Ich bin davongekommen», flüstert die Liese in die Stille hinein, und sie wundert sich, dass sie die Worte ausspricht, dass sie sie nicht nur denkt. «Ich bin davongekommen», sagt sie noch einmal. Sie sagt es zu sich, sie sagt es zur Schwester, und sie sagt es zu Gott, der auf seinem Thron sitzt am Tag des Jüngsten Gerichts. Und die Liese kann sehen, wie Gott nickt. Er hat sie nicht verlassen. Sie war ja auch immer fleißig, ihr Leben lang. Und sie fühlt einen Frieden in sich, als sie im Heu liegt hinter der Wand aus gespaltenem Kiefernholz. Beinahe wäre sie dran gewesen. Aber es ist am Ende doch gutgegangen. Und sie ist davongekommen.

28. DAS WALDHAUS

Unter hohen Kiefern steht das Waldhaus aus grünem Fachwerk, Moos liegt auf dem Ziegeldach, hölzerne Fensterläden verdecken die Scheiben. Ein paar Jahre nach dem Krieg hat man das Häuschen restauriert und ausgebessert, was schadhaft war.

Noch in der Dunkelheit geben die Offiziere den Befehl zum Aufbruch in Richtung Süden. Heute verrichtet Ahmad sein Morgengebet ohne das übliche Ritual, flüsternd spricht er die erste Sure. An Alis Seite marschiert er im Gleichschritt. Links, rechts, links, rechts. «*Preis sei Dir, o Gott, und Lob sei Dir, und gesegnet ist Dein Name, und hoch erhaben ist Deine Herrschaft, und es gibt keinen Gott außer Dir.*» Ahmads Lippen bewegen sich stumm, die Worte sprechen sich ohne sein Zutun, sie gebären sich selbst, wie die Schritte sich selbst gebären und ohne Gedanken geschehen beim Marsch einer kampferprobten Truppe am Tag nach der Schlacht. Links, rechts, links, rechts. *Im Namen des barmherzigen und gnädigen Gottes, Lob sei Gott, dem Herrn der Welten, dem Barmherzigen und Gnädigen, der am Tag des Gerichts regiert.* Links, rechts, links, rechts. *Dir dienen wir, und Dich bitten wir um Hilfe. Führe uns den geraden Weg, den Weg derer, denen Du Gnade erwiesen hast, nicht derer, die Deinem Zorn verfallen sind und irregehen.*

Ahmad schaut auf die Männer, die vor ihm marschieren: Sie hatten gestern keine Zeit, sich das Blut aus den Uniformen zu waschen, rostbraune Flecken ziehen sich über die Hosenbeine, über die Ärmel oder die Rücken der Männer. Und keiner weiß heute mehr, ob das Blut eines Feindes oder das eines Kameraden die grünen Kittel dunkel gefärbt hat.

«Ich wäre jetzt gerne zu Hause», sagt Ahmad, als sie die letzten Häuser hinter sich lassen. Doch die Bilder sind blass geworden in seinem Kopf. Zu Hause ist ein ferner Ort. Fremd scheinen ihm an diesem Morgen die Stimmen seiner Eltern, fremd auch die Frau, die auf ihn wartet. Nach links öffnen sich jetzt die Äcker zwischen den dunklen Waldgruppen. Am Horizont sieht Ahmad eine flache Gebirgskette, und auf einem der Hügel leuchtet es weiß im Morgenlicht, dort muss ein Haus auf dem Gipfel stehen oder eine kleine Kirche. Ahmad wäre gerne dort oben. Man könnte die Welt überblicken, wie Gott es tut. Gott sitzt oben auf dem Hügel, aber die Menschen gehen durch die Ebene, links, rechts, links, rechts, sie gehen im Gleichschritt ihrer Bestimmung entgegen, sie erfüllen das Wort, das aufgeschrieben wurde vor dem Anbeginn der Zeit.

«Erst gewinnen wir diesen Krieg, mein kleiner Held. Dann gehen wir nach Hause», brummt Ali.

Und Ahmad denkt, dass er immer ein Krieger sein wollte, immer ein Held. Aber jetzt, da er wirklich ein Held geworden ist, ein Held, der bald einen Orden bekommen soll für seine Tapferkeit, ist es so leer in ihm wie noch nie in seinem Leben. «Was machst du, wenn du zurückkommst?», fragt Ahmad den Riesen.

«Ich werde eine große Herde besitzen», sagt Ali. «Sehr viele Schafe. Ich werde ein gutes Leben haben.»

Über ihren Köpfen klingt wieder derselbe Gesang, den Ahmad am Vortag gehört hat, als sie an der Straße in Deckung lagen – der kleine Vogel, der vom Leben singt, ein Brunnen aus Tönen und Melodien, der beständig überläuft.

«Und was ist mit dir, Ahmad?», fragt Ali zurück.

«Ich werde heiraten», sagt Ahmad. Sie marschieren ein paar Schritte. «Falls ich nach Hause komme», fügt er hinzu. «Wenn Gott es will.»

«Du und dein Gott», brummt Ali. Einmal, nach dem Sieg in den italienischen Bergen, hat Ali gesagt, dass er sich selbst für einen halben Gott hält: «Warum sollte ich da Gebete sprechen? Wenn ich Gebete höre, dann von meinen Feinden, die sich vor mir fürchten.»

Ahmad winkt ab. Er will nicht mit Ali über Gott reden. Am liebsten würde er nur marschieren und dabei schlafen. Er hat nicht gewusst, dass man beim Marschieren tatsächlich schlafen kann. Wenn die Wege weit genug sind und wenn es viele Tage dauert, dann geht das. Alle Soldaten wissen das, aber sie reden nicht darüber.

Ahmad sieht den Bach, an dem die Obstbäume stehen, dahinter die Straße und dann das Feld, auf dem sie gestern den Kampf gewonnen haben. Er meint sogar die hervorstehenden Stiefelspitzen erkennen zu können. Doch es muss eine Täuschung sein, zu groß ist die Entfernung. Dann erreichen sie den Waldrand und das breite, gegrabene Loch, die Stellung für das Geschütz, mit dem die Deutschen das Bahnhaus in Brand geschossen haben. Einen kleinen Erdhügel haben sie neben der Stellung aufgeworfen, und darin steckt ein Kreuz, auf das mit Bleistift ein Name geschrieben wurde. Dann sehen sie die Spuren der Fuhrwerke, mit denen die Deutschen ihre Artillerie in Sicherheit gebracht haben, eine hastige Flucht muss es gewesen sein, vielleicht waren sie den ganzen Tag unterwegs, vielleicht auch die ganze Nacht.

«Wir jagen sie», sagt Ali, und sein Auge leuchtet. «Sie fürchten uns, die Deutschen.»

Jetzt kommen sie in den Wald, und sofort verändert sich die Welt. Draußen auf dem Feld stand die Luft schon in der Hitze der Morgensonne. Hier im Schatten der Kiefern weht ihnen eine angenehme Kühle entgegen, es marschiert sich auch leichter; fast scheint es, als ginge die ganze Kompanie schneller in dieser Halbwelt zwischen Tag und Nacht. Auch die Geräusche werden anders. Die Vögel klingen, als sängen sie in einer der großen Kathedralen in Frankreich.

Die Männer marschieren schweigend auf der schnurgeraden Allee durch den Hardtwald. Und mit einem Mal vergisst Ahmad den Krieg, und eine Leichtigkeit wallt durch seinen Körper, er blickt nach oben ins Hellgrün der Blätter. Wie schön alles ist, wie schön Gott die Welt gemacht hat. Über dem Weg setzt sich ein schwarzer Vogel mit gelbem Schnabel auf einen der tiefhängenden Äste einer Buche. Er stellt seine Schwanzfedern auf, und dann singt er ein Lied für irgendwen, eine Melodie aus einem fremden Land, und Ahmad denkt an sein Zuhause und an die Frau, die ihm versprochen ist, und er versucht, sich an den Geruch seines Dorfes zu erinnern, doch es gelingt ihm nicht.

Und während Ahmad auf den schwarzen Vogel schaut wie auf einen alten Freund, da krachen mit einem Mal Schüsse durch den Wald. Eine der Kugeln fährt in den Stamm der Buche, eine zweite durchschlägt die fünfte Rippe in Ahmads linker Seite, sie fährt durch die Lunge und verlässt den Körper am Rücken. Eine dritte zerschmettert sein Brustbein mit einem hohlen, morschen Knackgeräusch, die vierte reißt einen Splitter aus seinem rechten Schlüsselbein. Und Ahmad fällt, die Wucht der Geschosse reißt ihn um, er fällt nach hinten, der Länge nach fällt er auf die Stiefel des Kameraden, der hinter ihm marschiert.

Jetzt springen sie vom Weg und werfen sich hinter die Bäume ins knisternde Braunlaub aus dem letzten Herbst, und Ali, der hinter einer Eiche steht, die breit genug ist, seinen Riesenkörper zu decken, dreht den Kopf um den schrundigen Stamm. Er schaut nach vorn, und da sieht er die Wegkreuzung und das Waldhaus, aus dessen Fenster die Schüsse kommen. Nur ein kleines Haus, viele Männer können nicht darin sein, und Alis Zähne knirschen in ihrer Wut. Er huscht von Baum zu Baum nach links in den Wald, wo ihn die Kugeln nicht treffen können, während seine Kameraden das Feuer auf die Hütte eröffnen. Ali umgeht das Haus, robbt unbemerkt an die Rückseite, zieht die Handgranate ab und wirft sie ins halb offene Fenster, er hört die Explosion, und dann stürzt er hinein in die Hütte, in der keiner mehr lebt. Und als seine Truppe nachrückt, da hat er schon seinen Dolch gezogen und dem ersten der Deutschen die Nase vom Schädel getrennt und die Ohren, er zerschneidet die Finger, dann öffnet er, schreiend in Schmerz und Raserei, die Uniformhose und schneidet dem Toten das Geschlecht aus der Hüfte. Er nimmt die zerschnittenen Fetzen und schleudert sie ins schwarze Wasser unten im Graben hinter dem Weg.

Keiner der Offiziere hindert den Riesen, den Menschenfresser, der Vergeltung will für das Leben seines Freundes. Das Regiment zieht an Ali vorbei, und als er sich einreiht in die Nachhut, da bleiben fünf nackte, verstümmelte Körper über dem Galgengraben zurück.

Ahmads Leiche hat man vom Weg getragen und notdürftig unter Blättern verscharrt. Für mehr blieb keine Zeit. Man muss weiter nach Süden, man muss eine Stadt erobern. Wie viel Zeit haben die fünf Männer in der Hütte für ihre Seite gewonnen? Vielleicht ein paar Minuten.

Und Ali marschiert weiter zu seinem nächsten Gefecht, zu Feinden, zu Männern und Frauen. Man soll ihn nicht vergessen für viele Jahre.

29. DER GUMMISCHLAUCH

Ganz oben über dem Stroh, verborgen zwischen all dem Kleinzeug, liegt ein schwarzes Stück Gummi. Einst hatte der Schlauch die Form einer Ziehharmonika. Er schützte wohl die Gabel eines großen Motorrads.

Auf Antonia ruht ein Augenpaar. Cousin Manfred liegt neben ihr, achtjährig, neugierig und verwirrt. Seine Augen leuchten gläsern aus jenem Zwischenreich, in dem der Kopf noch keine Entscheidung getroffen hat zwischen Traum und Tag.

«Wer bist denn duuu?», fragt der Bub.

Antonia erschrickt ein wenig, weil sie die Frage nicht versteht. Erst vor ein paar Tagen hat sie noch mit dem Vetter gespielt. Er erkennt sie nicht unter ihrer Verkleidung. Sie zögert. Ja. Das ist ein gutes Zeichen.

«Ich bin der Anton», sagt Antonia.

Manfred lässt den Blick anerkennend über die verkrustete Stirn und den blutigen Verband wandern. Dieser fremde Junge ist ein richtiger Mann. Er hat im Krieg mitgemacht und ist sogar verwundet worden. Und das auch noch am Kopf. Der Junge nickt heftig, schließt wieder die Augen und fällt zurück in einen Schlaf voller Bilder.

Später knarzt der Onkel auf der Holztreppe und späht durch die Kellertür nach draußen auf den Flur. Er zögert, öffnet dann den Verschlag zur Gänze und verschwindet im Haus. Antonia hört die tiefen Atemzüge ihres Cousins, dem ein feiner Speichelfaden aus dem Mundwinkel rinnt. Ab und an zuckt sein rechtes Bein wie bei einem Jagdhund, der im Traum ein Kaninchen verfolgt. Als der Onkel wieder im Kellerloch erscheint, hebt Antonia den Kopf.

«Sie sind fort», sagt der Friedrich und streicht sich seinen Schnurrbart. «Sind nur noch ein paar von denen auf der Straße.» Die Erwachsenen haben sich auf ihren Lagern aufgesetzt. «Wir machen jetzt Frühstück», entscheidet der Friedrich.

Also stehen die Erwachsenen auf und gehen nach oben in die Küche, wo die Alte Kaffee kocht. Bald gibt es Brot für alle. Dann verschwindet die Tante mit einem Korb in der Scheune, wo man die jungen Frauen versteckt hat. Die drei Buben sitzen vor ihrer Milch und reiben sich den Schlaf aus den Augen. Sie schauen Antonia an wie einen Fremden. Keiner erkennt sie.

«Das ist der Anton!», sagt der Manfred irgendwann zu seinen Brüdern. Er ist stolz, dass er wieder etwas weiß, was die anderen noch nicht wissen. «Er ist verletzt worden im Krieg.»

Manfreds kleine Brüder starren Antonia an. «Richtig verletzt?», fragt der Rolf.

Antonia nickt. «Ja, richtig verletzt», sagt sie.

Als die Buben ihre Tassen geleert haben und man vom Tisch gebetet hat, zieht der Manfred die Antonia am Ärmel.

«Komm, Anton, wir gucken uns den Garten an! Die haben geschossen im Garten, ich hab's gestern selbst gehört.»

Und dann geht Antonia mit den zwei Cousins in den Hof, der Kleine bleibt bei seinem Vater. Sie gehen nach hinten in den Garten. Hinter dem Garten beginnen die Felder, und hinter den Feldern liegt das kleine Hasentor. Schlimm sieht es aus hier draußen. Überall liegen die Splitter explodierter Granaten. Wo der Garten endet, haben die Marokkaner sich hastig ein paar Feldlöcher gegraben, in denen sich jetzt die leeren Patronenhülsen stapeln. In zwei der Gruben findet Manfred noch ein paar Patronen, die niemand abgefeuert hat. Fünf Stück in jedem Loch. Sein kleiner Bruder quengelt so lange, bis er ihm drei davon abgibt.

«Aber nur, wenn du dem Vater nichts davon sagst», sagt der Manfred.

Sein Bruder wischt sich den Rotz von der Nase und nickt heftig und beteuernd. «Und du sagst auch nichts, oder, Anton?»

«Nein», sagt Antonia. «Ich verrate nichts.»

Später gehen die Kinder auf die Straße und spielen Fußball. Kaum jemand besitzt einen richtigen Fußball in Sandheim. Aber von ihrem Vater haben Manfred und Rolf ein Gummistück bekommen, er hat es aus einem kaputten Faltenbalg geschnitten, den im Betrieb keiner brauchte. Der schwarze Würfel hüpft unkontrollierbar über die Schotterstraße, wenn man ihn ordentlich geschossen hat. Aber er ist besser als nichts.

Antonia tritt heftig mit der Fußspitze gegen das Gummigeschoss, und der Würfel fliegt weit die Straße hinunter. Sie fühlt sich großartig. Noch nie in ihrem Leben hat sie Fußball gespielt. Es ist gut, wenn man ein Junge ist. Die Buben rennen dem Ball hinterher. Ein wenig später wird Manfreds Blick skeptisch, als Antonia zweimal mit großer Wucht über den hüpfenden Würfel tritt, ohne ihn auch nur zu berühren. Aber dann trifft sie wieder, macht einen guten Schuss, und der Ball fliegt bis fast zum Lehrerhaus auf der anderen Seite der Straße.

Auf einmal, mitten im Fußballgeschrei der Kinder, bleibt der Manfred stehen und schaut zurück zur Kreuzung am Ortsausgang. Von dort kommen vier Bewaffnete im Gleichschritt auf sie zugegangen, ein Weißer und drei Schwarze. Antonia bückt sich und hält sich den Ball vor die Brust.

Die vier Soldaten versuchen, die Kinder anzulächeln, als sie vorbeikommen. «Ah, malade, malade», sagt einer der Schwarzen und deutet auf Antonia.

«Ja, malade», antwortet Antonia und zeigt auf den Blutverband um ihren Kopf.

Der Weiße legt grüßend die Finger an den Helm, und dann marschieren die vier weiter die Gartenstraße hinunter. Als die Soldaten weg sind, kommt eine Gestalt aus einer der Hofeinfahrten. Antonia kneift die Augen zusammen. Das ist ein Junge, ungefähr in ihrem Alter. Aber sie hat ihn noch nie gesehen, dabei kennt sie doch alle Kinder in Sandheim.

«Ich bin der Hannes», sagt der Junge. Und da erst sieht Antonia, dass der fremde Junge in Wahrheit die Hanne aus ihrer Klasse ist. «Wir haben dich durchs Fenster gesehen», flüstert die Hanne, die jetzt bei ihr steht. «Und da hat der Vater gesagt: Wenn die Antonia ein Bub sein kann, kannst du das auch. Dann haben sie mir die Haare abgeschnitten, damit ich mich nicht verstecken muss.»

Der Manfred und der Rolf begrüßen den Hannes, den sie nicht kennen. Aber wenn der Anton gut ist mit dem fremden Jungen, dann wollen auch sie gut mit ihm sein. Keine Viertelstunde später kommt von weiter oben noch ein drittes Mädchen auf die Straße gelaufen. Sie stellt sich als Erich vor. Aber Antonia sieht sofort, dass es die Elsbeth ist, die Tochter des Schullehrers. Auch sie trägt ein Männerhemd und eine Trainingshose.

Und so spielen die Buben mit den fremden Jungen Fußball, die am Abend zuvor noch Mädchen gewesen sind. Und die Buben wundern sich, weil die großen Jungen sie nicht zur Seite drücken, wie normale große Jungen das tun. Sie wundern sich, weil die großen Jungen den Ball manchmal nicht richtig treffen.

«Du spielst wie ein Mädchen», sagt der Manfred zum Erich. Und dann kichert der Erich, und der Manfred sagt: «Du lachst sogar wie ein Mädchen.»

Und wie der Ball da auf der Straße liegt und die Buben auf den Erich schauen und sich fragen, was mit ihm ist, da nimmt Antonia Anlauf und kickt mit aller Kraft und allem Schwung das Gummigeschoss die Gasse hinunter, und sie trifft ihn gut, und der Ball fliegt in einem weiten Bogen ganz gerade die Straße entlang.

«Ohhh», macht der Manfred. Er hat noch nie so weit geschossen wie der Anton, der einen Verband um den Kopf trägt.

Und dann landet der Ball und eiert noch mindestens zehn Meter weiter, er liegt jetzt fast am letzten Haus des Dorfes. Und die Kinder laufen hinterher, es ist ein Wettrennen. Wer zuerst beim Ball ist, hat den nächsten Schuss. Aber mitten im Sprint, im Keuchen der Kinderlungen, vibriert mit einem Mal die Erde unter ihnen, bis sie ihren Lauf verlangsamen und schließlich anhalten und dann beieinanderstehen wie Trauben in einer Rebe. Sie stehen vor dem Gummischlauch, der im Staub liegt mitten auf der Straße, während es brummt von vorne und das Brummen immer lauter und lauter wird. Und im nächsten Augenblick kommt etwas sehr Großes um die Ecke gefahren.

«Ein Panzer», sagt der Manfred, und er schaut das Tier aus Stahl an wie ein Wunder.

Der Panzer fährt direkt auf die Kinder zu, und die Kinder springen zur Seite und drücken sich an die Hauswand, und dann fährt der Panzer an ihnen vorbei, biegt in die Einfahrt ihres Hauses und bleibt dort stehen. Die Hanne und die Elsbeth laufen heim, so schnell sie können. Aber der Manfred, der Rolf und die Antonia bleiben stehen am offenen Tor und schauen hinein in den Hof, wo der Panzer den Motor abgestellt hat und jetzt fünf Soldaten aussteigen: zwei Weiße, zwei Braune und dann – wahrhaftig – ein Schwarzer.

«Ein Neger», sagt der Rolf.

Die fünf Männer gehen ins Haus und nehmen es in Besitz. Sie gehen in die Stuben, und die Alte kocht das Essen für sie, die Kinder und die Alten schlafen in der Nacht wieder im Keller. Aber die fünf Männer wollen weiter nichts von ihnen. Sie wollen nur essen und trinken und übernachten. Und am nächsten Tag werden sie weiterfahren.

Und als sich Antonia später im Keller von Onkel Friedrich auf ihrem Lager wieder schlafen legt, da merkt sie, wie gut es ist, ein Junge zu sein. Wie frei man sich bewegen kann, wenn man kein Mädchen ist. Wie stolz man sein kann, wenn man im Krieg verwundet wurde. Wie weit ein Ball fliegt, wenn man nur tüchtig dagegentritt. Und zum ersten Mal in ihrem Leben findet sie es fast schade, dass sie nur als Mädchen auf die Welt gekommen ist. Wenn man eine Wahl hätte, dann würde ich vielleicht lieber ein Junge sein, denkt sie. Dann dreht sie sich zur Seite, um zu schlafen.

«Gute Nacht, Anton», sagt der kleine Manfred.

«Gute Nacht, Manfred», sagt Antonia.

30. DER KARTOFFELSACK

Gleich links am Scheuneneingang liegt unter Spinnweben ein staubiger Kartoffelsack aus Jute; früher trug man damit einen Zentner Kartoffeln in den Keller. Später nutzten ihn die Enkel bei Geburtstagen zum Sackhüpfen.

Sandheim gehört jetzt den Franzosen. An jedem Dorfausgang steht ein Posten und kontrolliert die Straße. Aufs Feld darf nur, wer den Fremden einen «Laissez-passer» zeigen kann. Den gibt's beim Kommandanten in der Winterschule. Aber freiwillig will dort keiner hin, man traut den Franzosen nicht. Wer sich auf die Stufen des klotzigen Gebäudes in der Schulstraße wagt, um nach einem Passierschein zu fragen, findet sich oftmals draußen an der Speckheimer Straße wieder, wo er Munitionskisten verladen muss.

Eine schwere Arbeit. Kein Mensch, der bei Verstand ist, würde sich ausgerechnet den Hermann dafür aussuchen. Doch alle Buben aus der achten Klasse müssen helfen. Ein Lastwagen fährt vor, immer zwei Jungen schnappen sich eine der hölzernen Kisten, in denen Gewehrpatronen, Artilleriegeschosse, MG-Munitionsgurte oder Handgranaten lagern. Sie packen die Fracht in den einfachen Unterstand am Dorfrand. Schnell soll alles gehen, aber auch ordentlich und mit

Vorsicht. Die Besatzer wittern Diebstahl oder Sabotage und beäugen jeden Handgriff.

Hermann packt mit an, ohne zu wissen, was das Richtige ist. Denn einerseits sind die Franzosen der Feind. Und wer will dem schon helfen? Andererseits hat man einen Ruf zu verlieren. Sollen die ruhig sehen, wie ein deutscher Junge arbeiten kann. Als der erste Laster entladen ist, steht daneben ein zweiter und daneben noch ein dritter. Es dauert Stunden, bis man die Kinder wieder gehen lässt.

Doch Hermann lernt etwas dabei. Er lernt etwas über die Franzosen. Als Eugen, die Bulldogge, sich nicht beherrschen kann und einem der Soldaten ein Maul anhängt, da verhauen ihn die Kerle, bis er nicht mehr sprechen kann. Der Erste schlägt ihn mit der Faust ins Gesicht. Eugen spuckt einen halben Zahn aus, spuckt Blut, will sich auf den Franzosen stürzen – doch dann springen vier andere Männer dazu, und nach ein paar Sekunden ist die Geschichte vorbei. Sie schicken Eugen nach Hause. Er soll sich waschen. Keiner der Soldaten hat mit dem Gewehrkolben geschlagen oder gar geschossen. Hermann jedenfalls macht große Augen und packt ab jetzt noch tüchtiger an, und wenn einer sagt «Mach dies oder das», dann stellt er keine Fragen.

Nach Feierabend geht Hermann nicht auf dem direkten Weg nach Hause. Er verabschiedet sich von Max und den anderen und wandert hinüber zum kleinen Hasentor, dorthin, wo die Männer vor ein paar Tagen gekämpft haben. Und dort entdeckt er etwas: Auf den Feldern zwischen Bach und Wald ragen überall die Stiefelspitzen aus den noch unbebauten Äckern. Das sind die toten Soldaten, denkt Hermann. Ein paar davon liegen sogar auf dem Acker, auf dem Hermanns Vater im Vorjahr Frucht gebaut hat. Da liegen Leichen in der Erde, die Hermanns Familie gehört.

Als er beim Abendbrot zu Hause davon erzählt, hört der Filp auf zu kauen. Hermann schaut ihn an. Der Vater schaut ihn an. Der Bruder vom Vater, Hermanns Onkel, er wohnt nur ein paar Häuser weiter, ist einer der Schuhmacher im Dorf. Arbeit gäb's genug für den Onkel, aber letzthin ist ihm das Leder knapp geworden. Hermann sieht, wie es im Kopf des Alten arbeitet. Ja, genau diesen Gedanken hat Hermann auch schon gehabt. Die Nachtruhe, die Wachen am Ortsausgang. Hermann könnte hinten durch die Gärten schleichen. Der Mond nimmt gerade ab, er wird frühestens gegen Mitternacht aufgehen. So gegen elf, halb zwölf wird es herrlich dunkel sein. Er braucht nur einen leeren Kartoffelsack – dann könnte er für die Werkstatt des Onkels Nachschub besorgen. Vater und Sohn schauen sich noch für ein paar Sekunden an. Der Vater lächelt und schließt die Augen etwas länger als gewöhnlich. Zustimmende Augenlider, die keinen Befehl geben und trotzdem wortlos etwas aussprechen, irgendwo zwischen Bitte und Erlaubnis. Besser, die Mutter erfährt nichts davon.

«Ich schlaf heute Nacht im Stall», sagt Hermann leichthin.

Niemand wundert sich. Es gibt keine Fliegerangriffe mehr. Und es ist gut, wenn einer aufpasst, dass die Franzosen sich nicht heimlich eine Ziege aus dem Stall holen.

Als es richtig dunkel ist, schleicht Hermann zur Straße. Etwas bewegt sich auf der Gasse, Schritte, das Glimmen zweier Zigarren, Tabakqualm. Die Patrouille kommt vorbei. Hermann zählt die Sekunden, einundzwanzig, zweiundzwanzig. Die Soldaten gehen flüsternd hinunter zur Kirche, biegen rechts ab in die Totengasse. Hermann zählt weiter, stellt sich vor, er wäre selbst einer der Männer. Er käme dann wohl gerade beim Friedhof vorbei, hundertdreißig, hunderteinunddreißig, jetzt würde er rechts abbiegen, beim Sattler vorbei, dreihundertzehn, dreihundertelf, am Dohlgraben entlang, fünfhundertvierundachtzig, fünfhundertfünfundachtzig. Und wirklich: Von rechts hört Hermann wieder die Stiefelschritte! Gut. Damit steht sein Plan fest.

Als die Soldaten das nächste Mal hinter der Ecke verschwinden, huscht er aus seinem Versteck, schleicht hinter ihnen in die Totengasse, biegt in den schmalen Seilerweg, läuft durch die Obstgärten vor dem Bach, überquert das Wasser an der kleinen Brücke. Niemand bemerkt ihn, keiner folgt ihm.

Hermann läuft gebückt zunächst am Bachlauf entlang. Schnell und lautlos. Ein Indianer, der durch Sandheim schleicht. Auf die Straße geht er lieber nicht. Sie liegt ein wenig höher als der Rest des Geländes, die Wachen am Ortsausgang könnten ihn dort leicht entdecken. Irgendwann kriecht er hinüber zum kleinen Hasentor – in einer Ackerfurche, die sein Vater selbst gepflügt hat.

Auf einmal berührt Hermanns Hand etwas Glattes. Der erste Soldatenstiefel! Er tastet, fühlt, gräbt ein wenig Erde zur Seite, legt den Stiefel frei, greift dann Sohle und Spitze mit beiden Händen und ruckt das Schuhwerk langsam hin und her. Es geht viel leichter als gedacht. Wie gut, dass die Füße der Toten höher liegen als der Rest des Körpers. Blut und Leichenwasser sind Richtung Kopf gelaufen statt in die Füße. Glück muss man haben!, denkt Hermann. Er ertastet den zweiten Stiefel, löst auch diesen von Leichenfuß und Ackerboden, packt auch ihn in den Kartoffelsack. Er scharrt wieder Sand in die Löcher, die er um die Beine gegraben hat, lässt aber die Fußspitzen aus der Erde ragen.

Weiter robbt Hermann, immer der Furche entlang. Und er hat sich nicht geirrt. Da sind wirklich viele Stiefel, die hier aus der Erde wachsen. In Hermann regt sich etwas. Finderstolz und Erntestimmung, die Aufregung eines Abenteuers. Ein Jammer, dass er den Sack nicht ganz füllen kann. Denn er muss wieder zurück ins Dorf, muss dabei schnell sein und lautlos. Er hat keine Lust, sich von einem aufgeschreckten Posten eine Kugel einzufangen. Leder ist wertvoll, aber so wertvoll nun auch wieder nicht.

Als Hermann auf dem Rückweg die schmale Eisenbahnbrücke quert, sieht er vom Kraichgau her schon einen fahlen Silberschein über dem Horizont. Er lächelt zufrieden. Ehe man die Mondhälfte käsig über den flachen Hügeln sehen kann, liegt er wieder im Heu, unter dem er seine Beute versteckt hat. Eine aufregende Nacht geht zu Ende. Sein Vater wird sehr stolz auf ihn sein. Sein Onkel wird auch stolz auf ihn sein. Und bald gibt's für ein paar Leute in Sandheim wieder neue Schuhe.

Drei Tage später, Hermann sitzt gerade bei den Eltern am Frühstückstisch, steht der Polizist Dünnmann an der Tür und klopft.

31. DAS FOTO

Die Schwarz-Weiß-Aufnahme zeigt einen verklinkerten einstöckigen Bau mit breitem Eingang und einer offenen, vierstufigen Treppe, an der mehr als zwanzig Menschen Schlange stehen. Die meisten von ihnen sind Frauen; in ihren Händen halten sie Blechkannen in verschiedensten Formen und Größen.

Liese hat die Tiere gemolken und verlässt mit der großen Kanne den Hof, um die Milch abzuliefern. Sie geht die Kronenstraße hinunter, biegt beim Hasenwirt links ab, wo die Straße in einem feinen Schwung abwärtsführt. So oft ist sie diesen Weg gegangen – heute geht sie ihn wie eine Fremde.

Das Versteck im Scheunenheu hat sie verlassen wenige Tage nach dem Überfall, denn da kamen keine fremden Männer mehr, um junge Frauen aus den Häusern zu holen. Sie konnte wieder in der Kammer schlafen ohne ein Gefühl von Gefahr.

Auch der Hof erschien ihr bald wieder sicher, der Stall mit den Tieren, der sonnige Garten, an den die Gartenzeile der Nachbarstraße grenzt. Hier hat sie andere junge Frauen gesehen, die Gemüse die Stiegen hochzogen und dabei immer wieder den Kopf zur Seite drehten wie Hasen auf dem Feld, die sich hin und wieder aufrichten, um nachzusehen, ob nicht doch der Fuchs durch die Furchen schleicht. Doch auf den Gassen von Sandheim, wo die Besatzer ihre Patrouillen laufen, sieht man, so sagt der Vater, seit Tagen nur noch die Alten, die Krüppel, die Kinder und die halbwüchsigen Jungen.

«Es gibt keine jungen Weiber mehr in Sandheim», hat der Vater gesagt beim Ersatzkaffee am Esstisch. Nichts ist mehr passiert seit mehr als einer Woche. Eine Schlägerei am Hirschhof, der Vater war nicht dabei, er hat nur davon gehört. Eine Sache unter Männern. Selbst die Neger, die beiden richtigen Neger, die im Dorf sind, verhalten sich wohl, sie bringen richtigen Kaffee und fragen nach heißem Wasser von den Feuerstellen.

«Es ist sicher, Liese, es hat sich beruhigt», hat der Vater gesagt. Und so verlässt die Liese das Elternhaus zum ersten Mal seit vielen Tagen. Wo ihr Blick sonst im Nirgendwo verweilte und ihr Kopf nur in der Pflicht und der Aufgabe, die es zu erledigen galt, da schaut sie heute auf die Häuser, als wäre sie hier zu Besuch, in einem fremden Dorf. Sie sieht die Giebel wie zum ersten Mal. Das Fachwerk und den groben Putz, die schiefen Satteldächer, manche ganz heil und unversehrt, andere offen und abgedeckt von Bombenangriffen oder den Granaten vom Ostertag.

Dann öffnet sich der Platz vor ihren Augen. An der Staffel am kleinen Milchhaus hat sich schon eine Schlange gebildet. Alle Bauern in Sandheim melken ihre Kühe am Abend, das halbe Dorf bringt dann die Milch zur Sammelstelle. So sehr hat sich das Leben jetzt normalisiert. Man liefert die Milch wieder ab, wie man es immer tat.

Seit je war das eine Arbeit für junge Frauen und junge Männer, der Hochzeitsmarkt des Dorfes. Man wartet in der Schlange, bis man an die Reihe kommt, und was kann ein Mädchen dafür, wenn da aus Zufall ein Junge vor ihm steht und womöglich noch ein anderer Junge dahinter? Schließlich kommt man ins Reden, denn es wäre unhöflich, einander anzuschweigen. Und dann merkt man hier und da, wer einem gefallen könnte, wer eine angenehme Art hat, wer kräftig genug ist und ein tüchtiger Mann. Und dann wartet man, bis der Mann einen endlich anspricht und fragt, ob man am Sonntag, wenn das Mittagessen vorbei ist, nicht vielleicht Zeit hätte für einen kleinen Spaziergang Richtung Wald. Dann sagt die junge Frau, dass sie sich das erst überlegen müsse, weil man nicht gleich zusagt, wenn man gefragt wird. Denn so ein Spaziergang mit einem jungen Mann – das ist schon fast, als wär man verheiratet.

Heute jedoch stehen fast nur alte Weiber in der Schlange, ein paar von den jüngeren dazwischen, jene, die sich auch schon aus den Löchern und Kammern nach draußen trauen, wie die Liese es tut. Die jungen Männer sind ja fort, seit der Krieg begann. Liese ist fünfundzwanzig, kein Mann aus ihrer alten Volksschulklasse ist im Dorf geblieben. Viele kommen niemals wieder, andere kehrten zurück, und aus dem trainierten Fußballspieler ist ein Krüppel geworden, der nie wieder wird rennen können.

Und so ist die Warteschlange an diesem Tag kein Markt für eine Hochzeit, sondern ein Markt für Geschichten. Was immer auch geschehen ist in Sandheim, hier vor dem Milchhaus ist der Ort, es zu erfahren und weiterzuerzählen, die Informationszentrale des Dorfes. Und so hört die Liese die alten Weiber reden. Sie reden über die Sprudeltrude, die gerade einundzwanzig geworden ist. Man schaut sich um, ob nicht zufällig Verwandtschaft des Mädchens in der Nähe steht, aber da ist keiner. Und dann gehen die Geschichten los, die Liese hört jedes Wort. Die Trude hatte schon immer eine Art, die zu keck war für den Sandheimer Geschmack. Liese nickt innerlich. Das ist recht gesagt. Die Trude war seit der Konfirmation auch selten in der Kirche. Jetzt hat man sie gesehen mit einem Franzosen. Der Franzose hat sein Haar so gut gescheitelt, ein flotter junger Mann ist das. Und man hat ihn ins Haus von den Sprudels gehen sehen, wenn der Vater auf dem Feld war und die Mutter wahrscheinlich im Stall. Und die Trude hat wohl angegeben in der Nachbarschaft mit dem guten Essen, das sie jetzt bekommt von ihrem Franzosenfreund. Pfui!

Von der Erbsengretel hört man ganz dasselbe. Im Nachbarhaus wohnen ja die Offiziere, das ist ein Haus mit Badezimmer. Der neue Bürgermeister – keiner hat ihn gewählt, die Franzosen haben ihn bestimmt – hat eine Liste gemacht mit allen Adressen, wo's ein Badezimmer gibt. Und jetzt wohnen da die Offiziere. Beim Fabrikanten und im Lehrerhaus und bei den anderen feinen Leuten im Dorf, es sind ja nicht viele.

Am Gartenzaun, so hört die Liese, während sie mit ihrer kuhwarmen Milchkanne in der Reihe steht, am Gartenzaun, da hat die Erbsengretel gestanden, und man hat sie lachen und giggeln hören in der ganzen Nachbarschaft, wie sie dagestanden hat und zwei Offiziere auf der anderen Seite, die geraucht haben und charmant waren. Ein Franzose bleibt immer ein Franzose. Der geht gerne zu fremden Weibern. Und jetzt, sagt eine Frau in der Schlange, die es wissen muss, weil sie in der Nachbarschaft wohnt, jetzt heißt es, dass die Erbsengretel vielleicht schwanger ist von einem von den Kerlen. Aber das darf man nicht rumerzählen, weil's halt nicht ganz sicher ist, man hört es nur so reden. Sicher ist, dass die Erbsengretel an den Abenden wohl oft drüben ist im Nachbarhaus mit dem Badezimmer. Und wer glaubt denn, dass ein hübsches Ding wie die Gretel nur den Abwasch macht für die flotten Offiziere dadrin? Sie trägt wohl auch ein neues Kleid mit einem Muster, wie's in Sandheim noch niemand gesehen hat. Und woher soll das wohl kommen in dieser schweren Zeit? Pfui!

Und dann sagt eine andere Alte, dass es mit der Fritzenbelles Marthe ganz genauso geht. Dass die sich eingelassen hat mit einem von den Algeriern, einem von den Schwarzen. Und dann hebt die Alte die Hand und sagt, dass sie schon weiß, dass der Algerier nicht richtig schwarz ist, sondern eher graubraun, wenn man genauer hinsieht, genau wie die Marokkaner, die am Ostertag gekommen sind. Aber man sagt halt «die Schwarzen», und alle in der Schlange nicken, man weiß schon, was gemeint ist. Und die Fritzenbelles Marthe, bei der wundert sich sowieso keiner. Und wenn sie jetzt geschlechtskrank wird, man kann das abwarten, dann ist sie selber schuld. Dann geschieht's ihr ganz recht.

Wie die Alten so reden, da nickt die Liese bei jedem Wort. Es gab ja immer schon solche und solche. Und die Trude und die Gretel und die Marthe, die haben seit je zu den anderen gehört. Freche Kröten sind sie gewesen, schon immer, schon in der Volksschule. Und die Liese weiß, dass sie niemals vergessen wird, wie die Trude und die Gretel und die Marthe jetzt mit den Franzosen poussieren. Niemand wird es vergessen. Ein Mal wird auf ihrer Stirn stehen wie auf der Stirn von Kain. Wer seine Leute verrät, der ist wie einer, der seinen Bruder erschlägt.

Aber dann, als die alten Weiber ihre Milch abgeliefert haben und die Liese selber an die Reihe kommt, da merkt sie wieder, dass es zieht in ihrem Bauch, und da denkt sie an die Marie, und sie weiß ja, was der Marie passiert ist, als die Schwarzen gekommen sind. Sie denkt an das, was der Vater ihr gesagt hat: dass man vielleicht geschlechtskrank wird von den Schwarzen. Und dann denkt die Liese: Wenn die Leute über ihre Marie so reden wie über die anderen jungen Weiber, dann wär das nicht recht. Denn die Marie hat's ja unter Zwang gemacht. Sie kann nichts dafür, dass es ihr so passiert ist. Aber wie erklärt man das den Leuten, wie will man das erklären, wenn das Gerede losgeht? Wie wollte man weiterleben in Sandheim, wenn das Geschwätz erst auf der Gasse ist und durch alle Häuser geht? Man darf nicht drüber reden, denkt die Liese, man darf kein Wort davon sagen zu keinem.

Und wie die Liese mit ihrer leeren Milchkanne die Treppe hinabsteigt, da denkt sie an die Elli, die in der Nachbarschaft wohnt, und die Elli weiß wohl alles, was man wissen muss, wenn man als Frau Malheur hat. So schlendert die Liese ganz in Gedanken am Haus der Elli vorbei, und es ist nur ein Zufall, aber die Elli steht vor der Haustür und grüßt die Liese und sagt sogar: «Guten Abend, Liese.»

Da bleibt die Liese stehen und dreht den Kopf, ob auch keiner guckt. Was sagen die Leute wohl, wenn man sieht, dass sie mit der Elli redet? Und dann fragt die Liese, ob man zu ihr, der Elli, kommen könnte, wenn mal was wäre, wenn man Malheur hätte. Und die Elli lacht und sagt, ja, das könnte man. Da wär sie genau die Richtige. Jetzt schämt sich die Liese ein bisschen, dass sie auf der Straße steht und wirklich mit dieser Elli redet. Aber vielleicht, denkt sie, als sie sich verabschiedet und schnell nach Hause geht, vielleicht kann man der Marie ja was davon sagen. «Ich hab die Elli gefragt, und die Elli sagt, dass man vorbeikommen kann und dass sie Hilfe weiß. Die Elli hat Erfahrung in so was.» So könnte sie reden mit der Marie, wenn's mal drauf ankommt.

Jetzt muss sich die Liese beeilen, weil es schon spät wird und ab sieben Ausgangssperre ist. Und während die Liese so durch die Gassen geht, hört sie aufgeregte Stimmen aus einem der Höfe, und dann sieht sie zwei fremde Männer, wie sie den Gaul aus dem Hof führen, der Bauer steht dahinter und macht ein langes Gesicht.

«Was gibt's denn?», fragt die Liese.

«Die zwei Wackes nehmen meinen Gaul fort», sagt der Bauer.

«Aber das dürfen die doch nicht», sagt die Liese, und wieder wandert ihr rechter Daumen in die Faust.

Doch der Bauer macht eine hilflose Bewegung mit den Händen. «Die haben einen Schein. Und sie haben gesagt, ich krieg eine Entschädigung.»

Da sieht die Liese, dass der Bauer ein Blatt Papier in der Hand hält, auf das jemand ein paar Sätze mit der Schreibmaschine geschrieben hat. Der Bauer war schon früh in der Partei. Ja, so ist das wohl, denkt die Liese. Die Franzosen kennen die Häuser schon. Sie kennen die Häuser und wissen, wer am meisten zu den Hitlerleuten gehalten hat.

Und wie sie schließlich nach Hause kommt, ist sie froh, dass sie ihrem Vater von dem Gaul erzählen kann, den die Elsässer fortgenommen haben. Man muss immer was erzählen, wenn man vom kleinen Milchhaus zurückkommt, weil's ja immer was Neues gibt. Aber die Geschichte von der Trude und der Gretel und der Marthe, die will sie lieber nicht erzählen.

Als sie von dem entführten Gaul erzählt hat, da schaut der Vater aus dem Fenster, wie er es immer macht, wenn er was zu denken hat. Und dann sagt der Vater, dass man gut überlegen muss, wer in der Verwandtschaft in der Partei war und einen guten Gaul im Stall stehen hat. «Besser, man tut den Gaul dann woandershin. Wär doch zu schade drum, wenn man so einen Gaul einfach den Franzosen überlassen müsste.»

32. DER SPATEN

An der Scheunenwand hängt – zwischen zwei Nägeln, am Krückengriff – ein in die Jahre gekommener Grabspaten. Für die alten Sandheimer ist das kein Werkzeug wie andere. Zwei gekreuzte Grabspaten bilden das Wappen des Dorfes. Am rostigen Eisenblatt haften noch ein paar trocken sandige Erdreste.

«Hermann, komm mal raus!» Draußen steht der Dünnmann, der Dorfpolizist.

Hermann, der gerade von seinem Brot abbeißen wollte, lässt die Hand sinken, zieht sich den Hosenträger über die Schulter, stopft das Hemd ordentlich in den Bund und steht auf.

«Ja, was gibt's denn?», fragt er. Er denkt an die Stiefel, die noch immer im Heu lagern, tief im Heu, eigentlich nicht zu finden für einen, dem keiner was verraten hat. Vergangene Nacht wäre er beinahe noch einmal zum Hasentor geschlichen, um noch mehr Leder zu ernten. Jetzt, wo er den Dünnmann sieht, ist er ganz froh, dass er's gelassen hat. Wenn der jetzt fragt, was Hermann letzte Nacht so getrieben hat, kann er sagen: «Ich war die ganze Zeit daheim im Bett.» Und es wär nicht gelogen.

«Was es gibt?», schnauzt der Polizist. «Du Kerl fragst, was es gibt? Arbeit! Die gibt es! Weil der Eugen, der Dackel, die Franzosen unbedingt ärgern gemusst hat. Helfen sollt ihr heute wieder, die ganze Klasse. Bring einen Spaten mit oder eine Schaufel.»

«Wo soll ich sein? Wann geht's los?»

«Du bist, wenn's Viertel schlägt – spätestens! –, oben am Ende der Friedheimer Straße. Hast du gehört? Dort warten die Franzosen. Die sagen dir dann schon, um was es geht.»

Der Hermann sagt den Eltern Bescheid, knabbert im Gehen noch das letzte Stück Brot, das er beim Frühstück hat liegen lassen. Er geht in die Scheune, wo links neben den Kartoffelsäcken der Spaten hängt. Es ist ein sonniger Tag, ein blauer Himmel. Überhaupt kommt es Hermann sehr warm vor in diesen Tagen. Er schultert den Spaten und geht am Dohlgraben entlang zur Friedheimer Straße. Bevor er das Schulhaus erreicht, schaut er nach links in die Neue Anlage, und da, an der Ecke, steht ein Junge, den Hermann noch nie gesehen hat und der ihm doch vertraut vorkommt. Der fremde Junge ist kleiner als Hermann, viel zu klein für das Hemd, das er trägt.

«Hallo, Hermann», sagt der sommersprossige Junge und lächelt mit den Augen. Unter der zu großen Schiebermütze sieht Hermann verstrubbeltes kurzes Haar.

«Hallo», antwortet er mechanisch und nickt verwirrt, und wie er weitergeht und grübelt, da fällt es ihm plötzlich ein. Er weiß, woher er diesen Jungen kennt. Er dreht sich um, möchte mit ihr reden, er hat so viel an sie gedacht. Er will wissen, wie es ihr geht. Aber schon ist das Eck verwaist. Antonia muss ins Haus gegangen sein. Und so steht Hermann da für einen Augenblick, ratlos und ohne Entschluss. Doch dann schüttelt er sich kurz wie ein Hund, der aus dem Wasser steigt, und geht weiter zum Treffpunkt, wo die Franzosen auf ihn warten.

Hermann sieht die anderen schon von weitem. Seine Klassenkameraden, den Eugen, den Max. Alle haben Spaten und Schaufeln dabei.

«Weift du, waf die wollen?», fragt Eugen, dessen Gesicht noch immer schlimm aussieht.

Hermann schaut hinüber zu den Soldaten. Der Franz, der Schreinersohn, hat wieder den Handwagen mit der großen Holzkiste mitgebracht. Andere haben Leiterwagen dabei. Was das wohl werden soll? Hermann beschleicht eine Ahnung. Und die gefällt ihm gar nicht.

Dann kommt Bewegung in die Gruppe. Man marschiert auf der Straße nach Friedheim. Rechts des kleinen Dammes, auf den Feldern Richtung Bach, sieht man immer noch, auf welchem Weg die Franzosen sich während der Schlacht nach vorne gearbeitet haben. Ein paar hundert Männer, die über den Acker robben, das macht eine Spur fast wie ein Panzer. Hermann sieht in der zerwühlten Bahn etwas Helles, Rosafarbenes liegen. Das ist ein Damenhandschuh, denkt er, ein ganz feiner rosa Damenhandschuh. Er wundert sich. Wie kommt so etwas auf die Felder von Sandheim?

«Der muff einem von den Fwarzen auf der Taffe gerutft sein», meint Eugen, der Hermanns Blick gefolgt ist.

Hermann nickt. Genauso wird es gewesen sein.

Jetzt stoppt die Truppe. Als Hermann aufblickt, hält ihm einer der Soldaten, auch er ein Kerl mit dunkler Haut, einer der Algerier, eine Zigarre vors Gesicht. Hermann macht große Augen. Wozu eine Zigarre? Er stammelt ein «Merci» und will die Zigarre einstecken. Aber der Algerier schüttelt den Kopf. «Fumer!» Der Mann macht eine Bewegung mit der rechten Hand. Hermann soll rauchen. Hermann versteht immer weniger. Aber er gehorcht, hält die Spitze seiner Zigarre an das brennende Streichholz des Algeriers und saugt kräftig an der braunen Stange. Rauch steigt auf, Hermann fühlt das trockene Kratzen im Hals, seine Augen tränen, doch er hustet nicht. Die Blöße mag er sich nicht geben. Der Algerier nickt und geht zu Max, der hinter Hermann steht.

Alle Jungen rauchen jetzt Zigarren. Dann hören sie die Stimme des Unteroffiziers.

«Sie graben hier die Toten aus, dann auf den Wagen und zum Friedhof.»

Ein paar Raben flattern auf, als die Jungs über das Feld gehen, aus dem die Stiefel wachsen. Hermann arbeitet mit Max. Der Max hat eine Schaufel, Hermann hat den Spaten. Er sticht in die Erde, das Eisenblatt dringt in den sandigen Boden, die Zigarren qualmen in den Mundwinkeln. Hermann lockert die Erde auf. Und Max schaufelt immer tiefer. Man sieht genau, wo die Leichen liegen. Die Stiefel schauen aus der Erde heraus wie im Mai die Spargel aus dem Spargeldeich.

Als die Jungen den Leichnam dann freilegen, versteht Hermann, wozu sie die Zigarren bekommen haben. So schlimm stinkt ein Mensch, wenn er verwest. Hermann zieht stärker am Stumpen, der Qualm vertreibt den Totengeruch. Ein wenig verlegen schaut er nach links, wo es einem seiner Kameraden gerade sehr schlecht wird. Hermann kennt die Stelle, wo die anderen Jungen arbeiten. Sein eigener Acker. Das ist die Furche, wo eben noch die Raben waren. Hermanns Indianer-Furche, dort, wo er sich nachts das Leder geholt hat.

Und dann sieht er auch, was dort drüben bei seinem Kameraden den Brechreiz ausgelöst hat: Die Füße der Toten sind an manchen Stellen aufgehackt bis fast an die Knochen. Hermann schaut hinüber zum Waldrand. Die Raben, die dort auf den Ästen der alten Eiche sitzen, sie kommen ihm auf einmal dick und kräftig vor. Die schwarzen Vögel. Hermann mochte sie noch nie.

Jetzt haben die beiden Jungen ihren ersten Toten so weit ausgegraben, dass sie ihn auf den Leiterwagen wuchten können. Max packt die Ärmel der Uniform, er will die Leiche nicht an der Haut berühren. Hermann nimmt die Stiefel und dann, eins, zwei, drei, liegt der Tote auf dem Wagen. Hermann schaut sich an, was sie da eigentlich auf die Pritsche gelegt haben. Einen Marokkaner ganz ohne Zweifel. Die Brust des Mannes ist an mehreren Stellen aufgerissen, die Uniform schwarz unter dem alten, verkrusteten Blut.

«Das war ein Maschinengewehr», sagt der Max mit Kennerblick.

Hermann nickt. Er fühlt nichts in diesem Moment. Keine Angst, kein Grauen, keinen Ekel. Er schielt manchmal hinüber, wo der große Algerier steht und raucht. Der Algerier ist alles, was im Moment zählt. Ein Tiger, der frei übers offene Feld schleicht. Ein Tier mit scharfen Zähnen, dem man nur entkommt, wenn das Tier satt ist und man selbst gehorcht und unauffällig bleibt. Hermann gräbt weiter. Er und Max wuchten einen zweiten Toten auf den Wagen, später einen dritten. Drei tote Marokkaner. Dann ziehen die Jungen ihre Ladung ins Dorf Richtung Friedhof.

Dort haben die Alten schon ein Loch ausgehoben. Ein riesiges Loch. Ein so großes Loch hat Hermann noch nie gesehen. Dort hinein legt man die Toten. Eine Leiche neben die andere. Keine Särge, keine Kisten. Man steckt sie nicht einmal in Säcke; die Toten werden in der nackten Erde ruhen. Hermann sieht die Marokkaner, die dort liegen, auch ein paar Franzosen sind dabei, auch ein paar Deutsche. Junge Kerle sind das. Vor allem die Deutschen – einige von ihnen können nicht viel älter sein als Hermann selbst.

Hermann und Max müssen wieder aufs Feld, noch ist die Arbeit nicht erledigt. Diesmal schaffen sie weiter hinten am Waldrand. Hermann sieht die Löcher, die sich die Deutschen gegraben haben. Alles ist voller Patronenhülsen.

«Hier war das MG», sagt Max und schaut suchend in

den Wald hinein. Ob da nicht vielleicht im Unterholz in den Brombeerhecken …?

«Das kannst du vergessen, Max», sagt Hermann. «Das MG haben die Franzosen mitgenommen. Ganz sicher.»

Max zuckt mit den Schultern. Dann bückt er sich. «Guck mal, Hermann, hier. Die Patronen. Da sind noch ganz viele neue dabei!»

Hermann blickt auf. Der Algerier schaut gerade in die andere Richtung. Also sammeln die Jungs hastig die Patronen auf und stecken sie in die Hosentaschen. Später werden sie die Hülsen aufsägen, das Schwarzpulver sammeln und kleine Feuerspuren durch die Felder brennen. Und wenn sie Karabiner-Patronen finden, bauen sie die Zünder aus und machen mit Draht und Nägeln kleine Wurfgeschosse, die man hoch in die Luft schleudert. Sie knallen hell und scharf, wenn sie wieder auf der Erde landen.

«Bei uns in der Scheune hab ich noch zwei Blindgänger-Granaten liegen», flüstert der Max. «Das gibt was, wart's ab!»

Dann arbeiten sie weiter. An den Schützenlöchern liegen noch vier Soldaten in der Erde. Zwei davon haben ganz neue Stiefel. Hermann schaut wieder zum Algerier hinüber. Als die Luft rein ist, zieht er den Toten die neuen Stiefel aus und schleudert sie hinab ins Erdloch. Als sie danach die Leichen bergen, wirft Hermann immer wieder eine Schaufel voll Sand über die Beutestiefel. Irgendwann in den nächsten Tagen wird er mit seinem Kartoffelsack herkommen und sie holen. Man muss sehen, wo man bleibt. Und der Onkel freut sich ganz bestimmt.

Am Abend liegen die Leichen im großen Loch auf dem Sandheimer Friedhof. So viele fremde Männer. Man bedeckt sie mit Erde, Schaufel für Schaufel. Bald wird es einen

Gottesdienst geben, sagen die Alten. Einen Gottesdienst für die gefallenen Soldaten. Warum irgendwer in Sandheim ausgerechnet für die Marokkaner beten sollte? Hermann kennt die Bibel. Rechte Wange, linke Wange. Aber die Bibel redet von Menschen. Und auch wenn verwesende Marokkaner nicht anders stinken als verwesende Deutsche – so ganz weiß Hermann nicht, ob es sich bei denen aus Marokko wirklich um Menschen handelt oder um irgendetwas anderes. Um etwas, das weniger zählt und keine christlichen Gebete verdient. So denkt der Hermann, als er wieder nach Hause kommt zu seinen Eltern.

33. DER MELKEIMER

Er steht im Kellereck neben dem alten Küchenschrank. Man trägt den Fünf-Liter-Eimer an einem Metallbügel mit Holzgriff. Grau ist seine Wand, der obere Rand mit einem blauen Streifen verziert. An seinem Fuß ist die Emaille-Schicht mit den Jahren an mehreren Stellen abgesplittert.

Marie öffnet die Tür zum Ziegenstall. Sie hat den Eimer in der Hand, holt den Schemel, der im Stallgang in der Ecke steht. Sie setzt sich und schon steht die Braune vor ihr, dreht Marie das prall gefüllte Euter zu, den struppigen, kurzen Schwanz in die Höhe gestreckt. Marie mag diese Ziege, sie scheint klüger und folgsamer zu sein als die andere, sie weiß schon, was man von ihr möchte. Und sie hat ein Euter mit langen Zitzen, das kann man gut melken. Bei der Dunklen weiter hinten im Stall wird Marie aufpassen müssen. Die hat nervöse Beine und tritt gerne den Eimer um, und dann gibt es an diesem Tag keine Ziegenmilch.

Marie wirft der Ziege etwas Grünzeug zu, Gras und frischen Klee, der Onkel hat das Futter vom Feld geholt. Wenn die Ziege frisst, dann hält sie still. Marie umfasst die rosafarbenen Zitzen mit Zeigefinger und Daumen, mit sanftem Druck schließt sie die beiden Finger zu einem Ring. Man braucht ein Gefühl für die Ziegen, zu grob darf man nicht sein, aber auch nicht zu weich. Dann nimmt Marie auch die anderen Finger, und mit einem kräftigen Strahl schießt die frische, leibwarme Milch in den Eimer zwischen Maries Füßen.

Nicht alle Sandheimer mögen Ziegenmilch. Marie hat sich jedoch gewöhnt an den strengen Geruch der Tiere. Rechts, links, rechts, links. Gleichmäßig wie aus dem Räderwerk einer Uhr hört Marie das Zischen der Milch, die in den Eimer strömt. Der Himmel gibt nicht nur Kuhmilch. Und wie sollte man verschmähen, was an der Tafel des Herrn für einen angerichtet wurde? Marie will weiter folgsam sein und fromm. Sie wird nicht hadern mit dem, was der Höchste für sie vorgesehen hat. Sie wird es tragen ohne eine Klage. Rechts, links, rechts, links. Und diese Ziegen und ihre frische Milch – das ist fürwahr nicht das Schlechteste, was Marie empfangen hat in ihrem Leben. Rechts, links, rechts, links.

Als sie auch das zweite Tier abgemolken hat, geht Marie mit dem vollen Eimer zurück ins Haus. Sie schenkt sich und dem Onkel einen kräftigen Schluck in den Becher mit Ersatzkaffee. Die Tage im Scheunenkeller hat sie hinter sich. Den beiden Mädchen ist – dem Herrn sei gedankt – nichts geschehen, kein Mann hat sich den Frauen mehr genähert, seit die ersten Kerle abgezogen sind.

Marie geht wieder nach draußen in den Hof, sie öffnet die Holztür vor dem Abtritt neben dem Misthaufen, schließt die Tür hinter sich. Sie öffnet den Deckel, hebt den groben Rock, setzt sich auf die hölzerne Brille, schaut in die Einlage, die schon seit einer Woche rot hätte werden sollen. Aber das dicke Leinen ist weiß geblieben und unbefleckt. Ein Schütteln geht durch Marie, und fast mechanisch will sie die Hände falten, aber sie tut es nicht, weil es ihr unpassend erscheint, den Herrn ausgerechnet auf dem Abtritt anzurufen. Sie hat so viel gefleht, als sie die Worte wiedergefunden hat in der Dunkelheit, unter der Scheune ihrer Vorfahren. Der Satan hat sie heimgesucht.

Marie legt die Hand auf das Ziehen in ihrem Leib, wo jetzt das Böse wohnt. Wer kann sie davon erlösen?

Als sie die Holztür wieder hinter sich schließt, hört sie ein Jammern von der Hofeinfahrt.

«Alle tot, alle tot!» Die Nachbarin wirft die Hände in die Luft.

«Was ist?», fragt die Marie, die sich die Hände an der Schürze abwischt.

«Stell dir vor», sagt die dicke Nachbarin, und ihre Stimme überschlägt sich dabei. «Ich komm zu den Hühnern in den Verschlag, und alle, alle sind tot. Ein Wieselchen ist in den Verschlag gekommen heut Nacht! Meine armen Hühner, das Vieh hat allen den Hals durchgebissen. Große Not! Große Not, Herr im Himmel!»

«Und was machst du jetzt?», fragt die Marie.

«Was soll ich machen? Suppe werde ich machen müssen, eh das Fleisch verkommt. Oh, große Not!» Und damit macht die Nachbarin kehrt, um ein Haus weiterzugehen und auch dort von ihrem Verlust zu berichten. Also wird es Suppe geben.

Und Marie geht ins Haus und überlegt, was sie der Nachbarin wird anbieten können für das Huhn, das bald kommen wird, ein Huhn mit blutiger Kehle. Marie wird den Onkel fragen, was man da machen kann. Vielleicht gibt man den Nachbarn einen der Stallhasen, die noch nicht von den Franzosen geholt worden sind. Oder sie fragt bei ihren Leuten. Vielleicht haben die noch ein Huhn, das man den Nachbarn geben kann. Man muss sich ja helfen gegenseitig.

Später am Tag steht Marie im Hof ihrer Eltern, um nach einem Huhn zu fragen für die Nachbarin. Da hört sie, wie jemand im Stall arbeitet. Marie folgt den Geräuschen und sieht ihre Zwillingsschwester Liese, die gerade den Schweinestall ausmistet. Und die Mutter Anna steht dabei, diese kleingewachsene Frau, die schon keine Zähne mehr im Mund hat und schon aussieht wie eine Greisin in ihren alten Bauernsachen, die aber immer noch tüchtig arbeiten kann, ein zähes Wesen. Sie wird schaffen, bis sie stirbt.

«Wir haben doch auch keine Hühner mehr, Marie, was du wohl denkst», sagt die Mutter. «Die Franzosen haben alle weggenommen. Fast jeden Tag kommt hier einer und holt irgendwas, und man muss es ihnen doch geben, wenn sie's holen.»

Dann geht die Mutter Anna wieder zurück in die Küche, und die Marie und die Liese stehen allein im Schweinestall. Da spürt die Marie wieder das Ziehen und legt sich, ohne nachzudenken, die Hand auf den Leib, und die Liese schaut sie an mit skeptischem Blick und einem Daumen in der Faust.

«Was ist, Marie, hast du nichts zu schaffen, dass du hier nur rumstehst und deinen Bauch drückst?»

Die Marie sieht die Schwester an, und dann blickt sie sich

um, ob sie auch allein sind. Sie fasst Mut und nimmt die Liese am Arm. «Die Schwarzen, Liese. Die Schwarzen sind bei uns gewesen am Ostertag.»

Die Liese nickt, denn sie weiß es schon, der Onkel hat es dem Vater gesagt, und die Liese war dabei. Lieses Gesicht sieht jetzt aus wie das eines großen Vogels. «Bei uns waren sie auch», sagt die Liese.

«Und jetzt?», fragt die Marie. «Und jetzt?» Sie legt sich auch die andere Hand auf den Bauch, und da begreift die Liese, dass die Schwester vielleicht den Teufel im Leib hat. «Und jetzt?», sagt die Marie noch einmal. «Was soll ich denn machen, Liese? Ich weiß nicht, was ich machen soll.»

Und die Liese, der große Vogel mit den starren Augen, denkt und denkt, und dann sagt sie, was sie weiß. «Horch, Marie, ich bin bei der Elli gewesen, nicht mit Absicht.» Die Liese zögert. «Vielleicht weiß die Elli, was man da machen kann. Ich hab's auch schon gehört von den Leuten, dass die vielleicht weiß, was man machen kann.»

Die Elli. Das verdorbene Weib, das so merkwürdig redet, so anders als die normalen Leute in Sandheim. Ausgerechnet die! «Was weiß die? Was soll die wissen?», fragt die Marie.

Die Liese zuckt mit den Schultern. «Ich hab bloß gedacht», sagt die Liese. Und die beiden schauen sich an, und keine sagt ein Wort. «Die Elli, die weiß vielleicht was», sagt die Liese noch einmal. «Vielleicht besuchst du sie einfach und bringst ihr das Huhn, das von der Nachbarin kommt. Und dann sagt sie dir vielleicht was von dem, was sie weiß. Vielleicht.»

Und am Nachmittag hat die Marie einen Sack auf dem Rücken mit einem Huhn darin, dem ein Wieselchen im Blutrausch den Hals durchgebissen hat. Ein Leben lang hat sie immer gewusst, was richtig ist und was falsch ist. Und jetzt besucht sie die Elli, ausgerechnet, und sie hat ein totes Huhn dabei, das gestorben ist, weil man's vor den Franzosen hat retten wollen. Sie klopft an die Tür, und die Elli öffnet, und, Gott weiß es, die Elli raucht eine Zigarette wie ein Mann.

«Komm rein», sagt sie, und sie wirkt nicht einmal überrascht. Sie geht voran in die Küche, und die Marie folgt ihr wie benommen. «Setz dich hin», sagt die Elli und deutet auf den Stuhl an der Längsseite des Küchentisches. Sie nimmt einen Becher und schenkt ein, eine schwarze, dampfende Flüssigkeit, die gut riecht, und – ist es möglich? – es riecht wie richtiger Kaffee.

«Die Schwarzen, stimmt's?», fragt die Elli, als Marie den ersten Schluck getrunken hat.

Marie nickt.

«Und du bekommst deine Sache nicht?», fragt die Elli weiter.

Marie nickt wieder, und jetzt weint sie, obwohl sie auf keinen Fall weinen will, schon gar nicht vor der fremden Frau. Elli drückt die Zigarette in den Aschenbecher. Sie steht auf und legt der Marie die Hand auf den Rücken und die andere Hand auf die Schulter, und bei der Berührung bricht es heraus aus Marie wie der Wasserfall drüben im Wald, und nichts hält sie mehr an sich. Ich lasse mich gehen, denkt Marie und schämt sich dafür, aber sie kann es nicht verhindern. Als sie sich beruhigt hat, als das Schluchzen aufhört, da löst sich die Fremde von ihr.

«Trink», sagt sie, setzt sich wieder auf ihren Stuhl und schenkt auch sich eine Tasse ein. Und während Marie vor ihr sitzt, eingesunken und mit beiden Händen den warmen Becher umfassend, da fängt die Elli an zu reden mit ihrer Stimme, die tief klingt und rauchig: «Weißt du, Marie, du frommes Kirchenmädchen. Jetzt kommst du zu mir. Wahrscheinlich hat dich deine Schwester geschickt, du musst es mir nicht sagen, es interessiert mich eigentlich nicht.» Sie nimmt einen Schluck und schließt die Augen dabei und genießt den Kaffee und seine Wärme.

Marie sitzt da ohne eine Regung.

«Bei mir sind sie auch gewesen. Ich erzähl's dir nur, damit du nicht glaubst, du bist allein. Sie haben gegessen und ein paar Sachen aus den Schränken geholt. Und dann ist einer von denen zu mir gekommen, und ich weiß, was die wollen, wenn sie zu einem kommen, das kannst du mir glauben.» Elli schaut auf Marie. «Trink, bevor er kalt wird. Es wär zu schade darum, meinst du nicht?»

Und Marie trinkt gehorsam einen Schluck, wie eine Maus ihn trinken würde. Dann noch einen und noch einen.

«Der junge Kerl hat mir leidgetan, weißt du?», fährt die Elli fort. «Es war hinten in meinem Schlafzimmer, und wie er bald fertig war, da hat er mir noch mehr leidgetan, und ich hab ihm seinen schwarzen Kopf gestreichelt, und ich schwör's dir bei meinem Leben, er ist eingeschlafen, wie er so auf mir gelegen hat. Und ich hab ihn fest in meinen Arm genommen, weil er auch nur ein armer Mensch war, verstehst du? Ich konnt's ihm gar nicht mehr übel nehmen, was er gemacht hat. Es ist halt Krieg. Und er war auch nur ein armer Kerl. Und ich glaub, wenn ich das merk und wenn ich das weiß, dann hat dein Herrgott das auch gewusst.»

Marie blickt jetzt zum ersten Mal auf und schaut die Elli an und begreift nicht, was sie da hört.

Elli lächelt. «Ich sag's dir bloß, dass du nicht denkst, dass der Teufel dich besucht hat. Auch wenn's für euch Kirchenmädchen schlimm ist, das versteh ich schon.» Sie winkt ab und trinkt ihre Tasse aus. «Aber deshalb bist du ja nicht da. Du willst wissen, was du tun sollst.»

Marie nickt.

«Gar nichts tust du», sagt die Elli. «Du wartest ab. Vielleicht kriegst du deine Sache noch, und es ist gar nichts. Ich kenn mich aus, weißt du? Viele Frauen kriegen ihre Sache nicht in dieser Zeit. Das ist der Krieg und die Angst und die Not. Kann gut sein, dass gar nichts ist. Aber wenn du merkst, dass dein Bauch dicker wird und dass die hier dicker werden», Elli legt sich die Hand über ihre Brüste, «dann kommst du wieder, und dann kann ich's dir wegmachen, wenn du willst. Und was das kostet, das sag ich dir dann, wenn's wirklich so weit ist.»

Und so tritt die Marie zurück auf die Straße, ausgeweint und verwirrt geht sie nach Hause. Sie mag die Elli nicht, die Frau ist ihr unheimlich, und sie schämt sich, dass sie so geweint hat vor der. Aber die Elli hat versprochen, keinem im Dorf was zu erzählen. Und die Marie wundert sich, wie erleichtert sie sich dabei fühlt. Ja, sie will abwarten und viel beten.

Und so geht sie nach Hause, versunken in ihre Gedanken, mit einem leeren Sack unterm Arm.

34. DAS SCHAUKELPFERD

Sein Fell ist weiß wie seine Mähne, seine schwarzen Hufe stehen auf einem taillierten Rollbrett, darunter eine Wippe aus Holz. Eiserne Steigbügel hängen am Ledersattel. Heute glaubt man: Wer so ein Schaukelpferd besaß, der hat eine ganz und gar reine Kindheit erlebt.

Antonia hat die Geli auf der Straße getroffen. Die Geli wohnt jetzt bei fremden Leuten, ihr Haus ist abgebrannt am Ostermontag, die deutschen Kanonen haben es zerschossen, als die Franzosen gekommen sind.

«Es war keine Absicht», sagt die Geli. «Sie haben auf die Franzosen gezielt, weißt du? Aber jetzt ist unser Haus halt kaputt.» Die Geli hat ihre langen, hellen Zöpfe nicht abgeschnitten, dabei ist auch sie fast sechzehn. Sie trägt noch immer ihren Rock und keine Hose wie Antonia. Sie ist ein Mädchen geblieben und hat noch nie Fußball gespielt.

«Bei wem wohnst du denn jetzt?», fragt die Antonia.

«Wir waren bei den Glaserleuten, weil die doch keine Kinder haben, weißt du? Aber denen ist es bald zu viel geworden mit uns. Jetzt wohnt nur noch meine Mutter dort, die hat bleiben dürfen, weil sie denen den Haushalt macht. Wir wohnen jetzt bei Verwandten in der Kronenstraße, da sind die beiden Alten gestorben, da ist genug Platz.»

Antonia kickt mit dem Fuß gegen einen Stein, der auf der Straße liegt. Sie trifft ihn gut, und der Stein fliegt und kullert die Friedheimer Straße entlang. Die Geli schaut dem Stein verwundert hinterher, aber sie sagt nichts. Warm ist es an diesem Tag, und man könnte fast baden gehen. Aber Antonia würde nicht runterwollen zum Bach. Denn am Bach, da gibt es eine Wiese für die Mädchen und weiter unten die

Wiese für die Jungen. An welchen Platz sollte sie wohl gehen, würde sie baden wollen?

Aus der Gartenstraße nähern sich drei Uniformierte. Antonia und Geli hüpfen sofort über den kleinen Graben aufs Trottoir der gegenüberliegenden Straßenseite. Es ist immer gut, wenn man einen Graben zwischen sich und den Fremden hat. Da löst sich einer der Kerle aus der Gruppe, ein Schwarzer. Was für ein hässlicher Mann, denkt Antonia.

«Allo», ruft der Schwarze.

Die beiden Mädchen bleiben stehen. Etwas kämpft in ihnen. Ein Leben lang haben sie gelernt, dass man stehen bleibt und Antwort gibt, wenn ein Erwachsener das Wort an einen richtet. Aber vielleicht sind die Schwarzen auch keine richtigen Erwachsenen. Das sind keine Menschen, hat Antonias Mutter gesagt. Jetzt ist der Soldat schon bei ihnen. Er redet auf sie ein, aber er spricht französisch, und die Geli und die Antonia zucken nur mit den Schultern.

«Nix verstehen», sagt die Geli.

«Guck do, guck do», sagt der Schwarze.

Antonia verkneift sich ein Grinsen. Der Schwarze hat zwei Wörter im Sandheimer Dialekt aufgeschnappt – und jetzt denkt er, es sei richtiges Deutsch!

Er greift an seinen Hals und an die Kette, an der Kette hängt ein Ring, der in der Sonne leuchtet. «Guck do!», sagt der Soldat, und er lächelt, und Antonia kann sehen, dass zwei seiner Zähne aus Gold sind. Sie mag den Mann nicht.

Aber die Geli beugt sich nach vorn und betrachtet den funkelnden Anhänger. «Was ist denn das?», fragt die Geli. Sie schaut auf den Ring, und der Ring funkelt so schön.

Antonia stupst die Geli an. «Komm, wir gehen weiter.» Sie möchte nicht mit dem Fremden reden. Der Mann gefällt ihr nicht. Aber die Geli zögert noch.

Jetzt nimmt der Fremde die Kette ab und hält sie Geli vor die Nase. «Guck do!», sagt er noch einmal.

«Komm, Geli, wir müssen jetzt weiter», wiederholt Antonia.

Aber da hat die Geli schon nach dem Ring gegriffen, und jetzt hält sie das blinkende Stück in der Hand und dreht es hin und her, und Antonia sieht, wie der reflektierte Widerschein der Sonne über Gelis Wangen blinkt und wie das Blau ihrer Augen leuchtet im Flimmerlicht. Die Geli sieht auf einmal aus wie eine junge Frau, nicht mehr wie ein Mädchen. Und jetzt streckt der Soldat seine braune Hand aus, Antonia denkt: Er holt sich seine Kette zurück. Aber er legt seine Hand nur unter die von Geli, und jetzt berührt er sie, und da zuckt die Geli zusammen und zieht ihre Hand zurück, doch den Ring hält sie immer noch fest. Der Fremde richtet sich auf und zeigt seine Goldzähne. Er redet auf Geli ein, er schaut nur auf die Geli, Antonia beachtet er gar nicht. Man versteht nicht, was er sagt, aber seine Stimme klingt wie die eines Bauern, der sein nervöses Pferd beruhigt, er gurrt wie ein Täuberich.

«Geli, du gibst dem seine Kette wieder, und dann gehen wir schnell fort», sagt Antonia, und man kann hören, wie ungeduldig sie ist und dass sie wohl auch Angst bekommt.

Und die Geli schaut sie an wie ein Kind, das von seiner Mutter an der Zuckertüte erwischt wurde. Sie lässt die Kette mit dem Ring fallen, und wie der Fremde sich fluchend bückt, um sie aufzuheben, da kommt endgültig die Angst über Antonia, und sie befiehlt ihr, loszulaufen und sich zu verstecken.

«Renn, Geli, renn!», ruft sie, und dann laufen die beiden Mädchen, so schnell sie können, die Straße hinunter.

Als Antonia sich umdreht im Spurt, sieht sie, dass der Soldat ihnen folgt. Ein erwachsener Mann, er wird sie einholen, wenn er will. Gleich kommen die Mädchen an die Stelle, wo der Tischler auf einer Wiese sein Holz gelagert hat, ein Irrgarten aus mehr als mannshoch gestapelten Brettern. Antonia läuft etwas schneller als die Geli, und jetzt hat sie den Platz erreicht und verschwindet zwischen den luftigen Türmen. Die Geli kommt dicht hinterher, drei Stapel geradeaus, zwei Stapel nach rechts, zwei in die Tiefe, und dann klettert Antonia flink wie eine Katze auf den großen Stapel in der Mitte der Wiese, und schon ist sie oben und legt sich flach auf die groben Dielen. Und keiner, der unten steht, kann sie mehr sehen.

Aber die Geli braucht länger in ihrem weiten Rock, der sich verhakt an einer der ungehobelten Planken. Und als sie endlich keuchend die Plattform erreicht, da steht der Schwarze schon unten, und das schöne Versteck ist verraten und umsonst. Jetzt schimpft der Soldat, und auch er atmet schwer, und dann kann Antonia hören, wie jemand einen schweren Stiefel auf die ersten Bretter setzt und wie ein fremdes Schnaufen näher und näher kommt. Und dann erscheint das Gesicht des Mannes direkt vor ihnen, seine großen braunen Augen. Er schreit die Mädchen an, und jetzt – Antonia wird starr in allen Muskeln – zielt er mit dem Gewehr auf sie.

«Du komm oder kaputt», knurrt der Mann. Aber die beiden Mädchen liegen auf ihren Bäuchen und rühren sich nicht. «Komm oder kaputt!» Er schreit die Worte, und Antonia sieht den Zorn in seinem Blick und hört, dass er jetzt seine Beherrschung verliert. Er klingt, wie der Vater früher klang, kurz bevor es Schläge gab.

Und auch die Geli muss es gefühlt haben, denn als der Fremde da vor ihr schreit und droht, kommt neues Leben in ihren Körper, der eben noch wie gelähmt auf den Brettern lag. In einer Sekunde ist sie am hinteren Ende des Stapels, und sie lässt sich einfach fallen. Antonia springt hinterher, und jetzt laufen die beiden Mädchen durch die Lücken zwischen den Stapeln hinunter zum Seilerweg und laufen wie um ihr Leben, und sie schreien dabei um Hilfe, als wär der Teufel selber hinter ihnen her. Als sie sich dann umdrehen auf halbem Weg zur Neuen Anlage, da ist der Schwarze nirgendwo zu sehen. Weil wir so schnell sind, denkt die Geli. Weil wir so laut waren, denkt Antonia.

Erst bei der Neuen Anlage holen die Mädchen Atem, an einer Hauswand auf der sonnigen Straße. Von links kommt ein Bauer mit einem Ochsen gefahren, und von rechts kommt einer, der einen Gaul vor seine Rolle gespannt hat. Das Dorf hat sie wieder, und keiner wird ihnen etwas tun.

Als ihr Atem ruhiger geht, klopft sich die Geli die Holzsplitter von ihrem Rock. «Das sag ich meinem Vater», sagt sie. «Das sag ich ihm, und dann zeigt mein Vater den Kerl an. Das darf der nicht!»

Antonia denkt an die Nacht, die sie im Schulkeller erlebt hat, und wiegt den Kopf. Und sie denkt, dass es vielleicht nichts hilft, wenn man den Schwarzen anzeigt. Aber sie behält es für sich. «Wo ist denn dein Vater?», fragt sie.

«Draußen in unseren Gärten beim Haus», sagt die Geli.

Also gehen die beiden Mädchen hinaus zu den Gärten bei der niedergebrannten Hausruine. Geli war noch nicht dort seit den Kämpfen vor dem Dorf. Vom vorderen Teil des Hauses ist nichts geblieben als ein schwarzer Haufen aus Asche und verkohlten Balken. Nur die hinterste Ecke des Gebäudes ist erhalten bis hinauf aufs Dach. Sogar ein Stück Dielenboden ist geblieben im Obergeschoss, von dem, was früher die Schlafstube des kleinen Bruders war. Und da, ganz in der Ecke, steht noch das Schaukelpferd, das schöne, weiße

Schaukelpferd mit den Rädern darunter und dem Zaumzeug und dem Sattel aus Leder. Das weiße Fell ist nicht einmal angesengt, es steht da, als wäre es ganz neu, als hätte nie ein Kind damit gespielt.

«Wein nicht», sagt Antonia, als sie nach oben schaut und die Geli neben sich hört. «Wein nicht.»

Aber die Geli weint trotzdem. Sie wird nie wieder ein Kind sein. «Morgen», sagt sie auf dem Heimweg, «morgen komm ich wieder und bring eine Leiter mit.»

Aber es wird zwei Tage dauern, bis sie es schafft. Als sie mit ihrer Leiter schließlich vor der Ruine steht, da ist der Dielenabsatz leer, und kein Schaukelpferd steht mehr im wunden Eck. Und wo es geblieben ist, weiß kein Mensch.

35. DIE BEISSZANGE

Einst war sie schwarz, heute überzieht eine pockige Rosthaut die eisernen Griffe. Sie liegt schwer in der Hand. Doch es muss lange her sein, dass Finger sie berührt haben, um schiefe Nägel aus dem Holz zu ziehen.

Der August lenkt das Fuhrwerk die Kronenstraße hinunter, biegt an ihrem Ende scharf nach rechts in die Wiesenstraße, dann durch die Mittelgasse in die Herrengasse und hinunter Richtung Grevenheim. Jenseits des Baches fährt er nach rechts, wo es zu den Gleisen geht, und dann an den Schienen entlang zum Bahnhof. Ohne den Bahnhof hätte es die Jagdbomber nicht gegeben, denkt der August. Der Bahnhof war alles, was Sandheim für die Feinde interessant gemacht hat. Vier Franzosen marschieren jetzt an ihnen vorbei.

«Scheiß Franzosen», sagt der August, als sie weit genug weg sind. Er spuckt auf die Straße. «Scheiß Franzosen und ihre Scheiß Afrikaner.»

Die Liese sitzt neben ihm auf der Sitzbank. Sie trägt ein altes Kopftuch, seit die Fremden im Dorf sind. Sie vertraut keinem mehr, der nicht aus Sandheim kommt.

«Und wie dumm die Kerle waren, keine Zivilisation hatten die.» Der August redet mehr mit sich selbst als mit seiner Tochter. «Einer hat eine Flasche mit Kölnisch Wasser gesoffen, weil er gedacht hat, es wär Schnaps.»

Die Liese nickt und bleibt stumm, was sonst nicht ihre Art ist. Aber sie mag nicht reden, wenn von den Schwarzen die Rede ist.

«Beim Schlosser-Lui haben sie auf der Herdplatte ihre Eier gebacken, die Sauhunde. Auf der Herdplatte, ohne Pfanne. Kannst du dir das vorstellen?»

Jetzt schüttelt die Liese stumm den Kopf. Nein. Das kann sie sich nicht vorstellen. Was für Sauhunde. Keine Zivilisation. Afrika. Und so was kommt nach Sandheim.

Jetzt hält der Alte das Fuhrwerk an. Auf einem der Nebengleise im Sandheimer Bahnhof steht ein Güterzug, ein langer Zug ohne Lokomotive.

«Liese, jetzt brauch ich dich», sagt der August und klettert von der Bank. «Komm», sagt er und winkt ihr. Er geht auf den Zug zu, den schlafenden, vergessenen Zug, den keiner mehr braucht, jetzt wo der Krieg vorbei ist. Auf einem der Waggons lagern große Platten, gestanztes Blech, Gott weiß, wofür man das wohl vorgesehen hatte. «Wir nehmen erst mal nur eine», sagt der Alte.

«Haben wir die gekauft, Vater?», fragt die Liese.

Der August hebt die Augen und schaut sie an. Herr im Himmel! Manchmal weiß der August nicht, ob er was falsch gemacht hat mit seinen Töchtern. Oder ob die Weibsleut einfach alle so dumm sind. «Liese», sagt er und sucht nach dem richtigen Wort. «Liese», sagt er noch einmal. «Hast du dir mal unser Dach angeguckt in den letzten Tagen?»

Ja. Das Dach hat sie wohl gesehen. Oder das, was noch davon übrig ist. Der Herr hat's nicht regnen lassen auf die Gerechten in den vergangenen Tagen. Deshalb ist kein Unglück passiert. Aber wenn's jetzt regnen tät, dann wär gut was los bei ihnen im Haus.

«Das Reich beschenkt uns mit diesem Blech», sagt der August jetzt, und eine große Erleichterung geht durch sein Gesicht ob der guten Formulierung, die ihm da eingefallen ist. Er sagt den Satz auch nicht im Dialekt, sondern in einem eingefärbten Hochdeutsch. Als hätt's einer im Radio gesagt.

«Ach so», sagt die Liese. Sie hätte niemals etwas stehlen können, das wäre gegen die Schrift. Aber wenn das Reich ihnen das Blech schenkt, dann ist alles recht und in seiner Ordnung. Und wie sie dann eine Blechplatte nach der anderen hinübertragen auf ihr Bauernfuhrwerk, der alte Vater und seine Tochter mit dem starken Kinn, da denkt die Liese unter ihrem Kopftuch, dass es doch so etwas wie Gerechtigkeit gibt in ihrer Heimat. Der Krieg hat das alte Dach genommen, und jetzt gibt der Krieg ihnen die guten Platten aus Blech zum Ersatz, bis man was anderes gefunden hat, mit dem man das Dach ausbessern kann.

Ab und an kommen ein paar Bauern vorbei, während der August und die Liese da ihre Arbeit verrichten. Viele sind es nicht, man hat ja auch nichts verloren am Bahnhof, und nur selten fährt in diesen Tagen ein Zug. Aber man schaut und guckt sehr genau, was der August und seine Tochter da treiben. So, so. Sie holen sich die Sachen vom Zug. Warum nicht? Wartet ja keiner drauf. Na, man wird die beiden schon nicht verraten beim Bürgermeister, den die Franzosen bestimmt haben. «Von Gottes Gnaden» sagen die Leute über den neuen Bürgermeister, und sie sagen es völlig frei von Ehrfurcht, was selten ist, wenn der Name des Herrn im Munde geführt wird.

Zu Hause hilft die Liese ihrem Vater, die Platten durchs Haus zu tragen, die Stiegen nach oben. «Hammer», sagt der Alte. Und die Liese greift in die Tasche mit dem Werkzeug und reicht ihm den Hammer, dann braucht der Alte nur wenige feste Schläge, bis der eiserne Stift durchs Blech fährt und ins Holz der Lattung. Und so hämmert und hämmert der Alte, bis ein kräftiger Fluch seine Schläge unterbricht.

«Zange», ruft er, die Liese reicht ihm die schwere schwarze Beißzange, und der Alte holt den schiefen Nagel aus dem Blech, klopft ihn dann mit feinem Gedengel gerade zwischen Hammer und Dachbalken. Er hält ihn vor sich, prüft mit zusammengekniffenen Augen, nickt zufrieden und schlägt den Nagel dann wieder ein, ein Schlag durchs Blech, zwei Schläge in die Lattung, geschlossen ist ein Stück der Lücke.

Als schon die dritte Blechplatte auf dem Dach hängt und das große Loch langsam kleiner wird, das Loch, das die Bomben geschlagen haben, da steht auf einmal der Otto unten auf der Gasse.

«Was machst denn da?», ruft der Otto nach oben und hält sich seinen dicken Bauch.

«Mein Dach mach ich zu, du Dackel», ruft der August von oben.

«Und mit was machst du das?», fragt der Otto. Dem Otto hat der Luftdruck einer Bombe ein Stück vom Scheunendach fortgenommen. Die Liese weiß das, sie hat's die Leute reden hören hinten in den Gärten.

Wieder bekommt der August seinen Blick. Gehört der Otto vielleicht zu den Weibsleut, dass er so saudumm fragen kann?

«Das Reich hat uns mit dem Blech beschenkt», ruft da die Liese und stemmt die rechte Faust in die Seite, die Faust, in der sich ein Daumen versteckt.

«Das Reich?», fragt der Otto.

«Ja, das Reich», keift die Liese zurück.

«Ach so», sagt der Otto ganz gedehnt. Und er kratzt sich an der Mütze. «Sag mal, August», meint er dann. «Wo macht's denn so was? Das Reich? Sein Blech verschenken?»

«Halt deine Gosch», sagt der August.

Und an der Art, wie er die Stimme dabei senkt, merkt der Otto, dass er ab jetzt keine Antwort mehr bekommt. Der August hat sich das Blech geholt irgendwo, und der Otto muss nachdenken, was er jetzt am besten anstellen soll. Vielleicht fragt er beim neuen Bürgermeister nach? Vielleicht gibt's ja eine Zuteilung?

«Beim Bahnhof verschenkt es sein Blech, Otto. Das solltest du eigentlich wissen als rechter Mann», ruft da die Liese von oben. Altklug und keifig, wie sie ist.

«Bist du jetzt still?», zischt der August.

Und die Liese versteht nicht, warum sie nicht die Wahrheit sagen soll. Sie sagt es immer, wenn sie was besser weiß. Und sie weiß vieles besser.

«Dann macht's noch gut, ihr zwei», ruft der Otto von unten und trollt sich. Wer ihn jetzt durch eines der Fenster der Kronenstraße sehen könnte, ganz aus Zufall, weil er eben gerade so am Fenster wäre, dem würde es scheinen, als ginge der Otto mit einem Mal so federnd, wie er das früher getan hat, als er noch jung war und so flott.

Als der Otto eine halbe Stunde später mit dem Fuhrwerk

und seiner Alten neben sich am Bahnhof ankommt, da stehen schon mehrere Bauernwagen in der Bahnhofstraße. Man hat sich schon an die Waggons des toten Zuges verteilt und schleppt das Blechzeug und die Drähte und die Kabel und all die Sachen davon, die hier gewartet haben auf niemanden. Ein paar Blechplatten für den Otto sind tatsächlich noch da. Genau die Menge, die er braucht für seine lecke Scheune. Und vielleicht auch noch eine Platte dazu, die man sehr gut für Notfälle gebrauchen kann, wenn es später einmal einen Notfall geben sollte.

Ab und zu kommen ein paar Franzosen vorbei, die ihre Runde laufen über die Bahnhofstraße. Aber die Besatzer wundern sich höchstens über die Bauern, die mitten am Tag einen Zug entladen, statt Rüben zu hacken. Und weil keiner einen Befehl bekommt, schreiten die Soldaten nicht ein.

Nicht das ganze Dorf bedient sich an diesem Tag, an dem das Reich sein Blech verschenkt. Und wer zu spät davon erfährt in den Gärten und an den Zäunen, der ärgert sich wohl auch darüber, dass die einen sich selbst helfen und die anderen jeden Tag beim Bürgermeister fragen müssen und trotzdem vergeblich warten. Man merkt sich die Namen der Beschenkten und wird sie nie wieder vergessen. Aber verraten und anzeigen wird man trotzdem keinen. Denn die Dächer, das versteht jeder in Sandheim, die Dächer müssen ja zugemacht werden, damit die Häuser nicht nass werden, wenn der Regen kommt.

Und manchmal geschieht es in den folgenden Tagen, dass die Sonne scheint in einem bestimmten Winkel und man auf einmal das Blinken sieht von irgendwo, ein kurzes Schimmern und Leuchten des reflektierenden Taglichts von einer Scheune oder von einem Bauernhaus. Und dann sagt man sich selbst oder hört es von seiner Frau, dass es wohl wieder an der Zeit ist, den Bürgermeister zu besuchen. Jetzt bräuchte man eine Zuteilung von Brettern. Denn mit irgendwas muss man die Löcher ja stopfen.

Und wen das Reich nicht beschenkt, dem sollte zumindest der Bürgermeister helfen.

36. DIE HERZ-ZEHN

> Sie ist die letzte von 32, der verbliebene Teil eines Kartenblattes, hergestellt in Altenburg in Thüringen. Die Sonne und die nervösen Hände vieler Spieler haben den einst weißen Hintergrund der Zehn in ein zigarettengelbes Grau verwandelt.

Hermann trägt den Tisch auf die Straße, wie der Filp es ihm befohlen hat. Er stellt ihn auf den gepflasterten Weg und verschwindet wieder im Haus. Der Filp hat sich einen Stuhl aus der Küche mitgebracht, einen Mostkrug und zwei Gläser. Dann ruft er den Tischler-Rudi aus dem Haus gegenüber. Der Rudi kommt auf die Straße, ebenfalls mit einem Stuhl unter dem Arm. Die beiden Männer sitzen jetzt am Tisch, der Rudi steckt sich einen Stumpen an, der Filp hat ein Kartenspiel aus der Tasche gezogen und angefangen, das Blatt zu mischen. Jetzt kommt auch der Hermann wieder zurück, er hat einen Schemel dabei. Er setzt sich, doch sein Kinn ragt kaum über die Tischplatte. Der Filp schaut ihn verwundert an. Mit einem gemurmelten Kraftausdruck steht der Hermann auf und geht mit dem Schemel wieder zurück in den Hof.

«Manchmal weiß ich nicht, wo der seinen Kopf hat», sagt der Filp und mischt die Karten.

«Dein Bub ist schon recht», sagt der Rudi.

«Ja», sagt der Filp und schenkt sich und seinem Nachbarn ein Glas Most ein.

Jetzt hat der Hermann einen richtigen Stuhl dabei, er sitzt bei den Männern, als wäre er selbst ein Mann. Jeder hebt eine Karte vom Stapel. Hermann zieht den höchsten Wert, er greift das Blatt, mischt erneut und teilt die Karten aus: drei Karten für den Rudi, drei für den Vater, drei für sich selbst, zwei in den Stock; vier für den Rudi, vier für den Vater, vier für sich selbst; drei für den Rudi, drei für den Vater und die letzten drei wieder für sich selbst.

Der Filp nimmt seine zehn Karten auf, und er denkt bei sich, dass sein Sohn ihm da ein sehr gutes Blatt gegeben hat: den Pik-Buben und den Herz-Buben, daneben fünf Pik-Karten – ihm fehlen nur die Dame und das Ass; von Herz hält er die Zehn und die Neun, dazu ein blankes Karo-Ass. Dieses Spiel nimmt ihm keiner weg! «Achtzehn», sagt er, als wäre die Zahl ein Befehl für Rekruten auf dem Kasernenhof.

«Ja», knurrt der Rudi.

«Zwanzig», sagt der Filp.

«Ja», antwortet der Rudi.

«Zwei», sagt der Filp.

«Ja», sagt der Rudi mit der Zigarre im Mund.

«Drei», bellt der Filp.

«Jawoll», grinst der Rudi.

«Vier», kommandiert der Filp.

«Ja», sagt der Rudi, der jetzt ein wenig überrascht klingt, weil er beim Filp offenbar ein Nullspiel erwartet hat.

«Sieben», macht der Filp weiter.

«Ja», sagt der Rudi knapp.

«Dreißig», sagt der Filp.

Der Rudi rutscht auf seinem Stuhl hin und her. Er zieht

an seiner Zigarre und stiert in seine Karten, als würde er rechnen. Dann schüttelt er den Kopf. «Weg», sagt er.

Der Filp schaut seinen Sohn herausfordernd an.

Der Hermann schiebt ihm die beiden verdeckten Karten zu, die in der Mitte des Tisches liegen. «Da hast du ein schönes Spiel», sagt er – und kassiert für den altklugen Spruch zwei missbilligende Blicke.

Der Filp zieht die beiden Karten zu sich und schiebt sie dann nach rechts, ohne sie anzusehen. «Pik Hand», sagt er.

«Pik Hand», wiederholt der Rudi gedehnt und wie zu sich selbst und zupft dabei mit Daumen und Zeigefinger über die Oberkante seines Kartenfächers. «Hand hat allerhand», sagt er dann und legt das Herz-Ass auf den Tisch.

Der Filp wirft die Herz-Neun, der Hermann zögert einen Moment, dann legt er den Herz-König. Der Rudi streicht die drei Karten zu sich, dreht sie um und legt sie als Stapel vor sich ab. «Hmmm», brummt er, fährt mit den Fingern über sein Blatt, bleibt dann in der Mitte des Fächers hängen und spielt die Karo-Dame. Der Filp zieht das Karo-Ass. Der Hermann schaut zum Rudi, dann zu seinem Vater, schließlich zieht er das Pik-Ass und legt es auf die beiden anderen Karten in der Tischmitte.

«Ihr Sauhunde», flucht der Filp.

Der Rudi nimmt die Karten zu sich.

Hermann überlegt.

«Eine Karte oder ein Stück Holz», sagt der Filp.

Hermann legt die Herz-Dame. Der Rudi atmet hörbar aus, greift eine Karte, dann schüttelt er den Kopf, fingert ein paar Karten weiter nach rechts und spielt die Trumpf-Dame.

«Saukerl!», ruft der Filp und knallt die Herz-Zehn auf den Stapel.

Der Rudi grinst, sammelt aufreizend langsam die Karten

ein, lehnt sich zurück und nimmt einen tiefen Zug aus seiner Zigarre. Doch statt den nächsten Stich anzuspielen, geht sein Blick nach hinten zur Straßenkreuzung. Von dort nähern sich jetzt zwei Gestalten: Es sind Uniformierte, sie biegen um die Ecke. Der Rechte der beiden ist mittelgroß, ein Weißer mit einem schwarzen Schnurrbart. Der Linke misst mindestens eins neunzig, die unendlich langen Arme hängen unbeholfen neben einem spindeldürren Körper, seine Haut ist dunkelbraun mit einem Hauch von Grau, ein Maghrebiner, ohne Zweifel.

Der Rudi deutet mit dem Kinn auf die Patrouille und legt langsam den Kartenfächer vor sich ab. Auch der Filp und der Hermann lassen jetzt ihre Karten auf den Tisch sinken, feindselig sehen sie den beiden Soldaten entgegen, die Alten greifen gedankenverloren nach ihren Mostgläsern und trinken. Erst jetzt fällt dem Hermann auf, dass er kein Glas bekommen hat. Er hätte auch gerne Most getrunken. Die beiden Uniformierten gehen im Gleichschritt vorbei, der Weiße schaut herausfordernd zu ihnen herüber, die beiden Alten nicken ihm eisig zu mit durchgedrückten Rücken. Der Weiße nickt zurück, langsam und mit dem Blick eines Lehrers, der die Buben in der letzten Reihe gerade beim Abschreiben erwischt. Die Soldaten patrouillieren die Gasse hinunter, wo sie hinter der nächsten Biegung verschwinden.

«Wo waren wir?», fragt der Filp.

«Ich hab dir den Herz-Zehner abgeholt», feixt der Rudi.

«Dann spiel halt weiter!», antwortet der Filp.

Hermann schaut abwechselnd von einem zum anderen. Er ist schon fast erwachsen, aber beim Kartenspielen weiß er bis heute nicht, ob die Erregung der Alten in den Schankstuben echt ist oder nur Teil der Zeremonie. Er vermutet, dass sie in den meisten Fällen wirklich die Beherrschung verlieren. Einmal, es ist schon ein paar Jahre her, da war er dabei, wie zwei der Sandheimer Bauern sich im Hirschhof geprügelt haben nach einem verlorenen Kontra.

Der Rudi spielt achtlos ein kleines Kreuz.

«Den hättest du gleich spielen können», murrt der Vater und trumpft die Farbe ab.

Hermann bedient. Der Alte spielt achselzuckend den Pik-Buben, Hermann legt den Karo-Buben – den letzten Trumpf, den er noch besitzt, Rudi übernimmt mit dem Alten.

«Der Rest geht an mich», sagt der Filp.

Der Rudi grinst. «Wir haben 62 Augen.»

Der Filp winkt ärgerlich ab. «So eine blöde Sitzung», sagt er.

Und der Rudi nickt. «Hab ich auch selten gesehen, dass das einer schafft – ein Spiel zu verlieren mit sieben Trumpf!»

«Halt dein Maul und teil aus», blafft der Filp.

«Ich könnt noch einen Schluck Most vertragen», sagt der Rudi.

Darauf schenkt der Filp nach. «Du kannst Wasser saufen», sagt er, als er Hermann auf den Krug schielen sieht.

«Ist schon recht», sagt der Hermann und geht zurück ins Haus, um sich Wasser zu holen.

Als er zurückkehrt, mischt der Rudi immer noch die Karten. Hermann stellt sein Glas ab, der Rudi teilt aus. Drei Karten für den Filp, drei für Hermann, drei für sich, zwei in den Stock. Vier für den Filp, vier für Hermann, vier für sich. Drei für den Filp, drei für Hermann, drei für sich. Hermann will gerade seine Karten aufnehmen, als die beiden Soldaten erneut um die Ecke kommen, der Moustache und der Afrikaner. Die drei Spieler lassen ihre Karten liegen, sie schauen auf die Soldaten, sie nicken, die Soldaten nicken zurück und passieren. Aber diesmal gehen sie nicht bis zum

Ende der Straße. Sechs Häuser weiter wohnt eine Witwe mit ihren Töchtern, die sind beide fast erwachsen, und da ist kein Mann im Haus. Der Franzose stößt seinen Kameraden an, und dann biegen sie in die Hofeinfahrt.

«Los, hinterher», sagt der Filp.

Und erst jetzt begreift der Hermann, warum sie ihren Skat am hellen Tag und auf der Straße spielen. Der Vater will Wache halten, damit den Leuten in den benachbarten Häusern nichts passiert.

Die beiden Alten laufen voraus, der Hermann folgt ihnen. Als sie an der Hausecke ankommen, sehen sie auf der Staffel zur Eingangstür nur den Schwarzen stehen.

Er richtet sich zu seiner ganzen Größe auf, als er die drei auf sich zukommen sieht. «Ich korrekt», sagt er. «Ich korrekt.»

Der Schnurrbart steht dagegen schon im Hausflur.

«Alles in der Ordnung bei euch dadrin?», ruft der Filp.

«Ah, Filp, gut, dass du kommst», sagt die Alte von drinnen. «Ich sprech doch kein Französisch, ich weiß gar nicht, was die zwei wollen.»

«Sollen wir reinkommen?», fragt der Filp.

«Nein, ich glaub, es geht schon», sagt die Alte.

Und bald darauf kommt tatsächlich der Schnurrbart nach draußen, er hat seine Mütze abgenommen und trägt drei Hühnereier darin. Aber sehr glücklich sieht er nicht aus. Seine Augen werden schmal, als er an den Kartenspielern vorbeigeht, dann gibt er dem Afrikaner ein Zeichen, und die beiden verschwinden.

«Jetzt haben sie die Eier doch mitgenommen», sagt der Hermann, als die drei zurück zu ihrem Tisch gehen.

«Ist schon recht, Bub», sagt der Rudi. «Die Eier sollen sie ruhig holen. Ich glaub aber, dass der Franzos' zu den jungen Weibsleut gegangen wär. War schon gut, dass wir da waren.»

Den langen Schwarzen sieht Hermann noch oft in den kommenden Wochen. In der Straße hat man jetzt einen Namen für ihn. Wenn sie von ihm reden, sagen alle: «Dahinten kommt der Korrekt.»

37. DIE MILCHKANNE

> An der Nordseite des Wohnhauses steht eine blecherne Kanne, dreißig Zentimeter hoch, Spuren von Vogelmist an den Wänden. Auf ihrem Boden liegt ein faustgroßer Stein, damit der Wind die Kanne nicht fortwehen kann. Ein Bündel frisch gebrochener Weidenzweige steckt darin. Der Deckel fehlt seit Jahren.

Drei magere Männer in Zivil sitzen im Garten und rauchen. Ein vierter erscheint an der Hintertür, er winkt dem jüngsten der drei Raucher, einem langen, blonden Kerl mit hellblauen Augen und enormer Adlernase.

«Milchkännchen, da ist Besuch für dich.»

Der Blonde stutzt, dann löscht er seinen Stumpen, steht auf, etwas Altes und Schwerfälliges liegt in seinen Bewegungen, dabei ist erst fünfundzwanzig. Er stapft zum Haus. Eigentlich haben ihn seine Eltern auf den Namen Hans getauft, aber keiner seiner Gefährten nennt ihn so. Die Sandheimer rufen ihn mit dem Übernamen seiner männlichen Ahnen: Milchkännchen.

Wenn in Sandheim ein Schwein geschlachtet wird, dann kommen am Nachmittag die Nachbarn und die nähere und entferntere Verwandtschaft vorbei. Man bringt eine Milchkanne mit, die der Gastgeber mit Wurstsuppe füllt, man dankt und geht nach Hause. Zum Abendessen schneidet man sich kleine Brocken aus altem Brot in die braune Brühe, deren Dicke niemals gleich ausfällt, weil selbst der beste Metzger nie weiß, wie viele der Würste platzen werden im großen Garkessel in der Waschküche.

Angeblich – das ist die Geschichte, die man im Dorf erzählt – hat der Urgroßvater vom Hans es nicht so genau genommen mit den familiären Beziehungen. Egal, wessen Schwein da am Haken hing, am Schlachttag stand er vor der Tür mit seiner Milchkanne und holte eine Abendmahlzeit für sich, die Frau und die sieben Kinder. Seine Besuche sprachen sich herum. Man schickte ihn niemals mit leerer Kanne nach Hause, aber man rächte sich, indem man ihm einen Spottnamen verpasste. Wer in Sandheim über ihn sprach, der nannte ihn «das Milchkännchen», und jeder lächelte im Wissen, wer damit gemeint war und warum. Und weil das Dorf ein gutes Gedächtnis hat und wie der Herrgott persönlich die guten wie die schlechten Taten eines Mannes heimzahlt bis ins siebte Glied, wird auch der Hans sein Leben lang diesen Spottnamen tragen. Noch seine Enkel werden Milchkännchen heißen, es sei denn, sie wandern aus.

Hans war bis in den Kaukasus gekommen mit seiner Panzerdivision, er hat gesehen, wie die deutsche Kriegsflagge auf dem Gipfel des Elbrus wehte. Später dann Stalingrad. Doch seine Einheit kam zu spät, und die Russen hatten den Ring schon um die Stadt geschlossen. In einer Nacht auf dem Rückzug, da lag der Hans im Unterholz und keine zwanzig Meter vor ihm zogen die Russen vorbei. Er hatte damals den kratzenden Hustenreiz unterdrückt, und die Russen sind vorübermarschiert, und als sie fort waren, lag der

Hans noch immer da, und keiner hatte ihn totgeschossen. Dann die Karpaten, später der Plattensee. Man hatte sich den Amis ergeben, in Österreich hatte der Hans seine Entlassungspapiere bekommen. Da war der Krieg vorbei und er kein Soldat mehr.

Drei Sandheimer hatte er bei den Amis getroffen, es war ein Zufall, dann stand da dieser Güterzug, der bis Mannheim fuhr, und der Lokführer hatte sie für ein paar Zigaretten in einen der Waggons geschmuggelt. Schließlich waren sie weiter nach Süden gelaufen bis nach Sitzheim, wo einer der vier Männer Verwandtschaft hat. Das gehört auch zur Zone der Amerikaner, den Leuten geht es nicht schlecht. Und wie seine Gefährten blieb auch der Hans erst einmal dort.

Dreitausend Kilometer hat er hinter sich. Zwanzig sind noch zu gehen. Aber vor ihm liegen die Franzosen und die Franzosen, so sagen die Gerüchte, nehmen noch manchmal die Männer mit und machen Sachen mit den Weibern, und deshalb weiß der Hans nicht, ob er nach Hause soll, damit niemand was mit seiner Hanna anstellt, oder ob er hierbleiben soll, damit keiner ihn fortnimmt. Er weiß nur, dass es hier Essen gibt, man wird sich später dafür revanchieren bei den Gastgebern, wenn alles wieder ruhiger ist und man genug hat, um was abzugeben.

Hans hat nicht die Russen und die Gefangenschaft überlebt, um jetzt noch viel zu riskieren. Er will nach Hause. Und dann Lehrer werden. Sein Vater ist ein Bauer wie dessen Vater vor ihm. Doch den Hans haben sie aufs Gymnasium geschickt, weil der Herrgott ihm zwei linke Hände gegeben hat, aber einen Kopf, in dem Platz ist für viele Gedichte, für lateinische Vokabeln, für seinen Homer und für ein bisschen Englisch. Das mit den linken Händen haben sie im Krieg auch gemerkt. Er war nicht dazu geboren, Soldat zu sein.

Aber er konnte klettern. In seiner Kompanie hieß er «das Eichhörnchen». Hans ist froh, dass dieser Name niemals bis nach Sandheim kommen wird, dieser Spottname, den er sich selbst erworben hat durch das, was er ist. Er will lieber das Milchkännchen sein, weil sein Urgroßvater ein Nassauer war, und dessen Sünden abtragen und dazu tapfer lächeln.

Jetzt geht der Hans durch den Flur, das Licht blendet ihn, das durch die Vordertür dringt, und da steht jemand, eine Frau mit einem Kind auf dem Arm. Das ist die Hanna mit dem Kleinen. Als die Mutter vom Hans gestorben ist, da war er für vier Tage zu Hause, sein letzter Urlaub. Und jetzt hat die Hanna das Kind mit dabei, er weiß nur aus einem Brief, dass es ein Junge ist, den sie Hans genannt haben nach dem Vater, von dem man nicht recht wusste, ob er wiederkehren würde.

Und die Hanna schaut ihn nur an, sie umarmt ihn kaum und schaut nur. Und dann sagt sie den einen Satz, für den sie hergefahren ist: «Du musst jetzt heimkommen, Hans.»

«Ich bleib lieber hier. Alle sagen, dass die Franzosen bald abrücken, dauert ja nimmer lang. Dann komm ich sofort, hörst du?»

Aber die Hanna schaut nur und wartet. «Ich bin mit dem Rad hergekommen.»

Hans weiß nicht, was Hanna ihm sagen will.

«Durch den Wald bin ich gekommen mit dem Rad und dem Jungen vorne im Korb.»

Hans versteht nicht.

«In dem Wald liegen die Marokkaner», sagt die Hanna und trippelt auf der Stelle vor Ungeduld.

«Was ist mit den Marokkanern?», fragt der Hans.

Hanna schaut jetzt auf den Kleinen und auf das Muster auf dem Fußboden.

«Was ist mit denen?», fragt der Hans noch einmal.

«Die Brüder von denen waren im Dorf am Ostermontag», sagt die Hanna.

Beide schweigen. Der Junge hat sich jetzt auf den Boden gesetzt, wo ein paar Ameisen über die Schwelle gelaufen kommen. Er schaut sich die Ameisen an.

«Die haben Sachen gemacht», sagt die Hanna. «Mit den Mädchen. Und mit den Frauen.»

Und der Hans versteht. «Bist du gut hergekommen?», fragt er.

Hanna nickt. «Aber ich muss ja auch wieder zurück, weißt du?», sagt sie und schaut auf den Jungen und das Muster am Boden und die Ameisen, die darüberlaufen. «Und du lässt mich da nicht allein durch den Wald fahren, wo die ganzen Schwarzen liegen. Zweimal komm ich da nicht durch, ohne dass was passiert.»

Da schaut auch der Hans auf die Ameisen. Er weiß, wie stur seine Hanna sein kann.

«Du musst mit heimkommen, Hans», sagt sie.

Und dann geht der Hans nach Hause mit seinem Bündel auf dem Gepäckträger und dem Kleinen, der im Korb auf der Gabel sitzt, und manchmal setzt sich auch die Hanna auf den Sattel, und dann schiebt der Hans, das Milchkännchen, seine kleine Familie durch den Wald und über die Wiesen nach Hause. Keinen Soldaten sehen sie unter den Bäumen, kein Posten versperrt ihnen den Weg, und nach einigen Stunden sind sie am Baggerloch, wo die Blesshühner nach jungen Schnecken tauchen. Und als der Hans den Kirchturm von Sandheim sehen kann, da spürt er einen Moment lang, wie es zieht links oberhalb seines Magens, aber er schüttelt sich nur kurz, und das Ziehen verschwindet. Dann sagt die Hanna, dass sie absteigen will, es soll nicht so aussehen, als hätt sie sich schieben lassen. Sie gehen vorbei an den schwarzerdigen Wiesen im Tiefgestade, über die Pfinzbrücke, wo im Kehrwasser ein paar Rotaugen in den Sonnenflecken stehen. Hans denkt an die Gewitternächte im Sommer, wenn die Luft drückend unter einem silbernen Vollmond stockt und wie er als Halbwüchsiger mit seinen Freunden durch den Bach gegangen ist und sie mit Heugabeln die Aale gestochen haben. Nur so gewuselt hat das Wasser im schwülen Wetterleuchten.

Jetzt erreichen sie die Häuser am kleinen Bruchtor. Und da begegnet Hans dem ersten Sandheimer, dem Ratschreiber.

Der rückt seine Brille zurecht und blinzelt ihn an im Abendlicht, und dann verändert sich etwas in seinem Blick, und er sagt: «Ah! Du bist's, der Milchkännchens Hans. Bist ein Mann geworden, ich hätt dich fast nicht erkannt.»

Der Hans nickt nur und wünscht einen guten Abend.

«Gut, dass ich dich seh. Dann kann ich dich gleich melden bei der Kommandantur. Man muss was dafür tun, dass die Ordnung nicht ganz verlorengeht, weißt schon», sagt der alte Ratschreiber.

Und der Hans nickt, weil er den Alten nie anders erlebt hat. Er war immer ordentlich und hat nie krumme Sachen gemacht. Wenn die Ordnung durcheinanderkam, dann hat er's im Magen gekriegt, der Alte. Die Ordnung war immer schon sein Gott.

Endlich biegt der Hans mit seiner Hanna und dem Rad und dem Bündel und dem Bub in die Obere Gasse, wo sein alter Vater noch wohnt. Er kommt jetzt nach Hause, dabei war er eigentlich schon tot. Er saugt die Luft ein, als sie in den Hof treten. Es riecht nach Sommer und reifem Korn.

«Bub, du kommst zur richtigen Zeit», sagt der Vater, als er ihn durchs Fenster sieht. «Morgen braucht dich der Onkel beim Dreschen.»

38. DIE ROLLE

Ihre Räder sind nicht mehr aus Holz, sondern aus Gummi, flach und plan ist ihre Ladefläche. Während des Krieges hat die Gummirolle ihren Besitzer stolz gemacht. Unter den Sandheimer Bauern war sie ein Zeichen von Modernität und Wohlstand.

Jakob, der Onkel, nimmt den kleinen Löffel und fährt damit in das Glas mit der Marmelade vom Vorjahr. Mit einer schnellen Bewegung aus dem Handgelenk setzt er den roten Klecks auf seine Brotscheibe, steckt den Löffel zurück, greift das Messer und verstreicht die eingemachten Erdbeeren gleichmäßig bis zum Krustenrand. Er legt das Messer zur Seite, nimmt das Brot und beißt hinein, legt danach das Brot zurück aufs kleine Brett, greift noch kauend den Becher mit dem dampfenden Ersatzkaffee und trinkt einen Schluck, mischt die Flüssigkeit mit dem angekauten Brei und schluckt die Masse mit einem Mal hinunter hinter den hüpfenden Adamsapfel.

Marie sitzt ihm gegenüber, sie hat ihr Haar geflochten wie immer, doch rechts und links wandern ein paar lose Strähnen wirr über ihr Gesicht, sie starrt auf einen Punkt, der irgendwo tief unter der Erde jenseits der Esstischplatte liegen muss. Die Brotscheibe hat sie nicht angerührt.

Der Onkel nimmt einen weiteren Bissen, spült nach, schluckt, beißt, trinkt, schluckt. An der Wand tickt die Uhr, keiner sagt ein Wort. Der Onkel schmiert sich eine zweite Scheibe. Als er sie halb aufgegessen hat, zeigt er auf die dampfende Tasse vor Marie. «Trink, Marie, er wird kalt.»

Marie, ohne den Blick zu heben, nimmt die Tasse und trinkt einen kleinen Schluck. Sie stellt die Tasse zurück. Sitzt und starrt. Manchmal sind in den vergangenen Tagen Soldaten bei ihnen vorbeigekommen und haben nach einer Mahlzeit gefragt. Dann hat die Marie gekocht. Sie hat die Sachen der verstorbenen Tante getragen. Die Kleider einer Toten. Selbst für Sandheimer Verhältnisse sind das die Kleider einer sehr alten Frau. Man trägt sie so nicht mehr, Selbstgenähtes aus Flachs vom eigenen Acker. Seit vielen Jahren baut keiner mehr Flachs an in Sandheim.

Gestern, als die Arbeit im Stall getan war, hat Marie versucht, ein paar Töne auf der Flöte zu spielen. Sie hat die Flöte aus dem Schrank geholt, die Teile zusammengesteckt, das Notenheft aufgeschlagen. *Ich will dir Freudenopfer bringen, solange sich mein Herz bewegt.* Aber Marie konnte nicht spielen. Ihr Herz bewegt sich nicht mehr. Was gäb's da zu opfern?

«Marie», sagt der Onkel jetzt. Er rutscht ein wenig auf seinem Stuhl. «Es ist so, dass ...» Er macht eine Pause, will noch einen Schluck trinken, aber sein Becher ist leer. Er steht auf und greift die Kanne auf dem Herd und schenkt nach. Dann setzt er sich wieder, trinkt, räuspert sich. «Es ist so, dass ich am Rathaus was gelesen hab. Es gibt da einen Anschlag. Und ...» Wieder unterbricht er sich, greift zum Becher, trinkt. «Vielleicht gehst du da gleich mal hin, und dann siehst du's schon selber.» Er wischt sich mit dem Ärmel über den Mund. «Ich muss jetzt aufs Feld», sagt er. Dann steht er auf, ohne vom Tisch gebetet zu haben.

Eine Minute später hört Marie die Haustür gehen. Sie trinkt einen kleinen Schluck, dann steht sie auf, sie hat wieder nichts gegessen. Sie räumt das Brot in den Brotkorb, dann reinigt sie das Geschirr im Spülstein, wischt den Tisch sauber, trocknet nach. Sie nimmt das dunkle Kopftuch, das sie im Schrank der toten Tante gefunden hat, sie bedeckt damit ihr braunes Haar, zieht ihre Holzschuhe an und geht nach draußen. Vorbei an der Winterschule und am Kino, dann kommt sie zum Rathaus, wo sie den Zettel hängen sieht.

Normalerweise stehen Leute vor einem neuen Anschlag. Man redet darüber, während man liest, oder später in der Schlange am Milchhaus und erklärt den anderen, was man davon hält, was daran gut ist und was daran schlecht ist. Manchmal geraten die Männer darüber in heftigen Streit. Die Männer prügeln sich um Politik, so war es immer gewesen in Sandheim. Maries Vater sagt: Bevor der Hitler kam, war es noch viel schlimmer. Aber jetzt steht keiner vor dem Anschlag, niemand scheint ihn zu lesen.

Marie steht davor und liest, und dann begreift sie, warum keiner stehen bleibt und warum auch sie nicht stehen bleiben will. Marie liest, dass die Frauen sich im Krankenhaus in Bruchsal melden sollen. Es gab Vergewaltigungen, steht auf dem Anschlag, man wird krank davon. Man bekommt eine Geschlechtskrankheit, und jetzt kann man noch etwas machen dagegen, in Bruchsal im Krankenhaus kann man das. Aber wenn man wartet, dann ist es irgendwann zu spät, und es gibt keine Rettung mehr. Und dass die betroffenen Frauen sich einfinden sollen am nächsten Tag in den Morgenstunden. Man trifft sich am Ortsausgang.

Dann geht die Marie zurück, ihr Kopf hat etwas bekommen, woran er arbeiten kann. Soll sie dorthin gehen? Wirklich dorthin gehen? Gefallene Frauen sind das, die auf dem Wagen sitzen werden. Lose Frauen, die sich leicht hingeben, wenn ein Mann nach ihnen schielt. Es gibt immer solche und solche. Marie hat stets genickt, weil sie wusste, zu welcher Sorte sie gehört. Rein war sie. Eine reine Seele, und kein böser Gedanke war in ihr. Wie kann sie auf diesen

Wagen steigen und eine von denen werden? Wie kann sie wieder zurückkommen nach Sandheim, wenn sie einmal auf diesem Wagen war bei den anderen? Wie kann sie zur Kirche gehen, wenn sie wiederkommt? Wie die Leute schauen werden!

Aber dann spürt sie das Ziehen unten, und sie weiß wieder, dass der Teufel bei ihr war. Im Krankenhaus wird man ihr helfen. *Erlöse uns von dem Bösen.* Ein Mann wird kommen in Weiß, ein Engel des Herrn, um sie doch noch zu erlösen. Sie muss auf den Wagen steigen, der zu den Engeln fährt, es geht nicht anders.

Und so steht sie am nächsten Tag auf vom Frühstückstisch. «Ich werd fahren», sagt sie zum Onkel, der sie nicht ansieht und kein Wort erwidert. Und diesmal ist es Marie, die sich erhebt, ohne am Tisch zu beten. Eine Minute später fällt die Tür ins Schloss, und eine junge Frau strebt in den Kleidern einer Toten dem nahen Ortsrand zu, hinter der alten Brücke am Bach, wo eine Gummirolle bereitsteht mit einem Pferd davor. Marie hat den jungen Mann noch nie gesehen, der die Zügel hält. Sie hat das Kopftuch weit nach vorn gebunden, sie hält den Kopf gesenkt bei jedem Schritt, seit sie den Hof verlassen hat. Wer sie von weitem sieht, der kann sie kaum erkennen.

Und dann rollt der Wagen, ein Wagen übervoll mit Frauen, Marie kennt sie alle. Mütter sind dabei, junge Frauen wie sie, ein Mädchen, Marie kennt die Familie, das sind fromme Leute, sie wurde erst vor zwei Jahren konfirmiert. Herr im Himmel, denkt Marie. So viele Frauen! Aber alle schauen sie zu Boden, und keine sagt etwas. Nur eins der Polenmädchen weint fast die ganze Zeit und sagt, dass sie nie wieder nach Hause darf, wenn sie jetzt ein Kind bekommt. Und sie weiß nicht, was sie tun soll, und sie will nicht mehr leben, wenn ihr keiner hilft mit dem Kind, und dass es nicht kommen darf.

Dann sitzt Marie beim Arzt im Krankenhaus, und der Arzt fragt nicht viel. Sie muss ihren Namen nennen, wo geboren, wann geboren, wie heißen die Eltern, welche Adresse. «Vier Männer. Vier Schwarze. Es war am Ostermontag.» Der Arzt nickt nur und notiert etwas, mehr will er nicht wissen. Marie redet nicht von ihrer Sorge, kein Wort fällt über den Teufel im Leib. Vielleicht ist da kein Satan, wenn man nicht von ihm spricht. Die Spritze wird Marie helfen, sagt der Arzt, und bald sitzt sie draußen bei den anderen Sandheimer Frauen, die auf dem Flur warten. Es ging alles viel schneller, als Marie befürchtet hat.

Aber dann geht es doch nicht gleich nach Hause. Denn – warum nur? – bei einigen der Frauen dauert es länger. Sie bleiben und bleiben in den Räumen, in denen die Ärzte sind. Auch bei dem Polenmädchen dauert es länger. Und als sie endlich nach draußen kommen auf den Flur, da ist eine Krankenschwester bei ihnen, um sie zu stützen, und sie halten sich den Leib und sind blass wie zum Tode. Man nimmt sie am Arm und hilft ihnen mit den Treppen und auf den Wagen.

Und dann auf dem Weg nach Hause, auf dem wieder alle schweigen, hebt Marie einmal den Kopf, und da treffen sich Blicke, und Marie hält die Blicke aus, und irgendwann haben sich alle einmal angesehen, und auch wenn kein Wort gesprochen wird, hat Marie doch verstanden. Man hat sich ein Versprechen gegeben. Niemand wird je davon erzählen. Man wird es nicht sagen, dass man auf dem Wagen war. Und man wird keine verraten, die dabei war, solange man lebt. Irgendwann erhebt die Frida die Stimme, sie ist die Älteste auf dem Wagen, wenn Marie sich nicht täuscht. Fünf Kinder hat sie geboren.

«Bei meiner Schwester im Haus, da sind alle verschont geblieben», sagt sie. «Die sind alle davongekommen. Dort waren die Offiziere. Die standen unter einem besonderen Schutz.» Mehr sagt sie nicht.

Unter einem besonderen Schutz, denkt Marie. Sie prägt sich die Worte ein. Sie wird niemals lügen. Aber so könnte man sagen: Wo die Offiziere waren, da stand man unter einem besonderen Schutz. Und manchen, denkt Marie, ist es wohl auch so gegangen wie der Helen und der dicken Kattel, den beiden Mädchen aus dem Nachbarhaus. Man kam davon, weil man im Scheunenkeller saß. Und die Schwarzen, die sind nicht gerne in die Scheunen gekommen. So kann es auch gegangen sein. Manchmal hat jemand anders sich geopfert und hat die Last getragen. Dafür hat der Herr sie auserwählt: die Last der anderen zu tragen. Und es war vielleicht nicht ganz umsonst.

39. DIE MÄHMASCHINE

> Sie ruht unter Spinnweben und wird nie mehr erwachen. Noch erkennt man deutlich die versetzten Querstreben in den eisernen Hinterrädern und den einzelnen nach hinten gezogenen Metallsitz.

Hermann hat nicht gut geschlafen. Durchs offene Fenster weckt ihn das erste Scharren der drei Hühner unten im Hof. Auf Hermann wartet eine große Aufgabe. Er wirft sich das weite Hemd über, es gehört eigentlich dem Vater, aber den haben die Franzosen mitgenommen zum Munitionslager, und das Hemd wird dem Hermann eines Tages schon passen. Dann schlüpft er in die Hosen und die Halbschuhe, die der Onkel ihm ausgebessert hat mit dem Leder der Soldatenstiefel.

Hermann geht nach hinten in den Stall, gähnt und kratzt sich am Hinterkopf. Das Pferd hat ihm der Onkel geliehen für diesen Tag, er schuldet ihm etwas für das Leder, das der Hermann ihm besorgt hat. Der Vater ist fort, und der eigene Gaul ist tot. Jetzt ersetzt der Sohn den Vater, und den Gaul ersetzt niemand, man leiht sich einen aus dem Dorf, aber das ist kein Zustand. Manchmal denkt Hermann, er schafft es nicht. Er gibt dem Gaul, einem viel zu alten Tier, sein Futter, zwei Dickrüben, er viertelt sie mit dem Stallmesser, dann nimmt er den metallenen Striegel in die rechte Hand, die Pferdebürste in die linke, und macht sich ans Fell und säubert den Gaul.

«Mein Guter, wir wollen fein aussehen, wenn's gleich nach draußen geht. Soll keiner mitkriegen, dass wir's zum ersten Mal machen.»

Er striegelt und bürstet dem Tier die Nacht von den Flanken, aus der Mähne, aus dem Schweif. Dann legt er ihm das Zaumzeug an und führt ihn hinaus auf den Hof, wo er gestern schon die McCormick bereitgestellt hat. Er schirrt den Gaul an, legt ihm das Kummet um den Hals, sichert mit dem Gurt am Schweif, hängt die Zügel ein. Die Sense und die Gabel hat er an der Maschine festgemacht, er steckt den Wetzstein in die Tasche, die gefüllte Wasserflasche und ein paar Brotscheiben hat er auch dabei.

Hermann öffnet das Hoftor, klettert auf den eisernen Sitz, löst die Bremse, und dann geht es hinaus mit Pferd und Mähmaschine. Die Eisenräder rattern übers Pflaster der Oberen Gasse, während im Milchgrau des Morgens hier und da ein Hahn kräht aus den paar Hinterhöfen, wo es noch Hähne gibt. Die meisten sind fort. Weggefressen in Franzosenbäuche, denkt der Hermann.

Hermann scheppert die Wiesenstraße hinunter ins Tiefgestade. Eine große Wiese hat seine Familie da. Und er wird sie ganz allein mähen müssen, eine Arbeit, für die man zu zweit sein sollte, selbst wenn man schon erwachsen ist. Hermann ist aber noch nicht erwachsen. Und er hat niemanden, der ihm dabei hilft. Und so fährt er hinaus aus dem Dorf, die Franzosen haben vor einigen Tagen aufgehört, den Ortsrand zu bewachen. Die Landschaft verliert jetzt ihr dämmriges Grau, hinter Hermann wird bald die Sonne aufgehen, er rollt weiter Richtung Rhein, vorbei am ersten ausgeweideten Bunker.

Seltsam. Wieso eigentlich ausgeweidet? Hermann lächelt, als er noch ein Kind war, hat er sich die Westwallbunker an der Abbruchkante immer als große, urzeitliche Tiere vorgestellt. Eines Tages, da war er sicher, würden sie erwachen und sich ihr Futter holen aus den Häusern von Sandheim. Futter holen. Hermann sieht sich um, noch ist das Dorf hinter ihm nicht erwacht und kein Mensch zu sehen. Einer Eingebung folgend, ruckt er links den Zügel an und lenkt das klappernde Fahrzeug hinüber zu diesem erlegten Untier aus Beton. Er blickt noch einmal umher, dann legt er die Bremse um und steigt ab.

Die Bunkereingänge sind nicht verschlossen. Hermann tastet sich hinein, er fühlt an den Betonwänden seine Richtung, geht weiter, bleibt wieder stehen und lauscht. Aber nichts regt sich aus dem Bauch des Bunkers. Manchmal dreht er sich um, im Licht vom Ausgang her sieht er die Wände, den sauberen Fußboden. Hier hat es nichts gegeben, keine Sauerei, vermutlich nicht einmal einen Kampf. Sie haben sich ergeben, weil sie gesehen haben, dass es nichts hilft. Es waren so viele Feinde an jenem Ostermorgen. Da knickt der Gang nach rechts, und wenn es bis hier noch einen Schein von Tageslicht gegeben hat, dann liegt ab jetzt alles in völliger Finsternis. Hermann ärgert sich ein bisschen über sich selbst. Er hätte vorher daran denken müssen – eine Kerze, ein paar Streichhölzer, dann wär's ein Kinderspiel hier drin. Aber wer weiß, ob die Bunkertür morgen noch offen ist? Irgendwann wird's den Franzosen noch langweilig, und dann verschließen sie alles oder stellen Wachen auf, und dann kann er nie wieder den Bauch eines Drachen betreten.

In diesem Moment greift seine Hand ins Leere. «Ha!», ruft Hermann. Er geht einen Schritt zurück. «Ha!» Wieder einen Schritt nach vorne. «Ha!»

Hermann hört am Echo, dass das kein Gang sein kann, der sich da zu seiner Rechten öffnet. Es muss sich um einen Raum handeln. Er tastet sich hinein und berührt, kein Zweifel, ein Regalbrett. Und darauf gestapelt etwas Gewölbtes, zylinderförmig, metallen. Konserven, denkt Hermann. Er stapelt sich vier davon auf den rechten Arm, mit links tastet er sich nach draußen. Was hat er wohl erbeutet? Wurst? Eintopf? Oder doch etwas ganz anderes? Munition für was auch immer? Jetzt sieht er schon den Widerschein vom Ausgang her vor seinen Füßen, und er beeilt sich und geht nach draußen.

In seinen Händen hält er vier blanke Konservendosen ohne Aufschrift. Er packt sie in seine Umhängetasche zu Brot und Wasser. Wenn er am Abend nach Hause kommt, wird er sie öffnen und – wer weiß? – in den nächsten Tagen wiederkommen, um der Familie ein paar kostenlose Mahlzeiten zu besorgen.

Wenig später hat er die Wiese erreicht. Hermann ist froh, dass ihm unterwegs niemand begegnet. Er will der Erste sein bei der Arbeit. Wenn er später kommt als die alten Bauern, muss er sich ihre Sprüche anhören. Die sollen ruhig sehen, wie tüchtig und fleißig er ist.

Die Wiese ist noch größer als in seiner Erinnerung. Hermann zieht die Bremse, lässt den Gaul am Grasrand stehen und nimmt die Sense in die Hand. Er schärft sie mit dem Wetzstein, und dann geht er an den sumpfigen Graben, der die Wiese auf der linken Seite begrenzt. Einen Moment lang zögert er. Wenn er die feuchte Schräge und die ersten zwei Meter tatsächlich von Hand mäht – das wird dauern. Er könnte einfach direkt mit Pferd und Maschine durchfahren, er wäre viel schneller fertig mit allem. Hermann schaut sich um auf der üppig grünen Ebene bis hinüber zum Erlichwald; kein Mensch, noch immer. Er könnte es auf die praktische Art erledigen, und keiner würde es mitbekommen.

Aber dann schüttelt er den Kopf. So macht man das nicht. Er hat es so oft gesehen bei seinem Vater, dem Filp, der es ihm dann trotzdem noch erklärt hat: Man mäht den Rand der Wiese nicht mit der Maschine. Zum einen, weil das Pferd sonst das schöne Gras niedertrampelt. Man will das Gras ja verfüttern und nicht zertreten. Zum anderen, weil die Gräben hier unten im Bruch tückisch sein können. Vor ein paar Jahren hat ein Mann aus dem Dorf seinen Gaul darin verloren. Der ist einfach ersoffen, einfach ersoffen, hat sein Vater ihm erzählt. Bei jeder Heuernte, seit Hermann denken kann, wird die Geschichte erzählt. Ob sie wirklich stimmt? Hermann weiß es nicht, aber großen Eindruck hat sie auf ihn gemacht. Und sie tut es noch heute.

Noch einmal wetzt er den grauen Stein über das Sensenblatt, und dann macht er sich an die Arbeit. Schwung um Schwung fährt die Klinge durch die mehr als kniehohen Halme. Sie fallen wie Soldaten unter den Kugeln eines Maschinengewehrs. Hermann erinnert sich an seinen Großvater. Der konnte noch richtig mähen, es sah so leicht bei ihm aus, selbst als sein Rücken sich schon krümmte und er deutlich auf die siebzig zuging. Wenn der Großvater die Sense schwang, dann tanzte er mit ihr wie mit einer jungen Braut am Hochzeitstag. Bei Hermann dagegen wirkt es stockend, und er rupft das Gras mehr, als dass er es schneidet. Für gerupft ist es gut, denkt der Hermann, den alten Spottspruch der Sandheimer zitierend. Mit jedem Meter versucht er, mehr so zu mähen wie sein Großvater, die Schultern locker, nicht mit Kraft, sondern mehr mit Schwung, in einem festen Rhythmus.

War das ein Walzertakt, zu dem der Großvater das Gras auf die Erde schickte? Ein Marsch? Eine Polka? Ein Kirchenlied? Hermann kennt die Antwort nicht, als er am Ende der Wiese anlangt. Die Sonne hat sich inzwischen schon deutlich vom Horizont gelöst. Hermann geht zurück über den Streifen, den er geschaffen hat, er nimmt einen Schluck aus der Wasserflasche, aber eine richtige Pause macht er nicht. Zu viel liegt noch vor ihm. Er löst den Mähbalken und lässt ihn nach rechts in die Horizontale kippen, dann legt er den Hebel um, der das Mähwerk einkuppelt und, wenn der Gaul die Maschine zieht, das frisch geschärfte Schneidblatt beständig hin und her schnappen lässt.

«So, mein Guter, jetzt kommt das Schwerste für dich», sagt Hermann und klopft dem Pferd den Hals. Schon sitzt er in der metallenen Schale, lässt das Tier loslaufen, und dann fährt er ganz gerade über die handgemähte Bahn nach vorne Richtung Wald, wo unter den Erlen und Birken die große Wiese endet. Er will keinen Platz verschenken. Prüfend blickt Hermann nach unten, er will das Mähwerk genau an der letzten Schnittkante halten.

So fährt er Bahn um Bahn mit der Mähmaschine seiner Familie, gebaut in Amerika von der Firma McCormick, über die große Wiese, die sie geerbt haben von der Ahnenlinie seiner Mutter. Langsam geht es voran. Der alte geliehene Gaul gibt sein Bestes, aber seine Kräfte sind nicht mehr dieselben wie noch vor zwei oder drei Jahren. Er kämpft sich über den schwarzen Boden, der trotz des schönen Wetters während der vergangenen Tage feucht und schwer ist, er kämpft auch mit der Mechanik des Mähwerks. Sicher: Hermanns Vater hat sie gut geschmiert, leichter läuft keine Maschine in Sandheim. Und doch ist es schwer für das greise Tier. Auf einmal gibt es einen Schlag unten vor dem Mähbalken. Hermann hält an und steigt ab. Der Ast einer Erle – Hermann konnte ihn im hohen Gras nicht sehen – hat sich vor die Klinge geklemmt. Der Junge löst das Holz, geht ein paar Meter auf die Bäume zu und schleudert den Ast in den Wald hinein. Ich muss besser aufpassen, damit das Messer scharf bleibt, denkt Hermann.

Als der Wind zwölf Glockenschläge aus dem Dorf zu ihm trägt, macht er eine Pause. Er trinkt Wasser, isst Brot, das frische Brot, das seine Mutter gestern gebacken hat.

«Machst Pause?», hört er eine schnarrende Stimme hinter sich sagen. Hermann öffnet die Augen und sieht den dicken Otto, den Cousin seines Vaters, der sich seine Kappe über die Glatze gezogen hat. Das Hemd vom Otto ist so verschwitzt über dem dicken Bauch wie das vom Hermann, das etwas zu große Hemd, das eigentlich seinem Alten gehört.

«Ja, der Gaul muss verschnaufen», antwortet Hermann und schließt die Augen wieder.

«Bist spät dran mit dem Mähen und musst alles alleine machen?», fragt der Otto und wölbt die Unterlippe nach vorne.

Hermann nickt.

«Hast keinen, der das Gras hinter dir verzettelt?», legt der Otto nach.

Hermann schüttelt den Kopf.

«Ich würd dir ja helfen, weißt du? Aber wir sind ja auch nur zu zweit, meine Frau und ich. Und wir haben selber noch so viel zu schaffen.»

Hermann schaut zum Wald und nickt.

«Also, ade», sagt der Otto und legt die Hand an die Mütze. «Vielleicht schau ich später noch mal vorbei.»

Hermann seufzt. Dann steht er auf, holt sich den groben Holzrechen und verzettelt das frischgemähte Gras. Es soll locker liegen, damit es mehr Sonne bekommt und schneller trocknet. Niemand weiß, wann das nächste Gewitter kommt – ein Tag mehr oder weniger macht eine Menge aus. Aber Hermann erledigt die Arbeit nicht so ordentlich, wie er sie in den Jahren zuvor erledigt hat, als er hinter seinem Vater hergelaufen ist, wenn der auf der Maschine saß. Es muss schnell gehen heute. Hermann muss fertig werden.

Dann kommt er zurück zu seinem Gaul. Das Hemd klebt ihm am Leib, und die nackten Waden sind rot und zerstochen von den Bremsen und Schnaken, die in Wolken über den brackigen Gräben schwirren.

«So, mein Alter, jetzt der zweite Teil», sagt er, und dann geht es wieder hart an der letzten Schnittkante entlang hinunter Richtung Wald. Schon bei der dritten Bahn sieht Hermann, wie der Speichel an den Mundwinkeln des Gaules eitergelbe Schaumblasen aufwirft. Die Bäume im Erlichwald hinüber nach Rauchheim flirren jetzt in der hitzigen Nachmittagsluft, Hermann hat aufgehört, nach den Bremsen zu schlagen, die ihm das Blut aus dem braunrot gebrannten Nacken saugen. Und da, jetzt hat er nicht aufgepasst, Hermann dreht sich um, die letzte Bahn hat keine saubere

Linie mehr gezogen, sie schlängelt mal nach links, mal nach rechts.

«Komm, mein Guter», sagt er halb zu sich und halb zu dem Gaul. «Vier, fünf Bahnen, mehr haben wir nicht mehr, wir arbeiten das noch sauber zu Ende.» Hermann schüttelt sich, dann hält er die Zügel wieder fester, und die Linie, die er mäht, wird wieder akkurat und gerade. Er kontrolliert nach unten, den Ansatz des Mähbalkens, die Schnittkante, die atmende Mechanik unter ihm.

Es sind nur noch ein paar Meter zum Wald, als es wieder einen Schlag im Balken lässt. Und dann hört Hermann ein Pfeifen, laut und durchdringend, es kommt aus dem Gras vor dem Mähwerk, ein Geräusch, als habe ein geübter Pfeifer einen Grashalm zwischen seine Daumen gespannt und würde nun mit aller Kraft die Luft hindurchpusten, um den Halm schwingen zu lassen. Und da sieht Hermann das Rehkitz. Es kann erst ein paar Tage alt sein. Warum ist es nicht weggelaufen? Wo ist seine Mutter? Er sieht das Blut an den zerschnittenen Hinterläufen, das Blut am Mähmesser, das Kitz schreit in Todespanik, und die Flanke hebt und senkt sich unter dem hellgepunkteten Fell.

«Das wollte ich nicht, ich hab dich doch nicht gesehen», sagt er, der jetzt die Bremse zieht und absteigt und nicht weiß, was er machen soll. Am rechten Hinterlauf des Tieres sieht Hermann eine Schnittwunde, und das linke Bein scheint nur noch an einem Fellfetzen zu hängen, die Klinge der Maschine muss den jungen Knochen durchtrennt haben. Hermann schaut zum Waldrand, keine Spur von einer Rehkuh. Und so steht er vor dem strampelnden Tier in den Gräsern und verharrt ohne Rat und gelähmt wie in einem Traum.

«Geh mal weg da», kommandiert die schnarrende Stimme hinter Hermann. Der dicke Otto – er muss auf dem Rückweg vorbeigekommen sein – schiebt den Jungen zur Seite. Er beugt sich über das zappelnde Tier, schüttelt den Kopf. Mit ein paar schnellen Schritten geht er unter die Bäume, sucht, bückt sich, und in der Hand hält er einen kräftigen Ast, gekrümmt, verwachsen und lang wie ein Knüppel. Und jetzt, ohne einen Moment des Zögerns, lässt der Otto seine Keule niederfahren, drei-, viermal. Und kein Pfeifen gellt mehr über die Wiesen. Der Otto schmeißt den Ast in den Wald, dann nimmt er das Reh an den Läufen in die rechte Hand, hebt es auf, das Kitz mit seinen zerschnittenen Fesseln und dem eingeschlagenen Schädel, und legt die Linke zum Gruß an die Mütze.

«Guck, dass du bald fertig wirst, Bub», sagt der Otto. Und dann trägt er seine Beute nach vorne zum Weg, wo Gaul, Frau und Fuhrwerk auf ihn warten.

Und der Hermann steigt auf und fährt weiter, mit einem stumpfen Blick, der unter sich die Schnittkante prüft. Und wie er die Wiese fertig mäht, den letzten Streifen grüner Halme unters Messer nimmt, da glaubt er noch immer das Pfeifen zu hören. Warum ist das Reh nicht weggelaufen?, denkt er, als er den Gaul am Rand der Wiese abstellt und die Gabel nimmt und das Gras auf dem zweiten Teil der Wiese verzettelt.

Als er fertig ist und sein müdes Pferd mit schwerem, hängendem Schädel zurück nach Sandheim trottet, fühlt der Hermann die Konserven in seinem Rucksack. Und er strafft seinen Rücken und sitzt jetzt ganz aufrecht in der Eisenschale über dem entkoppelten Mähwerk. Ich hätt's selber totschlagen sollen, denkt er, ich hätt's machen sollen wie der Otto und wie's die Männer machen.

40. DAS KUHGESCHIRR

Das alte Kummet für die Kühe unterscheidet sich kaum von dem für die Pferde. Man braucht Holz, Stroh und Leder, um eines zu fertigen. Doch weil Kühe Hörner haben, kann man es öffnen am unteren Ende. Das Kummet schließt sich um den Hals eines Tieres wie ein Nussknacker um die Schale einer Walnuss.

Antonia schaut zurück, wo der Vater fluchend über dem einscharigen Pflug hängt. Und sie schämt sich für das, was sie da sieht. Wie gut konnte sie die Linie halten, als sie mit der Doris gefahren sind. Aber das Pferd ist fort, und nun führt Antonia ein Gespann mit zwei Kühen, zwei ganz dummen Kühen, die ihr Leben lang nur im Stall gestanden, gefressen und Milch gegeben haben. Mit Kühen fahren ist eine schlimme Sache. Links haben sie die Braune eingehängt, eine brave Kuh, die Sattelkuh, wie der Vater sagt. Der Vater war im ersten Krieg bei der Artillerie, damals, so sagt er, saß ein Mann auf dem linken Pferd, um das Gespann zu führen. Also sagt er zur Braunen nur noch «die Sattelkuh». Rechts haben sie die Närrische ins Geschirr gespannt. Die Närrische heißt so, weil sie manchmal mit den Hinterbeinen tritt ohne Grund oder Vorwarnung. Als Antonia die Doris geführt hat, war die Arbeit eine Freude. Man sagte «hüscht», und die Doris ging nach links. Man sagte «hott», und die Doris zog nach rechts. Das war ein schönes Geschäft. Und jetzt führt Antonia die beiden Kühe, und der Vater pflügt eine Furche, die so krumm wird wie der Sandheimer Bach, der sich über die Felder schlängelt.

«Das ist kein Zustand», sagt der Vater.

Am Vortag sind sie zum Futterholen gefahren. Der Vater hatte die Sense dabei, und wo es bei der Doris genügt hat, ein wenig Klee abzumähen und ihr hinzuwerfen, da genügt bei den Kühen gar nichts. Sie wollen nicht warten und stehen bleiben. Sie sind wie ungezogene Kinder. Erst auf dem Heimweg hören die Kühe auf, dumm zu sein. Hinaus aufs Feld ziehen sie das Fuhrwerk ganz lustlos und mit schwerem Schritt. Aber wenn man nach Hause rollt, geht eine Veränderung durch ihre schweren Körper und ihre dummen Köpfe. Dann kennen sie auf einmal den Weg und wissen, was zu tun ist, und dann fangen sie auf einmal an zu rennen, dass man mit dem Führen nicht hinterherkommt und man Angst haben muss, den Wagen umzuschmeißen. Nein, es ist kein Zustand ohne Gaul, es ist ein Zirkus mit den Kühen.

Als sie viel zu schnell und mit knatternden Holzrädern über das Pflaster nach Hause kommen, da kann der Vater den Franzosen-Transportern nur mit Glück ausweichen. Wahrhaftig! Da kommen vier Lastwagen in die Neue Anlage gefahren, was können die wollen? Kaum dass sie den Hof erreicht haben, hüpft Antonia ans Hauseck und späht die Straße hinunter. Die Lastwagen halten nur wenige Häuser weiter. Mehrere Männer springen heraus, sie gehen in eins der Häuser, und als sie wenig später wiederkommen, da tragen sie den halben Hausstand mit nach draußen und packen ihn auf die Ladeflächen. Stühle, einen Tisch, einen ganzen Kleiderschrank, einen Spiegel, einen Waschtisch.

Antonia hält sich die erdbekrustete flache Hand an die Wange voller Sommersprossen. Sie kratzt sich am Hinterkopf unter der Schiebermütze, die sie seit ein paar Wochen trägt. Die Mütze gehört ihrem Vater, und sie ist zu groß, aber sie sieht darin noch immer wie ein Junge aus. «Vater, guck mal, was die da machen! Dürfen die das denn?»

«Jetzt komm halt her und spann die Sattelkuh aus, dass ich gucken kann», ruft der Vater aus dem Hof.

Antonia geht nach hinten und versorgt die Kuh, während der Alte nach vorne stapft und um die Ecke schaut. Als Antonia endlich fertig ist im Stall, sieht sie den Vater nicht mehr. Sie ruft ins Haus, aber er ist nicht da. Sie geht auf die Straße, und da steht er bei den Männern und den Lastwagen. Es sieht zwar nicht nach einem richtigen Streit aus, aber die Männer freuen sich auch nicht, dass der Vater bei ihnen ist. Antonia überlegt. Soll sie den Sepp fragen? Tatsächlich steht um die Ecke der Jeep des französischen Versorgungsoffiziers. Der Sepp heißt eigentlich Joseph, und natürlich ist er ein Feind, aber er versteht sich so gut mit der Mina, und die Mina versteht sich so gut mit der Antonia, und so kommt es, dass die Antonia den fremden Offizier Sepp nennen darf.

Der Sepp ist ein guter Kerl, und er bringt auch immer wieder gute Sachen mit. Vorgestern hat Antonia – die bei allem im Dorf jetzt der Anton ist – eine Dose mit Ölsardinen von ihm bekommen, und er hat gelächelt dabei und von seinem Haus erzählt, das in Algier steht. Er bringt der Mina ein bisschen Französisch bei, und er spricht auch schon ein bisschen deutsch. Sein Haus in Algier ist schön, sagt er.

«Aber das liegt doch in Afrika», hat die Antonia dann eingewendet.

«Es leben viele Franzosen dort», hat der Sepp geantwortet.

Und jetzt fasst die Antonia einen Entschluss. Sie wechselt die Straßenseite, und dann ist sie bei der Mina im Hof und ruft nach ihr. Die Mina kommt heraus, es riecht nach Kaffee am Küchenfenster.

«Mina, sag einmal, ich hab das Auto stehen sehen, und ich wollt fragen, ob der Sepp mal rauskommen kann.»

Die Mina lacht und sagt, dass der Sepp tatsächlich da ist, und jetzt kommt der Sepp ans Fenster, und auch er lacht, und die Antonia sagt, dass fremde Männer in der Neuen Anlage stehen und Möbel aus den Häusern holen und ob das denn recht ist, dass sie die Möbel mitnehmen. Der Sepp stutzt, verschwindet im Haus, und gleich darauf erscheint er in der Tür, setzt seine Mütze auf und marschiert in die Neue Anlage zu den Lastwagen. Er gibt Antonia ein Zeichen, dass sie zurückbleiben soll. Also folgt sie ihm erst mit einigem Abstand und schlendert wie zufällig zurück in den eigenen Hof. Von der Ecke sieht sie, wie die Männer vor Sepp salutieren. Der Sepp redet mit ihnen auf Französisch, einer der Männer verschwindet in seinem Lastwagen und zeigt ihm ein Blatt Papier, der Sepp liest es, und dann salutieren die Männer wieder voreinander, und der Sepp geht zurück zum Haus der Mina.

«Tout est bon», sagt er im Vorbeigehen. Alles hat seine Ordnung.

Und Antonia nickt. «Merci», sagt sie und schlägt sich dann die Hände vor den Mund. Nicht für das Franzosenwort, das sie gesprochen hat, sondern für die Stimme, mit der es geschehen ist. Antonia hat nicht gesprochen wie ein Junge. Sie hat gesprochen wie ein Mädchen. Sepp lächelt, hebt kurz die rechte Augenbraue, und dann verschwindet er im Haus der Mina.

Als Antonia ihren Blick wendet, steht auf einmal der Vater vor ihr. «Hast du den Kerl hergeholt?», fragt er barsch.

«Ja, warum?», fragt Antonia zurück.

«Weil ich keinen Franzgiggel brauch, um mit ein paar Elsässern zu reden, was hast du denn dabei gedacht? Hast du gedacht, ich kann nicht mit ein paar Elsässern reden?»

Antonia schaut den Vater an und findet kein Wort.

«Schlimm genug, dass du Sachen von dem Kerl anbringst.

Ich brauch seinen Scheiß-Franzosenfisch nicht. Der Kerl ist nicht unser Freund, nur weil er die Mina poussiert.»

«Ich hab doch bloß ...» Antonia schaut zu Boden. «Ich hab gedacht, der Sepp kann helfen. Der Sepp ist doch in Ordnung.» Aber der Vater macht eine abfällige Geste und geht an ihr vorbei.

«Immerhin haben sie die Sachen aus einem Haus geplündert, in dem keiner mehr wohnt», sagt der Vater später, als sie im Stall die Kühe melken. Die Kühe geben weniger Milch, wenn man mit ihnen fährt. Und man fährt so schlecht mit ihnen. So ist es immer mit dem Vater. Er regt sich auf, und dann schimpft er, aber eigentlich kann er der Antonia nicht lange böse sein.

«Ich hab gedacht», sagt Antonia. «Ich hab gedacht, dass wir das mit dem Fahren vielleicht auch anders machen können.»

Der Vater hebt den Kopf. Er weiß, dass seine Antonia manchmal gute Ideen hat. «Wir können doch den Onkel fragen, ob er uns seinen alten Gaul geben kann. Nicht für immer, sondern nur ausgeliehen.»

«Der alte Gaul zieht nicht mehr gut», sagt der Vater.

«Wir können ihn aber gegen die Närrische tauschen», sagt Antonia.

Und der Vater überlegt, während er die Zitzen der Kuh zwischen den Fingern hält und die Milch in den großen Eimer schäumen lässt. «Hm», sagt er. «Das würd schon nach was aussehen, wenn wir halb Pferdebauern sind und halb Kuhbauern, was meinst du, Antonia?»

Und Antonia lacht und freut sich über ihren Einfall. Wenn man die Närrische durch einen ruhigen Gaul tauschen könnte, ja, die Idee gefällt ihr immer besser, je länger sie darüber nachdenkt.

Als sie am Abend die Milch abliefert, die Mütze tief in die Stirn gezogen, und danach mit den leeren Milchkannen nach Hause geht, da hört sie von hinten das Brummen eines Automotors. Antonia dreht sich nicht um, der Wagen wird sie gleich überholen. Aber dann merkt sie, dass das Auto nicht vorbeifährt, sondern ganz langsam im Schritttempo neben ihr herrollt. Am Steuer sitzt niemand anderes als der Sepp. Und er grinst zu ihr herüber. Dann beschleunigt er ein wenig, nur um kurz darauf den Wagen zu stoppen.

Er öffnet den Verschlag und fragt: «Darf ich Sie mitnehmen, Mademoiselle Anton?»

Und Antonia merkt, wie ihr heiß wird unter der Mütze ihres Vaters. Der Sepp hat Mademoiselle gesagt. Er weiß, dass sie ein Mädchen ist. Und sie hebt den Kopf und schaut dem Sepp ganz offen in die Augen.

«Nein danke», sagt sie dann. Aber sie sagt es lächelnd und in einem freundlichen Ton. «Die paar Meter kann ich auch noch laufen.»

Und der Sepp schließt die Tür und lächelt zurück.

«Bon», sagt er und legt grüßend zwei Finger an seine Mütze. Und dann fährt er weiter zu seiner Unterkunft. In einer halben Stunde beginnt die Ausgangssperre.

41. DER ERNTESACK

Die dunkle Zahl 1832 steht auf seiner blassen Vorderseite, und jede Faser an ihm ist Handarbeit. Seine ersten Besitzer haben den Flachs gebaut, sie haben ihn geerntet und geröstet und gebrochen und gebleicht, sie haben ihn zu Garn versponnen, in den Webstuhl gelegt und dann mit gutem Zwirn in seine Form genäht. Ein Getreidesack ist eine Investition. Der Vater hat ihn an seinen Sohn vererbt und der wieder an den seinen. Noch in zweihundert Jahren kann man sein Korn darin sammeln, wenn man welches hat.

An der Dreschhalle warten die Wagen. Ein Uhr hat es geschlagen, die Mittagszeit ist schon vorbei, da steht der Hans am beladenen Fuhrwerk seines Onkels. Der Milchkännchens Belle ist der älteste Bruder seines Vaters, ein untersetzter Grauhaariger mit dickem Arsch, der Zigarren raucht und laut über seine eigenen Witze lacht, von denen er viele erzählt. Wen der Pfarrer wie ihn auf den Namen Wilhelm tauft, den rufen die Sandheimer Belle. Hans schaut sich um, er sieht die Turnhalle mit ihrem geschwungenen Dach, sie steht noch genau wie vor dem Krieg, dann vorne am Eck das klobige Haus mit der Gaststätte «Zum Hasen» im Erdgeschoss, eine Bauernwirtschaft. Der Hasenwirt hat seine Frau schon nachts um vier nach draußen geschickt, um die Lokomobile anzufeuern, die Dampfmaschine, von deren Schwungrad der breite Riemen hinüberführt zu diesem Kasten, der den Hafer, das Korn, den Weizen und die Gerste von den Sandheimer Feldern drischt.

«Die Dreschmaschine ist eine Frau», knattert der Belle und schaut seinen Neffen, den Kriegsheimkehrer, erwartungsvoll an. «Verstehst du, Hänschen?» Er knufft ihn in die Rippen. «Verstehst du?»

Hans schüttelt den Kopf. Nein, er versteht nicht.

«Du steckst ihr was in den Schlitz, und unten kommt die Frucht raus.» Der Belle lacht laut und scheppernd, als würde man Kieselsteine schütteln in einer Milchkanne aus Blech.

Der Hans ringt sich ein Grinsen ab. Er hat in den letzten Jahren zu viele solcher Scherze gehört, um sie dem Belle übel zu nehmen. Der Belle hat es an der Prostata, hat der Vater gesagt. Die jungen Soldaten reagieren sich ab, weil ihnen die Weiber fehlen. Und die Alten fangen wieder damit an, wenn bei ihnen der Riemen nicht mehr sauber übers Schwungrad läuft. Oder wenn die Alte sie nicht mehr lässt.

Den Hans haben sie – er ist dankbar dafür und weiß, dass es das Äußerste ist, was man für ihn tun wird – heute länger im Bett gelassen als sonst an Sandheimer Werktagen üblich. Es war schön, dass die Hanna wieder bei ihm gelegen hat, Hans hatte vergessen, wie das ist. Er hat ihren Geruch nicht wiedererkannt nach all der Zeit. Dabei war er einmal sicher gewesen, ihn sein Lebtag nicht zu vergessen. Aber dann, als sie in ihr Wasser kam, hat er sich doch wieder erinnert. Das war seine Hanna. Sie ist dieselbe geblieben. Sie sagt auch, dass die Schwarzen sie an Ostern nicht gekriegt haben. Sie hat Glück gehabt, sagt sie. Weil sie bei den Nachbarsleuten hinten im Scheunenkeller geschlafen hat.

«Und da sind die Kerle meistens nicht hingekommen, weißt du?», hat sie ihm gesagt und ist dabei mit ihrem Zeigefinger langsam, als würde sie zählen, über jede einzelne seiner Rippen gefahren, über die sich nur noch blasse, flohverbissene Haut spannt mit ein paar dürren, rotblonden Locken hier und da. Dann hat sie ihn geküsst und gesagt, dass sie sich freut, wenn jetzt wieder alles gut wird. «Wirst schon sehen, dass ich dir einen guten Buben auf die Welt gebracht hab», hat sie gesagt, und Hans hat an die Decke gesehen, genickt und kein Wort geantwortet, weil ihm alles so fremd vorkam, obwohl alles noch war wie vor dem Krieg.

Jetzt kommt eine neue Bewegung in die Mannschaft an der Maschine. Der Platz wird geräumt, drei Halbwüchsige, die dem Hasenwirt helfen, fegen die Halle mit groben Besen. Hinten, wo die Ackel aus der Maschine sprüht, ist die Sauerei immer am größten. Hans kennt diesen Platz, den der Alte ihm immer zugewiesen hat, als er noch ein Junge war. Geduscht in Staub und Spreu, denkt der Hans, noch aus der dreckigsten Arbeit bei der ganzen Ernte könnte man ein Gedicht machen.

Dann fährt der Belle das Fuhrwerk längsseits neben die keuchende Maschine, den atmenden Wal, der in seinem verborgenen Verdauungstrakt Garben in Stroh, Korn und Spreu verwandelt. Oben hat der Hasenwirt einen der Jungen zum Einlegen abgestellt. Man lässt das keinen der Bauern machen, auch wenn die Arbeit eigentlich nicht schwer ist. Denn man braucht ein Gefühl für die Menge, die der Wal schlucken kann, für seinen Appetit. Füttert man ihn zu spärlich, geht die Arbeit nicht voran, und man verplempert die Zeit von allen an der Maschine. In der Erntezeit sind die Wartelisten voll, die der Hasenwirt mit spitzem Bleistift hütet wie ein Kassenbuch. Füttert man die Maschine dagegen zu hastig, wird es noch schlimmer. Der Hals verstopft, und der Wal kreischt, als würde er verenden. Dann dauert es lange, bis alles freigemacht ist, und man steht manchmal bis tief in die Nacht an der Maschine, um den Rückstand wieder aufzuholen. Deshalb hat man lieber einen gelehrigen Sechzehnjährigen da oben stehen, der mit der Maschine schon nach einem Tag verwachsen ist, der ein Teil des hungrigen

Rachens geworden ist, eine Zunge auf Beinen, die sich die Halme holt und tief in den Schlund zieht und den Hunger stillt, der erst aufhört, wenn kein Feuer mehr brennt unter dem Kessel voller Dampf.

Jetzt steht der Hans auf dem Fuhrwerk über einem Meer aus gelber Frucht, mit der Gabel wuchtet er Garbe um Garbe hinüber auf die Kanzel, wo seine Tante steht mit einem Messer und die Puppen löst und an den Jungspund weitergibt, der den Walfisch füttert mit den gefächerten Halmen. Und unter dem Rütteln und Knurren, dem Brummen und Kurbeln von Rädern und Riemen verdaut das große Tier. Ein bulliger Flakhelfer hat sich die Erntesäcke vom alten Belle geschnappt und hängt sie ein und lässt das erste Korn hineinrieseln. Zunächst nur aus dem ersten Stutzen und nach einer Zeit auch vom zweiten. Wenn ein Sack voll ist, schließt er die Klappe und geht in die Knie, um den Sack hinüber zum Wagen zu wuchten, einen neuen einzuhängen und das Spiel wieder von vorne beginnen zu lassen. Man braucht Kraft für die Arbeit, aber man hat Zeit, bis wieder einer der Säcke sich gefüllt hat und der nächste Wechsel ansteht. Aufpassen muss man trotzdem und dabei sein, damit nichts überläuft und verlorengeht.

Der Belle steht hinten, wo das Stroh angerüttelt kommt, wo es gepresst wird und verschnürt zu festen Ballen an der Fluke des großen Walfischs. Der Belle nimmt einen der gelben Quader nach dem anderen ab und belädt den Wagen nach und nach immer höher. Die staubige Seite des Tieres hat man wieder den Kindern gelassen. Der Josef steht da, der Zwölfjährige vom Belle, ein Nachspringer, mehr als zehn Jahre jünger als seine älteren Brüder, die alle noch nicht zurück sind aus dem Krieg oder nie mehr nach Sandheim kommen werden. Der Josef steht dort, wo der Wal seine

Ausscheidungen in die Luft bläst in einem einzigen Furz, der niemals endet. Die langen Grannen beim Korn sind das Schlimmste. Sie verhaken sich überall, in den Haaren, auf dem Hemd und dann, wenn man ins Schwitzen kommt, auch darunter. Man wünscht sich hinaus auf die Wiesen, wo einen die Bremsen und Schnaken fressen. Denn hier kommt der Staub dazu und der Lärm, man arbeitet im Dreck mit voller Lunge und vollen Ohren und möchte schon nach einer halben Stunde Feierabend machen.

«Der Bub steht am Arschloch der Maschine», sagt der Belle und lacht sein schepperndes Milchkannen-Lachen.

So arbeiten sie alle, die Menschen richten sich nach dem Takt der Maschine, stumm wie Fische im Meer, ein Geleitzug für den großen Wal, der durch Wolken aus Plankton schwebt, um zu atmen, zu fressen und auszuscheiden. Man redet nicht bei dieser Arbeit. Man müsste schreien, um gehört zu werden, und alle brauchen ihren Atem.

Nur ein Mal wundert sich der Hans, als er sieht, wie der junge Bulle den ersten Erntesack nicht zum Wagen des Onkels schleppt, sondern hinüber zum Haus vom Hasenwirt. Er schaut den Kerl fragend an zwischen zwei Gabeln. Der zwinkert nur zurück wie bei einer Verschwörung, und dann versteht der Hans: Alle Sandheimer müssen einen Teil ihrer Ernte abgeben, man führt Buch über die Erträge, und die Besatzer beanspruchen einen Teil davon für sich. Dieser erste Sack – er wird in keinem der Bücher auftauchen.

«Man muss ja auch von was leben», erklärt der Onkel ihm später, und dann lacht er wieder sein schepperndes Milchkannen-Lachen.

Als der Hans die letzte Kornpuppe vom Boden des Fuhrwerks nach oben auf die Bühne gegeben hat, sieht er hinter sich den Polizeidiener stehen. Die Franzosen haben einen neuen Polizeidiener einbestellt, den alten Storch, einen Zugereisten, der am Bahnhof wohnt und wohl nie in der Partei war. Der Storch hat eine Liste in der Hand.

«Milchkännchens Hans?», fragt er und winkt dem Hans, dass er mit raus auf die Straße kommen soll.

Der Hans stellt die Gabel zur Seite, klettert vom Wagen, klopft sich das Hemd ab und folgt ihm nach draußen.

«Ich hab hier», der Storch räuspert sich, «einen Befehl für dich, Hänslein.» Hans überhört die Verniedlichung, sie wird mehr aus Gewohnheit kommen denn aus Bosheit. Der Storch wohnt ja schon lange im Dorf und kennt ihn, seit er ein kleiner Junge war. «Du sollst dich bei der Kommandantur in der Winterschule melden. Die Franzosen wollen deine Entlassungspapiere sehen.»

Hans nickt und wischt sich mit dem Ärmel den Schweiß von der Stirn.

«Ist nur, dass alles seine Ordnung hat, verstehst du?», sagt der Storch. «Morgen früh um acht bist du dort.»

«Verstanden», sagt der Hans.

Der Storch notiert etwas auf seiner Liste, dann knallt er die Hacken zusammen und geht weiter die Kronenstraße hinunter.

Und dann fahren sie mit ihrem Korn und ihrem Stroh und ihrer Spreu zurück zum Hof vom Milchkännchen-Belle. Sie laden das Stroh in der Scheune ab, oben links von der großen Diele, die als Grenze dient zwischen dem Stroh und dem Heu. Der Hans trägt Sack für Sack das Korn ins Haus seines Onkels, nach oben unters Dach, wo der Belle mit einem Stück Kreide an der Tafel steht neben der Waage. Da wiegen sie das Getreide und notieren die Zahlen auf der Tafel und berechnen, was die Ernte gebracht hat in diesem Jahr. Eine reiche Ernte war es, der Herrgott hat es gut gemeint mit der Sandheimer Erde. Und dann stellen sie Sack um Sack in die Ecke und öffnen die Knoten, damit die Mäuse – niemand wird sie ganz los, egal wie viele Katzen er im Haus hält – sich ihren Teil holen können über den Winter, ohne die Säcke kaputt beißen zu müssen. Denn die Alten haben noch eine Ahnung davon, wie viel Arbeit es macht, bis so ein Sack gut und fertig ist.

Am Abend legt sich der Hans zu seiner Hanna. Er spürt die Arbeit in den Knochen. «Morgen muss ich zur Winterschule und mich melden», sagt er ihr, als sie ihren Kopf an seine Schulter legt. «Es dauert vielleicht eine Stunde, dann bin ich wieder da.»

«Ist gut», sagt die Hanna.

Und mit der vertrauten Arbeit und den vertrauten Orten und den vertrauten Leuten merkt der Hans, dass er tatsächlich wieder zu Hause ist. Und dass alles werden kann, wie es einmal war. Vielleicht sogar noch besser.

42. DER BACH

Wo der Feldweg über den Sandheimer Bach läuft, da beginnt der Wald mit der dicken Eiche. Im klaren, aber träge fließenden Wasser huscht gelegentlich ein Rotauge über den sandigen Grund. Manchmal singt eine Amsel in den Eichen oder den Brombeerhecken zwischen Wald und Ufer.

Die alte Anna sitzt am Tisch in ihrem schwarzen Bauernrock, wie ein Wesen aus dem Märchenbuch sieht sie aus. Ihre Schuhe berühren den Boden kaum, so kurz sind die Beine. Ihr Brot tunkt sie in den Ersatzkaffee, damit es weicher wird und sie es mahlen kann mit dem blanken Gaumen. Noch sind es Jahre, bis sie siebzig wird, und doch trägt sie das zahnlose und zerfurchte Gesicht einer Greisin. Der Doktor hat ein Gebiss für sie gemacht, aber die künstlichen Zähne liegen im Schrank. Die Anna schert sich nicht um die Blicke der Leute, und wenn ein Bedürfnis sie überkommt draußen auf der Gasse, dann steht sie spreizbeinig über dem Graben und hebt den Rock ein bisschen und lässt es einfach rinnen. Ihre Holzschuhe laufen noch durch die groben Zeiten des vergangenen Jahrhunderts.

Jetzt packt sie das große Messer mit der rechten Hand und den Brotlaib mit der linken, sie drückt ihn fest an ihre schmale Brust und säbelt dann keilförmige Scheiben kittelwärts, ein derber Kümmelduft breitet sich aus. Eine Scheibe, zwei Scheiben, drei Scheiben, sie hört gar nicht mehr auf.

«Was machst du denn da, Mutter?», fragt die Liese, die an der Stirnseite sitzt und der Alten zuerst gleichgültig, dann immer verwunderter zugesehen hat.

«Sei ruhig, ich mach's so, wie's der Vater gesagt hat. Das ist euer Vesper», sagt die Mutter.

Aber die Liese schüttelt den Kopf. «Wir gehen doch nur Futter holen. Das ist ja Brot für einen ganzen Tag, Mutter. Das brauchen wir doch alles gar nicht.»

Die Anna fährt herum: «Sei jetzt still.» Annas Keifstimme. Sie klingt wie eine grobe Eisenfeile, die einem Blech die schartige Kante glättet.

Die Liese wird rot, der Daumen verschwindet in der rechten Faust. Sie trinkt einen Schluck vom Ersatzkaffee, und ihre Hand zittert ein wenig dabei. Aber sie schweigt. Der Vater steht jetzt in der Tür. «Vater», sagt die Liese und deutet mit der Hand zur Tischfläche vor ihrer Mutter. «Schau, was die Mutter da treibt», sagt die Handbewegung.

«Ist schon recht», sagt der Vater. «Mach dich fertig.»

Bald sitzen die beiden auf dem Fuhrwerk, um Futter zu holen, mit einem Sack voller Vesperbrote und drei Feldflaschen Brunnenwasser. Sie fahren Richtung Friedheim. Seit Mitte Mai kontrolliert kein Franzose mehr am Ortsausgang, auch die Ausgangssperre hat man nach hinten verschoben. Bis um neun kann man jetzt draußen bleiben, ohne ein lautes Franzosenwort zu hören. Sogar mit dem Fahrrad darf man fahren, sechs Kilometer jenseits der Ortsgrenze, solange man auf der Gemarkung bleibt, so stand es auf dem Anschlag am Rathaus.

Als die Liese jedoch den Wagen an den nahen Kleeacker lenken will, schüttelt der Vater den Kopf und sagt ihr, dass sie an der Straße weiterfahren soll.

«Was machst du denn, Vater?», fragt die Liese, die kein Wort bei sich behalten kann, wenn sie etwas besser weiß. Und so vieles weiß sie besser.

«Frag nicht», sagt der Vater. Neben ihm wieder rote Wangen, ein Daumen in der Faust und ein geschüttelter Kopf.

Alt sind die Eltern geworden, denkt die Liese, und so, so wunderlich.

Immer wieder schaut der alte August prüfend über die Felder. Jetzt holt er – wahrlich, er wird immer wunderlicher – seinen Feldstecher aus der Kitteltasche.

«Was brauchst du denn dein Glas zum Futterholen?», sagt die Liese.

«Sei ruhig», sagt der August und sucht den Waldrand ab. Dann nickt er zufrieden, und sie lassen den Gaul weitertrotten, während rechts der Bach sich unter den Zweigen der Zwetschgenbäume Richtung Sandheim schlängelt.

Die Liese versteht es nicht. Sie fahren weiter auf die dunkelgrüne Wand des Waldes zu. Am Waldrand geht es nach rechts. Wo der Forstweg bald über die Wallibrücke hinüber zur dicken Eiche führt, besitzt die Großfamilie einen Acker, dort wachsen auf dem äußersten Streifen jetzt nur Gras und Klee. Und der August, der das Fuhrwerk anhält, stellt sich aufrecht hin und sucht die Felder ab mit seinem Glas. Endlich nickt er. Er wirkt zufrieden, steckt das Glas zurück und wendet sich der Liese zu.

«Du mähst jetzt den Rand», sagt er. «Ich muss was erledigen.»

Die Liese will etwas sagen, aber diesmal verkneift sie es sich, so klar hat der Vater gesprochen, als hätte er ein Ziel, über das er lange und gründlich nachgedacht hat. Und während die Liese mäht, mit geübtem Schwung, da verschwindet der Alte mit dem Proviantsack im Wald jenseits der Brücke. Liese schaut ihm hinterher, sieht, wie er zwei Finger in den Mund steckt, die Kathedrale des Waldes verschluckt den Pfiff in einem diffusen Widerhall.

Liese reckt den Kopf, und dann auf einmal kann sie die beiden sehen. Sie kommen aus dem Unterholz und reden mit dem August, der sich immer wieder umschaut, und als er sieht, dass die Liese nicht ordentlich mäht, sondern nur glotzt, da winkt er ihr ungeduldig und ein wenig fahrig, dass sie arbeiten soll, man sieht sie ja von weitem auf dem offenen Feld, und dass sie mehr zu glotzen als zu mähen hat. Das versteht die Liese, die sich jetzt umdreht, um sich nicht ablenken zu lassen, und sie mäht das bisschen Klee, das hier wächst auf diesem halben Taugenichtsacker, den der Onkel bekommen hat vom Urgroßvater. Ein Segen, dass der sich damit rumschlagen muss – mit diesem steinigen Gelumpe, das halb schon zum Wald gehört.

Was mögen das für Männer sein? Liese hat sie nicht erkannt auf die Entfernung und in den Schatten hinein.

Nachdem die Liese tüchtig gemäht hat, nimmt sie den Rechen und lädt auf. Was das wohl für Männer sind dort beim Vater im Wald? Der Gedanke lässt sie nicht los. Herr im Himmel, lass den Alten jetzt nichts Dummes tun!

Und wie sie das Gras aufnimmt und grübelt, da nähert sich ein Wagen vom Dorf her, er kommt auf der Straße, auf demselben Weg, den auch der August und die Liese genommen haben. Sie kneift die Augen zusammen. Drei Gestalten sitzen vorne, Liese sieht die Gummirolle und das schwere, schwarze Pferd mit dem starken Behang und der runden Blesse. Und da weiß sie schon, dass einer der Männer der junge Holzner sein muss, der zwei Franzosen spazieren fährt. So ist es geworden in Sandheim. Die einen haben keinen Gaul mehr zum Pflügen, und die anderen haben zwei, mit denen sie die Franzosen für Geld durch die Gegend fahren. So ist es geworden.

Aber da denkt die Liese an den Vater und die fremden Männer im Wald. Jetzt wär's wohl gescheiter, der Vater käm aus dem Wald, bevor die Franzosen da sind und Fragen stellen. Also schultert die Liese den Rechen und geht auf dem Weg, um dem August ein Zeichen zu geben. Aber der August ist nicht mehr zu sehen und auch die beiden Fremden nicht. Was soll die Liese tun? Sie schaut wieder zur Straße hin, wo die Franzosen inzwischen gefährlich nah gekommen sind, man kann schon die Gesichter erkennen. Der junge Holzner, natürlich! Und dann ein kleiner Heller mit Schnauzbart und der lange Algerier, die Leute in Sandheim nennen ihn «den Korrekt».

Liese muss jetzt arbeiten, damit die Franzosen keinen Verdacht schöpfen. Also geht sie mit der Sense wieder zurück zum angemähten Teil des Streifens und mäht und schwingt, als wär's alles auf der Welt. Sie hört den Wagen mit dem großen, schwarzen Gaul davor, mäht aber weiter und dreht sich erst um, als die Rolle direkt bei ihr anhält.

«Liese, was machst du denn hier draußen?», fragt der junge Holzner und schaut ein bisschen unruhig nach allen Seiten.

«Futter hol ich, das siehst du doch», sagt die Liese und senst weiter, ohne noch einmal hochzusehen.

«Ja», sagt der Holzner und kratzt sich den krausen Kopf unter der Kappenkante «Aber warum mähst du nicht beim Dorf?»

Die Liese mäht und schweigt. «Gehst gescheiter fort mit deinen Franzosen», sagt sie dann, als würde sie mit der Sense reden. Als sie wieder aufschaut, sieht sie, wie die beiden Soldaten auf dem Fuhrwerk mit Ferngläsern die Gegend absuchen, wie es der August vor ein paar Minuten gemacht hat.

«Die suchen nach deutschen Soldaten», sagt der Holzner jetzt fast im Flüsterton.

Die Liese zuckt mit den Schultern. «Solange sie uns Leut in Ruhe arbeiten lassen.» Sie holt den Rechen und fasst die

Mahd ein und gabelt sie hoch aufs Fuhrwerk. Und der dumme Holzner fährt und fährt nicht weiter.

Da hört die Liese einen Ruf von der Gummirolle. Der Schnurrbart hat ihn ausgestoßen und zeigt mit dem Finger auf die Brücke, wo der August aus dem Wald kommt. Der August hat den Vespersack nicht mehr dabei und reibt sich den Hintern, wie er hervortritt mit breitem Bauernschritt. Der Schnauzbart und der Korrekt sind derweil vom Wagen gesprungen und haben die Gewehre rausgeholt. Der junge Holzner kommt seufzend hinterher. Die Franzosen schreien etwas, aber es ist halt Französisch, kein Mensch kann es verstehen.

«August, was machst du denn im Wald?», sagt der Holzner, als würd er übersetzen.

«Darf man nicht mehr in Ruhe scheißen?», fragt der August und kratzt sich noch einmal seinen alten Arsch in der Ritze. Dann dreht er den Kopf zu dem kleinen Moustache. «Merde!», sagt er und zeigt etwas mit beiden Händen. Einen sehr großen Haufen.

«Merde!», wiederholt der Korrekt und lacht, dass man seine gelben Zähne sieht.

«Merde», sagt auch der Moustache, aber er lacht nicht. Er deutet nur mit dem Zeigefinger auf sein rechtes Auge. Er wird den August beobachten. Er glaubt ihm seine Geschichte nicht.

Und der August denkt, dass er die Geschichte auch nicht glauben würde. Keiner darf einfach so in den Wald gehen jetzt unter der Besatzung. Nicht mal, um sein Geschäft zu machen. Aber wird man gestraft dafür? Der August hat ja selber den ersten Krieg erlebt, und er weiß, wofür es Strafen gibt und wofür nicht.

Als sie weg sind, der junge Holzner und die beiden Franzosen, «der Scheißfranzose und sein Schwarzer», wie der August sagt, da fahren sie am Bach entlang zurück, und die Liese blickt nach hinten auf das traurige bisschen Futter, das sie da auf ihrem Wagen haben. «Was waren das für Männer?», fragt die Liese irgendwann.

«Hast sie nicht gekannt?», fragt der August zurück.

Die Liese schüttelt den Kopf. «Nein, hab ich nicht.»

«Ist besser so», sagt der August. «Die zwei sind jedenfalls schon seit ein paar Tagen im Wald. Die kommen nicht ins Dorf, trauen den Franzosen nicht. Und wir zwei haben denen jetzt was zu fressen gebracht.»

Sie sind kaum zu Hause angekommen – Liese hat den Gaul noch nicht abgeschirrt –, da hört sie Schritte in der Hofeinfahrt. Zwei junge Franzosenkerle stehen da und rufen. Bevor die Liese zu ihnen gehen kann, kommt die alte Anna aus dem Haus gewackelt. Sie steht vor ihnen, die kleine, gnomenhafte Frau, und reicht ihnen kaum bis ans Schlüsselbein.

«Eier», sagt einer der Männer. «Sie geben Eier.»

Die Liese steht ganz starr. So darf man mit der Mutter aber nicht reden, denkt sie. Und wirklich kann man sehen, wie die Gesichtshaut der Alten sich jetzt verfärbt.

«Eier?», schrappt die Feile auf der Blechkante. «Eier?» Die Anna wirft die Hände in die Luft. «Gestern fresst ihr meine Hühner, und heute wollt ihr Eier haben?» Und jetzt, wahrhaftig, jetzt packt das alte Weiblein die Männer an den Ohren, als wären es ungezogene Schuljungen. «Runter von meinem Hof!», raspelt sie und stößt ihnen die Köpfe aneinander, nicht gar zu fest, wie Liese hofft, und stößt sie zurück auf die Straße.

Und die beiden Franzosen können gar nicht aufhören zu lachen über die alte Frau. Trotzdem trollen sie sich, und nichts geschieht. Sie trollen sich, als wären sie junge Sandheimer.

Aber die Anna wischt sich jetzt die Hände ab an ihrem groben Rock, als hätte sie etwas Schmutziges berührt. Dann geht sie wortlos zurück ins dunkle Haus.

43. DIE WOLLSOCKE

Lange, dunkle Abende im Dezember haben die blaugraue Socke gestrickt. Man konnte sie hochziehen bis zur Hälfte der Waden. Dick und filzig ist die Wolle mit den Jahren geworden. Jemand hat sie in die Wäsche gegeben und die Temperatur zu hoch eingestellt. Jetzt passt sie nur noch an einen kleinen Fuß.

Am Morgen Küsse, als wär nie Krieg gewesen. Dann steht die Hanna auf und schaut nach dem Jungen, und der Hans spült sich sauber an der Waschschüssel, kaltes Wasser und Kernseife. Er holt ein frisches Hemd aus dem Schrank, das seit drei Jahren keiner getragen hat, es hängt ihm lose um die knochigen Schultern. Er steckt sich eine halbe trockene Brotscheibe in die Brusttasche zu seinem Entlassungswisch. Danach geht er zur Winterschule, den Stempel vom Kommandanten holen, mehr hat er nicht vor.

Sein Onkel, der Belle, hat auch Bescheid bekommen, dass er sich beim Kommandanten melden soll. Aber der Belle will nicht hingehen. «Ich hab's doch grad so an der Blase», hat er gesagt. «Ich meld mich krank für morgen. Kann ja noch später bei den Franzosen vorbeischauen, ein andermal.»

Der Hans aber wird sich melden, er will sich seinen Franzosen-Stempel abholen, im Anschluss fährt er mit dem Vater aufs Feld. Und am Abend wird er an den Bücherschrank gehen und seinen Homer hervorziehen und endlich wieder die alten Verse lesen, die er vermisst hat wie Frauenliebe. Das Brot nimmt er nur zur Vorsicht mit. Manchmal lassen sie einen ja warten, die Kerle, aus reiner Schikane. Da sind die Franzosen nicht anders als die Deutschen: Wenn man an einen Bürokraten gerät, hilft nur Geduld.

«Eine Stunde, dann bin ich wieder da», ruft er in den Hausflur, als er durch die Tür nach draußen tritt. Er geht auf die Straße und sieht, wie die Hanna durchs Fenster winkt. Er macht sich auf den Weg die Gasse hinunter, am Hirschhof vorbei und an der Kirche.

Dort kommt ein Mann aus der Totengasse, mittelgroß und hager, mit einem seltsamen Gang – er geht wie eine Ente, die nur auf den Fersen läuft mit kurzen, schnellen Schritten. «Na, Milchkännchen, haben dich die Russen laufen lassen?» Das ist der Walter, er kann noch keine vierzig sein.

«Und du? Lebst auch noch, du Gauner!», kontert der Hans, der im Krieg gelernt hat, dass man sich nichts gefallen lassen darf.

«Ich bin auch bei den Russen gewesen, fast schon in Moskau. Aber dann», der Walter winkt ab. «Ich bin schon lange daheim», fügt er hinzu. «Hab halt Bomben gebaut in der Stadt in den letzten zwei Jahren. Aber jetzt ist der Dreck endlich vorbei, Gott sei Dank.»

Ohne zu reden, gehen sie die kurze Straße hinunter, vorbei am krummen Birnbaum, der seine alte Krone weit übers Trottoir streckt, bis sie die Winterschule erreichen. Der Walter watschelt vorweg die Stufen hoch in den ersten Stock, wo vor dem schweren Schreibtisch, der eigentlich der Schreibtisch des Schulrektors ist, schon einer seine Meldung macht beim Kommandanten. Der Offizier nimmt das Papier, legt es auf einen Stapel und schickt den Mann hinaus, winkt schließlich, dass der Walter reinkommen soll. Hans bleibt stehen an der offenen Tür.

«Ihre Papiere, Monsieur», sagt der Franzose in elegantem Deutsch.

Und der Walter setzt sich ohne ein Wort auf den Stuhl vor dem Schreibtisch, zieht seine Schlappen aus und die Socken, die seine Frau ihm gestrickt hat, und dann legt er die nackten Füße auf den Tisch. Auf der einen Seite hängen noch zwei Zehen am blassen Fleisch. Die andere Seite ist nur mehr ein Stumpf, ein halber Fuß, immer noch ein wenig gerötet an der Kante, wo jetzt die Knochen fehlen und alle fünf Zehen.

Der Offizier stutzt einen Moment lang, und man sieht, wie er mit sich ringt, den unverschämten Kerl bestrafen zu lassen, der ihm die Füße zeigt, wenn er nach Papieren fragt. Aber dann blickt er auf den fremden Bauernkrüppel und lächelt. «Sie gehen nach Hause», sagt er knapp und hebt den Blick zur Tür. «Der Nächste!»

Während der Walter an ihm vorbei nach draußen humpelt, mit den Socken und den Schlappen in der Hand, betritt der Hans den Raum.

«Ihre Papiere», kommandiert der Franzose.

Der Hans holt den Wisch hervor, der Offizier nimmt ihn und liest, dann nickt er, macht ein Zeichen auf seiner Liste und legt den Zettel auf einen Papierstapel.

«Bekomme ich eine Quittung?», fragt der Hans, der dasteht mit durchgedrücktem Kreuz wie ein Soldat vor einem Vorgesetzten.

«Gewiss, gewiss, wir machen alles fertig.» Der Offizier macht eine Bewegung mit der rechten Hand. «Sie warten bitte unten im Hof bei den anderen, Monsieur.»

Also geht der Hans nach unten, wo im Hof tatsächlich schon viele Sandheimer stehen, die meisten rauchen und murmeln. Keinem gefällt es, dass man warten muss.

«Scheiß-Bürokraten», murmelt der Hans, der sich jetzt ärgert, keine Zigarre mitgenommen zu haben. Neben ihm stehen der Filp, der Speißler und der Wuck.

«Willst eine?», fragt der Filp den Hans und bietet ihm eine Zigarette an.

Der Hans nickt, bedankt sich. Sie rauchen. Der breite Speißler ist kaum dreißig, aber der Filp und der Wuck haben schon den ersten Krieg mitgemacht. Und während der Filp immer noch drahtig wirkt in seinen Bewegungen, haben den Wuck die Jahre kaputt gemacht. Er steht gebeugt, als läge ein voller Erntesack auf seinen Schultern. Kaputt vom Kämpfen, von den Befehlen, vom Marschieren, kaputt auch von der Arbeit. Hans sieht vier oder fünf Männer, die aussehen wie frisch aus dem Lazarett entlassen. Einer trägt den Arm in der Schlinge, drei gehen an Krücken mit verbundenen Oberschenkeln, Waden oder Knien.

«Ist das echt, oder simulieren die?», fragt er halb im Scherz.

«Beides», sagt der Filp und bläst Rauch durch die Nase. Dann dreht er den Kopf mit einem Ruck zur Seite. «So ein Scheißdreck», murmelt er. «Ich glaub nicht, dass das nur Schikane ist.» Er reckt das Kinn Richtung Straße.

Als Hans die Schule betreten hat, haben da nur ein paar lustlose Wachen gestanden. Aber jetzt sieht er sie aufziehen von beiden Seiten: mindestens drei Dutzend Legionäre, fast lauter Dunkle. Und die Art, wie sie ihre Gewehre halten, gefällt dem Hans gar nicht.

Im selben Moment steht der Offizier oben an der Treppe. «Meine Herren, Sie kommen alle mit. Sie sind jetzt Kriegsgefangene der französischen Nation!» Ein Raunen und Protestieren geht durch den Hof. Der Offizier hebt die Stimme und wedelt mit den Papieren in der Hand. «Ich habe jeden Ihrer Namen hier auf meiner Liste. Ich weiß, wo die Häuser stehen, in denen Sie wohnen. Ich kenne Ihre Familien. Wenn ich sehe, dass einer fehlt, gehen wir dorthin und holen uns zwei andere als Ersatz. Wir holen Ihre Väter oder Ihre Söhne, wenn sich einer von Ihnen davonmacht.»

Und dann gehen sie in Dreierreihen durchs Dorf. Eine alte Frau steht in der Einfahrt mit dem Besen in der Hand. Sie blickt auf von ihrer Arbeit, als sie die Schritte hört, siebzig Mann im Gleichschritt und die Bewacher umher. Sie schaut und misst mit den Augen die Gesichter ab. Sie kennt die alten Familien von Sandheim. Wer zu wem gehört und wie die Großväter hießen und die Großmütter. Mit vielen der jungen Männer ist sie verwandt, wenn auch weitläufig. Jetzt öffnet sie den Faltenmund. Die Zähne, die fehlen, sind mehr als die Zähne, die sie hat. «Haut doch ab, ihr dummen Kerle!», schreit sie die Männer an mit einer Stimme wie ein Rabe. «Was lasst ihr euch denn fortnehmen von denen?» Und als die Männer einfach marschieren und keiner sich umdreht nach ihr, da droht sie mit dem Besen. «Haut doch ab und springt in die Höfe, ihr Buben!»

Aber keiner hört sie, und so ziehen die Männer aus dem Dorf, vorbei an offenen Mündern und geweiteten Augen. Die Männer, die ihre Frauen nicht beschützen konnten, die ihre Töchter nicht besser versteckten, die im Krieg nicht tapfer genug waren, ihn zu gewinnen. Sie verlassen ihr Dorf, als folgten sie der Melodie einer fremden Flöte, die sie hinauszwingt in eine unbekannte Welt.

Der Hans geht zwischen dem Filp und dem Wuck, der jetzt noch gebeugter wirkt, wie ein Mann, der alle Kraft und alle Hoffnung verloren hat.

«Ich bin fertig», sagt er mehr zu sich selbst als zu den anderen. «Ich überleb das nicht. Ich bin fertig.» Er sagt es immer wieder.

Es ist kein schneller Marsch. Die Verletzten können nicht, sie trödeln auch mit Absicht. Als der Kommandant merkt, wie langsam der Tross vorankommt, lässt er halten. Die Lahmen sollen zurückbleiben, bewacht von drei Afrikanern. Zwei andere schickt er wieder ins Dorf, damit sie ein Fuhrwerk holen.

Dann lächelt er. «Meine Herren, es hilft Ihnen nichts. Sie werden mitkommen, jeder Einzelne, so wie Sie hier stehen. Und jetzt, wo andere sich um die Verwundeten kümmern: ein bisschen schneller, wenn ich bitten darf.»

Und so gehen sie weiter bis in die Stadt, zur Kaserne. Hans hat hier schon einmal gelegen, als sie ihn ausgebildet haben, fünf Jahre muss das her sein. Mit siebzig Mann liegen sie in einem einzigen Kellerraum auf dem nackten Boden, nach einem Marsch von zwanzig Kilometern durch die Sommerhitze. Sie bekommen zwei Flaschen Wasser für alle, kaum mehr als einen Schluck für jeden. Essen für keinen. Die Fußlahmen sind auch mit dabei. Sie sagen, dass einer der Afrikaner eine Peitsche dabeihatte und dass sie alle paar Kilometer was damit bekommen haben, wenn sie angefangen haben, sich zu unterhalten. «Er hat draufgehauen und ‹Silence› geschrien, der Saukerl.»

«Ich bin fertig», keucht der Wuck, der sich in die Ecke gelegt hat. Sein Kopf ist hochrot von der Anstrengung, er hat bleiche Flecken neben der Nase.

«Willst was essen?», fragt der Hans und reicht dem Alten seine halbe Brotscheibe. Der nimmt sie und mümmelt daran wie ein kranker Stallhase, den man besser schlachten sollte, statt ihn eingehen zu lassen.

Den Filp haben die Franzosen schon im ersten Krieg eine Weile behalten. Er versteht ein paar Worte und kann sich leidlich unterhalten. «Hast was rausbekommen?», fragt der Hans, der es jetzt bedauert, dass er auf dem Gymnasium nur die alten Sprachen gelernt hat und ein bisschen Englisch.

Der Filp nickt und schaut finster auf den Boden. «Zwei von denen haben was gesagt.»

«Und was sagen die?», fragt der Hans.

«Der sagt, wir kommen in die Bergwerke.»

«Ein Scheißdreck», flucht der Speißler.

«Das überleb ich nicht», sagt der Wuck.

«Was sagt der andere?», fragt Hans.

«Er meint, wir kommen alle auf einen Frachter. Und dann geht's nach Indochina. Wir sollen Zuckerrohr schlagen für die Kerle.»

Und in der Stille des überfüllten Kellerraums merkt der Hans, dass die Hoffnungslosigkeit des alten Wuck nach ihm greift wie eine ansteckende Krankheit. Wie er seine Kraft verliert. Ja, es ist schlimm, dass ihn die Franzosen mitnehmen. Ja, er ärgert sich, dass er nachgegeben hat, als die Hanna mit dem Jungen vor ihm stand, und dass er mit ihr nach Hause gekommen ist. Aber etwas in ihm war doch sicher, dass noch alles gutgehen würde. Dass die Franzosen ihn wieder laufen lassen. Er war als Zivilist in seinem Dorf, die Amis haben ihn entlassen, er darf kein Kriegsgefangener sein. Aber wenn es stimmt, was sie dem Filp gesagt haben, dann wird er nie mehr nach Hause kommen. Keiner von ihnen wird das. Sie werden einfach verschwinden am anderen Ende der Welt.

Er wird nicht sehen, was für einen guten Jungen ihm die Hanna geboren hat. Es wird alles umsonst gewesen sein.

44. DIE ZANGE

Ihr Körper ist schlank und asketisch, fünfundzwanzig Zentimeter aus poliertem Stahl mit den Ösen einer Haushaltsschere. In einem leichten Schwung läuft sie nach vorn, wo sie zuschnappt wie der Schnabel einer vorwitzigen Ente. Wer auch immer sie erschuf – er gab vermutlich sein Bestes, ihre Form der des weiblichen Körpers anzupassen.

Heute geschieht es. Marie hat nichts gegessen zum Frühstück. Genauso hat's die Elli ihr aufgetragen. Die Tasse mit dem Muckefuck, Marie hat sie nicht angerührt. Als der Onkel aufs Feld fährt, gießt sie die laue, braune Brühe auf den Misthaufen. Dann sitzt Marie wieder am Tisch, sie faltet die Hände und schließt die Augen. Sie spricht ein Gebet, sie bittet um Kraft, um den Segen des Herrn, sie bittet um Vergebung für alles, was sie getan hat. Für die Sünde, die sie begangen hat unter den fremden Männern. Für die Sünde, die sie heute begehen wird im Haus von der Elli. Um ihr Leben bittet sie nicht. Wenn sie stirbt, dann ist es der Weg des Herrn. Kann es sein Wille sein, dass der Satan geboren wird, der jeden Tag weiter in ihr wächst?

Sie greift den Beutel, in den sie die Leinenbinden gepackt hat, dann geht sie nach draußen, sie nimmt das Fahrrad. Die Elli sagt, das Fahrrad wird die Marie stützen, wenn sie später nach Hause geht. Sie wird eine Stütze brauchen. Und den Onkel will sie nicht fragen. Auch ihre Schwester nicht, und die Mutter auch nicht. Niemand muss wissen, was heute geschieht.

Bei Elli haben sie den Tisch in die Mitte der Küche gerückt, sie haben die Platte abgedeckt wie an einem Schlachttag. Im

Topf auf dem Herd kocht das Wasser. Allerhand Besteck steht darin. Marie sieht die Ösen einer Zange, wo das Wasser Blasen schlägt. Sie schaudert und schaut weg.

«Wir haben noch nicht darüber gesprochen, was ich bekomm für das hier, mein Mädchen», sagt die Elli.

Marie überlegt. «Unsere Ziegen haben Junge bekommen», sagt sie schließlich. «Ich kann dir eins von den Kleinen geben, wär das genug?»

Elli schaut den Mann an, der neben ihr steht. Es ist einer der Polen. Marie hat sich seinen Namen nie gemerkt. Er ist geblieben, die meisten anderen sind fort, als der Umsturz kam. Die Leute sagen, er lebt jetzt bei der Elli.

«Was meinst du, mein Braunbär? Ein Zicklein?», sagt die Elli. Dann wendet sie sich wieder zu Marie. «Eigentlich ist mir Geld lieber. Aber wir können auch das Fleisch gebrauchen. Leben für Leben, warum nicht?»

Sie schaut die Marie an, die vor ihr steht und nicht weiß, wohin mit sich, die zurückzuckt, als die Elli ihr die flache Hand auf den Bauch legt.

«Du bist halt ein Kirchenmädchen, Marie. Du denkst, das Ding dadrin könnte auch Hörner haben wie ein Ziegenbock, ist es nicht so?» Die Elli lacht leise und dreht sich zum Herd. «Ich mach's dir weg, ich hab's versprochen. Hab schon viele weggemacht von den kleinen dunklen Dingern. Aber ich sag's dir noch mal, leicht wird's nicht für dich. Es tut weh. Und manchmal hört es gar nicht auf mit dem Blut. Dann schick ich dich zum Doktor. Der schabt dich aus. Der Doktor macht die Kinder nicht weg, er hat Angst, dass er bestraft wird. Aber wenn du kommst und blutest, dann muss er helfen, hörst du? Und das macht er auch. Verbluten lässt er dich nicht.» Sie zögert einen Moment. «Hast keinen mitgebracht, gell? Soll keiner wissen, dass du bei mir bist?»

Marie nickt. Sie kann nicht sprechen. Sie hat jetzt Angst. Herr, hilf mir!, denkt sie.

Marie dreht sich um, als sie aus der Wäsche steigt, sie will den Rock anbehalten, wie kann sie nackt sein vor den fremden Leuten, nackt vor dem fremden Mann in der Küche? Dann liegt sie da, ein Tier, das geschlachtet werden soll, auf der Tischplatte in Ellis Küche. Die Augen schließt sie mit Kraft, die Finger verkrallt sie ineinander, die Beine presst sie zusammen. Und da tritt die Elli neben sie, streicht ihr über den Kopf, und ihre Stimme redet weich und leise wie die Stimme einer Mutter, die zu ihrem Kind redet, wenn es schlafen soll. Sie streichelt und legt Maries Kopf an ihren Bauch, bis die Angst weniger wird und Marie daliegt, als könnte sie schlafen. Sie will jetzt liegen wie im Grab, wo der letzte Kampf vorbei ist und keine Arbeit mehr wartet, wo kein Teufel sie mehr holt.

«Bist eine Gute», sagt die Elli und hört nicht auf, ihr den Kopf zu halten und zu streicheln.

Und dann atmet die Marie noch stiller, so tief, dass ihr Bauch dabei auf- und niedergeht und die Füße zur Seite kippen, und dann löst sich die Elli und stellt ihr die nackten Sohlen auf die Tischplatte, ganz langsam, und stellt dann die Knie nach außen. Mit einem heißen Lappen wäscht Elli jetzt die Innenseite der Schenkel, sie wäscht auch die Mitte, und dann hört die Marie, wie jemand einen Lappen zurück in die Schüssel mit dem heißen Wasser gibt und Metall gegen einen Topf schlägt, und dann spürt sie etwas Hartes, das sie drückt und weitet, und sie will sich zusammenziehen, sie will es weghaben, was da drängt, doch der Bär hält sie fest auf der Tischplatte. Die Elli redet immer weiter auf sie ein, sanft und ruhig, hält ihr mit ihrer warmen Hand das rechte Knie nach außen, und dann, als Marie sich abermals beruhigt hat, fährt etwas hinein in sie, und es ist der Schmerz wie auf dem Hackklotz, dasselbe Weh. Ein Ziehen, grob und mit Macht, und Marie wird zu einem Handschuh, dessen Futter man nach außen stülpt, und im selben Moment hört sie das Echo ihrer eigenen Stimme brüllen von den Kacheln an der Küchenwand. Da sind die starken Hände, die sie unten halten, und dann ist es, als würde ihr ein großer Vogel die Eingeweide mit seinem Schnabel aus der Mitte ziehen, und es hört nicht auf und zerrt und zerrt ihr den Bauch nach außen.

«Bete, Marie. Jetzt musst du beten, tüchtig beten», hört sie die Elli rufen.

Und sie betet durch das Blut und durch den Schmerz und durch ihren geöffneten Leib *Herr, nimm mich zu dir! Herr, nimm mich auf! Herr nimm mich zu dir!* Und Marie will nichts mehr als ihren Leib hingeben und sterben, wie ihr Gott gestorben ist in der Osterzeit, ein Zicklein auf der Schlachtbank.

«Es hat aufgehört», sagt eine Stimme von weit her.

Marie öffnet die schweren, dicken Lider und sieht zum ersten Mal die Decke in Ellis Küche. Hinten in der Ecke angelt ein Spinnennetz den Sommerstaub, der im Licht spielt wie ein Mückenschwarm. Ein Schmatzgeräusch, als sie ihr Bein ablegt, nass und warm der Tisch unter ihr.

«Bist eine Gute, Marie», hört sie jetzt die Stimme von Elli. «Es ist geschafft. Du musst auch nicht zum Doktor gehen.»

Und dann hört Marie, wie jemand mit einem Schaber den Schmodder von der Platte zieht, sie hört es in den Eimer platschen, als würde ein Mensch sich übergeben. Sie kann den Kopf ein wenig drehen und sieht unten all das Blut auf dem Linoleum. Sie schließt die Augen. Sie will jetzt schlafen, wenn sie schon nicht sterben kann. Wieder kommt der warme Lappen, jemand wischt ihr die Schenkel ab und die wunde Mitte.

«Ich bring dich jetzt in die Stube», hört sie die Elli sagen. «Da legst du dich hin, eine Stunde Ruhe. Dann sehen wir, ob du nach Hause schieben kannst. Es ist alles gutgegangen, Mädchen. Hast Glück gehabt. Es geht nicht bei allen so leicht.»

Und dann helfen sie ihr auf, und als sie zusammensackt, weil ihre Knie sind, als wär kein Knochen mehr darin, da nimmt sie der Braunbär, wie man eine neu geborene Ziege nimmt, und trägt sie in die Stube. Dann wird es dunkel und Nacht um Marie.

Später, als es schon dämmert, geht Marie hinaus auf die Straße. Elli hat sie lange schlafen lassen, und das Fahrrad ist in der Tat eine gute Stütze. Den Kopf senkt sie, eine Frau in Schande ist sie geworden, eine besudelte Frau, blutig rot waren ihre Schenkel, schwarz vor Sünde ist ihre Seele. Noch weiter beugt sie den Blick zum Staub, als sie an der Kirche vorbeikommt. Keiner soll kommen und mich grüßen, denkt Marie. Jedoch: Die Leute kommen. Sie wundern sich. Und sie vergessen zu grüßen.

Dann stellt die Marie im Hof das Fahrrad ab, das Bündel mit den Leinenbinden scheuert zwischen den schmerzenden Beinen, sie stellt es nicht an den üblichen Platz, sondern nah an die Treppe, sie kann nicht gut gehen ohne Hilfe. Die vier Stufen nach oben geht sie auf Händen und Füßen, sie kriecht mehr, als sie geht. Sie öffnet die Tür, stützt sich an der Wand.

In der Küche sitzt der Onkel. Er dreht sich um, als sie kommt, will den Mund öffnen, um etwas zu sagen. Doch dann sieht er das Knäuel, das den Rock wölbt in ihrem Schoß. Und er schweigt.

«Ich leg mich hin», sagt Marie. «Sei so gut, Onkel, und bet für mich.»

45. DER BROTKORB

Er besteht aus einem fünf Meter langen Strang von gebündeltem Stroh. Man legte ihn in Reihen und formte so den länglichen Korb. Wer Brot backen wollte, gab etwas Mehl auf das Geflecht und kippte später den Teig hinein, um ihn gehen zu lassen. Heute steht der Gärkorb in einem feuchten Keller, die Kinder sammeln ihren Kleinkram darin und vergessen ihn dort für immer.

Mit der Zeit lernt man, in Gesichtern zu lesen. Und Hans hat viele Gesichter gesehen. Jeder neue Vorgesetzte war für ihn ein neuer Krieg. Man muss wissen, woran man ist bei einem Mann, sonst überlebt man nicht. Und manchmal sind die eigenen Kameraden schlimmer als der Feind, der auf der anderen Seite in seinen Löchern lauert. Auf dem Gymnasium haben sie dem Hans beigebracht, seinen Homer im Original zu lesen. Im Krieg hat er gelernt, Menschen zu lesen. Mag sein, es hilft ihm später beim Kartenspiel. Jetzt hilft es ihm vielleicht dabei, wieder nach Hause zu kommen.

Als sie wie im Triumphzug durch Straßburg geführt wurden, hat es ihm nicht geholfen. «Milchkännchen, die schlagen uns tot», hat der alte Wuck gesagt, als es von Kehl aus über die Rheinbrücke ging. Drüben standen sie an den Straßen wie ein wütender Mob. Aus den Fenstern haben die

Weiber mit Sachen nach ihnen geworfen. Und wie schwach man wird, wenn man nichts zu fressen bekommt. Wie man schrumpft auf einen winzigen Kern, wie man Wurm wird und sich nur noch nach vorne windet und in ein Versteck will und weiterleben, sonst nichts. Eine Frau hat ihm ein halbes Brot gegeben, als sie am Flussufer marschiert sind. Doch der Wachmann hat es genommen und ins Wasser geworfen, und der Hans hat gedacht: Jetzt verlierst du alle Haltung. Fast hätt er angefangen zu heulen wie ein Schulbub, der von seinem Lehrer den Hintern vollbekommt mit dem Rohrstock. Aber dann war der Stolz wieder da, und er hat seine Adlernase in die Luft gereckt und nach oben geschaut auf die Dächer und in die Fenster, wo die Weiber standen und die Fäuste geschüttelt haben.

Und abends wieder kein Essen. Auf dem Boden der Kasematten nur fauliges Stroh, in dem es gewimmelt hat, dass der Hans erst gedacht hat, er habe was mit den Augen. Aber seine Augen waren gut. Als der Wuck sein Hosenbein ein bisschen hochgezogen hat, ist die bleiche Wade fast schwarz gewesen von all den Flöhen. Der Wuck hat sich noch nicht mal gekratzt, er hat sich in die Ecke gerollt wie eine magerkranke Katze und keinen Muckser mehr gemacht. Und am Morgen lag er immer noch so da, und als der Hans ihn angesprochen hat, da kam keine Antwort, und als sie ihn gerüttelt haben, da war seine Haut schon kälter als der Lehmboden unter dem stinkenden Stroh.

Dann die Arbeiten. Jemand muss den Schutt von den Straßen räumen. Das war schwer. Den ganzen Tag draußen in der Sonne. Einmal müssen sie im Schlachthof das Gras aus den Zwischenräumen der Pflastersteine klopfen. Immer gebückt, immer auf den Knien und kein Schluck Wasser den ganzen Tag. Sie sind ohnmächtig geworden, einer nach dem anderen. Der Hans hat sie liegen sehen, starke Männer, die alle wussten, was Arbeit ist. Auf einmal wird einem schwarz vor Augen, und zack, bist du weg. Dann ist einer der Wachleute mit einem Eimer runter zum Fluss gegangen und hat Wasser über sie gekippt, so wie man den Pferdedreck im Sommer in den Dohlgraben spült.

Brot bekommen sie von den Franzosen zugeteilt; verwalten tun sich die Gefangenen selbst. An der Ausgabe gibt's ein halbes Brot für zwei Leute, es muss ein paar Tage reichen. Kohldampf hat man dann noch immer, aber wenig Brot ist viel besser als kein Brot. Und manchmal braucht man keinen Folterknecht von einem Legionär, um einem alles sauer zu machen. Die Männer – es sind zu viele auf zu engem Raum und mit zu wenig Hoffnung und ganz ohne Frauen –, sie verhauen sich an manchen Abenden, ihre Seelen sind wie trockenes Stroh, und dann reicht ein Funke von irgendwo, und alles brennt. Der Hans teilt sich seinen halben Laib mit dem Filp, der sich noch immer gut hält, auch wenn er's jetzt jeden Morgen im Kreuz hat und eine Weile braucht, bis er sich wieder richtig bewegen kann.

Der neue Franzosen-Hauptmann scheint es nicht schlecht zu meinen mit ihnen. Sein Deutsch ist ausgezeichnet, und manchmal hört der Hans in seinen Ansprachen Wortfetzen, die ihm bekannt vorkommen, einen Halbsatz von Schiller, ein paar Worte von Goethe, der Mann liebt die Literatur. Gestern hat er gesagt, dass die Rationen für alle reichen, weil man ja keinen quälen möchte, man möchte, dass die Männer arbeiten, und wenn die Arbeit klappt, dann könnten alle zufrieden sein. Aber das Brot reicht nie. Es reicht niemals zum Sattwerden.

Jetzt sitzen der Hans und der Filp beieinander und schauen auf das Brot, das für Tage reichen muss. Auch zwei von den anderen, die ebenfalls ein halbes Brot bekommen haben, besehen sich das traurige Stück, das sie am Leben halten soll.

«Milchkännchen, sag mal, ist euer Stück nicht größer als unseres?», sagt der Kleinere der beiden.

Also vergleichen sie ihre Rationen, und das Stück von Hans und Hermann ist natürlich nicht größer als das der anderen.

«Moment mal», sagt der Hans und kratzt sich den verlausten Schädel. «Zeig noch mal her, sei so gut.» Der Kleine gibt ihm sein Brot, worauf der Hans alle vier Stücke probiert und sie aneinanderhält, Schnittfläche an Schnittfläche. Und dann schauen sich die Männer an, weil sie in diesem Moment alle verstehen. Denn die Schnittflächen passen nicht zusammen, obwohl sie es sollten, nichts fügt sich zueinander, nicht die Krümmung der Kruste, nicht der Schwung des Laibrückens.

«Da holt sich jemand die Mitte raus», spricht der Filp es aus. «Da bescheißt uns einer von unseren eigenen Leuten.»

Drei Tage später melden der Hans und der Filp sich krank. Am Anfang hätten einen die Franzosen vielleicht erschossen, wenn man sich krankgemeldet hätte. Aber jetzt, wo's in den August geht, behandelt man sie schon wie Menschen. Man gönnt ihnen einen Krankentag, ohne gleich mit dem Schlimmsten zu drohen. Und da schleichen sich die beiden in den Hof, wo heute das Essen angeliefert wird. Und sehen die beiden Kameraden aus der Küche, wie sie aus jedem Brot ein dickes Mittelstück herausschneiden und in einen großen Sack fallen lassen, der neben ihnen liegt.

Hans ist nicht stolz auf die Bestrafung, die folgt am nächsten Abend. Elf Männer hat er dafür versammelt. Als die Verräter den Raum betreten, stülpen sie ihnen die Säcke über den Kopf. Die zwei wehren sich nur kurz. Dann vollzieht Hans die Strafe mit einem Grimm, der ihm bislang fremd war. Er schlägt nicht oft zu, aber in jeder Faust, die fast blind auf den Säcken landet, liegt all seine Entbehrung, all der Schmerz der vergangenen Wochen, das Gefühl, im Recht zu sein und dass die beiden eigentlich mehr verdienen als nur Prügel. Es ist ein Rausch, der stärker durch seinen Kopf strömt als warmer Likör. Dabei verträgt der Hans keinen Alkohol.

Schließlich holen sie die zerschlagenen und blutenden Körper aus den Säcken, binden ihnen die Hände nach hinten. Sie hängen ihnen Schilder um: «Ich habe meine Kameraden betrogen. Jeder darf mich schlagen.» Und dann führen sie die beiden durch die Kasematten, und am Ende muss Hans alle Courage aufbringen, damit die beiden nur ein paar Zähne verlieren und nicht auch noch das Leben.

Als der Tumult beginnt, können sich die Wachmänner kaum noch halten vor Lachen. Dann gehen sie nach draußen und rauchen. Später kommen sie wieder und machen ein Theater, dass jemand die Schweinerei wegmachen soll. Sie schnappen sich einen der Rumänen, geben ihm ein paar Arschtritte, und dann muss er sich ein Kopftuch aufsetzen und die Schürze anziehen, die sie mitgebracht haben, und dann kriegt er den Eimer und einen alten Lappen und muss auf den Knien das Blut aufwischen, bis der Boden wieder sauber ist. Und sie können gar nicht aufhören, sich totzulachen.

In der Nacht sind die Wachen am schlimmsten, auch nach Wochen noch. Besonders der eine, ein Legionär aus dem Maghreb. Am Anfang der Gefangenschaft, als alles noch hungert, da hat er die jungen, hübschen Kerle nacheinander nach draußen auf den Flur treten lassen.

«Was hat er gewollt?», hat der Filp gefragt, als der Hans von draußen wiedergekommen ist.

«Er hat mich strammstehen lassen und ist die ganze Zeit um mich herumgelaufen und hat was auf Französisch geredet», hat der Hans gesagt und sich in seine Ecke fallen gelassen. «Dann hat er gemerkt, dass ich ihn nicht versteh, da hat er seinen Schwanz rausgeholt und gesagt: Du geben Arsch, ich geben Brot.»

Der Filp hat nur den Kopf geschüttelt und nicht weiter gefragt.

Aber offenbar ist der Hunger bei den jungen Soldaten doch nicht so groß gewesen, wie man denken könnte. Gegen Mitternacht ließ der Wachmann wecken und schien in düsterer Stimmung zu sein. Vorhin hatte der Hans ihm nicht in die Augen gesehen, aber jetzt, wo er in der Gruppe war, hat er ihn sich genauer angeschaut. Er wollte wissen, wen er vor sich hatte.

Damals, als der Hans in Italien lag, da sind seiner Truppe zwei Zivilisten in die Hände gefallen, ein Großvater mit seinem Enkelsohn. Die beiden wollten im Mondlicht über die Berge ins Nachbardorf. Der Leutnant hat befohlen, sie als Partisanen aufhängen zu lassen, obwohl sie nichts dabeihatten, keine Waffen, keine geheimen Nachrichten, gar nichts. Der Hans hat viele schlimme Dinge gesehen. Aber die Augen des Kameraden, der das Urteil dann vollstreckt hat, wird er nie mehr vergessen. Er hat die Lust gesehen, die darin loderte, die Freude am Quälen, am Töten. Dann schaute er in die Augen des grauhäutigen Wachmanns, um etwas davon wiederzuerkennen, den Blick eines Mannes, der auf die Welt kam, um ein grausames Urteil mit Vergnügen zu vollstrecken. Aber der Hans hat nichts davon gefunden.

«Runter Klamott!», brüllte der Kerl. «Runter Klamott!»

Und er brüllte, bis sie alle sich ausgezogen hatten, bis keiner mehr einen Fetzen am Leib trug, und dann ließ er sie in die Hocke gehen und hüpfen wie die Hasen. Häschen hüpf, einer nach dem anderen, den Flur runter, den Flur wieder rauf. Und er lachte und lachte über ihre schwingenden Schwänze, über die schlackernden Hoden zwischen den ausgezehrten Schenkeln.

«Immerhin hat er seine Lunte diesmal in der Hose behalten», sagte der Filp, als sie eine Stunde später wieder erschlagen in ihr Kellerloch krochen.

Und jetzt liegt der Hans in der Ecke und merkt, was die Jahre mit ihm gemacht haben. Er spürt, dass er töten könnte. Diesen Kerl, der fremde Männer quält, das Hänschen könnte ihn wegmachen. In diesem Augenblick könnte er das. Und es wär ihm eine Freude.

46. DIE BRÜCKE

Die geschwungene Brücke quert den schmalen Bach hinüber zur Schule. Man hört den Gong vom Hof, einen gebrochenen Dur-Akkord hoch zur Oktave und zurück auf den Grundton. Dann: Mathe, Musik, Religion und Sport.

Vor dem Abendessen geht Hermann hinunter zum Bach, wo die Buben baden. Es gibt ein Freibad im Tiefgestade, aber man muss Eintritt bezahlen, und Hermann will kein Geld bezahlen, wenn er doch hier umsonst ins Wasser kommt. Er geht die Friedheimer Straße hinunter zur Wiese am Bach, ein paar kleinere Jungen toben noch im Wasser.

Hermann zieht sich das schmutzige Hemd über den Kopf, ohne die Knöpfe zu öffnen, käsige Schultern über verbrannten Ellenbogen. Er schaut an sich hinab auf die bleiche, blanke Brust. Kräftiger ist er als noch im vergangenen Jahr. Er hebt den linken Arm, und da entdeckt er sie: die ersten drei dunklen Haare unter den Achseln. Hermann erschrickt ein wenig und nimmt die Arme nach unten. Das sind keine kurzen Stoppeln, sondern richtig dicke und lange Haare. Wo kommen die auf einmal her? Kann ein Haar über Nacht wachsen und sofort so lang sein und so dick? Hermann wird jetzt ein Mann, und es ist ihm ein Rätsel.

Dann streift er die kurzen Hosen ab und geht zur Böschung. Von seinen Freunden ist keiner zu sehen. Hermann ist vielleicht schon zu groß für diesen Platz, außer ihm spielen nur Kinder im Wasser, und Hermann gehört nicht mehr dazu. Ein paar der Jungen grüßen ihn, wie man einen Erwachsenen grüßt.

Also hinein in den Bach. Kalt ist das Wasser, und als es den Saum der Badehose erreicht, bleibt dem Hermann für einen Moment die Luft weg, er lässt sich ins Wasser gleiten und schwimmt ein paar Züge. Früher hat er sich mit der schwächer werdenden Strömung zur Mühle treiben lassen, wo das Wasser tiefer wird, wenn der Müller am Sägewerk gespannt hat. Aber heute schwimmt Hermann in die andere Richtung. Er will seine Ruhe haben und das Geschrei der Buben nicht hören. Mit jedem Brustzug wird es stiller. Unter ihm am Boden des Baches winkt das lange, hellgrüne Kraut wie das Haar einer Nymphe. Wenn Hermann die Kurve erreicht und dann noch weiterschwimmt, kommt er an die Stelle, wo die Mädchen baden. Aber es gehört sich nicht, hinter die Kurve zu schwimmen. Die Mädchen baden für sich hinter der Biegung, wo man sie nicht sehen kann.

Bald hat Hermann den halben Weg bis dorthin zurückgelegt. Hier hat das Wasser an der Böschung eine Wurzel freigespült, Hermann hält sich daran fest und macht einen Klimmzug, er schaut auf seine Oberarme und wundert sich darüber, dass er dort Muskeln sehen kann, wo noch vor einem Jahr keine waren. Ein paar Fliegen umkreisen sein nasses Haar. Er schaut flussaufwärts, und da erscheint auf einmal über dem Wasser ein Kopf, ein kurzgeschorener Strubbelkopf über einem Gesicht voller Sommersprossen. Die Abendsonne scheint ihm rot von vorn ins Gesicht, und Hermann gleitet zurück ins Wasser, er braucht eine freie Hand, die er sich über die Augen legen kann. Da vorne schwimmt Antonia. Und sie lächelt, als sie ihn sieht. Dann legt sie sich auf den Rücken mit ausgebreiteten Armen und lässt sich von der Strömung ein paar Meter abwärts treiben, näher und näher, sie dreht sich wie ein Fisch und taucht unter, gleitet durchs Wasser über dem wedelnden Kraut und taucht auf, gleich neben ihm.

«Hallo», sagt Antonia und wischt sich das Wasser aus dem Gesicht.

«Hallo», sagt der Hermann. Er sagt es mit einer Stimme, vor der er selbst ein wenig erschrickt. Er hat seine Stimme verstellt, aber nur ein bisschen. Sie klingt tiefer als sonst.

«Bist du nicht unten bei den anderen?», fragt Antonia.

Hermann schüttelt den Kopf. «Ich geh bald fort», sagt er.

«Wohin gehst du?», fragt die Antonia, und sie blinzelt ein bisschen dabei.

«Nach Bayern», sagt Hermann. «Ich hab einen Sack voller Tabak. Dafür kauf ich uns einen Gaul. Ich hab wen, der mir einen geben kann, weißt du? Wir brauchen doch einen Gaul.»

Und die Antonia nickt. Sie weiß genau, wie sehr man

einen Gaul braucht, wenn man keinen hat. Dann schweigen die beiden. Doch bald stößt die Antonia sich ab und taucht hinüber ans andere Ufer. Sie taucht auf und dreht sich auf den Rücken, hält sich unter Wasser an etwas fest, das Hermann nicht sehen kann. Sie paddelt mit den Beinen in der Strömung, und dann summt sie eine Melodie mit ihrer hohen Mädchenstimme, als wäre keiner da, der sie hören kann. Nach einer Weile taucht sie wieder zurück zum Hermann und schaut ihn einfach an, sie schaut ihm direkt in die Augen.

Und da geht ein Gefühl durch Hermann hindurch, das er noch nie in seinem Leben gefühlt hat. Es ist ein schreckliches Gefühl und ein schönes Gefühl zur selben Zeit. Ihm hat noch nie ein Mensch so lange in die Augen gesehen. Ihre Augen sind braun und ein bisschen grün. Hermann bekommt eine Gänsehaut – und dann muss er wegschauen, weil er es nicht aushält. Er guckt, ob jemand kommt, aber da kommt niemand. Sie sind ganz allein, und niemand ist Zeuge, wie sie da unter der Uferböschung im Wasser beieinanderstehen. Und als Hermann wieder zu ihr blickt, da schaut sie ihn immer noch an, und er denkt, dass die Antonia jetzt etwas sehen kann, das noch nie ein Mensch hat sehen können. Jetzt kennt sie ihn durch und durch und besser als er sich selbst.

Vor Ungeduld trippelt Hermann unter Wasser mit den Füßen und tritt auf einen Stein, es tut ein bisschen weh, aber er lässt es sich nicht anmerken. Und nach einer Weile denkt er, dass er jetzt vielleicht etwas machen sollte, und weil er nicht weiß, was das sein könnte, greift er nach oben, wo ein Löwenzahn steht, ein später Löwenzahn, eine Pusteblume, die längst verweht sein sollte. Er rupft die Blume aus und berührt Antonias nackte Schulter mit der weißen Kugel. Er berührt sie ganz leicht und denkt «gleich schwimmt sie weg, ich darf das nicht». Aber Antonia schwimmt nicht weg. Sie bleibt neben ihm stehen im sandigen Grund und lässt es sich gefallen, dass die Blume sie streichelt. Sie sagt nichts, sie lächelt nicht. Aber sie lässt es sich gefallen. Und Hermanns Herz schlägt ganz verrückt, und er weiß nicht, was er als Nächstes tun soll. Müsste er jetzt noch etwas anderes machen?

Irgendwann hört er ein Klackern, bis er merkt, dass es seine Zähne sind, die aufeinanderschlagen. Der Bach wird niemals richtig warm, auch jetzt im Sommer nicht.

«Deine Lippen sind ganz blau», sagt die Antonia. Und Hermann kann sehen, dass auch ihre Lippen blau sind. Dann nimmt Antonia sein Handgelenk, das Handgelenk mit der Blume, sie führt die Blume vor ihre blauen Lippen, und sie spitzt ihren kleinen Mund. Dann bläst sie hinein in die Kugel, dass die Fallschirme auffliegen und ganz langsam durch die Luft gleiten und auf dem Wasser landen und davontreiben in den kleinen Wirbeln im Sandheimer Bach.

«Ich schwimm dann wieder zurück», sagt Antonia.

Hermann nickt, und so schwimmen sie wieder an ihre Plätze, die Antonia hinauf zu den Mädchen und der Hermann hinunter den Buben. Er lässt sich einfach treiben in der trägen Strömung. Zwischendurch macht er ein paar Züge und schaut, ob er die kleinen Fallschirme noch sehen kann, aber da sind keine mehr. Seine Beine zittern, als er über die Böschung klettert und zu seinem Handtuch geht. Und dann liegt er noch eine Weile in der Abendsonne und lässt sich trocknen im warmen Sommer. Das Gefühl ist immer noch da.

Irgendwann, als seine Badehose nicht mehr ganz nass ist, steht Hermann auf und zieht sein Hemd über, es riecht nach Staub und Schweiß vom Feld. Er trottet nach Hause und ist froh, dass keiner kommt von seinen Freunden. Der Max nicht und der Eugen nicht, sie sind vielleicht unten im Gumpen hinter der Mühle, oder sie waren im Schwimmbad oder sie sind schon daheim. Es ist gut, dass sie nicht hier sind, er wüsste nicht, was er ihnen sagen sollte. Er will nicht reden, denn wenn er etwas sagen würde, dann wäre das Gefühl vielleicht weg und würde nicht wiederkommen.

Zu Hause geht Hermann in den Stall und füttert die Tiere. Er könnte jetzt nichts essen, er fühlt sich, als würde er nie wieder in seinem Leben etwas zu essen brauchen. Aber dann, als die Arbeit getan ist und er in der Küche sitzt und seine Mutter das Vesper auf den Tisch stellt und einen Krug mit Wasser, da bekommt er doch wieder Hunger, und er isst drei dicke Scheiben Brot mit Käse und etwas Wurst dazu. Und er muss die ganze Zeit an Antonias Augen denken, braune und grüne Augen über dem Wasser.

Und als er später im Bett liegt, da nimmt er sich vor, dass er das Gefühl niemals vergessen will, das in ihm aufgestiegen ist, als sie ihn angesehen hat. Vielleicht hätte er ja mehr machen sollen als ihr eine Blume über die Schulter streichen. Dieser Gedanke begleitet ihn noch, als er wegdämmert. Irgendwann, wenn er sich traut, wird er versuchen, ihre Hand in seine Hand zu nehmen. Das wäre mutig. Das wäre mehr, als ein Pferd aus Bayern zu holen.

Sie hat die schönsten Augen auf der ganzen Welt. Aber als sie noch Zöpfe hatte, das hat ihm besser gefallen.

47. DER WEIDENKORB

Im Weidenkorb hinten im Schuppen lagern die Äpfel vom September. Und auch wenn vielleicht keiner mehr kommt, um die Früchte zu essen, ehe sie faulen, wird der Korb noch viele Wochen nach Herbst riechen und nach reifer Erde.

«Singe den Zorn, o Göttin, des Peleiaden Achilleus!» Wieder zitiert der Hans seinen Homer. Manchmal gibt es deshalb Streit unter den Gefangenen. Dem Filp machen die Verse nichts aus, aber einige der anderen halten den Milchkännchens Hans für ein Arschloch mit Abitur, das sich was einbildet auf sein Latein und sein Griechisch. Und dann die Arbeit! Das Milchkännchen kann hinlangen, und Ausdauer hat er auch. Aber seine Geschicklichkeit!

Am Anfang hat der Speißler quer über die Baustellen von «zwei linken Händen» gesprochen. Aber inzwischen ist ihm und dem Filp und allen anderen klargeworden, dass das noch zu wenig gesagt ist.

«Das Milchkännchen ist schlimmer», hat der Speißler gebrummt, als er neben dem Filp auf dem Latrinenbalken gesessen hat. «Dem hat der Herrgott auch noch lauter Daumen an seine zwei Linken gegeben.» Dann hat der Speißler gelacht, aber es lag keine Häme darin, sondern nur eine mitleidige Bitterkeit.

«Ich hab seit zehn Tagen nicht geschissen», sagt der Filp, der schon einen roten Kopf hat vom Drücken.

«Bei mir sind's elf», sagt der Speißler.

Dann sitzen die beiden und drücken, und es dauert eine halbe Stunde. Und als es dann gelingt, denkt der Filp, dass es ein großer, harter Stein ist, der sich da in die Freiheit quält.

«Man hätt mehr essen müssen», sagt der Filp, als er sich die Hose anzieht zu dem Speißler, der noch immer sitzt und drückt. «Aber mehr Essen kriegt man nur über den schwulen Goumier. Hier zerreißt es einem das Arschloch von innen oder von außen.»

Jetzt schleppen sie also Steine über die Plätze von Straßburg, und der Hans zitiert die Ilias, und der Filp müht sich. Der Hauptmann, der heimlich Goethe und Schiller zitiert, winkt den Hans zu sich.

«Ich höre, Sie sprechen manchmal in Versen von Homer. Wir müssen uns unterhalten. Kommen Sie in mein Büro in einer Stunde. Sie bringen einen Kameraden.»

«Welchen Kameraden?», fragt der Hans.

«Sie entscheiden», sagt der Hauptmann.

Der Hans nickt, und er weiß nicht, was er denken soll. Sicher, der Hauptmann ist ein vernünftiger Mann. Vielleicht will er sich wirklich nur über Homer unterhalten. Wäre der andere nicht Aufpasser und der Hans nicht Zwangsarbeiter, man würde sich treffen in Paris in einem Café und würde den Frauen hinterherschauen und sich unterhalten mit seinesgleichen. Man würde über Kunst sprechen und über Dichtung. Das wäre eine Unterhaltung, besser als drei Tage Urlaub.

Und wirklich, als der Hans und der Filp ins Büro des Hauptmanns kommen, hat der schon einen Roten entkorkt, bietet Zigarren und gibt Feuer und plaudert über das Wetter und erkundigt sich nach der Unterkunft. Und dann fängt er auf einmal an, nach dem Hitler zu fragen und überhaupt wie alles abgelaufen ist, was gut war, was schlecht war.

Der Hans und der Filp haben bald ihr erstes Glas geleert, und der Hauptmann – er ist ein aufmerksamer Gastgeber – schenkt so schnell nach, dass die beiden ins Reden kommen, und sie erzählen und haben Meinungen, und sie verbergen nichts und sprechen wie zu einem Freund. Der Hauptmann nickt, stellt Zwischenfragen, nippt gelegentlich an seinem Glas, aber es ist noch sein erstes, als die Flasche bereits geleert auf dem Tisch steht, und in der zweiten daneben schwappt nur noch ein kleiner Rest.

«Meine Herren, es war mir ein Vergnügen», sagt der Hauptmann, und der Hans will aufstehen und sich theatralisch verbeugen, aber er lässt es, weil schon das Aufstehen kaum gelingt. Der Filp ist stabiler, aber blau sind sie beide.

«Darf ich um etwas bitten, Herr Hauptmann?», fragt der Hans, der sich sehr konzentriert dabei und seine Zunge beherrscht, damit es sauber klingt und kein Wein zu hören ist aus dem nachlässig sich fläzenden L und dem nuschelnden S.

«Selbstverständlich», sagt der Hauptmann.

«Eine Flasche Wein für die Kameraden, bitte», sagt der Hans. «Es ist nicht recht, wenn nur wir zwei trinken», er zeigt auf den Filp und auf sich. «Wenn nur wir zwei trinken und alle anderen nicht.»

Der Hauptmann überlegt kurz, dann nickt er knapp. «Gut», sagt er und holt eine Flasche aus dem Bauchraum seines Schreibtisches.

Das Hänschen und der Filp salutieren, und dann stolpern sie hinaus und zurück in ihre unterirdische Behausung, wo schon die Abendwache über den Flur regiert.

«Der Hinterlader», stöhnt der Filp, als sie den Maghrebiner erblicken.

Und da hat der Hans eine Idee. Er geht mit schnellen Schritten auf den Soldaten zu. Der stutzt erst, dann erhebt er sich drohend und legt die Hand an den Griff seiner Waffe.

«Kamerad!», sagt der Hans und lächelt, so gut und gerade er das in seinem Zustand noch vermag. «Hier, ein Geschenk, un cadeau.» Und er hält in seiner rechten Hand am ausgestreckten Arm die Rotweinflasche, hält sie dem Goumier vor die Nase.

Wie sich das Gesicht eines Menschen verändern kann! Wie schnell ein Grimm verfliegt! Der Fremde reißt seine Augen auf, dann verbreitert sich sein Mund, und die Zähne werden sichtbar. «Bon!», ruft er aus und greift die Flasche mit beiden Händen. «Ca-ma-rade!», ruft er und nickt dem Hans zu, der noch immer lächelt, dem Fremden zunickt und dann langsam den Rückzug antritt.

Wenig später klingt der Korken aus dem Flur und das Glucksen und das Schlucken und das Schnalzen. Und irgendwann hören sie den Gesang, die fremden, näselnden Vierteltöne.

«Wie wenn man eine Katze totschlägt», lästert der Speißler.

Aber der Hans, das mitfühlende Milchkännchen, kann noch etwas anderes hören. Er hört das Heimweh da draußen auf dem Korridor. Und es ist dasselbe Heimweh wie seins.

«Das war vielleicht ein Fehler, dem die Flasche zu geben», sagt der Filp und betrachtet seine rauen, staubigen Hände. «Manche werden schlimmer, wenn sie Dampf haben, und man weiß nicht, wie weit sie's dann treiben.»

Der Hans nickt. «Ich weiß. Aber der ist von der anderen Sorte. Der fängt an zu weinen und zu träumen. Ich glaub, wir haben gerade was gefunden, was uns das Leben hier unten ein bisschen leichter macht.»

Und sie hören ihn singen und trinken und später Schritte, die sich entfernen, Schritte, die wiederkommen mit einer Melodie vom Rand der Wüste. Dann stößt wer die Tür auf, und jetzt warten sie, dass es wieder losgeht und sie hüpfen müssen und ihre Schwänze zeigen. Doch stattdessen hat der

Dunkle einen Korb dabei, einen dunklen Weidenkorb mit angerissenem Henkel, und der Korb ist voller Äpfel. Manche haben faule Stellen, und faltig ist ihre Haut, der Speißler macht eine zotige Bemerkung dazu, und ein paar der Männer lachen. Der Fremde stellt den Korb ab am Eingang.

«Prenez», sagt der Goumier. Und als keiner der Männer reagiert, deutet er hilflos auf den Korb. «Des pommes», sagt er.

«Er sagt: Das sind Äpfel, und wir sollen uns bedienen», übersetzt der Filp.

«Das seh ich schon selber, dass das Äpfel sind», knurrt der Speißler. «Müssen wir uns von dem Kerl ficken lassen dafür, oder was will der?»

«Pourquoi les pommes?», fragt der Filp.

Der Marokkaner macht große Augen und schaut ihn an, als hätte er den Verstand verloren. «Pour manger», antwortet er dann.

«Er sagt, die Äpfel sind zum Essen da», sagt der Hermann und kratzt sich am Kopf.

«Pour mes amis», sagt der Fremde.

«Für meine Freunde», übersetzt der Filp. «Merci», sagt er dann und deutet eine Verbeugung an. Er nimmt sich einen der Äpfel, wischt ihn ab an seinem schmutzigen Hemdsärmel und isst.

Da bleckt der Maroc wieder die Zähne und lacht. Dann greift er selbst in den Korb und nimmt einen der Äpfel und beißt hinein. Und dann drängen sich die Männer um den Korb wie Schweine um den Trog, wenn man die dampfende Brühe aus Wasser, Dickrüben und gedämpften Kartoffeln hineingeschüttet hat. Und sie greifen hinein und holen sich ihr erstes Obst seit Wochen und essen es gierig.

Und der Marokkaner lässt sie wieder allein, er sieht glücklich aus zum ersten Mal, seit er den Keller mit ihnen teilt. Es wird der erste Abend mit ihm, an dem keiner gequält wird, an dem es keine Schläge gibt, keine Schikane, kein Handeln um Ärsche und Brot.

«Wir haben da was Gutes gefunden», sagt der Filp, als er satt und zufrieden auf seinem Lager liegt, und der Hans nickt, als er seinen letzten Apfelbutzen knurpst. «Und morgen können wir endlich wieder so richtig scheißen», sagt der Filp und furzt, dass es eine Freude ist.

Hans kichert, dann gähnt er, rülpst und beginnt seinen rhythmischen Singsang:

«Jetzo strauchelte Aias im Lauf, denn es irrt' ihn Athene,
Dort wo der Unrat lag der geschlachteten brüllenden Rinder,
Die zu Patroklos' Ehre der Peleione getötet;
Und mit dem Rinderkot ward Mund und Nas' ihm besudelt.»

Der Filp schüttelt müde den Kopf. «Hänschen, du bist ein Arschloch, das sag ich dir. Dein Homer hat uns heute geholfen, das geb ich zu. Aber ich kann das geschwollene Zeug grad nicht mehr hören.»

«Ich bin schon fertig damit», winkt der Hans ab. «Aber das hat sein gemusst. Weißt du, ich freu mich halt schon so saumäßig aufs Scheißen.»

48. DIE TABAKRESTE

Im Heimatmuseum hat man ein paar alte Tabakblätter ausgestellt. Die trockene Luft hat schon vor Jahren auch den letzten Rest an Feuchtigkeit aus ihren Fasern geholt. Sie zerfallen, sobald man sie berührt.

Hermann erwacht im fremden Stroh. Unter ihm die braune Decke, an der noch ein paar rötliche Pferdehaare hängen, er hat sie im Schlaf nur leicht über die Füße geschlagen, es war so eine milde Sommernacht. Er steht auf und reckt sich, schüttelt die Halme aus der Decke und hängt sie über einen der dunklen Holzbalken im Dämmerlicht. Er tritt nach draußen, spült sich den Schweiß aus den Achseln am Brunnen im Hof, wirft sich zwei, drei Hände voll Wasser ins Gesicht und über den sonnenverbrannten Nacken unter dunkelblondem Stoppelhaar. Dann geht er hinaus auf die Weide hinterm Haus, wo sein Schatz steht, sein Stolz, sein Lohn für Tatkraft, Reise und Abenteuer.

Der hochrahmige Rotfuchs schnaubt nur kurz, als Hermann ihm mit der Hand über die Stirn fährt. An der rechten Seite des massigen Schädels fehlt ein Auge. Hat er nicht gehandelt wie ein Mann? In Bayern kennen seine Leute einen Bauern, der Pferde züchtet. Der Sohn hat vor dem Krieg eine Zeitlang bei ihnen in Sandheim gearbeitet. Als die Franzosen das Dorf verlassen haben, hat er einen Brief geschrieben: *Habt ihr ein Pferd, das ihr uns verkaufen könnt?* Dann kam die Einladung. Die Bekannten haben einen Gaul, den niemand haben wollte, nicht einmal die Soldaten. Das fehlende Auge hat ihn untauglich gemacht für die Front. Er ist nicht mehr jung, aber immer noch stark und ausdauernd. Man wird ihn Hermann schenken, man hat genug an allem in diesen Tagen und hilft aus alter Verbundenheit.

Hermann ist zum Rathaus gegangen, um sich einen Schein zu besorgen. Eine offizielle Einladung nach Bayern, da braucht er einen Wisch, er ist noch zu jung, um einen richtigen Ausweis zu besitzen. Er hat sich einen Kartoffelsack mit Tabakbündeln gefüllt, mehr als dreißig Pfund guter, trockener Sandblätter aus der Ernte vom Vorjahr. Ein paar Brote hat er sich gemacht und ist mit dem Zug in die Stadt gefahren. Von dort in die nächste Stadt und immer so weiter. Man hat ihn übernachten lassen und ihm das halbblinde Kaltblut gegeben, ein Halfter dazu, eine Decke, einen Gurt, denn niemand reitet leicht auf einem blanken Pferderücken.

Was für ein Abenteuer! Hermann handelt wie ein Erwachsener, aber in seinem Kopf hat er noch die Träume eines Halbwüchsigen. Er wird nach Hause reiten wie Winnetou, der auch keinen Sattel hatte. So gut wird das gehen und viel schneller, als die Mutter glaubt. Er wird früh wieder daheim sein und all die Arbeit verrichten, die dort liegen bleibt während seiner Reise.

Hermann reitet über die Dörfer, und wenn es Abend wird, sucht er sich ein Haus, wo ein Bauer wohnt, und er klopft an die Tür, und er fragt die Frauen – es sind immer die Frauen, die ihm öffnen – nach einer Gabel Heu für den Gaul und einem Platz für die Nacht. Und dann beginnt immer dasselbe Spiel.

«Junge, Bub, du musst das ganz alleine machen?»

Und Hermann nickt, und er lernt schnell, dass ein trauriger Blick, der wie Heimweh aussieht, selbst das harte Herz einer rauen Bauersfrau weich machen kann von einem Pulsschlag zum anderen. Und dann greift Hermann in seinen Tabaksack und holt eines der duftenden Bündel heraus, dann öffnet sich jede Tür, denn jetzt, nach dem Umsturz, ist Tabak so gut wie Geld. Nein, Hermann korrigiert sich, es ist besser als Geld. Denn Geld wäre eine Bezahlung. Aber Tabak ist ein Tausch, man tauscht wie unter Freunden und Schicksalsgenossen, von Bauer zu Bauer.

Hermann versorgt zunächst sein Tier, das die Tage ohne ein Zeichen von Ermüdung hinter sich bringt. Er lässt den Roten saufen und gibt ihm das gute Heu von den fremden Wiesen. Er schüttelt die Decke aus und macht sich sein Lager. Und dann laden ihn die Bauern zu sich in die Stube, und er bekommt sein Brot und etwas Wurst oder Käse, es gibt frisches Wasser aus dem Brunnen, und man fragt ihn aus und will wissen, was es gibt in der Welt.

Hermann meidet die Städte und bleibt in den Dörfern, wo er sich auskennt. Die Welt der Dörfer ist ja überall gleich, ein Bauer ist ein Bauer. Er pflügt, er sät, er hält das Unkraut klein, er erntet und versorgt sein Vieh. Die Arbeit bleibt die Arbeit.

Nur mit dem Reiten ist es ganz anders, als Hermann es sich vorgestellt hat. Als er nach der dritten Nacht erwacht, spürt er ein Brennen an seinem Hintern, und als er die Stelle befühlt, da merkt er, wie es nässt und das Fleisch blank und hautlos geworden ist, so groß wie sein Handteller unter dem schmerzenden Steiß.

Er frühstückt bei den Leuten im Haus, er bekommt sein Brot wie alle, er bekommt seinen Malzkaffee, jeder der Bauern hat genug. Und auch wenn es schlechter ist, jetzt, wo man den Krieg verloren hat, so hungert doch keiner. Den Leuten geht es wie in Sandheim. Man lebt und weiß, dass man keine Not wird leiden müssen. Aber als Hermann dann aufsteht, spürt er, dass er trotz allen Mitleids einen

Ruf zu verlieren hat, einen Ruf als Mann. Also sitzt er tapfer auf nach Frühstück und Abschied und reitet die erste Strecke, bis die Häuser des Dorfes hinter ihm ganz verschwunden sind und keiner mehr zu sehen ist auf der staubigen Straße. Da zügelt er seinen einäugigen Gaul und sitzt ab mit einem lauten Stöhnen, reibt sich sein Hinterteil und spürt, wie die wunde Stelle wieder stärker in die Unterhose nässt.

Und dann führt der Hermann den Fuchs am Halfter bis zum Abend. Und er schämt sich dabei, weil er auf der Landkarte sehen kann, dass er lange brauchen wird für die Strecke, viel länger als geplant. Wird die Mutter Fragen stellen, was er getrieben hat die ganze Zeit? Und wenn Hermann nur lange genug an die Mutter denkt und ihren Blick, mit dem sie ihn dann ansehen wird, wenn er das Bild ihrer Missbilligung nicht mehr aus dem Kopf verjagen kann, dann überkommt ihn wieder die alte Unruhe aus Kindertagen, und er sitzt erneut auf, um tüchtig Strecke zu machen. Aber es hält nie lange vor, denn kein Mutterblick tut so weh wie ein blutiger Hintern.

Als er Ulm linker Hand an sich vorüberziehen lässt, hat Hermann einen neuen Plan gefasst. Er hat die Tabakbüschel in seinem Jutesack gezählt und gerechnet. Er weiß, wie viele Nächte er noch Kredit haben wird bei den fremden Leuten. Ab jetzt wird er nicht mehr aufsitzen, sein Hintern muss heilen. Denn die letzten Kilometer nach Sandheim hinein, die wird er reiten, das steht fest. Er wird so in sein Heimatdorf zurückkehren, wie er sich in seiner Phantasie die gesamte Reise ausgemalt hat: stolz wie Winnetou und auf dem Rücken eines Pferdes, das jetzt ihm gehört. Alle sollen sehen, was er geschafft hat. Und er will lächeln dabei wie ein Herr. Und das wird nur gehen, wenn die Haut über seinem Steiß wieder ganz geschlossen ist und kein Schorf mehr scheuert auf der Decke über dem gebogenen Pferderücken.

Und so folgt der Hermann seinem Plan, und der Hintern wird heil, und dann kommt er endlich, zwei Wochen lang war er unterwegs, aus dem Kraichgau hinunter in die Ebene, er reitet vorbei an den Wiesen vor dem Wald, wo das süßeste Gras von allen wächst, er reitet durch den schattigen Kammerforst, den einzigen Wald um das Dorf herum, der nicht den Sandheimern gehört. Hermann reitet gerne durch den Kammerforst, er ist stolz auf die alte Waldgeschichte, die ihm der Filp oft erzählt hat, als er ein Kind war. Die Geschichte von den Bürgermeistern der Gegend, die ihre Gehölze dem Markgrafen überschrieben haben. Nur der Schulz von Sandheim hat gesagt, dass er aufs Klo muss, und hat den Hut am Haken hängen lassen und ist abgehauen durch die Nacht. Und so haben die Sandheimer als Einzige ihren guten Wald behalten.

Hermann hatte, wann immer er diese Geschichte hörte, das Gefühl, dass die Sandheimer besser sind als die Rauchheimer, die Speckheimer, die Friedheimer und die Lauchheimer. Besser als die Grevenheimer? Das wäre auch ohne eigenen Wald eine abgemachte Sache gewesen. Denn die Grevenheimer sind katholisch.

Als Hermann auf seinem Fuchs die ersten Häuser passiert, schlägt sein Herz anders als sonst. Wie oft ist er schon von hier nach Sandheim gefahren, wenn er mit dem Vater von den Feldern kam? Er kennt den Blick auf das Dorf genau. Aber diesmal erscheint ihm alles anders und neu, als käme er zum allerersten Mal in seinem Leben nach Sandheim, als müssten jetzt andere Menschen aus den vertrauten Häusern schauen. Hermann quert die Bahnlinie, und hier und da kommt wer an ihm vorbei und grüßt verwundert und fragt sich, was der junge Hermann da für einen seltsamen Gaul unter sich hat und warum er reitet, als gäb's keine Arbeit an diesem hellen Werktag.

Wo er die Totengasse erreicht, müsste Hermann eigentlich rechts abbiegen, um nach Hause zu kommen, aber er hat sich etwas anderes vorgenommen und reitet geradeaus weiter, ganz langsam lässt er den Roten jetzt gehen, und er betet – er hat das zuletzt seltener gemacht, weniger oft als zu Zeiten seiner Konfirmation –, er ruft seinen Gott an, dass er doch ein Mädchen mit Sommersprossen und kurzen Zöpfen aus der Hofeinfahrt treten lassen soll. Er hat es so oft gesehen in seinen Tagträumen. Und am liebsten hätte er das Pferd angehalten und mit irgendwem einen harmlosen Schwatz angefangen, nur um noch etwas Zeit zu gewinnen. Aber keiner kommt ihm mehr entgegen auf der Neuen Anlage, und als Hermann in Antonias Hof schaut, da steht das Fuhrwerk nicht an seinem Platz, und das Mädchen ist wohl draußen auf dem Feld mit ihrem Alten und hilft bei allem, was zu schaffen ist, ehe die Sonne untergeht. Und so reitet er heim auf dem Weg, der jetzt am kürzesten ist. Am Dohlgraben entlang und am Hirschhof vorbei, bis er endlich nach Hause kommt.

«Hier wohnst du jetzt», sagt er dem Fuchs, als er absteigt und ins Haus hinein nach der Mutter und der Schwester gerufen hat. Er bringt den Gaul in den Stall und versorgt ihn und hängt den leeren Jutesack an seinen Platz über den Balken. Und als er ins Haus kommt, da schaut ihn die Mutter an mit genau jenem Blick, den er auf seiner Reise so oft vor Augen hatte.

«Hast den Gaul dabei?», fragt sie.

«Ja, ich hab ihn dabei», sagt der Hermann.

«Das ist recht», sagt die Mutter. «Und es ist gut, dass du endlich wieder da bist, Hermann. Wir haben so viel Geschäft hier, du kannst es dir nicht vorstellen.»

49. DER SUPPENTELLER

Der äußere Rand des tiefen, weißen Tellers glänzt in Gold, auf seiner Unterseite findet sich ein geschwungenes R unter einer Krone im Lorbeerkranz. Einst gehörte er zu einem Service aus vierzig Teilen. Heute ist er ganz allein.

Heute sind es sieben Mann. Ein Lieferwagen bringt sie hinaus aus der Stadt, fort von den Baustellen, hin zu den Dörfern und den Leuten, die jetzt ein wenig Hilfe bekommen auf undurchsichtigen Wegen. Dann steht der Hans im Haus dieser Frau, er arbeitet allein für sie. Sie redet lange auf ihn ein, macht ein Zeichen, Hans versteht sie nicht. Dann nimmt sie ein Blatt Papier in die Hand und macht eine Bewegung, als würde sie schreiben.

«Ein Formular ausfüllen», sagt Hans. Dann wedelt sie mit dem ausgestreckten Zeigefinger. «Kein Formular ausfüllen», sagt der Hans. Jetzt reibt sie den Daumen am Zeigefinger. «Aha», sagt der Hans. Der Aufseher hat ihn und die anderen sechs Männer also unter der Hand vermietet, um ein bisschen Geld zu verdienen. Hans lächelt. Wenn er die Lage richtig einschätzt, dann ist das ein Geschäft, von dem alle etwas haben. Jetzt winkt ihm die Frau, er soll ihr folgen.

Sie geht nach draußen und redet französisch und zeigt auf den Spaten, der an der Hauswand lehnt, und dann auf den Garten, den ganzen Garten. Hans soll ihn umgraben, er zeigt auf den Spaten, dann auf sich, und sie öffnet die Hände und sagt: «Voilà!» Und dann lächelt sie ihm zu mit einem Frauenlächeln, das aus den Augen kommt.

Blaugraue Augen hat sie, Hans schaut sie an. Wie alt mag sie sein? Sicher über dreißig, vielleicht sogar schon vierzig, schwer zu sagen, niemand in Sandheim trägt solche Kleider und macht Dinge mit den Haaren wie diese hier. Über den Wangen und an den Augenwinkeln hat sie Falten. Hans fragt sich, ob sie vom Lachen kommen oder von den Sorgen. Einen großen, schönen Garten hat sie jedenfalls da hinter ihrem schiefen Haus.

«Nix viel Arbeit, doucement!», sagt sie und lässt die offenen Hände wippen mit den Handflächen nach unten. Hans soll sich Zeit lassen. Sie lächelt ihn wieder an, dreht sich um und geht ins Haus, und dann schaut sie noch mal über die Schultern zurück und wieder ein Lächeln und Funkeln. Hans denkt an seine Hanna, und dass er nicht weiß, ob er je wieder nach Hause kommt. Und daran, wie verloren er sich fühlt, seit er losmusste mit nichts als den Kleidern am Leib und einer halben Scheibe Brot. Und er weiß, dass diese Französin weiß, wie allein er ist. Und dass sie allein ist. Und dass sie weiß, dass er es weiß. Und dass er ihr gefällt. Und dass einem keine Frau in Sandheim solche Blicke zuwirft wie diese hier.

Also gräbt der Hans den Garten, «doucement» macht er das, langsam, fast trödelnd. Das blanke Blatt fährt in die Erde, Hans legt sein Körpergewicht auf den rechten Fuß, bis das eiserne Spatenstück ganz verschwindet; er wartet einen Moment, dann hebt er den Boden und lässt ihn zurückfallen, richtet sich auf, wischt das bisschen Schweiß aus seinen Augenbrauen. Ab und an schaut er zum Haus und auf den

Hof, ob wohl sein Aufseher sich blicken lässt, um zu sehen, was er treibt und ob er auch wirklich seine Arbeit macht. Aber der Aufseher bleibt fern. Dann erscheint die Französin in der Tür und ruft ihn und sagt, dass jetzt das Essen fertig ist.

Hans wäscht sich die Hände am Brunnen und kommt in die Küche, wo es duftet wie lange nicht. Die Frau hat gekocht, ein richtiges Mittagessen mit gebratenen Kartoffeln und vier Spiegeleiern für ihn allein und zwei dicken, heißen Scheiben Speck. Der Hans setzt sich und bedankt sich, und am Anfang nimmt er noch schüchtern wie ein Konfirmand, aber dann merkt er, dass die Frau es sich schmecken lässt, und so fällt er über die Speisen her wie ein Tier, das lange gehungert hat. Er isst, bis ihm schlecht wird, und dann noch mehr. Und es ist der Himmel.

Am Abend, ehe der Wachmann ihn abholt, steht er bei ihr in der Küche, und sie streicht ihm im Vorbeigehen wie aus Versehen den Handrücken über den nackten Unterarm jenseits der gekrempelten Ärmel, dass es ihm seine blonden Härchen aufstellt.

Im Wagen sagt der Aufseher, als er den Motor anlässt, dass er eine Überraschung hat für seine Männer. Er kennt ein paar Leute im Dorf, vor allem den Pächter der Wirtschaft vorne an der Ecke. Und genau deshalb wird die Grande Nation heute das Abendessen bezahlen. Sie wird überhaupt jeden Abend das Essen bezahlen, solange sie hier im Dorf ihren Dienst verrichten. Wenig später sitzen sie am Wirtshaustisch, es ist ein Tisch wie zu Hause im Hirschhof in Sandheim, und es gibt Brot und etwas Käse und – tatsächlich – ein Glas halb voll mit Weißwein und Wasser. Hans hat vielleicht ein Viertel des Gartens geschafft an diesem Tag. Er hat wohl auch ein paar Sachen im Haus repariert, das aber mehr schlecht als recht, weil aus ihm kein Handwerker mehr wird in diesem Leben.

Bei der Fahrt zurück ins Lager erzählen die anderen von den Leuten, bei denen sie waren. Gute und Böse sind dabei, Hans schweigt zu allem. Drei der anderen kommen aus Sandheim, und einer ist sogar mit seiner Hanna verwandt. Besser, keiner erfährt von der Frau mit den blaugrauen Augen. Und er schläft nicht gut in dieser Nacht, weil sein Geschlecht sich meldet.

Am nächsten Tag kommt alles, wie es muss. Hans gräbt ein bisschen, dann ruft sie ihn ins Haus. Im Schlafzimmer soll etwas repariert werden, sagt sie, und als der Hans dann zu ihr kommt, da riecht sie auf einmal wie ein Blumenbeet. Die Falten über ihren Wangen kommen wirklich vom Lachen. Und am Abend ist der Garten noch nicht zur Hälfte umgegraben.

In der Dorfwirtschaft hat man denselben Tisch für die Deutschen gedeckt wie am Abend zuvor, nur dass neben dem Essen noch ein paar umgedrehte Teller stehen. Der Hans ist der Erste, der darunterlinst, und da liegt – wahrhaftig – eine Zigarre, so schön, wie er sie lange nicht gesehen hat. Man schiebt die Hand verstohlen darunter und lässt das Ding verschwinden und schmuggelt es zurück ins Lager, wo man die Zigarre teilt mit den Kameraden.

«Danke, mein Freund», sagt der Hans, als er das Wirtshaus verlässt.

«Schon recht», sagt der Wirt.

Tage später – der Garten im Dorf ist umgegraben und Hans zurück auf den Baustellen der Stadt – gibt es am Abend Linsensuppe für alle. Und am nächsten Abend gibt es wieder

Linsensuppe. Und nächsten Abend wieder. Und am nächsten Abend wieder.

«Bis der Topf leer ist», sagt der Wachmann in der Küche. «Morgen kriegt ihr kein Frühstück, ihr verzogenen Saukerle.»

Und dann sitzt der Hans in der Sommerhitze über der vergorenen, ranzigen Brühe, in der schon mehr Käfer und Maden schwimmen als Linsen.

«Die Scheiß-Franzosen», flucht der Speißler.

Der Hans überlegt. Sie müssen essen, sie brauchen die Suppe. Und vor allem brauchen sie das Essen, das nach der Suppe kommt. Er klaubt die Käfer und Maden aus dem Sud und legt sie auf den Tellerrand. «Ich hab noch eine halbe Zigarre für den Sieger», sagt er. Und als die Kameraden ihn ansehen und nicht wissen, wovon er spricht, erklärt er: «Wer die meisten Käfer in seiner Suppe findet, gewinnt.»

Und wie Kinder, denen man ein Spiel erklärt hat, fangen die Männer an, ihre Suppe zu löffeln und dabei das Ungeziefer aus den Linsen zu klauben. Der Hans hört bei fünfzig auf zu zählen, und die Maden isst er mit. Am Ende raucht der Speißler zufrieden seinen Sieger-Stumpen. Sein Tellerrand war schwarz von all den gefangenen Käfern.

Als der Speißler fertig geraucht hat, winkt er den Hans und den Filp zu sich. «Ich hab's mir überlegt. Ich mag nicht mehr. Ich will nach Hause. Die Kerle hier können uns verhungern lassen, wenn sie wollen. Aber ich sterb nicht hier. Ich will heim.»

Der Hans und der Filp schauen ihn an und warten.

«Was meinst du?», fragt der Filp schließlich.

«Ich hab morgen eine andere Arbeit», sagt der Speißler. «Etwas mit Holz. Der Aufseher hat mitbekommen, dass ich schreinern kann. Wir arbeiten unten am Rhein. Und wenn es irgendwie geht, dann hau ich hab. Ich muss bloß über den Fluss, dann schaff ich's auch nach Hause.»

«Die schießen dich tot, die Brüder», sagt der Filp.

Aber der Speißler winkt ab. «Das glaub ich nicht. Wenn sie mich kriegen, dann geh ich in den Bau. Aber nach ein paar Tagen komm ich wieder raus. Die wollen doch, dass ich für sie arbeite, bloß deshalb bin ich doch hier.»

«Warum sagst du uns das?», fragt der Hans.

«Wenn ich morgen nicht mehr wiederkomme, dann wisst ihr, dass ich auf dem Weg nach Hause bin», sagt er und grinst.

Er riecht schon die Heimat, denkt das Hänschen. Eigentlich ist der Speißler nicht sein Freund. Aber er wünscht ihm trotzdem alles Gute. Wenn's der Speißler schafft, dann weiß der Hans, dass auch er es versuchen kann. Irgendwann, wenn die Gelegenheit kommt.

Es wird ein langer Abend. Der Speißler muss aufgeregter sein, als er zugeben will. Denn nachdem man sie schon eingeschlossen hat in ihrem Kellerraum, steht er auf einmal auf und hält eine Rede: Er lässt ein Wettfurzen veranstalten. «Die Linsen sollen doch für etwas gut sein!»

Und so halten die Männer, wenn die Blähung kommt, die nackten Hintern in die Luft, und der Speißler springt, kichernd wie betrunken, mit der Kerze von einem zum anderen, und fast immer hält er das Feuer so geschickt, dass eine längliche Flamme entsteht wie aus dem Maul eines sehr kleinen Drachen. Manche Blähungen brennen blau.

«Furz ist nicht Furz», doziert der Speißler und kriegt sich kaum ein vor Lachen. «Wer den längsten hat heut Nacht, der gewinnt. Ich geb ihm Schinken und Zigarren, wenn wir hier erst mal raus und wieder zu Hause sind. Versprochen und Ehrenwort.»

Hans dreht sich um, schließt die Augen und denkt an Homer.

Am nächsten Abend bekommen sie keine Suppe mehr. Es gibt wieder Brot, und es ist genug für alle. Aber der Platz vom Speißler bleibt leer.

«Er hat's geschafft, der alte Hund», sagt der Hans.

«Vielleicht, Milchkännchen, vielleicht», sagt der Filp, der an seinem Brot kaut. «Aber wer weiß? Kann auch sein, dass sie ihn totgeschossen haben.»

Am Morgen darauf müssen sie wieder antreten im Hof. Diesmal hat der Hauptmann einen Stellvertreter geschickt. Er verliert kein Wort über den Speißler. Er kommt nur, um das Fußballspiel abzusagen, das man ihnen fürs Wochenende versprochen hat. Eine Strafe für alle, weil einer entfloh.

Nachts liegt der Hans wach. Das letzte Bild, bevor er einschläft, ist der Speißler, der kichernd von einem zum andern springt, um mit dem Lachen eines Wahnsinnigen Flatulenzen zu entflammen.

«O Speißler, du Lichtträger, du Feuerspucker, du Fackelmann, zeig mir den Weg aus der Nacht», dichtet der Hans.

«Halt jetzt mal dein Maul, Milchkännchen», murrt der Filp.

Und bald geht das Hänschen still hinüber in den Schlaf.

50. DIE NOTENZEICHEN

Auf der letzten Seite des schmalen Heftes steht ein altes Lied, mit Tinte geschrieben. Nur in der dritten Zeile hat jemand mit Bleistift ein paar Buchstaben über den Noten notiert, wo die Kantilene zu hoch wird für die gedruckten Linien.

«Wollen wir?», fragt der junge Holzner, als Marie sich neben ihn auf das Fuhrwerk setzt. Seine Eltern sind reiche Bauern, die seit je zwei Pferde im Stall haben. Der junge Holzner hat die Franzosen durch die Gegend gefahren, wenn sie im Wald nach versteckten deutschen Soldaten gesucht haben. Heute fährt er nach Friedheim. «Geschäfte», sagt er.

Marie zahlt ihm ein bisschen Geld für die Fahrt ins Nachbardorf. Sie will die Lydia besuchen, ihre beste Freundin, die dort mit ihrem Bauern verheiratet ist. Siebzehn Jahre älter. Es kam ihr nicht viel vor. Marie hat die Flöte in der Tasche und ihr Notenheft. Vielleicht kommen die Töne ja wieder, wenn sie bei der Freundin ist. Auch die Gebete sind wiedergekommen, als andere dabei halfen. Vielleicht geht es jetzt mit der Musik genauso.

Beim Anziehen hat die Marie an sich heruntergesehen. Die Brüste und der Bauch, die Haut, die sich jung darüber spannt – alles sieht aus, als wäre nie etwas gewesen, als wären nie fremde Männer zu ihr gekommen, als wäre sie niemals zur Elli gegangen. Als wäre nichts gegeben worden und nichts genommen. Nur der Herr sieht, was innen ist, denkt Marie.

Doch die Lydia erscheint ihr ganz anders als beim letzten Mal. Ganz blass ist sie, obwohl seit Wochen die Sonne scheint.

«Was bist du so bleich?», fragt Marie.

Lydia steht und sagt erst nichts. «Aber du siehst gut aus, Marie», sagt sie dann und bittet die Freundin in die Stube, und dann setzen sie sich, und die Lydia fängt an zu weinen.

Nein. Marie kann ihr jetzt nicht erzählen, was passiert ist. Sie wollte ihr alles sagen, aber jetzt ist die Freundin noch schwächer als sie selbst. Wie kann sie ihr da eine Last sein? Wie kann sie erzählen, was sie so bedrückt? Marie kann es nicht. «Was ist mit dir?», fragt sie die Freundin.

Und die Lydia erzählt. Sie ist krank, der Arzt hat gesagt, dass sie sterben muss. Sie hat ein Geschwür, sagt sie. Einen Krebs. Es geht nicht gut aus. Und dann weint die Lydia wieder, und die Marie sitzt einfach daneben und hält ihre kalte Hand, die zittert unter dem Schluchzen. Nach einer Weile wischt sich Lydia, die zarte, kleine Lydia, mit dem Handrücken über die Nase, und sie schüttelt sich und steht auf und erzwingt sich ein Lächeln.

«Hast deine Flöte dabei, Marie? Ich möcht so gern mit dir Flöte spielen, es fehlt mir so.»

Und Marie holt ihre Flöte aus dem Futteral und steckt, langsam und andächtig, den Kopf auf das Rohr, danach das breite Mundstück. Sie öffnet ihr Notenheft und legt es vor sich auf den Tisch. Und auch die Lydia hat ihre Flöte bei der Hand, ihre kleine Sopranflöte, und dann spielen die beiden Frauen, ohne Worte zu machen. Lydia deutet auf ihre Noten. Das möchte sie gerne haben, dieses Lied unter ihrem Finger. Marie nickt, sie blättert und findet das Lied auf der letzten Seite in ihrem Heft, das 64. Lied ihrer Sammlung. Marie hat in der dritten Zeile, wo die Noten auf Hilfslinien stehen, mit Bleistift die Namen darübergeschrieben. Ein C, ein H, ein D, ein A. Marie hat die Melodie schon oft in der Kirche gesungen. Man stimmt es an in Sandheim, wenn jemand gestorben ist, die neunte Strophe. Und jetzt, wo ihre Lippen die Luft freigeben und ihre Finger die Löcher der Altflöte verschließen und wieder öffnen, da singt Marie die Worte wieder mit in ihrem Geist.

Wenn ich einmal soll scheiden,
so scheide nicht von mir,
wenn ich den Tod soll leiden,
so tritt du dann herfür;
wenn mir am allerbängsten
wird um das Herze sein,
so reiß mich aus den Ängsten
kraft deiner Angst und Pein.

Und die Töne gehen zweistimmig durch die Stube, und sie vermischen sich, als käme der Klang aus einem einzigen Mund, und ein paar Takte lang ist es Marie, als flögen die Musik und das Gebet darin direkt in den Himmel hinein. Wie hat ihr das gefehlt.

Als Marie später in der Küche steht, sieht sie, wie schwach die Freundin schon sein muss. Die Lydia war immer eine ordentliche Frau, aber hier sieht es nicht mehr aus wie in einem ordentlichen Haushalt. In den Ecken liegt der Staub, wie lange hat hier keiner gewischt? Niemand hat gekocht für diesen Tag. Marie nimmt die Schürze vom Haken, sie feuert den Herd an, während die Lydia wie ein Nichts auf ihrem Stuhl verharrt.

«Danke, Marie», sagt sie.

Jetzt schält Marie Kartoffeln und schneidet sie in feine Würfel, sie will sie in den großen schwarzen Topf geben. Aber der Topf ist nicht gut gespült, unten in den Kanten hängen noch Krusten fest. Marie setzt Wasser auf, nimmt dann einen Teil davon ab und spült den Topf sauber im Wasserstein. Sie rügt die Freundin nicht für ihre Versäumnisse, es muss ihr so schlechtgehen. Herr, hab Nachsicht mit ihr, denkt Marie. In Sandheim wäre Verwandtschaft da gewesen, die hätte geholfen. Aber hier im Nachbardorf ist die Lydia noch immer eine Fremde.

Marie gibt die Kartoffeln in den nun sauberen Topf, sie kippt Wasser hinterher und eine Handvoll Salz und setzt die Kartoffeln auf den Herd. Danach nimmt sie die Rührschüssel, siebt Mehl hinein, streut Salz dazu, schlägt ein Ei obendrauf und kippt kaltes Wasser nach, dann rührt sie den Teig. Es geht auf zwölf Uhr, bald wird der Heiner nach Hause kommen, der Mann von der Lydia, der heute auf dem Feld arbeitet. Er wird Hunger haben. Marie schneidet zwei Zwiebeln in Ringe, reibt die schwere Pfanne mit einer Speckschwarte aus und lässt dann die Zwiebelringe darin braun werden. Sie zieht das Küchenmesser ein paarmal über den Stahl in ihrer linken Hand, dann gibt sie den Spätzleteig auf ein Brett und schabt ihn mit flinken Bewegungen in das kochende Salzwasser. Als die Spatzen aufschwimmen, nimmt sie den Schaumlöffel und gibt sie in die Suppe mit den Kartoffeln. Viertel nach zwölf.

Die Tür geht auf, und ein Mann betritt die Küche. Heiner ist kaum mittelgroß, im nächsten Jahr wird er vierzig, er hat breite Schultern und einen kantigen Schädel, an dessen Stirn sich das grauschwarze Haar deutlich lichtet.

«Marie, hast gekocht?», fragt er zur Begrüßung.

«Ja, ich hab Verheiratete gemacht. Ich hoffe, es ist recht», sagt Marie. Dann gibt er ihr die Hand, die breite Bauernpranke. Er hat Hände, so groß wie der Schwarze mit der Augenklappe, denkt Marie und erzittert für einen Moment.

Der Heiner setzt sich ans Kopfende, Marie holt drei Teller aus dem Küchenschrank, sie stellt den Topf auf den Tisch und schöpft mit der Kelle die Suppe aus Kartoffeln und Spätzle. Dann holt sie die Pfanne und gibt die geschmelzten Zwiebeln darüber, dem Heiner das meiste. Er braucht viel Kraft für den Nachmittag. Er wird wieder aufs Feld müssen und keine Lydia mitnehmen, die hilft.

«Nächstes Jahr schlachten wir vielleicht», sagt der Heiner. «Dann gibt's auch wieder Leberwurst in die Verheirateten.»

Lydia und Marie sagen nichts. Nächstes Jahr wird die Lydia nicht mehr da sein, denkt die Marie. Sie sitzen einen Moment lang schweigend, dann falten sie die Hände.

«Komm, Herr Jesus, sei unser Gast und segne, was du uns bescheret hast», betet der Heiner.

Dann essen sie. Marie langsam und andächtig. Heiner mit großem Hunger, beinahe hastig, Lydia wie ein Spatz. Nach dem Essen raucht der Heiner einen Stumpen. Er baut Tabak, er hat immer Zigarren im Haus.

«Bist eine rechte Frau», sagt er zur Marie, als sie den Abwasch gemacht und den Tisch sauber gewischt hat.

«Ist schon recht», sagt Marie.

«Ja, du bist eine rechte Frau», sagt die Lydia.

Als der Heiner wieder aufs Feld geht und die Lydia immer noch dasitzt wie ein Haufen, da denkt die Marie, wie es jetzt doch ein Segen ist, dass die Lydia dem Heiner keine Kinder geboren hat. Was würde jetzt aus den Kindern werden mit so einer kranken Mutter? Der Herr hat alles geordnet in seiner Weisheit.

«Marie», sagt die Lydia. «Ich glaub, ich muss mich hinlegen.»

Und wie sie aufstehen will, da geht es schwer wie bei einer Greisin. Marie nimmt die Freundin beim Arm und geht mit ihr in die Stube, und die Lydia legt sich aufs Chaiselongue, ein Gesicht wie aus Kreide. Marie hält ihr die kalte Hand, die gar nicht mehr warm werden will.

«Marie, ich hab lang nachgedacht, ob ich dir das sagen kann. Aber jetzt weiß ich, dass ich's kann, dass ich's soll, dass es der Herrgott will.»

Marie schaut sie an, Lydias Augen waren einmal blau, jetzt sind sie fast grau geworden.

«Weißt du, der Heiner, der braucht eine Frau, wenn ich nicht mehr bin. Und wie er das gerade gesagt hat, da hab ich gewusst, dass ihm der Herrgott das eingegeben hat. Du bist eine rechte Frau. Und der Heiner braucht eine. Du bist wie meine Schwester, und eine Schwester macht das doch, wenn die andere Schwester stirbt. Du bist doch auch allein, du kannst das machen. Und der Heiner braucht eine Frau. Vielleicht kriegst du dann die Kinder, ich hab sie nicht kriegen können. Dann kannst du dir immer vorstellen, dass es auch meine sind, weißt du, Marie?»

Und die Marie sitzt neben ihrer Freundin, und da ist der Stein wieder in ihrem Hals, den sie gespürt hat, als die Schwarzen bei ihr in der Küche waren. Sie hat ihr Geheimnis für sich behalten. Wie kann sie die Freundin damit belasten?

«Du musst mir das versprechen, Marie. Wenn ich nicht mehr bin, dann musst du ihn heiraten. Versprich's mir bei unserem Herrgott.»

Und Marie nickt. «Ja, Lydia, das versprech ich dir.»

Und die Lydia macht die Augen zu, und sie liegt da, und zum ersten Mal an diesem Tag sieht sie friedlich aus. «Dann ist es gut», sagt sie. «Ich dank dir schön, Marie. Ich hab gewusst, dass du ja sagst. Du bist wirklich wie meine Schwester.»

Dann steht der junge Holzner vor der Tür. Er hat seine Geschäfte erledigt, und ein paar Säcke liegen jetzt hinten im Fuhrwerk, Marie fragt nicht, was für Säcke das sind.

«Du kommst doch wieder?», fragt die Lydia, als sie sich verabschieden.

«Ja, ich komm wieder», sagt Marie. «Der Herr wird's schon alles richten, Lydia.»

«Ja, der Herr wird's richten», sagt die Lydia, das kranke Wesen, das bald sterben muss.

Auf dem Weg zurück spürt die Marie einen Druck in ihren Brüsten, wie sie ihn gespürt hat, als der Teufel in ihrem Bauch gewachsen ist. Und sie legt sich die Hand auf den Leib, und der Leib ist nicht dicker geworden und kein bisschen runder, als er am Karfreitag war. Wie hat sie der Freundin nur versprechen können, was sie jetzt versprochen hat? Aber dann, nur ein paar Pferdeschritte weiter, macht sich Marie schon Vorwürfe, dass sie so selbstsüchtig ist und dass sie mehr Bedauern für sich spürt als für die Freundin, wo die Freundin doch krank ist und sterben muss.

Vergib mir, Herr, sagt Marie. Sie hat gesündigt. Sie hat gesündigt mit den schwarzen Männern. Es war auch ihre Schuld. Es muss eine Strafe sein für die Gedanken, die sie manchmal hat. Für all die Gedanken, die weniger fromm sind als das, was man sehen kann von ihr. Der Herr straft. Vergib mir, Herr, sagt sie noch einmal stumm.

Der junge Holzner neben ihr, er sieht nur eine junge Frau in den Kleidern einer alten, die schweigend neben ihm auf der Allee zurück nach Sandheim fährt.

51. DER BRIEF

Nur ein einziges Blatt ist von ihm übrig geblieben über die Jahre, ein Brief ohne Anrede und ohne Gruß am Ende. Das dünne gelbe Blatt ist reinlich beschrieben in deutscher Frauenschrift, die kaum noch jemand lesen kann, voller spitzer Schwünge, die aussehen, als hätte man sie gedruckt.

Hans hält das Päckchen in der Hand und kann es nicht glauben. Es ist ein Päckchen von zu Hause, er liest seinen Namen, die Adresse der Kaserne, in deren Keller er die vergangenen Monate verbracht hat. Hannas Handschrift, wie gestochen und sauber, aber der Unterschwung in ihrem kleinen g zeigt ein wenig stärker zurück, als der Lehrer es den Kindern beigebracht hat, ihr h steht enger als sonst üblich. Hans hält das Ding mit beiden Händen fest, er hält es vor seine Adlernase, und dann zieht er die Luft ein und riecht daran, aber kein Duft von Hanna hängt am Packpapier, doch dafür etwas anderes, ein Geruch von zu Hause: der Geruch von Sandheimer Tabak.

Langsam, andächtig wie ein Priester bei einem uralten Ritual löst der Hans den Packen, ohne etwas zu zerreißen, entfaltet den Bogen und streicht ihn glatt, legt ihn zusammen, einen Schatz von zu Hause mit der Handschrift seiner Frau. Und wirklich: Seine Nase hat ihn nicht belogen, da liegen Zigarren, sie kommen aus einer der Fabriken im benachbarten Grevenheim, wo die Frauen an Tischen stehen und die fermentierten Blätter rollen. Hans wird, wenn er sparsam ist, über Wochen etwas davon haben. Er wird teilen können. Oder tauschen, wer weiß?

Hans nimmt eine der braunen Stangen und befühlt ihre

Oberfläche, die sanfte Rauheit, die noch den Wuchs der Pflanze verrät. Er riecht daran, und es riecht so deutlich, so klar nach Sonne und sandiger Erde, da spürt er etwas in sich aufkochen wie Milch, die man auf dem Herd vergisst, und dann nimmt er die Zigarre hastig fort, weil schon etwas Salzwasser daraufgefallen ist aus seinem linken Auge, ein Tropfen aus einem Meer von Heimweh.

«Er heult wie zarte Kinder und Wittweiber», verspottet der Hans sich selbst mit seinem Homer. Schnell wischt er das Auge trocken, damit keiner ihn sieht, und dann erst entdeckt er den Brief unter den Stumpen. Wieder das g mit dem zurückgebogenen Unterschwung, wieder das enge h, die Hand seiner Frau.

Hans fährt mit dem Finger in den Umschlag und nimmt die drei Blätter, engbeschrieben, man sieht am Verlauf der Tinte, dass sie lange daran gesessen hat, dass es Tage waren und nicht Stunden. Und an den feinen Blättern, endlich, riecht Hans den Duft seiner Hanna als schwachen Hauch durch die Buchstaben. Sie schreibt von der Angst, die sie um ihn hatte. Von ihrer Wut auf die Franzosen, von ihren Vorwürfen gegen sich selbst, weil sie ihn nach Hause geholt und damit alles nur ganz schlimm gemacht hat, dass sie schuld ist an allem und sich selbst niemals verzeihen will, wenn er nicht mehr heimkommt. Sie schreibt von der Tabakernte, die gut war wie alle Ernten in diesem Jahr mit seinem blauen Himmel. Und dass die Franzosen fort sind schon seit Wochen und dass es jetzt besser ist, wo die Amerikaner alles übernommen haben, die kaum etwas wollen von den Leuten. Die Frauen haben keine Angst mehr auf der Straße, schreibt die Hanna. Aber dem Vater geht es schlecht. Er muss den Hof alleine machen, und sie hilft ihm, so gut es geht, aber er, der Hans, fehlt überall. Man bräuchte ihn dringend bei der Arbeit. Und der Vater weiß nicht, wie lange er es noch schaffen kann ohne ihn, und dass man das Land nicht gut verpachten kann, das bisschen Geld davon würd ja nicht reichen. Und dass es dem Jungen gutgeht und dass alle schmal sind, aber gesund, und dass jetzt alles jeden Tag ein bisschen besser wird. Und am Ende schreibt sie den Satz, auf den der Hans und die anderen Sandheimer im Kasernenkeller seit Wochen gewartet haben: Die Adresse vom Hans, die hat sie vom Speißler bekommen, vom Speißler, den die Franzosen nicht totgeschossen haben. Vom Speißler, der's geschafft hat, nach Hause zu kommen.

«Speißler, du verrückter Hund», sagt der Hans halblaut zu sich selbst, und er lächelt zum ersten Mal seit Tagen. Wenn der Speißler abhauen kann, dann ist es möglich, dann kann man es schaffen, denkt er sich.

Und am Abend liegt er neben dem Filp unten im Kellerloch, und sie spinnen ihre Geschichte weiter, wie sie das immer wieder getan haben in den vergangenen Wochen. Wie könnte man es hinkriegen? Wie müsste es laufen? Manchmal haben sie Arbeit im Ostteil der Stadt, von wo man die vier Brücken sieht, die bei Straßburg den Rhein queren. Die beiden mittleren sind kaputt. Die alte Holzbrücke hängt wie ein gebrochenes Bein in der Strömung, das nur noch gehalten wird durch die Haut, die Muskeln und die Sehnen aus Schwellen, Nägeln und Eisenbahnschienen. Aber im Norden haben die Franzosen eine Behelfsbrücke hinüber nach Kehl gebaut, auf der schon wieder die Züge im Wechsel hin und her laufen, die Brücke ist so schmal, dass nur ein einziges Gleis darauf passt.

«Ich bin schon einmal mit dem Zug nach Hause gekommen», sagt der Hans. «Man braucht einen Kerl bei der Bahn, dann kann es klappen. Wenn ich einmal auf der anderen Seite bin, dann komm ich auch nach Hause. Drüben verpfeift einen keiner mehr.» Der Hans und der Filp teilen sich die erste Zigarre aus dem Heimatpaket, jetzt reicht der Alte dem Jüngeren den qualmenden Stumpen zurück. «Du musst das alleine machen, Milchkännchen», sagt er. «Ich bin zu alt für so was, ich schaff das nicht. Ich wart lieber ab, bis sie mich von selber rauslassen. Es kann ja nicht mehr lange dauern.»

Der Hans nimmt einen Zug, einen tiefen Zug in die Lunge, mit dem ein sanfter Schwindel durch seinen Körper sickert. «Ich muss es probieren», sagt er dann. «Ich kann nicht mehr warten. Ich muss heim.»

Von diesem Tag an versteckt der Hans sein Päckchen mit den Zigarren unter seinem Nachtlager. Keiner der Kameraden wird ihn beklauen seit der Strafaktion wegen der unterschlagenen Brote. Aber eine einzelne Zigarre hat er jetzt immer dabei. Wenn sich die Gelegenheit bietet, braucht er etwas, um schnell einen neuen Freund zu gewinnen. Einen Eisenbahner. Am besten einen, der deutsch spricht und der mit ihnen sympathisiert. Es gibt genug davon auf dieser Seite des Flusses, so viel hat der Hans in den Monaten mitbekommen. Er hat alle Schattierungen an Gefühlen gesehen: den giftgrünen Hass, die kalte Gleichgültigkeit, reines Mitgefühl – und dann gibt es noch jene, die lieber bei den Deutschen geblieben wären, als wieder zu den Franzosen zu kommen. So einer würde einen mit hinübernehmen für Sympathie und Zigarren. Wenn Hans so einen trifft, dann wird er schnell handeln.

52. DAS DAMENRAD

«Victoria» steht auf dem oberen Rohr des schwarz geschwungenen Rahmens, als wäre dieses Fahrrad ein Fahrrad für Siegerinnen. Wenn man mit der rechten Hand am schmalen Bremsgriff zieht, drückt der Mechanismus den gewölbten Gummiklotz von oben auf den Mantel des Vorderreifens. Besser, man bremst mit dem Rücktritt.

Marie lenkt ihr Rad nach Süden, sie verlässt das Dorf, zu ihrer Rechten schlängelt sich der Bach über die Felder, an seinen Ufern stehen Zwetschgenbäume, die Früchte hat man längst geerntet. Links zielen die Ackerfurchen hinüber zum kleinen Hasentor. In Maries Nase weht ein gäriger Duft, auf einem der Felder liegen ein paar zerhauene Kürbisse. Morgen oder übermorgen wird man sie unterpflügen, damit sie verfaulen und die Erde düngen für die Ernte im nächsten Sommer. So viele Menschen sind hier gestorben, haben hier gelegen in der Ackererde, zerschlagen wie kranke Kürbisse. Marie schickt einen Gedanken zum Himmel, kürzer als eine Silbe, eine Bitte für die Seelen der toten Männer.

Jetzt trifft sie ein kalter Wind schräg von vorne, aber Marie tritt nicht stärker, sie tut schon, was sie kann. Ihre Fahrt verlangsamt sich ein wenig, bald hat sie den Wald erreicht, der den Wind abbremst und alles wieder leichter macht. Gelbe und rote Blätter kleben auf der Straße, die noch ein wenig feucht ist durch den Regen vom Vortag.

Als die Bäume enden, fährt sie bereits über fremdes Land, die Gemarkung der Nachbarsiedlung. Marie fährt auf freies Feld, der Bach ist ganz nah, sie fährt gegen seine Strömung, noch enger und unruhiger fließt er hier oben, noch immer säumen Obstbäume seine Böschung. Dann quert die Straße den schmalen Flusslauf über eine Brücke, und danach geht es über Felder und Erdwälle hinein in das alte Hugenottendorf.

Marie lenkt ihr Rad vorbei an den schmalen Bauernhäusern. Der Freundin ging's so elend beim letzten Besuch, jedes Mal ist jetzt ein Abschied. Lydias Flöte lag unbenutzt im Futteral, sie war zu schwach, um noch zu spielen, lag nur im Bett und wurde weniger mit jedem Tag, ein kranker Vogel, der seine Federn verliert. Jetzt hat Marie das Hoftor erreicht, das hart an der Straße steht wie in allen Dörfern auf den Sandböden im Rheintal nördlich von Karlsruhe.

Marie stellt das Rad ab, und ein bisschen spürt sie wieder den Unterleib, er ist schon fast wieder gut. Schlimm sind nur die Nächte, wenn die Träume kommen, gegen die sie sich nicht wehren kann. Dann schreckt sie manchmal auf mitten in der Dunkelheit und hat ein Nachthemd an, so nass, als hätte man es durch den Bach gezogen. Und immer sind die Männer wieder da, die sie auf den Hof ziehen, und manchmal greift ein großer Vogel von unten in sie hinein und stülpt ihr Inneres nach außen. Marie wechselt dann das Nachthemd und sucht Trost in Gebeten.

Sie hat den Sandheimer Pfarrer gefragt, ob schlechte Träume vom Teufel kommen oder vom Herrn oder aus einer unreinen Seele. Aber der Pfarrer, so viele Worte er auch gemacht hat, eine richtige Antwort war es nicht. Er hat ihr gesagt, dass ein tüchtiges Gebet noch immer geholfen hat. Also spricht Marie tüchtige Gebete. Und manchmal gibt es auch Nächte, die am Morgen enden, wie es sich gehört und wie es früher immer war, bis die Schwarzen gekommen sind. Dann dankt sie ihrem Gott und nimmt es als Beweis, dass ihre Bitten nicht umsonst sind. Manchmal geschieht etwas, wenn die Sonne scheint, bei der Arbeit oder mitten in Gesprächen: Marie verfällt dann von einem Herzschlag zum nächsten in ein dumpfes Schweigen, sie kann selbst nicht sagen, wie es kommt. Sie möchte dann nur sitzen, und die Welt rauscht an ihr vorbei. Es ist, als würde sie schlafen mit offenen Augen. Sie kommt sich dann alt vor und als wäre sie schon gestorben.

Jetzt klopft Marie an die Haustür und wartet. Wie bei den letzten Besuchen wird wohl auch diesmal keiner aufmachen, und nach einer Zeit des Anstandes wird die Marie die Tür selbst öffnen und dann in die Stube gehen, um die Freundin zu sehen. Doch jetzt hört Marie auf einmal ungewohnte Schritte von drinnen, jemand drückt die Klinke, und der Dorfpfarrer steht vor ihr mit würdigem Blick.

Er drückt der Marie die Hand. «Sie ist beim Herrn», sagt der Pfarrer.

Marie will sich an ihm vorbeidrängen, um in die Stube zu gehen und nachzusehen, ob es stimmt, was er sagt, aber sie bezähmt sich, denn niemand lässt sich gehen vor einem Diener des Herrn. Sie folgt ihm schweigend und mit äußerer Ruhe. In der Stube steht der Heiner, grob und gedrungen, sehr gefasst, er hat es kommen sehen. Eine Nachbarin wartet am Bett, eine Frau von fast sechzig Jahren mit Falten unterm grauem Dutt. Keiner von Lydias Verwandtschaft, die Eltern leben ja nicht mehr, der Bruder ist gefallen, und all die anderen wird man erst zur Beerdigung erwarten. Marie geht zum Heiner und spricht ihm das Beileid aus.

«Sind nur noch wir zwei da», sagt der Heiner und drückt der Marie die Hand sehr fest, fast tut es weh.

Marie geht auch zur Nachbarin und gibt ihr stumm die Hand. Dann sieht Marie aufs Bett, man hat der Lydia ein weißes Nachthemd aus Leinen angezogen und die schmalen Hände darüber gefaltet, die Haare liegen ordentlich geflochten, an den Schläfen – Marie ist das nie aufgefallen – mischen sich ein paar graue Strähnen in die Haselnussfarbe. Und das Gesicht, Herr im Himmel, das Gesicht! Die Wangen sind so weit eingefallen, dass man meint, sie müssten sich in der Mundhöhle fast berühren, die geschlossenen Augen liegen tief im Schädel versunken und die Nase, Lydias feine Nase, jetzt ragt sie heraus wie ein Schnäbelchen, wie bei einer Blaumeise im Winter. So wenig Mensch bleibt übrig am Ende. Sie war noch keine dreißig, die Lydia, und jetzt im Tod liegt sie da wie eine ausgetrocknete alte Frau. Marie legt ihre Hand auf die kalten, wächsernen Finger der Freundin, und sie möchte weinen und sich hinknien, aber nicht vor den Leuten, nicht vor dem Pfarrer. Sie behält es für sich und weint still und ohne Tränen.

Später gibt es Ersatzkaffee in der Küche. Und als der Pfarrer sich verabschiedet hat und die Nachbarin dringend nach Hause muss, weil sie noch viel Geschäft hat an diesem Tag, und als der Heiner und die Marie lange geschwiegen haben, die Augen auf die Tischplatte gerichtet, da räuspert sich der Heiner und setzt sich aufrecht in sein breites Kreuz, und er nestelt mit seinen großen Fingern an etwas herum, das man nicht sehen kann, und dann sagt er: «Ja, die Lydia, jetzt hat sie's geschafft.»

Und die Marie sagt: «Ja, jetzt hat sie's geschafft.»

Und der Heiner sagt: «Es ist eine Erlösung für sie. Weißt du, sie hat darauf gewartet und gewollt, dass der Herrgott sie bald zu sich holt.»

Und die Marie sagt: «Ja, so ist es gewesen.»

Dann räuspert sich der Heiner wieder und sagt: «Sie hat viel von dir gesprochen. Sie hat immer gut von dir gesprochen. Dass du eine gute Frau bist und dass du's verstehst, einen Haushalt zu führen. Hab's ja auch selber gesehen. Bist eine fromme und saubere Frau.» Er macht eine Pause.

Vielleicht wartet er, dass die Marie etwas sagt, aber diesmal sagt sie nichts. Sie schaut weiter auf die Tischplatte. «Ja, und sie hat auch gesagt, dass du ihr etwas versprochen hast. Sie hätt nicht gehen können ohne das. Das hat sie mir gesagt. Sie hätt nicht gehen können, wenn sie nicht gewusst hätte, dass sie gehen darf. Dass jemand da ist, der ihren Platz einnimmt. Und ich hab ihr gesagt, dass ich froh bin darüber. Dass ich froh bin, dass du es ihr versprochen hast. Du bist zwar nicht von hier, aber du bist eine saubere und tüchtige Frau. Und ich brauch doch eine saubere und tüchtige Frau im Haus. Kann's ja nicht alles allein machen.»

Die Marie nickt. «Ja, das stimmt. Das kannst du nicht.»

Und der Heiner sagt: «Der Herrgott hat's ja selbst gesagt. Es ist nicht gut, dass der Mensch allein sei.»

Wieder macht er eine Pause, und die Marie sagt: «Ja, so steht's geschrieben.»

Und dann, als die Tassen ausgetrunken sind, steht die Marie auf, spült und trocknet sie ab und stellt sie alle an ihren Platz, und der Heiner sitzt, und er schaut ihr zu dabei, und was er sieht, gefällt ihm gut. Ein guter Hintern steckt da unterm Bauernkleid, wenn sie sich an der Spüle ein wenig nach vorn beugt, kann man es erahnen. Das ist ein Hintern, wie der Heiner ihn gerne hat, nicht zu mager und nicht zu breit. Auch einen guten Busen hat sie, weich muss er sein, nicht zu groß und nicht zu klein. So sieht eine Frau aus, mit der man Kinder haben kann.

Heiner ist nicht mehr jung, aber dass er noch ein Mann ist, manchmal merkt er es am Morgen, wenn er erwacht. Er könnte noch ein paar Jahre ein Mann sein. Und vielleicht noch ein Kind bekommen oder zwei, vielleicht drei, wenn der Herr es gut mit ihm meint. Die Marie ist eine saubere Frau, eine tüchtige Frau. Ja, der Herrgott meint es jetzt schon gut mit ihm. Er nimmt ihm die eine Frau und schenkt ihm dafür die andere. Und vielleicht ist die neue sogar besser als die alte. Der Herr hat's gegeben, der Herr hat's genommen. Und manchmal gibt er wieder neu, nachdem er genommen hat. Aber jetzt muss er sich um die Beerdigung kümmern. Ein halbes Jahr wird man warten müssen. Aber dann, im nächsten Frühjahr, wenn der Spargel wieder wächst, dann könnte es eine Hochzeit geben.

Und so verabschieden sich der Heiner und die Marie. Die Marie fährt nach Hause, und es rauscht in ihrem Kopf. Die Freundin ist gestorben. Und sie hat sich verlobt. Als sie den Wald hinter sich lässt, spürt sie, wie der Wind jetzt schräg von hinten kommt. Er schiebt sie nach Hause. Seltsam, dass der Weg nach Sandheim so viel kürzer erscheint als der Weg nach Friedheim. Obwohl es doch derselbe ist. Die Wege des Herrn, denkt die Marie, sie sind für immer unergründlich.

53. DER PFLUG

Unter einer mottenzerfressenen Wolldecke wartet er, grün und mit erhobenen Beinen wie eine Gottesanbeterin. Fünf Streben halten das kleine Eisenrad an seiner Vorderseite. Mit dem einscharigen Pflug könnte man heute noch so gut arbeiten wie vor siebzig oder achtzig Jahren.

Vor der Wintergerste muss der Hermann die Felder pflügen. Er ist jetzt der Mann zu Hause mit seinen fünfzehn Jahren. Der Filp, sein Vater, sitzt noch immer in Frankreich, aber er ist wohl noch am Leben und einigermaßen bei Gesundheit. Irgendwann wird er wiederkommen. Das hat der Speißler erzählt, der mit dem Vater im Lager war und der geflohen und zurückgekommen ist nach Sandheim. Solange die Franzosen den Vater bei sich behalten, muss der Hermann den Hof führen. Aber wie macht man das? Hermann hat so viel gelernt bei seinem Alten, doch es ist lange, lange nicht genug, auch wenn die Nachbarn ihm Ratschläge erteilen und die Verwandtschaft ihm hier und dort verrät, was als Nächstes zu erledigen ist, und auch manchmal mithilft, falls es sein muss. Es ist halt eine schwere Zeit, und jeder hat mit sich selbst zu tun.

Am Abend, wenn die Alten in die Wirtshäuser gehen und ihr Bier trinken und Karten spielen, dann sitzt der Hermann nicht dabei. Für Bier und Zigarren ist er zu jung, das weiß jeder. Und wie er spät nach Hause kommt vom Feld, da trifft der Hermann den Paul, der jetzt keine Uniform mehr trägt. Der Paul, der ein Jahr älter ist. Seinen Vater haben die Russen geholt, seinen Gaul die Franzosen. Es gab da eine Liste, heißt es, mit allen, die in der Partei waren. Da sind die Franzosen wohl hingegangen und haben sich geholt, was man so braucht, und jetzt hat der Paul keinen Gaul mehr. Dabei muss er zu Hause dieselbe Arbeit machen wie der Hermann, weil's keinen anderen gibt, der sie macht. Im Krieg war da ein Pole, der beim Paul geholfen hat. Aber der Pole ist fort am selben Tag, als die Franzosen gekommen sind.

«Was machst du?», fragt der Paul, der jetzt neben dem Hermann am Fuhrwerk steht.

«Zackern will ich morgen», sagt der Hermann. «Aber ich hab keinen, der den Gaul führt. Ich werd unsere Mutter mitnehmen. Aber wer macht dann die Arbeit bei den Viechern?»

Und der Paul schlägt wie in Gedanken dem einäugigen Gaul auf die rote Kuppe mit der flachen Hand. «Also, Hermann, weißt du», sagt der Paul. Und er lässt die Hand für einen Moment auf dem Pferdefell liegen. «Wir waren uns ja nicht immer einig.» Jetzt dreht er den Kopf und schaut nach oben, wo der Hermann auf dem Brett sitzt. «Aber mir geht's ganz gleich wie dir. Ich muss auch zackern und hab keinen, der mitkommt.»

Eine Weile schweigen die beiden Jungen, und es arbeitet in ihren Köpfen. Und dann sagt der Hermann das, was der Paul sich ausgedacht hat.

«Ich hab zwei Äcker zu machen», sagt der Hermann. «Und du?»

«Ich hab auch zwei», sagt der Paul.

«Dann machen wir erst meine und dann deine?», fragt der Hermann.

Der Paul nickt.

«Hast du einen Gaul?», fragt der Hermann.

«Den Gaul vom Onkel», sagt der Paul.

«Dann kommst du um sieben und bringst den Gaul mit.»

Und als es langsam dunkel wird, sitzt der Hermann noch in der Hofeinfahrt mit einem Krug voll Wasser, in das er sich ein wenig von dem Most eingelassen hat aus dem Holzfass. Der Most hat schon gut gerissen.

«Was machst denn du morgen?», fragt eine Stimme vom Hauseck her. Der kleine Manfred steht da und schaut den Hermann groß an. Der Hermann ist für den Manfred fast ein Held. Der Manfred will später auch so werden. Einer, der schon groß ist und den die Erwachsenen vor seiner Zeit wie einen Erwachsenen grüßen.

«Kannst mich nicht mitnehmen, wenn du ein Geschäft hast auf dem Feld?», fragt der Knirps.

«Ich geh zackern morgen mit dem Paul», sagt der Hermann. «Wir sind bis Mittag auf unserem Acker am Bach. Kannst vorbeikommen und uns unser Vesper bringen, wenn du willst. Hol's einfach bei unserer Mutter ab, das wär schon recht.»

Und der Manfred freut sich und sagt, dass er das gerne macht und dass der Hermann sich auf ihn verlassen kann.

Am nächsten Morgen, der Herbstnebel liegt noch schwer über den sandigen Feldern, da steht der Paul schon im Hof, als der Hermann nach draußen kommt. Sie wuchten den Pflug auf das Fuhrwerk und spannen den Fuchs vor die linke Seite, das einäugige Tier, das er aus Bayern geholt hat. Und den Gaul, den der Paul von seinem Onkel mitgebracht hat, den spannen sie auf die rechte.

Und dann fahren sie nach draußen auf die Felder am Bach, wo sie den ersten Acker zackern. Der Paul führt die Pferde, der Hermann hängt über den beiden Holzgriffen und drückt das Eisen in die Erde, und der Boden fällt zur Seite, leicht und willig. Sie ziehen eine lange Furche im schmalen Acker. Badische Realteilung, denkt der Hermann, als sein Blick übers Land geht. Wenn ein Bauer stirbt in Sandheim, dann geht sein Land an alle Kinder zu gleichen Teilen. Deshalb gibt es fast nur schmale, lange Äcker in Sandheim, außer dort, wo der Herrgott oder der Zufall es wollte, dass zwei Leute einander heiraten, deren Äcker nebeneinanderliegen. Es ist viel besser, mit zwei Pferden zu pflügen, die Tiere schaffen die Arbeit ohne Mühe. Und der Paul hat eine gute Hand, die Furche wird gerade wie an der Schnur gezogen. Wie sie den Acker fertig haben, da schauen die Jungen auf ihr Werk, und der Paul sagt, was beide denken.

«Die Alten hätten's nicht besser hingekriegt.»

Als sie den zweiten Acker fast fertig gepflügt haben, steht die Sonne schon im Süden, und eine kleine Gestalt kommt auf einem viel zu großen Fahrrad vom Dorf her zu ihnen nach draußen gefahren. Der Manfred hat einen Rucksack dabei voller Brote.

«Wisst ihr, was ich gesehen hab?», fragt der Manfred, der ganz närrisch vor den beiden Großen auf und ab geht. «Ich bin auf der Rathausstaffel gewesen nach der Schule, und da haben zwei von den Amerikanern was gespielt.» Der Manfred fuchtelt mit den Armen durch die Luft vor lauter Aufregung. «Die haben mit einem Ball gespielt, der war weiß und groß wie ein Schneeball von einem großen Buben. Und die haben den Ball ganz weit geschmissen, und dann haben sie ihn aufgefangen mit einem Handschuh aus Leder, der war sooo groß!» Und da zeigt der Manfred, wie groß der Handschuh war.

Wenn der Manfred die Wahrheit sagt, dann war das ein Handschuh wie ein Tabakblatt.

«Die haben so weit geschmissen, und der Ball ist kein einziges Mal runtergefallen, so gut haben die das gekonnt, stellt euch das mal vor.»

Der Paul und der Hermann nicken und kauen ihre Brote und schauen interessiert.

Und der Manfred wird immer aufgeregter, weil die großen Buben, die fast schon erwachsen sind, ihm tatsächlich zuhören und ihn nicht unterbrechen, wie die Alten das tun.

«Und dann», sagt der Manfred, «hat einer von denen mir ein Lied beigebracht, ein amerikanisches Lied, und ich kann's jetzt auswendig.» Da stellt sich der kleine Kerl hin vor die beiden Großen und fängt an zu singen, und der Hermann muss grinsen, als er sieht, wie der Knirps sich darüber freut.

«Ju a mei Sannschein», singt der Manfred. «Mei onli Sannschein. Ju mehk mi heepie, wenn Skeis a greh.»

«Was heißt das denn, was du da singst?», fragt der Paul, der genauso grinsen muss wie der Hermann.

«Das ist ein Lied von der Sonne, glaub ich», sagt der Manfred. «Aber wart, es geht noch weiter.» Und er stellt sich wieder hin wie ein Sänger, der auf der Bühne steht, besinnt sich, bis er mit seinem Köpfchen wieder an die Stelle kommt, wo er unterbrochen wurde. «Ju newa no, dihr, hau matsch ei laff ju. Plies dont tehk mei Sannschein aweh.»

«Das ist ein schönes Lied», sagt der Hermann und nickt.

«Gell?», sagt der Manfred.

Und so sitzen die beiden Großen und essen ihre Brote, während der Kleine gar nicht mehr aufhört, das Lied zu singen, das der Amerikaner ihm beigebracht hat.

Als sie den Manfred wieder heimgeschickt und den Pflug wieder aufgeladen haben, da meint der Paul, dass man gegen die Amis gar nichts sagen kann.

«Die spielen Schlagball auf der Straße und bringen den Kindern ihre Lieder bei. Die sind ganz anders als die Franzosen. Die haben keinen Hass gegen uns.»

Und der Hermann findet das auch. Die Amis sind in Ordnung. Die wollen nur selten was von den Leuten und machen Geschenke. Es war einfach Pech, dass die Franzosen in Sandheim waren. Einfach ein Unglück. Wären die Amis gleich gekommen, dann wär der Vater noch hier, und das Leben wäre nicht so schwer geworden.

Am Nachmittag führt der Hermann die Gäule, und der Paul geht am Pflug.

«Ist schon besser, wenn jeder sein eigenes zackert», hat der Paul gesagt, und der Hermann hat nicht widersprochen, weil es genau so richtig ist.

Und als der Nachmittag zum frühen Abend wird, da merkt der Hermann auf einmal, dass sie sich vielleicht doch zu viel vorgenommen haben, dass die Äcker immer länger und länger werden und die Arbeit kein Ende nimmt. Aber es hilft nichts. Er hat dem Paul versprochen, dass sie auch seine Äcker fertig machen, und er darf sein Wort nicht brechen, das wäre nicht recht.

Es ist schon spät, da haben sie endlich den zweiten Acker fertig, seine Furchen wurden weniger akkurat als die Furchen davor. Sie fahren heimwärts, und kein Mensch ist mehr auf den Feldern außer ihnen. Es geht schon schwer auf den Abend zu, und wie sie im Hof den Pflug abladen und die Pferde ausspannen und sich verabschieden und der Hermann den Gaul versorgt, da merkt er, wie ihm die Knochen weh tun und wie müde er ist vom langen, langen Tag. Der Paul wird vermutlich nie sein bester Freund werden. Aber man kann gut mit ihm arbeiten, und am Ende ist er kein ganz schlechter Kerl. Es geht alles leichter, wenn man zusammenhält.

Später liegt der Hermann in seinem Bett und plant den nächsten Tag. Und auch wenn er mehr geschafft hat, als seine Kraft es zulässt, hat er das Gefühl, dass das Geschäft gar nicht weniger geworden ist. Dass es mehr geworden ist, während er doch so viel gearbeitet hat. Und er fragt sich, wie sein Vater das alles hat schaffen können über so viele Jahre.

Und ehe er einschläft, denkt er noch an Antonia und einen späten Löwenzahn überm Bach. Und er summt eine Melodie, die er am Morgen noch nicht kannte, ein einfaches Lied aus Amerika, das von der Sonne erzählt, die immer für ihn scheinen soll.

54. DER KOFFER

Seine Kanten sind mit braunem stockfleckigem Leder umnäht. In den sechziger Jahren hat sein Besitzer die Innenseiten mit ein paar Blättern der aktuellen Tageszeitung ausgeklebt. Die Anzeige einer Supermarktkette wirbt darin für verschiedene Fruchtsäfte und Rindergulasch. 100 Gramm Jagdwurst bekommt man für 79 Pfennige.

Und dann kommt die grüne Flasche. Hans holt sie hervor unter seiner groben Uniform-Jacke, «Prisonnier de Guerre» steht auf dem Jackenrücken, *Kriegsgefangener*, ein Schriftzug wie eine Tätowierung draußen auf der Straße. Hans wird damit angesehen, wie die Juden angesehen wurden damals in der Stadt. Man sah zuerst nur den Stern – und erst viel später das Gesicht. Meist sah man vorher weg.

Der Marokkaner leuchtet ihn an aus dunkelbraunen Augen. Wein! Hans organisiert ihn selbst von den Privatleuten, für die er manchmal arbeitet. Doch diese Flasche hier hat er einem der Ungarn aus dem Lager abgetauscht. Zwei dicke Zigarren hat er bezahlt, einen Wucherpreis, aber der Hans tauscht für einen guten Zweck. Wenn der dunkle Wachmann seine Flasche bekommt, kann man in Ruhe schlafen. Wenn er nichts bekommt, gibt es Tritte in den Hintern oder Hasensprünge nach Mitternacht über den nackten Flur. Und immer ist es der Hans, der nach draußen geht, wenn man etwas für den Wachmann hat.

«Pass auf, dass der Schwarze dir nicht an dein Milchkännchen geht», sagt einer der Mitgefangenen. Manche lachen, aber dem Hans ist es egal.

Jetzt sitzt er draußen auf der Holzbank vor den verschlossenen Türen zu den Kellerkammern.

«Jean, mon ami, buvons ensemble», sagt der Maroc.

Warum nennt er den Hans seinen Freund? Warum will er mit ihm trinken? Rote Adern durchziehen das Weiße seiner Augen. Er hat geweint, denkt das Hänschen. Seine Zeit auf dem Gymnasium hilft ihm sehr in diesen Tagen. Drei Sprachen hat er dort gelernt, er weiß, wie das geht, und sein Französisch ist besser geworden. Er fragt den Schwarzen, wie es so läuft mit den Franzosen, nachdem er einen Schluck aus der Flasche genommen hat.

Der Maroc antwortet mit Schimpfworten, zu viele, als dass der Hans ihn verstehen könnte. Aber er begreift dennoch: Der Maroc möchte nach Hause. Er hat seine Familie lange nicht gesehen. Aber sie lassen ihn nicht gehen.

Die Flasche wechselt hin und her, der Hans achtet darauf, stets nur zu nippen. Dem Wachmann das meiste! Denn ihm ist gegeben alle Macht im Himmel und hier unter der Erde. Man muss die Mächtigen ehren, fast als wären sie der Herrgott selbst.

Der Maroc fängt an, ein Lied aus seiner Heimat zu summen. Dann stupst er den Hans an, der sich müde an die Wand lehnt und die Augen schließt und träumt von sandigen Feldern vor einem Kiefernwald. «Chante quelque chose, mon ami!»

Er will, dass der Hans was für ihn singt. Doch was soll er singen? Er hat so lange keinen richtigen Gottesdienst besucht. Und jetzt singt er, er weiß selbst nicht recht, warum, das alte Lied aus seiner Konfirmandenzeit. Ein Lied von Menschen, die nicht wissen, wie alles weitergeht: «Der Wolken, Luft und Winden gibt Wege, Lauf und Bahn, der wird auch Wege finden, da dein Fuß gehen kann.»

Der Dunkle hört zu, dann reckt er das Kinn zu Hans und fragt, was das wohl sein soll, was er da singt.

«Aller à la maison», sagt der Hans. «Nach Hause gehen, verstehst du?» Hans deutet mit dem Zeigefinger nach oben.

Der Maroc seufzt und nickt. «Merde alors!»

Bei der nächsten Nachtwache, diesmal hat Hans einen Roten organisiert, sieht er, dass der Maroc neben sich etwas stehen hat. Einen Koffer. Sie trinken und singen, und dann erklärt der andere mit vielen wirren Gesten etwas über sein Gepäck. Hans soll darauf aufpassen für ihn, sagt er. Ab morgen wird er, der Afrikaner, für eine Weile fort sein. Aber bald will er wiederkommen und sein Zeug holen.

Er hebt den Zeigefinger. «Attends bien, mon ami – du gut aufpass!», sagt der Maroc.

Und der Hans verspricht es, und er versteckt den Koffer bei seinem Lager, bei den Zigarren und dem Brief seiner Hanna.

«Was hat er wohl dadrin, der Kerl?», fragt der alte Filp, der den Koffer schon seit Tagen immer wieder misstrauisch betrachtet. «Vielleicht ist es eine Sauerei. Dann durchsuchen die Franzosen den Keller, und du wirst für irgendwas totgeschossen.»

Der Hans schüttelt den Kopf. «Das glaub ich nicht, Filp. Der ist in Ordnung. Er ist ein Kamerad.»

Der Filp schnaubt durch die Nase. «Er tritt uns in den Arsch und lässt uns nackig durch den Keller springen, der schwarze Sauhund.»

Aber der Hans schüttelt den Kopf: «Der hat nur Heimweh, genau wie du.»

«Trotzdem», sagt der Filp. «Ich tät zu gern mal gucken, was dadrin ist.»

So gehen die Worte noch lange hin und her. Und dann später, als es dunkel wird und nur noch ein fahler Lichtschein durchs vergitterte Loch fällt, da öffnet der Hans lautlos und verstohlen die beiden Schnallen und hebt ganz langsam den Deckel. Er tastet mit verhornten Fingern, fühlt weichen Stoff, eine Hose, ein Hemd, eine Jacke – und da begreift der Hans, dass der Koffer ein Geschenk ist. Der Maroc wird nicht wiederkommen. Er hat ihm zum Abschied Zivilkleider dagelassen – eine Fahrkarte nach Hause. Hans könnte sich damit frei auf den Straßen bewegen, zumindest für ein paar Stunden. Jetzt braucht er keinen von der Bahn mehr zu bestechen.

Hans schließt den Koffer so leise, wie er ihn geöffnet hat. Und jetzt liegt er auf dem Rücken und blickt an die schwarze Decke, und sein Herz schlägt so laut in seinem Adamsapfel, dass er glaubt, die Kameraden müssten davon aufwachen. Die Sachen sind dünn und, wenn Hans es richtig einschätzt, auch ein wenig zu klein. Er wird sie unbemerkt unter seiner Uniform tragen können. Und dann, wenn der Moment günstig ist – fort die Sträflingsklamotten und davon. Der Rest wird sich finden.

Bald arbeitet er wieder an der Baustelle in der Stadt, die Schaufel in der Hand. Er arbeitet langsam, um nicht zu sehr zu schwitzen unter der doppelten Kluft. Wenn der Aufseher das Hemd unter seiner Sträflings-Jacke entdeckt, geht es ihm schlecht. Aber er weiß, dass er sich keinen besseren Tag für seine Flucht hätte aussuchen können. Der Bécaud hat heute Dienst, ein schlanker Franzose mit dünnem Oberlippenbart, der einen Schlag bei den Frauen hat und die Gefangenen gerne mit Erzählungen seiner Liebesabenteuer bei Laune hält. Nach der Mittagspause kommt er zu Hans und Filp und grinst. Er hat wieder ein Mädchen getroffen und wird sie besuchen ab drei Uhr, wenn sie allein zu Hause ist.

Hans stellt die Schaufel zur Seite und gibt dem Aufseher ein Zeichen. «Ich muss scheißen, Kamerad, faire de la merde.»

Der Bécaud lacht. Hans gilt als der Harmloseste aus der ganzen Gruppe. Wenn er scheißen muss, dann lässt man ihn.

Hans drückt sich um die Ecke, und schon ist er außer Sicht. Er zieht hastig die Jacke aus, streift die weite Sträflingshose über die zerschlissenen Schuhe. Und jetzt, Hans schaut an sich herunter, sieht er fast aus wie ein Mensch, ein richtiger Mensch, der gehen darf, wohin er will. Er schaut nach rechts und links, niemand auf der Straße, er verschwindet in einer Seitengasse und hält sich nach Norden. Er muss raus aus der Stadt, in den Wald an der Aue. Dort macht der Rhein eine starke Biegung Richtung Osten. Und dann muss er nur noch über den Fluss.

Als er die erste Gasse hinter sich hat, bremst Hans seinen Schritt. Er sollte gehen wie ein Flaneur, ein Spaziergänger, oder wie ein Bote, wie einer, der seine Arbeit ordentlich erledigt, aber ohne Hast. Niemand darf ihm ansehen, dass er sich auf der Flucht befindet. Eine Frau mit zwei kleinen Kindern geht an ihm vorbei, Hans nickt grüßend, die Frau nickt lächelnd zurück. Sie hat nichts gemerkt, denkt der Hans. Bitte, lieber Gott, lass sie nichts gemerkt haben! So stiehlt sich der Hans davon, Gasse für Gasse nach Norden, bis er die Stadt verlässt und tatsächlich das Gehölz erreicht, von wo er hinter dem großen Fluss die dunklen Berge des Schwarzwalds sehen kann. Jetzt schlägt er sich ins Gestrüpp, um nicht doch noch einer Patrouille in die Hände zu laufen, keiner soll ihn heute nach Papieren fragen.

Als der Abend dämmert, wird es kalt. Hans friert erbärmlich in den Sommersachen. Aber er kümmert sich nicht darum. Er schleicht sich durch den Auenwald hinunter zum

Fluss. Unter den letzten Bäumen bleibt er stehen, hält sich im Schatten, wo der Mond seine Gestalt nicht bescheint. Er sieht das Wasser silbern vor sich glitzern. Er legt sich auf den Boden und späht den Weg nach links entlang. Doch so angestrengt er auch sucht, er entdeckt nichts: keine Bewegung, keinen Wachposten, keine Patrouille. Nach rechts sieht er den weiten Bogen, in dem der Rhein von Straßburg her geflossen kommt. Ganz hinten jenseits der Kurve meint er einmal kurz ein Feuerzeug oder ein Streichholz aufleuchten zu sehen. Dann ist wieder alles dunkel.

Und jetzt packt ihn etwas, eine Ungeduld wie ein Fieber. Seine Hände zittern vor Anspannung und Gier, und der Hans huscht nach vorn, nur nach vorn und nach Hause, er fliegt über den Weg zur steinigen Böschung, rutscht hinunter ins kiesige Ufer, und dann fühlt er das Wasser in seinen Schuhen und die Strömung, und er watet hinein. Jetzt greift der kalte Rhein nach seinen Knien, an seine Oberschenkel, an sein Geschlecht, und er muss wie beim ersten Bad im Frühling für einen Moment die Luft anhalten, dann reicht das Wasser bis über den Bauchnabel, und die Strömung reißt an ihm, und jetzt zieht sie ihn mit, und er muss schwimmen.

Und schon nach wenigen Zügen merkt der Hans, dass er einen Fehler gemacht hat. So lange war er nicht im Wasser, so schwer ziehen ihn die Kleider und die Schuhe zum Grund, so sehr lähmt ihn die Kälte, die sich um seinen ganzen Körper legt und unter seine Haut dringt, in jeden seiner Muskeln, in seine Adern und bis ins Mark seiner müden Knochen. Schon kann er den Kopf kaum noch über den dunklen Wellen halten – wie weit noch zum Ufer?

Hans nimmt einen tiefen Zug voller Nachtluft, und dann zieht er sich tauchend die Schuhe aus, strampelnd die Hose hinterher, er reißt das Hemd entzwei an den Knöpfen, und jetzt merkt er, wie es leichter geht, dass er nach oben treibt wie der Korken einer Weinflasche, und er schwimmt hinauf zur schwarzen Wand aus östlichen Pappeln.

55. DER AUSWEIS

> Schlanke Buchstaben ohne Serifen sind auf den grauen Lappen gedruckt. Manche Felder hat man mit einer Schreibmaschine ausgefüllt: den Namen, die Adresse, das Geburtsdatum, den Geburtsort, den Tag des Eintritts. Darunter leuchtet in bläulicher Farbe der Stempelabdruck des örtlichen Turnvereins. Halb verdeckt er die geschwungene Unterschrift des Ersten Vorsitzenden.

Die Finger der Morgensonne, blass wie die eines Grippekranken, greifen über den Schwarzwald in die Ebene – da liegt ein nackter Mann zitternd und gekrümmt mit blauen Lippen im Farnkraut zwischen den Pappeln am badischen Rheinufer.

Hans öffnet die Augen, ein Geräusch weckt ihn, das sich mischt in das schaukelnde Rauschen des Flusses und das flüsternde Herbstlaub in der Luft. Sie suchen nach ihm. Von wo kommt das Geräusch? Sie dürfen ihn nicht fangen. Hans will davonschleichen, doch seine Beine sind wie steif gefroren. Kann er aufstehen? Vielleicht. Doch laufen kann er nicht. Wer ihn sieht, der holt ihn ein. Hans lauscht, und dann hört er es: Der Klang kommt nicht von Männern im Gleichschritt, sondern von Wagenrädern und Hufen im Kies. Langsame, schwere Tritte, vermutlich kein Pferd, vielleicht eine Kuh oder ein Ochse? Er hebt den Kopf, mühsam genug, späht durch den Farn. Von Norden nähert sich ein Ochsenfuhrwerk, und darauf sitzt eine junge Frau, ein Mädchen fast noch, Herr im Himmel, dieses Wesen muss ihn retten.

Hans hebt jetzt den Oberkörper leicht aus dem Farn und späht hinüber ans andere Ufer, seine Augen flackern. Eine Patrouille dort? Ein Posten mit verräterischem Feldstecher? Doch Hans sieht keinen Menschen. Bald ist die Wagenfrau direkt vor ihm, er darf nicht warten, muss sich zeigen. Er richtet sich auf, schmerzhaft kniend auf kalter Erde.

«Hallo, erschrecken Sie nicht. Bitte! Ich brauche Hilfe!» Hans ruft es nicht, er flüstert es mehr. Die junge Frau ist nah genug, um ihn zu hören. Wird sie fliehen? Wird sie schreien? Was tut man, wenn man einen Rock trägt und einen nackten Fremden sieht, der sich versteckt im Uferfarn?

Die junge Frau bremst ohne eine Regung das Fuhrwerk, blickt sich um nach allen Seiten, dann zeigt sie auf die leeren Kartoffelsäcke hinter sich und sagt: «Da rein, schnell.»

Verdutzt erhebt sich der Hans, sein Geschlecht bedeckt er mit den Händen.

«Schneller», kommandiert die Frau. «Ein Sack für unten, einer für oben.»

Hans klettert von hinten in das Fuhrwerk, steigt dann die Füße voraus in den einen Sack, stülpt den zweiten über den Kopf.

«Keinen Mucks!», sagt die Frau.

Hans legt sich flach, dann spürt er, wie das Fahrzeug langsam wieder anruckt auf dem holprigen Pfad. Die Kartoffelsäcke scheuern grob auf seiner Haut, unter der die erfrorenen, eingeschlafenen Muskeln langsam erwachen wie unter tausend Nadelstichen. Er will sich strecken, er will sich bewegen, um die Stiche loszuwerden, doch er liegt da und atmet kaum, er muss eine Kartoffel sein in einem Kartoffelsack, eine kleine Ernte, die endlich nach Hause kommt.

Irgendwann zieht das Fuhrwerk scharf nach links, Hans hört die Holzräder im Echo einer nahen Hauswand, sie müssen den Hof erreicht haben, dann wird es dunkel um ihn.

«Warten Sie», sagt die junge Frau. Man entfernt sich. Wenig später wieder Schritte, dieselben wie zuvor. Etwas landet neben Hans auf dem Wagen. «Hier, das sind Sachen von meinem Vater. Sie ziehen sich an und kommen ins Haus. Es gibt gleich Frühstück.»

Am Kopfende des Tisches sitzt ein großgewachsener Mann mit grau-schwarzem Vollbart, daneben eine Frau mittleren Alters in der Kleidung einer Bäuerin am Werktag, aber der Stoff ist besser und feiner als in Sandheim. Ihr gegenüber schmiert die junge Frau vom Ochsenwagen eine dünne Schicht Butter auf Brot. Sie hat ihr Kopftuch abgenommen und trägt das blonde Haar kurz und gescheitelt wie ein Hitlerjunge. Hans steht im Türrahmen, bleibt auf der Schwelle, er wünscht einen guten Morgen und wartet.

«Guten Morgen», sagt der Bärtige. «Setzen Sie sich zu uns, bitte.» Er zeigt auf den Platz, der dem seinen gegenüberliegt, auf den unbesetzten Stuhl; davor ein Schneidbrett, ein Messer und eine Tasse, aus der es dampft.

Hans dankt und setzt sich.

«Bitte», sagt der Mann und zeigt auf den Brotkorb, den Teller mit Wurst, auf die richtige Butter.

Hans dankt erneut, bedient sich und isst mit großem Hunger.

Der Bärtige beobachtet ihn aufmerksam, aber nicht unfreundlich. «Sie sind geschwommen?», fragt er.

«Mhmm.» Hans nickt und kaut.

Der Bärtige und das Scheitelmädchen werfen sich einen schnellen Blick zu. «Wo war Ihr Lager?», fragt er weiter.

«Straßburg», sagt Hans knapp und versucht, dem Blick seines Gastgebers standzuhalten. Was, wenn er es mit den Franzosen hält? Aber er hat keine Wahl, er muss vertrauen.

«Meine Tochter», sagt der Bärtige, «hat in letzter Zeit immer wieder Fundsachen am Fluss aufgelesen. Sachen wie Sie.» Er lächelt und nimmt einen Schluck aus der Tasse. «Wohin gehören Sie?», fragt der Alte.

«In die Karlsruher Gegend», antwortet der Hans. «Aber ich hab eine weite Reise hinter mir.» Der Hans greift noch einmal nach dem Brotkorb, und dann fragt er, wie er sich bedanken kann für all das, was ihm hier widerfährt.

Darauf sagt der Bärtige, dass sie viel Arbeit haben mit dem Hof und dass es immer an starken Armen fehlt. Und dass der Hans bleiben kann für ein paar Tage und in der Kammer schlafen, die einmal dem Sohn gehört hat. Der Hans kann ein wenig bei den Schweinen helfen. Besser, er geht nicht aufs Feld, wo am Ende die Franzosen kommen und Papiere sehen wollen.

Also packt der Hans mit an. Den Leuten scheint es nicht schlechtzugehen, sein Gastgeber ist der Ortsvorsteher, zwei Schweine stehen im Stall. Man hat Kartoffeln gedämpft und sie in Wasser gestampft, der Hans schneidet Rüben mit hinein, dann kippt er die Pampe in den Trog, hinter dessen Absperrklappe es schon quiekt und rüttelt. Er entriegelt die Klappe, und sofort schießen zwei schmatzende Schnauzen ins Futter und durchwühlen gierig den dampfenden Brei.

Hans öffnet den seitlichen Verschlag, er hat die Gabel in der Hand und wirft die Mischung aus Kot, Stroh und Spreu auf die Schubkarre, dann fährt er den Mist nach draußen und kippt alles auf den umfriedeten Haufen. Er gabelt neues Stroh und neue Spreu hinter die Schweine, die noch immer fressen in wohligem Grunzen. Draußen im Garten vergräbt ein Eichhörnchen eine Nuss hinterm Haselbusch. Hans schaut in die Sonne und will nach Hause.

Beim Abendbrot holt der Bärtige eine Kladde aus dem Schrank. «Meine Tochter bringt Sie mit dem Fuhrwerk in die Kreisstadt. Dort haben wir Verwandte, die muss sie besuchen. Sie gehen von dort aus zum Bahnhof und steigen in den Zug nach Karlsruhe.» Er gibt Hans Geld für die Fahrkarte. «Aber an der Zonengrenze zu den Amis, da wird oft kontrolliert, Sie werden Papiere brauchen.» Er fingert etwas aus seinen Unterlagen. «Das hier kann helfen.»

Hans schaut ungläubig auf den Fetzen. Was der Alte in Händen hält, ist ein Mitgliedsausweis des örtlichen Turnvereins. Der Bärtige hat eine Schreibmaschine aus dem Schrank geholt, den Fetzen eingespannt, die üblichen Fragen gestellt. «Reicht das denn?», fragt das Hänschen, als der Alte seinen Stempel und seine Unterschrift daruntergesetzt hat.

«Meistens reicht's», nickt der Bärtige. «Die Franzosen lassen die Kontrollen oft von Afrikanern machen. Viele von denen können nicht richtig lesen. Es kommt also nur darauf an, dass es offiziell aussieht und einen Stempel hat ohne Hakenkreuz.»

Hans zögert.

«Es ist ein Risiko dabei», sagt der Ortsvorsteher. «Aber es ist nicht gefährlicher, als im Herbst nachts durch den Rhein zu schwimmen.»

Da lächelt der Hans und nickt. Er hält das Geld und den Ausweis in der Hand. Der Plan klingt verrückt. Aber es ist ein Plan. «Wann geht's los?», fragt er.

«Morgen nach dem Mittagessen», sagt der Alte. «Sie bleiben eine Nacht bei unseren Verwandten, dann nehmen Sie den Zug um zwanzig vor sechs.»

Und so steigt der Hans zwei Tage später in den Zug, der schon hier oben so voll ist, dass er keinen Platz mehr zum Sitzen bekommt. Er hat kein Gepäck dabei, nur eine Tasche von den Verwandten seiner Retterin. Damit sieht er aus wie einer, der in die Stadt fährt, weil er dort seiner Arbeit nachgeht. Ein dünner Mann in Kleidern, die nicht richtig passen. Ein Mann mit dem Blick eines Besiegten. Er sieht aus wie alle anderen im Zug. Und wie sie dann später den letzten Bahnhof vor der Zonengrenze erreichen, da ist der Wagen so voll, dass die letzten Männer sich draußen auf die Trittbretter stellen müssen, um mitzukommen.

So erreicht der Zug die Grenze, ein Zug voll und übervoll mit Männern, der vollste Zug des Tages. Die Männer müssen zum Dienst, und viele werden gebraucht, damit die Amerikaner in der Stadt ihre Arbeit gemacht kriegen. Und deshalb beeilen sich die Soldaten, denen man seinen Ausweis zeigen muss. Sie bekommen Ärger, wenn sie zu lange brauchen. Aber sie bekommen auch Ärger, wenn sie gar nichts finden. Ein paar Mann ohne Papiere in jedem Zug, weniger darf es nicht sein.

Und jetzt drängen sie sich durch den Waggon, zwei Dunkle sind es, und das Herz vom Hans schlägt schneller, er fühlt es wie damals, als die Russen so nah an ihm vorbeigekommen sind. Er fühlt, was der Hase fühlt, wenn der Jäger kommt. Er möchte aufspringen und fortlaufen, aber er muss warten. Er muss ein Mann sein auf dem Weg zur Arbeit, der gute Papiere bei sich trägt und sich vielleicht ärgert über die Bürokraten, die ihm die Zeit stehlen wollen. Ja, so kann es gehen. Er muss sich halten wie in Mann, der ganz in seinem Recht ist. Wie Odysseus, der nach Hause kommt, verkleidet zwar als einfacher Mann, aber in seinem Herzen doch ein König und ein Sieger.

Er greift in seine Tasche und fühlt das Papier, fast sind die Uniformierten bei ihm. Er holt es heraus und zeigt es dem Dunklen, der jetzt vor ihm steht, und er will ihm in die Augen sehen dabei und seinem Blick standhalten wie ein Mann. Aber dann streifen die Augen des Soldaten sein Papier nur, keine Sekunde nimmt er sich Zeit. Und der Hans sieht, wie müde der andere schaut. Und dass er nicht weiß, was er da tut. Wir sind zu viele für dich, denkt das Milchkännchen, wir sind einfach zu viele. Fast bekommt er Mitleid mit dem fremden Mann, der längst weitergegangen ist. Und dann dauert es eine Minute, und weiter hinten im Wagen entsteht ein kleiner Tumult: Sie haben einen der Männer gepackt und ziehen ihn hinaus aus dem Zug.

«Ohne Ausweis geht's halt nicht gut», murmelt der Mann, der neben dem Milchkännchen steht.

Und der Hans denkt, dass es noch immer geht wie im Krieg: Die Wölfe beißen den Kameraden, der am langsamsten läuft. Und jetzt versteht er, dass ein Ausweis vom Turnverein viel besser ist als gar kein Ausweis. Und nur das hat ihn über die Grenze gebracht.

In der Stadt wechselt er den Zug, und als er dann tatsächlich und wirklich am Sandheimer Bahnhof ankommt, da steigt der Hans hinab auf die Plattform, und niemand steht an der Straße und wartet auf ihn. Er läuft auf der Bahnhofstraße und trifft keinen Menschen. Und wie er an den vertrauten Häusern entlanggeht, da stellt es ihm mit einem Mal die Haare auf, und eine Gänsehaut läuft über seinen Rücken und über die Arme bis in die Finger hinein. Und er würde gerne weinen. Aber die Tränen, sie kommen nicht.

So hart bin ich geworden, denkt der Hans, so hart und so stumpf.

56. DER RÜHRLÖFFEL

Glatt und dunkel ist der Kochlöffel mit dem Loch im breiten Kopf. Man kann Spätzleteig mit ihm rühren. Als Werkzeug ist er heute noch so gut wie beim ersten Mal, als ihn eine tüchtige Hand durch eine dicke, braune Soße zog.

Marie fährt mit dem Rad übers Land am Bach entlang, der links der Straße plappert und ihr folgt wie ein Hund. Gleich kommt sie an den Wald, und dann, jenseits der Eichen und Kiefern, öffnen sich die Felder, die ihren Vätern gehörten, sie sieht die Kirche von Sandheim in der schwachen Frühlingssonne, von weit weg hört sie die Turmuhr elfmal schlagen, der Wind weht schräg von hinten, er trägt den Klang der Glocke fort und schiebt Marie heimwärts. Sie tritt wohl auch ein wenig tüchtiger, Marie hat die Beine eines Pferdes, die Beine einer Kuh, die den heimischen Stall wittert.

Was tut sie hier? Marie hat selten Wein getrunken in ihrem Leben. Doch der Schwindel war derselbe wie der, den sie jetzt empfindet. Müsste sie nicht zu Hause sein bei ihrem Ehemann? Müsste sie nicht das Mittagessen kochen für den Breitschultrigen, der in einer Stunde vom Feld kommt und dann Hunger hat? Aber Marie kann nicht. Vor einer Woche war die Hochzeit, und in jeder Minute seither war es dasselbe: Sie kann nicht. Der Mann kam von rechts ins Ehebett. Kam zu ihr, und sein Atem stank nach Essig, und seine Pranken waren im Halbdunkel der Schlafstube so schwarz wie die des einäugigen Riesen, und wie er sich auf sie legen wollte, da ist die Marie links aus dem Bett entwischt, auch wenn er sie noch halten wollte an ihrem leinenen Nachthemd. Marie kann nicht. Sie kann keine Ehefrau sein. Und niemand ist da, in dem fremden Dorf, den sie wirklich kennt, den ganzen Tag keiner. Keine Schwester, keine Mutter, kein Vater, kein Onkel.

Ein Bauer rollt ihr mit dem Fuhrwerk entgegen. Er kneift die Augen zusammen, weil Marie direkt aus der Sonne kommt. Das ist ja noch ein halber Bub, der da auf der Bank sitzt, auch wenn er größer geworden ist im letzten Jahr, denkt sie, als sie den Hermann auf sich zufahren sieht. Und die Marie, so schwermütig ihr auch sein mag, sie kann nicht anders, sie lacht ihn an, den Hermann, und grüßt ihn, und er lacht und grüßt zurück. Warm geht es ihr durch den Bauch, sie fasst sich an den schwarzen Schal, der ihr den Hals wärmt.

Aus der Fremde kommt sie zurück in ihre Heimat, wo sie doch jeden kennt, der ihr auf der Straße begegnet, und wo alles zusammengehört. Sandheim ist ein Lebewesen, ein großes, atmendes Tier, und Marie ein Teil dieses Körpers. Wie könnte sie anderswo sein, abgeschnitten von diesem Leib, zu dem sie doch gehört seit dem Tag ihrer Geburt?

Jetzt passiert sie die ersten Sandheimer Häuser, sie fährt am Holzlager vorüber, dann am Dohlgraben entlang, vorbei am Hirschen, wo die Tafel über der Tür daran erinnert, dass hier einmal der Kaiser übernachtet hat, als er noch nicht der Kaiser war. Wie kann man etwas so Falsches tun und sich so gut dabei fühlen? Leicht läuft das Fahrrad, es rollt wie von selbst, als hätte es Heimweh, als fände es den Weg ohne Maries tretende Beine und ohne eine Hand am Lenker. Sie kommt zum großen Kirchturm, dem längsten Kirchturm auf der ganzen Hardt, aufrecht und stolz steht er in der Mitte des Dorfes, wo Sandheim sich zum Himmel reckt. Marie ist erst sieben Tage fort, aber es kommt ihr vor, als wäre sie ein Soldat, der überlebt hat an der Front und der jetzt nach Hause kommt. Kein Bajonett hat sie aufgespießt in der Fremde. Wie freundlich die Leute grüßen! In Friedheim haben die Frauen nicht gelächelt. Dort war sie die Fremde, die den Heiner fortgenommen hat für ein warmes Bett. So viele Frauen und keine Männer mehr.

Und dann fährt Marie hinter der Winterschule nach rechts in die Untere Gasse, und endlich erreicht sie die schmale Einfahrt, wo der Onkel lebt. Die Liese wohnt nun bei ihm und macht den Haushalt, jemand musste ja die Stelle einnehmen. Und jetzt kommt die Marie zurück wie eine verlorene Tochter. Sie hätte auch zu den Eltern fahren können, aber die Schwester und der Onkel werden für sie sprechen, dann wird der Vater nicht so bös, wie er manchmal werden kann.

Die Liese steht am Herd, sie hat einen Rührlöffel in der Hand und löst damit den Sellerie vom Boden des schwarzen Topfes. Als sie die Tür hört, dreht sie sich um, sie hat den Onkel so schnell nicht erwartet, dann erkennt sie die Schwester, und einen Moment lang sieht man die Verwirrung in ihren Augen, als wäre die Marie ein Möbelstück, das auf einmal im falschen Zimmer steht.

«Kommst zu Besuch?», fragt die Liese.

Marie steht in der Tür und sagt nichts. Sie kann nicht. Sie schüttelt den Kopf.

«Was ist los?», fragt die Liese. «Ist was passiert bei euch in Friedheim?»

Wieder schüttelt Marie den Kopf. «Wo ist der Onkel?», fragt sie zurück.

«Auf dem Feld ist er», sagt die Liese. «Er kommt bald zum Mittagessen.» Die Liese rührt, damit die Suppe nicht am Boden festkocht. Als sie sich wieder umdreht, hält sie den Kochlöffel in der Hand, wie der Lehrer früher seinen Rohrstock gehalten hat. «Aber jetzt sag, Marie, was machst du hier so mitten am Werktag? Es muss doch was sein, dass du da bist und nicht bei deinem Mann, wo du hingehörst.»

Aber die Marie will warten, bis der Onkel wieder da ist. Und als der Jakob dann zurückkommt und sich die sandige Erde von den Händen gewaschen hat, verwundert ist über den Besuch, und als er sich an seinen Platz gesetzt hat, vor dem schon der tiefe Teller steht mit dem Löffel daneben, und als auch die beiden Schwestern sich gesetzt haben, da fängt die Marie auf einmal an zu weinen, und es fließt aus ihr heraus.

«Ich kann's nicht», sagt sie, und sie sagt es wieder und wieder.

Und die Liese, sie hat noch immer den Kochlöffel neben sich liegen, wird ganz rot im Gesicht, und sie bekommt große Augen. «Was heißt ‹du kannst nicht›?», fragt sie, und ihre rechte Hand versteckt den Daumen in der Faust. «Bist keine mehr aus unserer Familie? Wir haben noch immer gekonnt und den Platz eingenommen, an den uns der Herrgott gestellt hat. Ist's nicht so, Onkel?» Sie dreht sich zum Jakob.

«Ist schon so», sagt der Onkel. Er schaut auf die Marie, weinende Weiber, das konnte er noch nie gut haben.

«Ich kann keine Frau sein», sagt die Marie, und sie schaut zum Onkel, und sie schaut zur Schwester. Sie will etwas sehen in den Blicken. Eine Rettung will sie sehen. Einen Weg zurück. «Ich kann nicht bei dem Mann wohnen. Er will immer Sachen von mir. Und ich kann's nicht. Es ekelt mich, und ich kann's nicht.»

«Aber du hast's versprochen!» Diesmal schreit die Liese ihre Worte durch die Küche, und sie schlägt dabei den Kochlöffel auf die Tischplatte mit einem Knall wie von einer Peitsche. «Vor Gott hast's versprochen. Vor Gott! Bis dass der Tod euch scheidet, das hast du versprochen. Und keiner sagt, dass man in unserer Familie das Wort nicht hält, das man gegeben hat. Vor Gott gegeben und vor den Menschen. Denk einmal daran. Das macht man nicht. Und schon gar nicht so schnell. Wie lang bist du dort? Eine Woche? Weich bist du, vor allem zu dir selber. Statt zu arbeiten, heulst du und singst und spielst Flöte und träumst. Du sollst dich schämen, du!»

Sie will noch weiterreden, aber der Onkel legt ihr die Hand auf den Arm, und sie hört auf und schaut nur, die Augen huschen hin und her auf dem verheulten Gesicht ihrer Schwester, die ja nicht mehr ganz gescheit sein kann. Als wär sie die Einzige, der was Schlimmes passiert ist in Sandheim. Als wär sie ganz besonders, als wär sie schon ein Engel im Himmel oder Gott weiß was!

«Ich will wieder heim», sagt die Marie. «Ihr müsst mich wieder nehmen, ich geh nicht mehr zurück, ich kann's nicht, ich kann's nicht.»

Die Liese schaut zum Fenster hinaus, sie bebt, so viel Zorn hat sie, fast wie ihr Vater, wenn er die Beherrschung verliert. «Hier geht's nicht, das weißt du ja wohl. Ich bin jetzt da, ich mach dem Onkel den Haushalt, so wie's besprochen war. Ich schlaf jetzt in der Kammer und nicht du. Soll ich die Kammer vielleicht teilen mit dir? Wie hast du's dir vorgestellt? Oder dass ich wieder geh, zurück zu unseren Leuten? Und Platz mache, weil's der feinen Dame so gefällt?»

«Ich geh nicht mehr zu dem zurück», sagt die Marie und schaut auf den Tisch.

Dann redet keiner mehr, bis der Onkel sich räuspert und meint, dass er jetzt zu Tisch beten will, und alle falten die Hände, und der Onkel spricht das Gebet, und dann gibt es Suppe. Die Marie nimmt nur einen Löffel und sitzt dann wieder still, die Liese löffelt die Brühe mit Wut, schnell isst sie, wie alle in der Familie, weil man isst, wie man arbeitet. Auch der Onkel hat den Teller bald leer.

«Wir müssen zu deinen Leuten», sagt er dann. Er hat die Verantwortung gehabt für die Marie, und jetzt hat er sie für die Liese, aber das letzte Wort muss der Bruder haben. Man wird ihn herholen und ein Urteil sprechen. Man hat die Marie dem Heiner in Friedheim gegeben, es war kein großes Fest, das wär nicht recht gewesen bei einem Wittmann, aber gegeben hat man sie ihm doch. Man hat sie gegeben für immer, da hat die Liese schon das Rechte gesagt.

Und so sitzen die Eltern am Abend mit am Tisch, im alten Haus, in dem heute der Jakob wohnt. Und sosehr die Marie auch weint und bettelt, die Sache ist allen klar: So darf man sich nicht versündigen vor Gott und vor den Leuten. Auch am Heiner darf man das nicht.

«Ich hab am Anfang auch nicht immer so gewollt wie euer Vater», sagt die Mutter Anna, das Hutzelweib, und der Vater grunzt nur kurz dazu. In diesem Punkt will er seiner Alten nicht widersprechen. «Man schickt sich halt drein, und dann geht es doch irgendwie», sagt die Mutter. «Im Gebet musst du stark sein, und dann hilft dir der Herrgott, wirst schon sehen, Marie, wirst schon sehen.»

Und der August sagt: «Du weißt schon, dass denen, die Gott lieben, alle Dinge zum Besten dienen, gell, Marie?» Und er schaut sie an mit seinem Vaterblick, den die Marie noch immer nicht erträgt. «Und du hast den Herrgott doch noch lieb, oder?»

Und die Marie nickt und drückt sich die Unterlippe hinter die Zähne, sie will nicht weinen und muss es doch.

Dann ist es also beschlossen.

«Du bleibst heut noch, kannst ja nicht mehr heim, so spät,

wie's jetzt ist», sagt der Vater, der schon zum Gehen in der Tür steht. «Du schläfst hier beim Onkel in der Stube. Und morgen fährst du zu deinem Mann zurück und entschuldigst dich. Und dann bist du wieder eine Brave, gell, Marie?»

Und die Eltern gehen gemeinsam aus dem Haus und gehen durch die Hofeinfahrt auf die Straße, und sie sehen sich nicht um.

Später dann verlässt auch die Marie das Haus. Vielleicht besucht sie die Geißen, man weiß es nicht genau. Sie bleibt lange, und es wird schon dunkel. Vielleicht schaut sie in die Sterne, oder sie weint wieder und will nicht, dass einer hinsieht. Die Liese seufzt. Was hat sie da nur für eine verweinte und weiche Schwester? Aber zum Glück herrscht noch Glaube und Vernunft in der Familie. Ein sicherer Geist durchwaltet alles. Er weiß, was richtig ist und was falsch. Morgen früh, wenn die Marie zurück nach Friedheim fährt, dann wird alles wieder in seine gute Ordnung kommen.

57. DAS STALLMESSER

Neunzehn Zentimeter misst die Klinge des Messers, zwölf davon ragen hinaus über den hell gebleichten Griff. Drei Messingnieten halten den weichen Stahl, und wo sie den Griff durchbohren, da läuft ein tiefer Riss durchs trockene Holz. Wenn man es frisch abgezogen hat, dann schneidet das Messer noch immer sehr gut.

Die Liese erwacht früh, sie geht an ihren Waschtisch, gibt Wasser aus der weiß emaillierten Kanne in die weite Schüssel, nimmt den Lappen und etwas Seife, sie reinigt sich unter den Armen, am Hals und im Gesicht, bürstet ihr Haar, steckt es hoch nach dem Flechten zu einem sauberen Dutt, streift die Werktagssachen über und geht nach draußen, um die Ziegen zu melken. Doch als sie schon fast die Scheune erreicht hat, bemerkt sie etwas aus dem Augenwinkel, einen Gegenstand, der die gewohnte Ordnung stört. Sie dreht den Kopf, um nachzusehen, und dann sieht sie ihn, den schwarzen Schal an starken Nägeln, wo sonst nur Kälberstricke hängen.

Sie stutzt, nimmt die hölzernen Stufen nach oben zum ersten Tritt, greift den schwarzen Schal, den Schal der Schwester, was hängt der hier? Ist die Marie schon vor ihr aufgestanden, um an ihren Lieblingsplatz zu gehen und ein wenig vor sich hin zu träumen? Die Marie hätte sich stattdessen auch nützlich machen und die Ziegen melken können. Aber so war es immer. Die eine träumt, die andere macht die Arbeit. Die Liese wiegt den Stoff in der Hand, heute ist der Tag, um der verweichlichten Schwester noch einmal die Meinung zu sagen, bevor sie zurück zu ihrem Mann nach Friedheim fährt.

Sie dreht sich nach links, geht die nächste Stiege nach oben, den Daumen in der Faust, hebt die schwere Falltür mühelos. Wie gut, dass der Onkel sie vor Jahren mit einem Metallgewicht auf der anderen Seite ausbalanciert hat, wie leicht sie sich heben lässt, ein Kind könnte die Klappe öffnen. So erledigt man die Dinge in unserer Familie, denkt die Liese. Man weint nicht, man handelt.

Die Liese steigt hinauf, ihr erster Blick fällt hinab auf den Hof und über die Dächer der benachbarten Scheunen, die alle noch schlafen im frühen Dämmerlicht. Es ist ein friedlicher, ruhiger Ort, dem Lärm der Welt entrückt. Doch dann sieht sie ihn hängen am starken Balken mitten im halb offenen Schopf, den leblosen Körper über einem halb getrockneten Fleck aus Feuchtigkeit. Die Liese schlägt die Hand vor den Mund und tritt näher. Das sind die Kleider ihrer Schwester. Doch das Gesicht, das Gesicht, sie erkennt es nicht wieder. Ein aufgequollenes, schwarzviolettes Ding ist das unter sorgsam geflochtenem Haar, die Augen aus den Höhlen getreten wie bei einem Frosch draußen im Erlichwald, der Mund halb geöffnet, die geschwollene Zunge hängt heraus aus schiefem Winkel, in dem zwei dicke grüne Fliegen sitzen. Neben der Lache liegt ein gestürzter Schemel, und dann sieht die Liese die Schuhe der Schwester, die ledernen Spitzen durchgescheuert bis auf die wollenen Socken, keinen Fingerbreit über den stinkenden Dielen.

Die Liese steht da, und als sie begreift, wallt der Zorn auf die Schwester, der Zorn, mit dem sie die hölzernen Stufen genommen hat, noch stärker durch sie hindurch. Wie kann ein Mensch sich so versündigen! Wie kann man nur! Sie dreht sich auf dem Absatz und geht die Stufen hinab, geht in den Stall, wo an der Innenseite des Tores das Stallmesser steckt, die scharfe Klinge, mit der man das Fell von den Hasen zieht, wenn der Schlachttag kommt. Sie nimmt das Messer und geht wieder hinauf, stellt den Schemel neben die baumelnde Leiche, sie schneidet den Kälberstrick vom Balken, und das tote Fleisch fällt mit einem dumpfen Geräusch hinab auf staubiges Holz. Die Liese steigt herab, löst den Strick, der sich tief in die Kehle der Schwester geschnitten hat. Kalt ist ihre Haut und dunkler noch als die der Männer am Ostertag.

Was nun? Die Liese überlegt. Sie wird jetzt ruhig bleiben und eine Sache nach der anderen erledigen. Zunächst das Messer. Die Liese geht nach unten und steckt es zurück an seinen Platz, es gibt keinen Grund, jetzt unordentlich zu werden. Dann geht sie ins Haus, wo der Onkel – ein Glück – schon erwacht ist. Liese hätte ihn ungern geweckt.

«Onkel, die Marie. Sie liegt oben im Schopf. Es ist ganz schlimm. Du musst kommen. Ich fahr schnell los und hol den Doktor.»

Und sie wartet nicht ab, was der Alte entgegnet. Sie will jetzt alles schnell und richtig erledigt haben. Sie geht nach unten, steigt auf das Rad und fährt zum Ortsausgang, um den Doktor zu rufen.

Als die Liese wiederkommt und den Doktor bringt, da ist der Jakob nicht mehr da. Der Onkel hat die Nichte liegen sehen, die ihm den Haushalt gemacht hat, nachdem seine Frau gestorben war. Er hat nie Kinder gehabt, aber diese hier war ihm fast wie eine Tochter. Sie hat viel geträumt, das ist wohl wahr, aber tüchtig und fromm war sie am Ende doch. Und wie die Liese ihren Kopf haben muss, so war diese hier sanft, und das ist ihm auf seine alten Tage gut bekommen. Dass sie Hand an sich legt, dass sie sich so versündigt!

Und dann geschieht etwas in seinem Kopf, das er schon kennt. Er hat es einmal erlebt, als er im Trommelfeuer lag im ersten Krieg. Die inneren Worte formen sich nicht mehr zu Sätzen. Etwas hat die Gedanken zerfetzt, wie eine Granate einen Oberkörper zerfetzt bei einem Volltreffer. Dann liegen die Knochen, die Hautstücke, die Weichteile zerstreut und verteilt im ganzen Bombenloch, überzogen von roter Tünche. Alles, was an ihm, Jakob, war, scheint jetzt zerrissen, scheint sich aufzulösen im Durcheinander, und die Gedanken sprudeln wie Blut aus einer offenen Arterie.

Jakob muss fort, um wieder denken zu können. Er nimmt sein Fahrrad – wohin soll er fahren? Er braucht einen guten

Ort, der ihm die Klarheit wiederbringt, an dem er wieder heil werden kann, ein Mann mit klaren Gedanken und einem Plan für den nächsten Tag, mit einem Oben und einem Unten, einem Richtig und einem Falsch; einen Ort, an dem er wieder ein Mensch wird, der einen Gott über sich weiß. Als Jakob sich recht besinnt, da hat er die Untere Gasse schon hinter sich gelassen und die Bahnlinie nach Speckheim bereits überquert. Was tut er hier? Und dann weiß er mit einem Mal, wohin der Geist ihn führt.

Es geht hinaus zu den Wiesen vor dem Wald. Eine dieser Wiesen gehört ihm, und sie war immer der Stolz der Familie. Die Tiere fressen das Gras von dort am liebsten, es ist weich und süß. Das gewöhnliche Heu aus dem Bruch dagegen ist hart und sauer. Wie gut schmeckt die Milch, wenn die Tiere von den Wiesen vor dem Wald gefressen haben! Das sind Wiesen, wie sie echte Herren besitzen! Und jetzt fährt der Jakob durch den Wald aus Buchen und Erlen, in dem im Frühjahr die Maiglöckchen und die Schlüsselblumen blühen und wo die Schuhe noch lange nach Bärlauch riechen, durch den einzigen Wald, der nicht der Gemeinde gehört.

Doch dann holt es ihn wieder ein, das Brausen und das Undenkbare: Die Marie ist tot, sie hat sich aufgehängt droben im Schopf, weil er, der Jakob, gegen sie gesprochen hat. Hat er die Nichte denn gar nicht gekannt? Hat er nicht gewusst, wie weich sie ist und dass sie's nicht verträgt, wenn man ein lautes Wort zu ihr sagt? Man hätt's ganz anders machen können. Ihr sagen, dass sie einen Tag bleiben soll und sich beruhigen. Zum Pfarrer hätt man sie schicken können. Der hätt gebetet mit ihr und ein frommes Lied gesungen, dann wär sie schon von selber zur Vernunft gekommen und wär wieder zurück zu ihrem Mann. Aber er hat sie den

Fremden geopfert am Ostertag und sie nicht beschützt vor den Gesetzen der Familie. Und jetzt ist sie tot und liegt mit schwarzem Kopf oben auf den Brettern.

Und der Jakob fährt schneller, so schnell, wie seine alten Beine seit sehr langer Zeit nicht gefahren sind. Er tritt und tritt, als könnte er alles damit ändern. Und die Oberschenkel brennen wie früher, und sein Atem geht schneller, und er merkt, dass er ein Geschöpf ist, ein Tier, das der Herr geschaffen hat, um über seine Erde zu wandeln und sie sich untertan zu machen. Er fährt und schaut nicht links und nicht rechts. Der Wald fliegt an ihm vorbei, so ist es recht! Wenn man nur noch die Schmerzen denken kann und den wehenden Atem, dann vergisst man doch alles und wird wieder man selbst. «Ich bin Jakob», sagt er halblaut und stoßweise durch die rasselnde Lunge.

Als er den Kreuzweg erreicht, wo die Autos und die Laster hinüber nach Bruchsal fahren, die geteerte Straße, an der man sonst achtungsvoll anhält und vorsichtig nach links und nach rechts lugt – so schnell fahren die Wagen mit ihren Motoren –, da bremst er nicht. Er tritt in die Pedale mit der letzten Kraft seiner alten Beine, schließt die Augen und drückt die Lippen fest zusammen, bis das innere Rauschen in den Ohren jedes äußere Geräusch übertönt. So schießt er auf dem Weg zu den süßen Wiesen vor dem Wald hinaus auf den Asphalt.

Der Mann im Lieferwagen wird später sagen, dass er rein gar nichts hat machen können. Und es wird nicht eine Spur gelogen sein. Was will man noch bremsen, wenn man achtzig fährt, und das Erste, was man bemerkt, ist der Aufprall unter der Windschutzscheibe? Viel ist nicht geblieben von Mann und Fahrrad. Und auch der Wagen hat einen schönen

Schaden bekommen davon. Das war nicht erledigt damit, dass man die Front sauber geputzt hat mit einem tüchtigen Schrubber. Dellen hat es gegeben, man wird damit in die Werkstatt fahren müssen.

In Sandheim aber hat man jetzt zwei Leute zu beerdigen aus einem einzigen Haus. Eine schlimme Sache, und das bei so frommen Leuten. Man wird hingehen als Bürger des Dorfes und die Lieder singen und die Gebete sprechen. Und man wird ein wenig darüber reden. Aber nicht zu viel. Das würde keinem helfen.

58. DER PARK

Hinter der Kirche beginnt die Rasenfläche. Früher standen auf dieser Erde die Grabsteine des Dorffriedhofs. Es wird noch Generationen dauern, bis man den Kindern erlaubt, auf Grünfeld Fußball zu spielen. Und vielleicht geschieht es nie.

Der Milchkännchens Josef, der letzte Sohn vom alten Belle, wartet am Eck vor der Winterschule. Seit er in die siebte Klasse geht, gehört er zur Gruppe der Läutebuben. Bei jeder Hochzeit, bei jeder Taufe und bei jeder Beerdigung verdient man sich ein paar Pfennige für den Dienst im Sandheimer Kirchturm.

Jetzt steht der Josef also da und wartet über dem Rad seines Vaters, es ist ihm viel zu groß, und er muss auf den Zehenspitzen stehen, damit die Fahrradstange ihm nicht die Hose zerdrückt. Josef wartet auf das Zeichen. Der Kirchendiener wird in der Unteren Gasse aus dem Torbogen treten. Dann wird der Josef seinerseits ein Zeichen geben in Richtung Kirche, und dann wird er losradeln, so schnell er kann, und die Treppe im Kirchturm nach oben rennen, um dann selbst beim Läuten mitzuhelfen.

Josef wartet schon eine ganze Weile, warum brauchen die so lange? Der Josef muss aufs Klo, aber er darf ja nicht. Denn wenn er seinen Posten verlässt und der Kirchendiener genau in diesem Moment auf die Straße tritt, dann hat er seinen Dienst nicht ordentlich getan. Der Josef trippelt in wachsender Unruhe von einem Bein auf das andere. Lange wird er es jedenfalls nicht mehr aushalten. Jetzt legt er das Fahrrad schief und hebt das rechte Bein über den Sattel. Das hätte er schon längst machen können. So unbequem ist das große Rad des Vaters mit der hohen Stange in der Mitte.

Auch den Kirchendiener zwickt ein Bedürfnis. Im Hof und im Haus haben sich viele Menschen versammelt. Der Jakob und die Marie, das waren fromme, anständige Leute, alte Sandheimer, die jeder in der Unteren Gasse und eigentlich im ganzen Dorf gekannt und respektiert hat. Man hat die beiden in der Stube in Särge gelegt, aber anders als sonst üblich die Deckel verschlossen. Der Anblick, das hat ihm die Totenfrau versichert, der Anblick war selbst für sie kaum erträglich, und wie viele Leichen hat sie schon gewaschen in ihrem harten Leben!

«Davon träumt man dann lange», hat sie gesagt. «Die Last nimmt einem keiner ab.»

Der Pfarrer hat heute wohl ein wenig mehr zu trösten als gewöhnlich. Und der Kirchendiener, er muss jetzt ganz nötig austreten, doch der Hof steht voller Leute in schwarzem Trauerzwirn. Nein, es wäre nicht schicklich, sich jetzt an den Misthaufen zu stellen und sein Wasser abzuschlagen. Er schaut nach draußen, er könnte auf die Untere Gasse hinausgehen und sich zu den Nachbarn in den Hof schleichen, die Leute selber sind ja alle hier zum Kondolieren. Die Nachbarn haben auch einen Misthaufen, und da könnte man's erledigen, ohne die Andacht zu stören, und keiner würd es merken. Und mit einem Seufzen tritt er also hinaus auf die Gasse, ein Windstoß zaust ihm am Zylinder, dass er die Hand in die Luft streckt, um den Hut wieder gerade zu rücken. Dann huscht er ein paar Meter weiter, und mit Geräuschen großer Erleichterung lässt er es laufen über dem Misthaufen im verlassenen Nachbarhof.

Der Josef aber hat alles genau gesehen: den Messmer, der auf die Straße tritt, der die Hand hebt und ein Zeichen gibt. Bald wird sich der Trauerzug in Bewegung setzen. Die Sargträger und die Verwandten, ein paar Nachbarn und eine Gruppe von Schulmädchen in weißen Kleidern. Freunde und Bekannte, Männer in schwarzem Frack mit Zylindern auf dem Kopf. Der Josef winkt Richtung Kirchturm, an dessen Fuß schon der Dieter steht und zurückwinkt.

Und dann springt der Josef auf die Pedale, doch in seiner Aufregung rutscht er ab und fällt beinahe hin, klemmt sich auch ein wenig an der Fahrradstange, aber er kann sich halten, ohne aufs Pflaster zu schlagen. Hoffentlich hat ihn keiner gesehen! Er tut ja so tapsig wie ein Viertklässler. Jetzt beißt sich der Josef auf die Unterlippe und versucht es erneut, und diesmal geht alles gut, und ein paar kräftige Pedaltritte später kommt er glücklich am Kirchturm an. Aber der Drang! Jetzt wird er so stark, dass er es nicht mehr halten kann. Er verschwindet in einem der spitzen Seitenwinkel der

Kirche und setzt den Strahl sauber in die schattige Ecke. Wie gut das tut!

Wenig später hastet der Josef über die ausgetretenen Sandsteinstufen, die sich im Turmschacht aufwärtswinden. Noch hat er die anderen nicht erreicht, da hört er schon das erste Anschlagen der Glocken. Jetzt gelangt er auf die Ebene und sieht die acht anderen, die sich kräftig in die Seile hängen. Auch der Josef läuft an seinen Platz an der großen Glocke, die man zu viert läuten muss, wenn es ordentlich gehen soll. Und es dröhnt in den Ohren der Jungen, man könnte das eigene Wort nicht mehr verstehen, wenn man was zu reden hätte. Josef überlegt. Der Leichenzug muss sich längst formiert haben. Vielleicht verlassen sie gerade den Hof.

Dong
Dong
Dong

Jetzt kommen sie wohl schon zur Winterschule.

Dong
Dong
Dong

Vor seinem inneren Auge sieht der Josef, wie der Zug das Kino erreicht. Man darf nicht nachlassen mit dem Läuten, auch wenn die Hände rot werden und man ein erstes Ziehen in den Oberarmen spürt.

Dong
Dong
Dong

Die Sohlen der Träger dürften jetzt andachtsvoll die ersten Pflastersteine der Totengasse berühren, vor dem Bäckerhaus. Nur nicht langsamer werden am Seil! Am Ende des Zuges wird der Kirchendiener über die steinerne Wendeltreppe zu ihnen nach oben kommen und ihnen ein Zeichen geben, das Läuten zu beenden. Dann wird einer der Jungen mit einem Satz auf den großen Knoten springen am unteren Ende des Läuteseils und sich nach oben tragen lassen, um die Glocke auszureiten. Josef schaut sich um. Auch die anderen wittern bereits das Ende ihres mühevollen Dienstes und legen sich jetzt noch ein wenig kräftiger in die derben Seile.

Dong
Dong
Dong

Dong
Dong
Dong

Dong
Dong
Dong

Doch die Jungen läuten und läuten, und kein Messmer erscheint, um sie zu erlösen. Das werden hart verdiente Pfennige sein! Was ist dort unten geschehen? Hat sich ein Sargträger an einem der unsauber versenkten Pflastersteine den großen Zeh blutig geschlagen? Wurde man aufgehalten durch eine amerikanische Militärkolonne, die unangemeldet durch Sandheim rollt? Aber was sollten die Amis ausgerechnet in der Unteren Gasse wollen?

Dong
Dong
Dong

Dong
Dong
Dong

Josef kann es sich nicht erklären. Und auch die anderen Buben haben keinen Reim auf die Geschichte. Hart verdiente Pfennige werden das. Noch in der Nacht wird es dem Josef in den Ohren klingeln vom langen Geläut im Sandheimer Glockenturm.

Dong
Dong
Dong

Dong
Dong
Dong

Man hätte die Strecke aus der Unteren Gasse bestimmt schon viermal machen können, selbst wenn man den Gang mit der allergrößten Würde absolviert hätte. Dann kommt der Kirchendiener – endlich! – zu ihnen gesprungen, sein Kopf ist dunkelrot, und die Farbe kommt nicht von der körperlichen Anstrengung allein. Der fromme Mann, jeder Schuljunge in Sandheim besitzt ein Gespür für solche Dinge, hat all seine Beherrschung verloren. Er schnappt den Josef und zieht ihn am Ohr, so hoch er kann.

«Milchkännchen», schreit er halb aus Erregung, halb

gegen das Tönen der Glocken, «Milchkännchen, du bist ein Arschloch so groß wie Bruchsal!»

«Sollen wir aufhören?», brüllt einer der anderen Buben. Und der Kirchendiener, der Josefs Ohren jetzt losgelassen hat, er nickt nur und winkt ab, müde und vernichtet. Wie konnte bei einer so simplen Sache nur so viel schiefgehen? Mit hängenden Schultern und ohne noch ein Wort an die Jungen zu verlieren, tritt der Messmer seinen Rückzug an. Er muss ja bei der Beisetzung anwesend sein. So fromme Leute waren das, so fromme Leute!

Auf dem Gottesacker hat der Totengräber zwei Löcher ausgehoben. Das halbe Dorf hat sich inzwischen dort versammelt. Der Posaunenchor spielt *O Haupt voll Blut und Wunden*, eine schwere, träge Moll-Melodie, und die Gemeinde singt die Strophen niedergedrückt und brummend im Gedenken an die Vergänglichkeit: *Wenn ich einmal soll scheiden, so scheide nicht von mir*. Man wird die Stunde des eigenen Todes in der Hand des Herrn belassen und sie nicht selbst bestimmen, wie die Marie es getan hat. Doch das Mitleid mit der jungen Frau überwiegt alle Missbilligung.

Auch der Pfarrer hat sich dafür entschieden, lieber von Vergebung und Auferstehung zu predigen als von den Strafen für begangene Sünden und der ewigen Verdammnis. Hat er doch selbst im frommen Sandheim selten einen Menschen mit derselben Inbrunst glauben und beten sehen wie die Marie, deren Ehemann eingewilligt hat, ihren Leib in Sandheimer Erde betten zu lassen. Der breitschultrige Friedheimer ist jetzt zum zweiten Mal Witwer geworden, und das innerhalb so kurzer Zeit.

Der August und die Anna stehen dabei, gebeugt und tief ergraut, was mögen sie beten in den Momenten der Stille, die der Pfarrer absichtsvoll entstehen lässt zwischen den einzelnen Schritten der alten Liturgie? Sie werden dem Herrn ihre eigenen Fragen stellen. Warum er nicht ihre Seelen zu sich gerufen hat. Sie wären mit Freuden gegangen statt der Tochter.

Der Hermann steht in dritter Reihe. Man war wohl verwandt mit den beiden Toten, hat die Mutter gesagt. Die Linie berührte sich bei einer Urgroßmutter, die der Hermann nie gekannt hat.

Groß ist er geworden, einen Schuss hat er gemacht in den vergangenen zwei Jahren. Er ist nicht mehr kleiner als seine alten Schulkameraden, und auch sein Kreuz scheint breiter geworden zu sein von der vielen Arbeit auf dem Feld; ein Bauernkreuz hat er bekommen wie die anderen Bauern in Sandheim.

Manchmal schaut er, wenn ein Gebet auf «Amen» endet, hinüber zu Antonia, neben deren Sommersprossen wieder zwei geflochtene Zöpfe baumeln. Und dann treffen sich ihrer beiden Augen, sie lächelt zu ihm herüber.

Alle Sandheimer wissen – solche Dinge sprechen sich bald herum in den sonnigen Gärten –, dass es mit den beiden etwas werden wird, wenn sie das Alter dazu haben. Mag sein, dass Hermanns Mutter und die Mutter von Antonia schon manchmal über Äcker gesprochen haben, die man günstig zusammenlegen könnte. Noch zwei Jahre wird es brauchen, bis die Franzosen den Filp nach Hause schicken, und er wird nicht mehr derselbe sein. Er wird sich ums Vieh kümmern, abends seine Stumpen rauchen und alles Wichtige dem Sohn überlassen. Der Hermann wird nie mehr etwas anderes sein als das junge Oberhaupt einer Großfamilie.

Auch der Hans ist gekommen mit seiner Hanna und dem Jungen, der an der Hand der Mutter geht. Bald wird Hannas Bauch sich wieder wölben. Eine Tochter wird kommen, im Frieden geboren, sie wird den Vater nie vermissen und aufwachsen in einer Zeit, in der alles von Jahr zu Jahr immer ein wenig einfacher und besser wird, ein gesegnetes Kind, solange sie lebt.

Der Milchkännchens Hans hat den Hof seines Vaters übernommen, er hat versprochen, die Arbeit zu machen, solange der Alte noch lebt, das ist er ihm schuldig. Danach will er das Land verkaufen oder verpachten und endlich Lehrer werden, zu ungeschickt sind seine Hände für die praktische Arbeit. Aber der Hans weiß nicht, dass sein Vater noch viele Jahre vor sich hat und dass es dann zu spät sein wird, um noch einmal von vorne zu beginnen. Das Hänschen wird ein Bauer bleiben gegen seinen Willen, der Einzige in Sandheim, der seine Felder pflügt und dabei den Homer auf Griechisch zitiert. Er wird viel nachsinnen und fast schwermütig sein in seinen jungen Jahren, bis der harte Alltag ihn frisst.

Ganz hinten, wo man die Friedhofsmauer eingerissen hat, um das große Grab auszuheben für die Gefallenen vom kleinen Hasentor, da stehen drei Frauen ohne Männer. Die Kinder, die sie auf den Armen tragen, sehen anders aus, als Kinder in Sandheim das zu tun pflegen. Dunkel ist ihre Babyhaut, und schwarzes Kraushaar lockt sich über den kleinen Köpfchen. Die Frauen, so sagen die Sandheimer, sollen nie etwas ausztehen haben. Ist doch alles, was war, gegen ihren Willen geschehen. Und wenn das Schicksal es schon bös mit ihnen meinte, so will man selbst nicht noch mehr von dem Bösen auf ihre Schultern laden. Man wird nicht mehr sprechen von dem, was war, und ein verschwiegenes Dorf sein und das Unglück vergessen.

Wieder heben die Posaunen an. *O dass ich tausend Zungen hätte*, da hallt es kräftig und voller Inbrunst über den Sandheimer Friedhof, ein Gesang wie aus tausend Mündern.

Und als es schließlich daran geht, mit einer kleinen Schaufel Erde hinab auf die Särge zu werfen, da bleibt die Liese tapfer. Ihr Zorn auf die Schwester ist vergangen mit jedem Gebet und jeder Strophe der Trauergemeinde. Und wie sie dann an ihr vorbeigehen, wie einer nach dem anderen ihr die Hand schüttelt, um das Beileid auszusprechen, da kommt es in ihr hoch, und all ihre Härte und all ihre Stärke schmelzen dahin.

Und die Liese weint, zum ersten Mal seit langer Zeit. Sie wird das Haus beziehen, die Familienburg des Onkels in der Unteren Gasse, und dort leben ohne Mann und ohne Kinder für viele, viele Jahre.

Und als dann erneut die Glocken läuten, da geht alles nach Hause, zurück in die Küchen und in die Ställe und auf die Äcker, wo noch so viel Arbeit wartet, die liegen geblieben ist in den vergangenen Stunden. Man legt die schwarze Kleidung ab und steigt in den groben Stoff, den man am Werktag trägt.

Und man kann sicher sein, dass auch an diesem Tag alle Menschen in Sandheim wieder nur ihr Allerbestes gegeben haben.

NACHWORT

Ich bin im Süden aufgewachsen. Wie meine Vorfahren, soweit man von ihnen weiß, lebte ich in Sandheim. Bauern waren sie alle, selbst jene, die einem Handwerk nachgingen. Jeder Sandheimer besaß seine Äcker, erst mein Vater und seine Brüder bestellten ihre Felder nicht mehr selbst. Doch sie halfen ihren Eltern und waren mit allem vertraut, was die Landwirtschaft anging. Die meisten in meiner Generation hingegen kannten all das nur von fern, von gelegentlichen Ausflügen mit den Großeltern, wo wir Kartoffeln steckten oder beim Spargelstechen die Löcher an den Deichen zuschaufelten. Bestenfalls saß man an Samstagen beim Großvater auf dem kleinen Traktor und tuckerte aufs Feld, doch eher um betreut zu sein, als um zu helfen.

Als Halbwüchsigen nötigte mich der andere Großvater, den kleinen Acker zu pflügen, den er der Größe nach seinen Kräften noch zutraute. Er lieh sich das Pferd, das bei seinem Neffen ein Gnadenbrot bekam, und dann musste ich den Gaul führen, während er hinter mir ging mit den Händen am Pflug und in einem fort schimpfte, weil meine Furche nicht so gerade und sauber wurde, wie er sie gerne gehabt hätte. Wir waren keine Bauernkinder mehr und in den Augen der Alten deshalb aus der Art geschlagen auf eine ganz grundlegende Weise, ungeschickte und nutzlose Wesen.

In meiner Kindheit unterschied man im Dorf vier Gruppen von Menschen. Da waren zum einen die alten Familien, eingeteilt in Clans, für die man phantasievolle Übernamen hatte. Man sagte, jemand gehöre zu den Holzschuhs, den

Simmes, den Sannes, den Bines, den Hodderles. Diese Namen wurden nur gesprochen, aber niemals geschrieben, sie standen weder im Telefonbuch noch in den Mitgliedslisten des örtlichen Turnvereins. Auch ich gehöre zu einem dieser Clans, seine Bezeichnung leitet sich ab vom Vornamen meines Ururgroßvaters.

Die zweite Gruppe bestand aus den Flüchtlingen, die hier nach dem Krieg eine neue Heimat gefunden hatten. Der feine Riss zwischen beiden Gruppen war für mich kaum noch wahrnehmbar, denn die Kinder aus diesen Familien sprachen den saubersten Sandheimer Dialekt, den man sich nur denken kann. Sie turnten, spielten Fußball, Handball oder Tischtennis wie alle anderen Kinder auch. Nur gelegentlich konnte man am Unterton der Alten hören, dass diese Familien von ihnen nicht wirklich als Teil der Dorfgemeinschaft betrachtet wurden.

Fühlbarer war für mich die Unterscheidung zur dritten Gruppe. Das waren die «Zugezogenen», und schon in meiner Kindergartenzeit konnte ich diese Menschen recht klar von den anderen unterscheiden. Sie sprachen Hochdeutsch oder einen Dialekt, der nicht aus Sandheim kam, meist wohnten sie in einem der Neubaugebiete.

Die vierte Gruppe bildeten schließlich die Türken und Jugoslawen, die gerade nach Sandheim gekommen waren.

Sandheim hat sich sehr verändert. 1940 lebten im Dorf etwas mehr als 2500 Menschen. In den siebziger Jahren wurde aus Sandheim und dem etwa gleich großen Grevenheim eine neue Gemeinde. Sie hat heute mehr als 11 000 Einwohner. Das Neue hat sich um das Alte gelegt, wie die Jahresringe einer Kiefer um den Baumkern herumwachsen und alles verbergen, was einmal war.

Ich habe das Dorf meiner Kindheit immer als geschwätzige Einheit erlebt. Es gab eine kleine Dorfzeitung, das wöchentlich ausgetragene Ortsblättchen, aber die wahren Nachrichten verbreiteten sich mündlich auf den Straßen oder in den Gärten, die jenseits der alten Scheunen aneinanderstießen und dort eine sonnige Gegenwelt bildeten, in die keinem Fremden Einblick gewährt wurde. In Sandheim, so schien es mir, existierten zwar viele Geheimnisse, doch keines blieb jemals verborgen, es huschte von Tuschelmund zu Tuschelmund, und jeder wusste am Ende Bescheid.

Und dennoch schwieg man von manchem. Habe ich das gespürt als Kind und Jugendlicher? Das wäre zu viel behauptet. Aber der Mensch ist ein Geschichtenmacher, er presst das, was er sieht und hört und fühlt, in eine Erzählung, damit das Leben einen Sinn ergibt. Und so erscheint es mir heute, da ich weiß, was ich lange Zeit nicht wusste, als wäre immer schon eine dunkle Ahnung davon in mir gewesen, als hätte sie mich verfolgt bis in meine Kinderträume.

Zum ersten Mal wirklich gezeigt hat sich mir die unerzählte Geschichte des alten Sandheim an einem Nachmittag im Oktober des Jahres 2012. Ich saß im Wohnzimmer meiner Großtante, ihr neunzigster Geburtstag war schon eine Weile her, trotz ihres hohen Alters lebte sie noch allein. Aus unserer Familie war sie die Letzte ihrer Generation. Ihr Gehör funktionierte noch erstaunlich gut, und sie schien mir sanfter geworden zu sein mit den Jahren, humorvoller, man konnte sie leicht zum Lachen bringen. Die Geschwindigkeit, mit der sie neue Informationen verarbeitete, hatte bei ihr allerdings nachgelassen. Die Besuche verliefen für beide Seiten angenehmer, wenn ich ihr Fragen über vergangene Zeiten stellte. Dann wurde sie wach und lebendig. In meiner Kindheit war mir die Großtante sehr alt und langweilig vorgekommen. Jetzt aber bemerkte ich, dass sie eine äußert unterhaltsame Geschichtenerzählerin sein konnte. Ihre Schwänke reichten zurück bis in ihre frühesten Kindheitsjahre. Auf dem Weg zum Kindergarten, so berichtete sie, hatte sie immer Angst vor einem Ganter gehabt, der dort auf der Straße herumstolzierte und kleine Mädchen in die Beine zwickte, um sein Revier zu verteidigen und vor seinen Gänsen zu prahlen. Die Tante erzählte von ihren Eltern, ihren Geschwistern, von den Arbeiten in der Landwirtschaft, Geschichten wie Farbfilme mit knisternder Tonspur.

Meist konzentrierte ich mich mit meinen Fragen auf einen bestimmten Abschnitt ihres Lebens. Aber diesmal war ich mit meinem Kopf nicht bei der Sache. Die Tante saß vor mir an ihrem Nachtspeicherofen, und die Uhr tickte an der Wand, und wir wussten nicht recht, was wir reden sollten. Also fragte ich nach irgendetwas, vielleicht hatte mich eine der Fotografien an der Wand darauf gebracht, ich kann es nicht mehr sagen. Jedenfalls fragte ich nach dem Krieg. Wie war er wohl zu Ende gegangen für meine Tante? Ich wusste fast nichts darüber, abgesehen von ein paar harmlosen Anekdoten, die bei größeren Familienfesten wiederholt und unvermeidlich von den Älteren zum Besten gegeben wurden.

Ich sagte: «Irgendwann war doch der Krieg verloren.»

Sie sagte: «Ja, irgendwann war er verloren.»

Ich sagte: «Und dann müssen irgendwann Soldaten gekommen sein, die keine Deutschen waren.»

Sie sagte: «Ja, das stimmt. Das waren Marokkaner.»

Und dann stellte ich die Frage, die für mich alles veränderte, was ich bisher über das Dorf gewusst und geglaubt hatte. Ich stellte sie leichtfertig, grundlos, einfach so, sie kam wie durch die Luft zu mir geflogen. Ich fragte: «Und wie waren die Marokkaner so zu euch Mädchen?»

Niemals zuvor und nie mehr danach habe ich die Tante so reagieren sehen wie in diesem Moment. Es geschah etwas mit ihrem Körper – die Art, wie sie den Kopf drehte, wie ihre Augen sich veränderten, wie ihre Stimme eine andere wurde. Sie sprach auf einmal laut und mit solider Bauchstütze, wie eine starke, bestimmte Frau in den mittleren Jahren. Ihre Augen wurden vollkommen klar und so präsent, wie man es fast nie zu sehen bekommt bei einem Menschen ihres Alters.

Mit dem, was mir die Tante daraufhin berichtete, begann meine Reise in ein fremdes Dorf, das einmal meine Heimat war und von dem ich doch nichts wusste. Ich fand es in den Erzählungen der Alten, die ich danach besuchte, wann immer ich zu meinen Eltern fuhr. Ich entdeckte Spuren davon in Militärprotokollen, in Zeitungsartikeln, in Tagebüchern, im Ortsarchiv, im Heimatmuseum. Manche der Menschen, mit denen ich redete, sprachen zum allerersten Mal über das, was sie damals erlebt hatten. Und anfangs dachte ich: Wie gut für sie, dass ich noch fragen kann, dass sie die Chance haben zu reden. Denn das Verschweigen, das Unterdrücken, das Verdrängen – all diese Kulturtechniken stehen für uns in keinem guten Ruf. Meine Generation hält sie für Fehler. Wir glauben umgekehrt, dass wir heil werden und Dinge verarbeiten können, wenn wir darüber reden.

Heute bin ich mir da nicht mehr so sicher. Spätere Generationen werden sich über unseren Glauben vielleicht noch sehr amüsieren. Wer schweigt, hat zumeist etwas davon, einen inneren Gewinn. Ich glaube deshalb nicht mehr, dass meine Sandheim-Gespräche und das vorliegende Buch der Generation der Zeitzeugen in irgendeinem seelischen Sinne von großem Nutzen sein werden.

Es gab bei meinen Interviews auch immer wieder Momente, in denen das Tabu die Oberhand gewann, in denen die Erzählung mit einem Mal flach und farblos wurde oder ganz verstummte. Ich habe das immer akzeptiert und vermute, dass jeder mir nur das erzählt hat, was er auszuhalten imstande war. Manchmal schien mir die Angst vor der Missbilligung und dem Urteil durch die alte Dorfgemeinschaft noch immer die stärkste Kraft zu sein. Trotzdem haben diese Menschen mich in ihr Haus gelassen und mit mir gesprochen und mir gesagt, was sie zu sagen hatten. Fast niemand gab mir einen Korb. Und selbst die wenigen, die ein Gespräch ablehnten, taten das freundlich oder verwiesen mich weiter an andere, die ihrer Meinung nach mehr zu erzählen hatten. Zu danken habe ich allen.

Und ich hoffe, dass sich für die Zeitzeugen zumindest ein paar ernsthafte und mit gegenseitiger Offenheit geführte Gespräche mit Kindern und Enkelkindern ergeben. Das würde ich sehr begrüßen. Denn viele von den Alten haben genau das beklagt bei meinen Besuchen: dass niemand sich recht für sie interessiert hat und keiner zuhören wollte, dabei hätte es so vieles zu erzählen gegeben.

Wer dieses Buch liest und dabei war bei den Geschehnissen in Sandheim nach 1944, der wird manche Anekdoten wiedererkennen als das, was er selbst erlebt oder zumindest gehört hat. Die Helden meines Buches aber wird er nicht wiedererkennen. Denn es hat sie so, wie ich sie beschreibe, nie gegeben. Antonia und Hermann, Liese und Marie, der Milchkännchens Hans – sie alle sind Romanfiguren. Was sie in diesem Buch erleben und durchleiden, das tun sie stellvertretend für ein ganzes Dorf.

Im Übrigen liegt mir nichts ferner, als über Schuld zu sprechen oder empfundene Schmerzen aufzuwiegen. Einige

Personen in dieser Geschichte begehen grauenvolle Fehler. Doch sie handeln vernünftig aus ihrer Sicht der Welt. Sie tun, was getan werden muss. Und sie geben ihr Bestes.

Ich habe dieses Buch geschrieben, weil ich erzählen will, was geschehen ist, damit es nicht stirbt mit denen, die dabei waren. Damit es gehört werden kann, statt nur stumm weiterzuleben in uns, die wir danach geboren sind.

DANK

Ich danke meinen Zeitzeugen. Ohne sie: kein Sandheim.

Ich danke meinen «Weltkonzern»-Freunden für die Begleitung: Søren Harms, Britta von der Heide, Andrea Huss, Carola Hoffmeister und Holger Diedrich.

Ich danke Kirsten Gibson aus Dänemark. Sie hat sehr früh an das Projekt geglaubt und mich in ihrem Haus am Meer überwintern und in Einsamkeit schreiben lassen.

Ich danke Bärbel Schmidt. Sie hat mir die Tür geöffnet zu den Leuten, die Ahnung von Büchern haben.

Ich danke meinem Agenten Joachim Jessen.

Außer denen, die dabei waren, weiß keiner mehr über den Rheinübergang der Franzosen 1945 wie Bertram Steinbacher aus Lingenfeld. Ich danke ihm für sein Vertrauen.

Ich danke Inken Webler für die Landkarte.

Natürlich den Leuten vom Rowohlt Verlag, insbesondere Grusche Juncker und Barbara Laugwitz: Dank für all den Rückenwind!

Lara und Jonny haben sich Zeit genommen, wenn ich ihnen halbfertige Kapitel vorgelesen habe. Ich danke den beiden fürs Zuhören und ein gelegentliches «das isses noch nicht».

Am meisten danke ich meinen Eltern. Sie hatten den schwersten Job von allen. Man kann einen Sohn nicht besser unterstützen, als sie das getan haben.

Allen anderen: für Ermutigung, Zuspruch, Trost, kluge Fragen, Mitgefühl, Unterkunft, Interesse, Liebe, Hilfe – danke!

MIX
Papier aus verantwortungsvollen Quellen
FSC® C083411
www.fsc.org

Das für dieses Buch verwendete Papier ist FSC®-zertifiziert.